Diogenes Taschenbuch 23632

de
te
be

Georges Simenon

Maigret an der Côte d'Azur

Maigret und die Keller des Majestic

Maigret und der Spitzel

Zwei Romane in einem Band
Aus dem Französischen
von Linde Birk und
Inge Giese

Diogenes

Titel der Originalausgaben:
›Les caves du Majestic‹, ›Maigret et l'indicateur‹

Die deutsche Erstausgabe von ›Les caves du Majestic‹
erschien 1962 unter dem Titel ›Maigret im Luxushotel‹
Die Übersetzung von Linde Birk erschien
erstmals 1982 im Diogenes Verlag und wurde 1997
für eine Neuausgabe überarbeitet
Die deutsche Erstausgabe von ›Maigret et l'indicateur‹
erschien 1975. Die Übersetzung von Inge Giese
erschien erstmals 1990 im Diogenes Verlag und wurde
2000 für eine Neuausgabe überarbeitet
Umschlagfoto: Marcel Bovis,
›La Promenade des Anglais, Nice‹, um 1940

Diogenes Verlag AG Zürich
www.diogenes.ch
100/07/36/1
ISBN 978 3 257 23632 3

Inhalt

Maigret und
die Keller des Majestic

I

Prosper Donges Fahrradreifen

Das Zuschlagen der Autotür war wie immer das erste Geräusch am Morgen. Der Motor draußen lief weiter. Ob Charlotte dem Chauffeur die Hand drückte? Das Taxi fuhr weg. Schritte, der Schlüssel im Türschloß, der Lichtschalter…

Aus der Küche hörte man, wie ein Streichholz angerieben wurde, und dann das »Pfffttt«, mit dem sich die Gasflamme entzündete.

Langsam, wie jemand, der die ganze Nacht auf den Beinen gewesen ist, stieg Charlotte die noch zu neue Treppe hinauf. Lautlos betrat sie das Schlafzimmer, wieder wurde ein Lichtschalter angeknipst, und eine Glühbirne ging an, die anstatt mit einem Lampenschirm mit einem rosa Taschentuch, das an allen vier Ecken Holztroddeln hatte, abgeschirmt war.

Prosper Donge machte die Augen nicht auf. Charlotte zog sich aus und sah sich dabei im Spiegelschrank an. Als sie an ihren Büstenhalter und den Hüftgürtel kam, seufzte sie. Sie war dick und rosig wie ein Rubensmodell, aber sie hatte den Tick, sich einzuzwängen. Als sie jetzt nackt war, rieb sie sich das Fleisch, wo es Druckstellen hatte. Sie hatte eine unangenehme Art, ins Bett zu steigen. Zuerst kniete sie darauf, so daß sich die Matratze zur Seite neigte.

»Prosper, du bist dran!«

Er erhob sich. Rasch kuschelte sie sich in die warme Kuhle, die er hinterließ, zog die Decke über den Kopf und rührte sich nicht mehr.

»Regnet es?« fragte er, während er Wasser in die Waschschüssel goß.

Unbestimmtes Brummen. Es spielte auch keine Rolle. Das Wasser zum Rasieren war eiskalt. Man hörte Züge vorüberfahren.

Prosper Donge zog sich an. Hin und wieder seufzte Charlotte, denn sie konnte nicht einschlafen, solange das Licht brannte. Als er dann, mit der einen Hand schon am Türknauf, den rechten Arm nach dem Lichtschalter ausstreckte, sagte sie mit belegter Stimme:

»Vergiß nicht, die Rate fürs Radio zu zahlen.«

Der Kaffee auf dem Herd in der Küche war heiß, zu heiß. Er trank ihn im Stehen. Wie jemand, der Tag für Tag zur gleichen Stunde die gleichen Handgriffe macht, wickelte er dann einen Strickschal um den Hals, zog den Mantel an, setzte die Mütze auf. Schließlich nahm er sein Fahrrad im Flur und schob es hinaus.

Wie immer um diese Uhrzeit empfing ihn feuchte und kalte Luft und Nässe auf dem Pflaster, obwohl es nicht geregnet hatte; und die Leute, die hinter den geschlossenen Läden schliefen, würden gewiß nur einen sonnigen und milden Tag erleben.

Die Straße, die von Einfamilienhäusern und Gärtchen gesäumt war, fiel steil ab. Manchmal konnte man zwischen zwei Bäumen wie auf der Sohle eines Abgrunds die Lichter von Paris aufblitzen sehen.

Es war nicht mehr Nacht. Es war aber auch noch nicht Tag. Die Luft war malvenfarben. Hinter einigen Fenstern ging Licht an, Prosper Donge bremste, als er den Bahnübergang erreichte, der geschlossen war und den er durch die Seitentürchen überquerte.

Hinter der Brücke von Saint-Cloud bog er nach links. Ein Schleppkahn mit einer ganzen Kette von Booten im Tau forderte mit wütendem Tuten Durchlaß durch die Schleuse.

Der Bois de Boulogne... Die Seen, in denen sich ein blasser Himmel spiegelte, darauf Schwäne, die gerade erwachten...

Gerade als er an der Porte Dauphine anlangte, fühlte Donge den Boden plötzlich viel härter unter den Rädern. Er fuhr noch ein paar Meter weiter, stieg dann ab und stellte fest, daß sein Hinterreifen platt war.

Er sah auf die Armbanduhr. Es war zehn vor sechs. Er ging zu Fuß weiter, schnellen Schrittes, und schob sein Fahrrad. Vor seinen Lippen stand eine kleine Hauchfahne, während er innerlich vor Anstrengung in Hitze geriet.

Avenue Foch... Die Läden an all den vornehmen Wohnhäusern waren noch geschlossen. Nur ein höherer Offizier, dem sein Bursche folgte, trabte über den Reitweg...

Hinter dem Triumphbogen wurde es hell. Er beeilte sich. Wie heiß ihm war...

Genau an der Ecke der Champs-Elysées neben dem Zeitungskiosk stand ein Schutzmann in Pelerine und warf ihm zu:

»Plattfuß?«

Er nickte. Noch dreihundert Meter. Links das Hotel

Majestic mit all den vielen geschlossenen Läden. Die Straßenlaternen hatten schon fast ihre Leuchtkraft verloren.

Er bog in die Rue de Berri ein, dann in die Rue de Ponthieu. Ein kleines Café hatte offen. Zwei Häuser weiter eine Tür, die Passanten nie bemerkten: der Personal- und Lieferanteneingang des Majestic.

Ein Mann kam da heraus. Man konnte ahnen, daß er unter seinem grauen Mantel einen Frack trug. Er ging barhäuptig. Sein Haar war voller Pomade, und Prosper Donge meinte, es wäre der Tänzer Zebio gewesen.

Er hätte ja einen Blick in das Café werfen und sich der Sache vergewissern können, aber der Gedanke kam ihm nicht. Mit seinem Fahrrad, das er noch immer vor sich herschob, betrat er den langen grauen Flur, wo nur eine einzige Lampe brannte. Er blieb vor der Stechuhr stehen, stellte die Drehscheibe auf seine Nummer, die 67, ein, steckte seine Karte hinein und sah dabei auf die kleine Uhr in dem Gerät, die sechs Uhr zehn anzeigte. Es klickte.

Nun war festgehalten, daß er das Majestic morgens früh um sechs Uhr zehn betreten hatte: zehn Minuten später als gewöhnlich.

So jedenfalls lautete die offizielle Aussage, die Prosper Donge, Chef der Kaffeeküche im Grandhotel an den Champs-Elysées, machte.

Danach hatte er, so versicherte er, genau das gleiche gemacht wie jeden Morgen.

Zu dieser frühen Stunde waren die weitläufigen Untergeschosse mit den verwinkelten Fluren, den vielen Türen und den Wänden, die grau gestrichen waren wie die Gänge eines Frachtschiffes, menschenleer. Durch die verglasten

Trennwände sah man nur hier und dort schwache Lampen mit gelblichen Glühfäden: die Nachtbeleuchtung.

Alles war verglast, links die Küchen, dann die Konditorei. Gegenüber lag der Speisesaal für die höheren Hotelbediensteten sowie für das Privatpersonal der Gäste, für Zimmermädchen und Chauffeure. Dahinter kam mit langen blankgescheuerten Tischen und Bänken, die wie Schulbänke aussahen, der Speisesaal für das gewöhnliche Personal. Und schließlich, das Untergeschoß gleich der Kommandobrücke eines Dampfers überragend, eine schmalere Glaszelle: der »Käfig« des Buchhalters, dessen Aufgabe es war, die Bons für alle Gerichte, die aus den Küchen kamen, entgegenzunehmen und auf Spieße zu stecken.

Als Prosper Donge die Tür zur Kaffeeküche öffnete, kam es ihm so vor, als wäre gerade jemand die schmale Treppe, die in die oberen Stockwerke führte, hinaufgegangen, aber er kümmerte sich nicht darum. Jedenfalls sagte er bei der Vernehmung so aus.

Genau wie Charlotte beim Betreten ihres Häuschens, rieb nun auch er ein Streichholz an, und das Gas entzündete sich unter der kleinsten der Kaffeemaschinen, die er für die wenigen Frühaufsteher unter den Gästen immer als erste anmachte, ebenfalls mit einem »Pffttt«.

Erst dann ging er in den Umkleideraum, der an einem der Flure lag. Es war ein ziemlich großer Raum, in dem es mehrere Waschbecken und einen blind gewordenen Spiegel gab und wo an der Wand entlang hohe und schmale Metallspinde standen, die alle eine Nummer hatten.

Er öffnete den Spind Nummer 67 mit seinem Schlüssel.

Er legte Mantel, Schal und Mütze ab. Er wechselte die Schuhe, denn während der Arbeitszeit trug er lieber Schuhe mit Gummisohlen, die weicher waren. Er zog eine weiße Jacke an.

Es blieben noch ein paar Minuten, bis es gegen halb sieben in den Untergeschossen lebendig zu werden begann...

In den oberen Stockwerken schliefen alle – mit Ausnahme des Nachtportiers. Er wartete in der menschenleeren Hotelhalle auf die Stunde seiner Ablösung.

Die Kaffeemaschine begann zu pfeifen. Donge ließ eine Tasse mit Kaffee vollaufen, stieg die Treppe hinauf, die an eine jener geheimnisvollen Treppen erinnerte, wie man sie in Theatern hinter den Kulissen findet, und die zu den unerwartetsten Orten führen.

Nachdem er oben eine schmale Tür aufgestoßen hatte, stand er in der Garderobe der Hotelhalle. Kein Fremder konnte etwas von dieser Tür ahnen, denn sie war hinter einem großen Spiegel verborgen.

»Kaffee!« rief er und stellte die Tasse auf die Ablage der Garderobe. »Wie geht's denn?«

»Na ja, es geht«, brummte der Nachtportier.

Donge stieg die Treppe wieder hinunter. Seine drei Frauen, die drei Grazien, wie man sie nannte, waren schon da: Frauen aus dem Volk, alle drei häßlich und fett, eine war auch alt und zänkisch. Sie waren schon beim Spülen und schlugen Tassen und Untertassen gegeneinander.

Donge machte alle die Handgriffe, die zu seinem Alltag gehörten, der Größe nach geordnet räumte er die silbernen Kaffeekännchen für je eine Tasse, zwei Tassen, drei Tassen auf... Ebenso die Milchkännchen... die Teekännchen...

Er sah Jean Ramuel in der verglasten Loge des Buchhalters, sah, daß er ungekämmt war.

»Ach! Er hat wieder hier geschlafen!« dachte er bei sich.

Das war jetzt schon die dritte oder vierte Nacht, die der Buchhalter Ramuel im Hotel verbrachte, statt nach Hause in seine Wohnung am Montparnasse zu gehen.

An sich war das verboten. Wohl gab es ganz hinten im Flur neben der Tür, die die Treppe zum zweiten Untergeschoß verdeckte, wo die Weine lagerten, ein Zimmer mit drei oder vier Betten. Aber diese waren eigentlich für die Leute aus dem Personal gedacht, die zwischen den Stoßzeiten einen Augenblick Ruhe brauchten.

Donge grüßte mit der Hand zu Ramuel hinüber, der mit einer ebenso unbestimmten Geste zurückgrüßte.

Dann kam der Küchenchef an die Reihe, ein gewaltiger, wichtigtuerischer Mann, der gerade mit einem Lieferwagen, der in der Rue de Ponthieu hielt und von Küchenhilfen abgeladen wurde, von den Markthallen zurückgekommen war.

Um halb acht schwirrten in den Untergeschossen des Majestic mindestens dreißig Leute umher, man hörte es immer häufiger klingeln, die Speiseaufzüge wurden heruntergeschickt, blieben stehen, wurden wieder hinaufgeschickt mit Tabletts, während Ramuel weiße, blaue und rosa Zettel auf die Metallspitzen spießte, die auf seinem Schreibtisch aufgereiht standen.

Um diese Stunde nahm der Tagesportier in hellblauer Livree Besitz von der Hotelhalle, und der für die Post zuständige Angestellte sortierte die Briefe. Wohl schien auf den Champs-Elysées die Sonne, im Untergeschoß aber nahm man nur das Vorüberfahren der Busse wahr, die die Wände zum Zittern brachten.

Ein paar Minuten nach neun – genau um neun Uhr vier, wie nachher festgestellt wurde – verließ Prosper Donge die Kaffeeküche und betrat wenige Sekunden später den Umkleideraum.

»Ich hatte mein Taschentuch im Mantel vergessen!« erklärte er dann beim Verhör.

Tatsache ist jedenfalls, daß er sich allein in dem Raum mit den hundert Metallspinden befand. Machte er den seinen auf? Niemand war sein Zeuge. Nahm er sein Taschentuch heraus? Mag sein.

Es waren nicht ganz hundert, sondern genau zweiundneunzig Spinde, alle numeriert. Die fünf letzten waren leer.

Wie kam Prosper Donge auf die Idee, den Spind Nummer 89 zu öffnen, der niemandem gehörte und daher nicht abgeschlossen war?

»Mechanisch«, versicherte er. »Die Tür war angelehnt. Ich habe nicht darüber nachgedacht...«

In diesem Spind aber war eine Leiche. Man hatte sie wohl aufrecht hineingestellt, und sie war zusammengesackt. Es handelte sich um eine Frau von ungefähr dreißig Jahren, die sehr blond war – künstliches Blond übrigens – und ein Kleid aus feinem schwarzem Wollstoff trug.

Donge schrie nicht auf. Sehr bleich trat er an die Glaskabine Ramuels und beugte sich vor:

»Kommen Sie, ich muß Ihnen etwas zeigen!«

Der Buchhalter folgte ihm.

»Bleiben Sie hier... Lassen Sie niemanden in die Nähe...«

Ramuel stürzte die Treppe hinauf, platzte in die Garderobe der Hotelhalle, rief den Portier, der mit einem Chauffeur redete.

»Ist der Direktor schon da?«

Der Portier hob das Kinn in Richtung auf das Büro des Direktors.

Maigret wollte vor der Drehtür schon seine Pfeife am Absatz ausklopfen. Dann zuckte er mit den Achseln und steckte sie wieder zwischen die Zähne. Es war seine erste Morgenpfeife, die beste.

»Der Direktor erwartet Sie, Herr Kommissar ...«

Die Hotelhalle war noch nicht sehr belebt. Ein Engländer sprach mit dem Angestellten, der die Post verteilte, und ein Mädchen mit einer Hutschachtel, die es wahrscheinlich abliefern sollte, stakste auf langen Storchenbeinen herum.

Maigret trat bei dem Direktor ein, der ihm wortlos die Hand reichte und ihm einen Sessel anbot. Ein grüner Vorhang verbarg die Glastür, aber man brauchte ihn nur leicht zur Seite zu schieben, um alles sehen zu können, was sich in der Hotelhalle abspielte.

»Zigarre?«

»Danke ... «

Sie kannten sich schon lange. Sie brauchten keine großen Worte zu machen. Der Direktor trug eine gestreifte Hose, eine eingefaßte schwarze Weste, eine Krawatte, die aus steifem Material geschnitten zu sein schien.

»Hier ... « Und er schob seinem Gesprächspartner einen Meldezettel des Hotels zu.

Oswald J. Clark, Industrieller in Detroit, Michigan (USA).

Angekommen am 12. Februar aus Detroit.

Begleitet von Mrs. Clark, seiner Ehefrau; Teddy Clark, 7 Jahre, seinem Sohn; Ellen Darroman, 24 Jahre, Lehrerin; Gertrud Borms, 42 Jahre, Kinderfrau.

Appartement 203.

Telefonklingeln. Der Direktor antwortete ungeduldig. Maigret faltete den Zettel viermal zusammen und steckte ihn in seine Brieftasche.

»Wer von ihnen ist es?«

»Mrs. Clark...«

»Ah!«

»Der Hotelarzt, den ich sofort anrief, nachdem ich die Kriminalpolizei alarmiert hatte, und der in der Rue de Berri wohnt, gleich nebenan, ist unten. Er behauptet, daß Mrs. Clark zwischen sechs und halb sieben morgens erdrosselt worden ist.«

Der Direktor war bedrückt. Einem Mann wie Maigret brauchte er nicht erst zu sagen, daß das Ganze eine Katastrophe für das Hotel war und daß, wenn es nur eine Möglichkeit gab, die Sache totzuschweigen...

»Familie Clark ist also schon vor acht Tagen hier angekommen...«, murmelte der Kommissar. »Was sind das für Leute?«

»Anständige Leute... wirklich sehr anständig. Er ist ein ganz solider und kühler großgewachsener Amerikaner, etwa vierzig... vielleicht fünfundvierzig. Seine Frau – die Unglückliche! – muß französischer Herkunft sein. Achtundzwanzig oder neunundzwanzig Jahre. Ich habe sie nur ganz selten zu Gesicht bekommen... Die Lehrerin ist hübsch. Die Zimmerfrau, die auch als Kinderfrau dient, ist ziemlich nichtssagend, eher unfreundlich. Ach ja! Fast hätte ich vergessen, es Ihnen zu sagen: Clark ist gestern früh nach Rom gefahren.«

»Allein?«

»Wenn ich richtig verstanden habe, hält er sich geschäftlich in Europa auf. Er hat eine Kugellagerfabrik. Er muß die großen Städte besuchen und hat beschlossen, seine Frau, seinen Sohn und das Personal in der Zwischenzeit in Paris zurückzulassen.«

»Mit welchem Zug ist er gefahren?« fragte Maigret.

Der Direktor griff zum Telefon.

»Hallo! Portier?... Mit welchem Zug ist Monsieur Clark gestern gefahren?... Nummer 203, ja... Sie haben kein Gepäck zum Bahnhof schicken lassen?... Er hat nur eine Reisetasche mitgenommen?... Ein Taxi?... Das Taxi von Désiré?... Danke...«

»Haben Sie verstanden, Kommissar? Er ist gestern vormittag um elf Uhr mit dem Taxi hier abgefahren, mit Désirés Taxi, das fast immer vor dem Hotel bereitsteht. Er hatte nur eine Reisetasche dabei...«

»Darf ich auch schnell mal telefonieren?... Hallo! Mademoiselle, bitte die Kriminalpolizei... Kriminalpolizei?... Lucas?... Fahr schnell zur Gare de Lyon... Erkundige dich nach den Zügen in Richtung Rom seit gestern früh elf Uhr...«

Er gab noch weitere Anweisungen, während seine Pfeife erlosch.

»Sag Torrence, er soll Désirés Taxi ausfindig machen… Ja… das gewöhnlich vor dem Majestic steht… Du mußt herausbekommen, wo er den Fahrgast hingefahren hat, den er gestern vor dem Hotel aufgenommen hat, einen großen mageren Amerikaner. Verstanden…«

Er suchte nach einem Aschenbecher, um seine Pfeife auszuleeren. Der Direktor schob ihm einen zu.

»Wollen Sie wirklich keine Zigarre?… Die Kinderfrau ist ganz außer sich. Ich habe es für richtig gehalten, sie zu informieren. Die Lehrerin hat heute nacht gar nicht im Hotel geschlafen.«

»In welchem Stockwerk liegt das Appartement?«

»Im zweiten Stock. Mit Blick auf die Champs Elysées. Monsieur Clarks Zimmer, durch einen Salon von dem seiner Frau getrennt. Dann das Zimmer des Kindes, das der Kinderfrau und schließlich das der Lehrerin. Sie selber hatten nebeneinanderliegende Zimmer verlangt.«

»Ist der Nachtportier nicht mehr hier?«

»Man kann ihn telefonisch erreichen, ich weiß das, weil ich ihn einmal gebraucht habe. Seine Frau ist Concierge in einem Neubau in Neuilly… Hallo!… Verbinden Sie mich bitte mit…«

Fünf Minuten später wußte man, daß Mrs. Clark am Vorabend allein ins Theater gegangen und ein paar Minuten nach Mitternacht zurückgekehrt war. Die Kinderfrau war nicht weggegangen, und die Lehrerin hatte nicht im Hotel zu Abend gegessen und war über Nacht nicht zurückgekommen.

»Wir sollten vielleicht einmal nach unten gehen?« schlug Maigret seufzend vor.

Die Hotelhalle hatte sich inzwischen belebt, aber niemand ahnte schon etwas von dem Drama, das sich abgespielt hatte, während alle schliefen.

»Gehen wir hier durch... Darf ich vorangehen, Herr Kommissar?«

Aber plötzlich krauste der Direktor die Stirn. Die Drehtür war in Schwung geraten, und eine junge Frau in grauem Kostüm trat ein, begleitet von einem Sonnenstrahl. Als sie bei der Postverteilung vorüberkam, fragte sie auf englisch:

»Nichts für mich?«

»Das ist sie, Herr Kommissar, das ist Miss Ellen Darroman...«

Sie trug feine und glattsitzende Seidenstrümpfe und hatte das korrekte Aussehen einer Person, die sorgfältig Toilette gemacht hat. Ihrem Gesicht war keine Spur von Müdigkeit anzumerken, im Gegenteil, es war von der scharfen Luft eines schönen Februarmorgens gerötet.

»Möchten Sie mit ihr sprechen?«

»Nicht sofort... Warten Sie einen Augenblick...«

Da ging Maigret auf einen Inspektor zu, den er mitgebracht hatte und der in einer Ecke der Halle stand.

»Verlier diese Dame nicht aus den Augen... Wenn sie auf ihr Zimmer geht, bleib vor ihrer Tür stehen...«

Sie betraten die Garderobe. Die große Spiegeltür drehte sich in ihren Angeln. Der Kommissar und der Direktor befanden sich auf der engen Treppe. Mit einem Schlag war es aus mit der Pracht, den Blattpflanzen und dem eleganten Treiben. Küchengeruch stieg herauf.

»Führt diese Treppe zu allen Stockwerken?«

»Es gibt zwei von dieser Art. Sie gehen vom zweiten Untergeschoß bis zu den Mansarden. Aber man muß sich schon im Haus auskennen, wenn man sie benutzen will. Auf den Etagen ist da nur eine kleine Tür wie alle anderen, ohne Nummer, ein Gast könnte niemals auf die Idee kommen...«

Es war kurz vor elf. Jetzt liefen nicht mehr nur fünfzig, sondern vielleicht hundertfünfzig Personen im Untergeschoß geschäftig hin und her, die einen trugen weiße Kochmützen, die anderen Kellnerfräcke, wieder andere Kellermeisterschürzen; und dann waren da noch die Frauen, gleich den drei Grazien Prosper Donges, die die niederen Arbeiten verrichteten...

»Hier herüber... Geben Sie acht, sich nicht zu beschmutzen und nicht auszugleiten. Die Flure sind schmal.«

Durch die verglasten Scheidewände hindurch beobachteten alle den Direktor und vor allem den Kommissar. Jean Ramuel fing die Bons, die man ihm reichte, gewissermaßen im Flug auf und kontrollierte mit einem Blick, was auf den Tabletts stand.

Schockierend wirkte vor allem der ungewohnte Anblick des Polizisten, der vor dem Umkleideraum aufgepflanzt war. Der Arzt, ein sehr junger Arzt, der von Maigrets Eintreffen unterrichtet worden war, rauchte eine Zigarette, während er wartete.

»Schließen Sie die Tür...«

Umgeben von all den Metallspinden lag die Leiche da auf dem Boden. Der Arzt, der noch immer rauchte, murmelte:

»Sie muß von hinten überfallen worden sein... Sie hat sich nicht lange gewehrt...«

»Und die Leiche ist nicht über den Boden gezerrt worden!« ergänzte Maigret, während er die schwarze Kleidung der Toten untersuchte. »Es gibt keine Spur von Staub... Entweder ist das Verbrechen hier begangen worden, oder sie ist wahrscheinlich von zwei Personen hierher gebracht worden, denn in diesem Labyrinth von engen Fluren wäre es schwierig...«

In dem Spind, in dem man sie entdeckt hatte, fand man auch eine Handtasche aus Krokodilleder. Der Kommissar machte sie auf, zog einen automatischen Revolver heraus, den er in seine Tasche gleiten ließ, nachdem er überprüft hatte, daß er gesichert war. Sonst gab es nichts in der Tasche, außer einem Taschentuch, einer Puderdose und ein paar Banknoten, die nicht einmal tausend Franc ergaben.

In dem Ameisenhaufen hinter ihnen wimmelte es. Die Speiseaufzüge waren unablässig in Bewegung, die Klingeln klingelten ununterbrochen, und man sah, wie hinter den verglasten Trennwänden der Küche mit schweren Kochtöpfen aus Kupfer hantiert und Hähnchen gleich dutzendweise aufgespießt wurden.

»Es muß hier alles unverändert bleiben, bis die Staatsanwaltschaft eintrifft«, ordnete Maigret an. »Wer hat die Sache entdeckt?«

Man deutete auf Prosper Donge, der gerade eine Kaffeemaschine putzte. Er war groß, mit roten, ja karottenroten Haaren, vielleicht fünfundvierzig bis achtundvierzig Jahre alt. Er hatte blaue Augen und ein ganz blatternarbiges Gesicht.

»Arbeitet er schon lange bei Ihnen?«

»Fünf Jahre. Vorher war er im Miramar in Cannes.«

»Zuverlässig?«

»Denkbar zuverlässig…«

Eine Glasscheibe trennte Donge vom Kommissar. Durch diese Scheibe begegneten sich ihre Blicke. Da schoß dem Chef der Kaffeeküche das Blut ins Gesicht. Wie alle Rothaarigen hatte er eine zarte Haut.

»Entschuldigen Sie, Herr Direktor, Herr Kommissar Maigret wird am Telefon verlangt.«

Jean Ramuel, der Buchhalter, war aus seinem Käfig herausgestürzt.

»Wenn Sie von hier aus telefonieren möchten…«

Eine Mitteilung der Kriminalpolizei. Es hatte seit gestern um elf nur zwei Schnellzüge nach Rom gegeben. Oswald J. Clark hatte weder den einen noch den anderen genommen. Und der Taxifahrer Désiré, den man telefonisch in einem Bistro hatte auftreiben können, zu dessen Stammkunden er zählte, hatte ausgesagt, daß er seinen Fahrgast am Vortag in das Hotel Aiglon am Boulevard Montparnasse gefahren hatte.

Von der Treppe her kamen Stimmen, darunter die schrille Stimme einer jungen Frau, die auf englisch mit einem Bediensteten stritt, der ihr den Durchgang verwehrte.

Wer sich da nicht aufhalten ließ, war die Lehrerin Ellen Darroman.

2

Maigret auf Radtour

Mit der Pfeife zwischen den Zähnen und den Händen in den Taschen seines riesigen Mantels mit dem legendären Samtkragen, die Melone ein wenig zurückgeschoben, sah Maigret zu, wie sie den Hoteldirektor anherrschte.

Und man brauchte Maigret nur zu beobachten, um zu ahnen, daß zwischen ihm und Ellen Darroman nur schwerlich Sympathie würde aufkommen können.

»Was sagt sie?« unterbrach er die Amerikanerin mit einem Seufzer, denn er verstand kein Wort von dem, was sie vorbrachte.

»Sie fragt, ob es stimme, daß Mrs. Clark ermordet worden sei, und ob man nach Rom telefoniert habe, um Oswald J. Clark zu informieren, sie möchte wissen, wohin die Leiche gebracht worden ist und ob –«

Aber das junge Mädchen ließ ihn nicht ausreden. Sie hatte mit umwölkter Stirn ungeduldig zugehört, Maigret dann einen nicht gerade liebevollen Blick zugeworfen und erst recht drauflosgeredet.

»Was sagt sie?«

»Sie will, daß ich sie zu der Leiche führe und daß –«

Da ergriff Maigret sanft den Arm der Amerikanerin, um sie in Richtung Umkleideraum zu steuern. Er wußte schon von vornherein, daß sie bei der Berührung zusammenzucken würde. Ganz der Typ Frau, der ihm in den amerikanischen Filmen so auf die Nerven ging! Wie sie schon ging, so schrecklich energisch und entschlossen! Das ganze Personal des Untergeschosses starrte ihr durch die Glasscheiben der Trennwände nach.

»Bitte sehr, treten Sie ein«, murmelte der Kommissar mit einem Anflug von Ironie.

Sie machte drei Schritte, sah die mit einer Decke verhüllte Gestalt am Boden liegen, blieb stehen und redete wieder in ihrer Sprache.

»Was sagt sie?«

»Sie möchte, daß die Leiche aufgedeckt wird...«

Maigret tat dies, ohne sie dabei aus den Augen zu lassen. Er sah sie erschaudern, aber trotz des wirklich furchtbaren Anblicks gewann sie sofort ihre Haltung wieder.

»Fragen Sie sie, ob sie Mrs. Clark erkennt...«

Ein Achselzucken. Wie unangenehm ihre Art war, mit den Stöckelabsätzen auf den Boden einzuhämmern!

»Was sagt sie?«

»Daß Sie das doch selber genau wissen.«

»Also dann bitten Sie sie, in Ihr Büro hinaufzugehen, denn ich werde ihr einige Fragen stellen müssen.«

Der Direktor übersetzte. Maigret deckte inzwischen das Gesicht der Toten wieder zu.

»Was sagt sie?«

»Sie will nicht.«

»Wie? Dann sagen Sie ihr, daß ich Chef der Sonderabteilung bei der Kriminalpolizei –«

Ellen, die ihm in die Augen sah, redete los, ohne das

Ende dieses Satzes abzuwarten, und Maigret murmelte sein ewiges: »Was sagt sie?«

»Was sagt sie?« äffte sie ihn, übermannt von kaum verzeihlicher Wut, nach.

Dann redete sie wieder englisch, aber fast so wie im Selbstgespräch.

»Würden Sie mir bitte übersetzen, was sie sagt?«

»Sie sagt, daß ... daß sie sehr wohl weiß, daß Sie von der Polizei sind ... daß ...«

»Keine Angst!«

»Daß man Sie nur anzusehen bräuchte mit Ihrem Hut auf dem Kopf und Ihrer Pfeife im Mund ... Bitte, verzeihen Sie mir ... Aber Sie wollten, daß ich übersetze ... Sie weigert sich, auf Ihre Fragen zu antworten.«

»Warum?«

»Das werde ich sie fragen ...«

Ellen Darroman, die eine Zigarette ansteckte, hörte dem Direktor zu, während er seinen Satz sagte, zuckte dann noch einmal mit den Achseln und ließ ein paar Worte fallen.

»Sie sagt, daß sie niemandem Rechenschaft schuldig sei und daß sie nur einer offiziellen Vorladung Folge leisten würde ...«

Darauf warf das junge Mädchen Maigret noch einmal einen Blick zu, machte auf dem Absatz kehrt und wandte sich mit noch immer sehr energischen Schritten der Treppe zu.

Ein wenig ängstlich drehte sich der Direktor nach dem Kommissar um und sah zu seinem großen Erstaunen, daß dieser lächelte.

Die Hitze, die in dem Untergeschoß herrschte, hatte ihn gezwungen, den Mantel auszuziehen, aber er hatte sich weder von seiner Melone noch von seiner Pfeife getrennt. Mit friedlicher Miene, die Hände hinter dem Rücken verschränkt, ging er so in den Fluren hin und her, blieb von Zeit zu Zeit ein wenig vor einer der gläsernen Scheidewände stehen so wie vor einem Aquarium.

Ja, so kam er sich in diesem weitverzweigten Untergeschoß ungefähr vor, wo den ganzen Tag elektrisches Licht brannte: wie in einem ozeanographischen Museum. In all diesen verglasten Käfigen wimmelten mehr oder weniger zahlreiche Lebewesen durcheinander. Man sah sie kommen und gehen, Lasten tragen, etwa Töpfe oder Tellerstapel, Speiseaufzüge oder Lastenaufzüge in Gang setzen, pausenlos den Hörer von kleinen Geräten abnehmen, die Telefone waren.

»Wenn man einen Wilden mitten aus Afrika hierher brächte und ihm dieses Schauspiel vorführte...«

Der Augenschein durch die Staatsanwaltschaft hatte nur einige Minuten gedauert, und wie gewöhnlich hatte der Untersuchungsrichter Maigret Blankovollmacht gegeben. Dieser hatte zwei oder drei Telefongespräche geführt, und zwar aus dem Kabuff des Buchhalters Jean Ramuel.

Ramuels Nase war so krumm, daß man immer den Eindruck hatte, ihn aus dem Profil zu sehen. Außerdem hatte er ganz gewiß ein Leberleiden. Übrigens löste er, wenn man ihm sein Mittagessen auf einem Tablett hereinbrachte, zuerst einmal ein weißes Pulver, das er in einem Säckchen in der Westentasche hatte, in einem Glas Wasser auf.

Zwischen ein Uhr und drei Uhr erreichte das Durcheinander seinen Höhepunkt, alles spielte sich nun in so raschem Rhythmus ab, daß man das Gefühl hatte, einen Film mit Zeitraffer zu sehen.

»Verzeihen Sie … Entschuldigung …«

Alle Augenblicke wurde der Kommissar von jemandem angerempelt, aber er setzte ungerührt seinen Rundgang fort, blieb hier und da stehen, ging wieder weiter und stellte manchmal eine Frage.

An wie viele Personen hatte er das Wort gerichtet? Mindestens an zwanzig. Der Küchenchef hatte ihm den Betrieb der Küchen erklärt. Jean Ramuel hatte ihm erläutert, was die verschiedenen Farben der Bons zu bedeuten hatten.

Er hatte, auch dies durch eine Glasscheibe hindurch, dem Mittagessen der Bediensteten zugesehen. Gertrud Borms, die Kinderfrau der Clarks, war heruntergekommen; eine kräftige Frau mit einem harten Gesicht.

»Spricht sie französisch?«

»Kein Wort …«

Sie hatte ausgiebig gegessen und sich dabei mit einem Chauffeur in Livree unterhalten, der ihr gegenübersaß.

Am allermerkwürdigsten war es während dieser ganzen Zeit aber doch, Prosper Donge in seiner Kaffeeküche zu beobachten. Er erinnerte buchstäblich an einen großen roten Goldfisch im Glas. Denn er war wirklich feuerrot. Er hatte die fast ziegelrote Gesichtsfarbe gewisser Rothaariger, und seine dicken Lippen ließen an ein Fischmaul denken.

Auch preßte er genau wie ein Fisch von Zeit zu Zeit sein Gesicht an die Glaswand und bekam ganz runde Augen, wohl vor Verwunderung, weil der Kommissar ihn noch immer nicht angesprochen hatte.

Maigret hatte mit allen geredet. Aber daß Prosper Donge, der doch immerhin der Hauptzeuge war, da er die Leiche entdeckt hatte, auch hier war, schien er noch nicht einmal richtig bemerkt zu haben!

Donge aß ebenfalls zu Mittag, und zwar saß er dazu an einem kleinen Tisch in seiner Kaffeeküche, während seine drei Frauen um ihn herum wirtschafteten. Alle Augenblicke wurde durch ein Klingeln angekündigt, daß der Speiseaufzug angekommen war. Er wurde dann hinter einer Art Schalter sichtbar. Donge ergriff den Bon, der darin lag, stellte an dessen Stelle ein Tablett mit der Bestellung hinein, und der Aufzug fuhr in irgendein Stockwerk des Hotels hinauf.

Dieses ständige Hin und Her, das scheinbar nach einem komplizierten Muster verlief, war in Wirklichkeit recht einfach. Der große Speisesaal des Majestic, in dem jetzt gerade wohl zwei- bis dreihundert Personen bei Tische saßen, lag genau über den Küchen, und die meisten Speiseaufzüge gingen dorthin. Jedesmal, wenn einer wieder herunterkam und aufgemacht wurde, hörte man Musikgeräusche.

Gewisse Gäste nahmen ihre Mahlzeiten aber auch auf ihren Zimmern ein, und es gab dort Etagenkellner. Im Untergeschoß befand sich außerdem noch ein Grillraum, der sich gegen fünf Uhr nachmittags in eine Tanzbar verwandelte.

Die Herren vom gerichtsmedizinischen Institut waren gekommen, um die Leiche abzuholen, und zwei Spezialisten vom Erkennungsdienst hatten eine halbe Stunde mit starken Lampen und Fotoapparaten am Spind Nummer 89 gearbeitet, um die Fingerabdrücke abzunehmen.

Für all dies schien sich Maigret nicht zu interessieren. Würde er die Ergebnisse nicht ohnehin zu gegebener Zeit erfahren?

Wenn man ihn so sah, wirkte er eher wie ein Dilettant, der eine Untersuchung über das Funktionieren der verschiedenen Dienstleistungsabteilungen eines Luxushotels anstellte. Er stieg die schmale Treppe hinauf, öffnete zuerst eine Tür, die er sofort wieder schloß, denn sie führte in den großen Speisesaal, aus dem Lärm von klappernden Bestecken, Musik und Stimmengewirr drang.

Er stieg noch weiter hinauf: ein Flur mit Türen, die bis ins Unendliche numeriert waren, ein roter Teppich, der kein Ende nehmen wollte...

An sich hätte jeder Hotelgast diese Tür aufstoßen und auf diese Weise in das Untergeschoß gelangen können. Genau dasselbe galt für den Nebeneingang von der Rue de Ponthieu. Zwei Türsteher, ein Portier, mehrere Boys wachten an der Drehtür, die von den Champs-Elysées hereinführte, aber durch den Lieferanteneingang konnte jeder Passant das Majestic betreten, und wahrscheinlich hätte sich niemand wegen seiner Anwesenheit beunruhigt.

An den meisten Theatern ist es genauso, auf der einen Seite streng bewacht, stehen sie auf der anderen Seite, am Bühneneingang, offen, und jeder kann nach Herzenslust ein- und ausgehen.

Von Zeit zu Zeit betrat jemand in Arbeitskleidung den Umkleideraum. Kurz darauf sah man ihn schön angezogen und mit einem Hut auf dem Kopf wieder herauskommen.

Es gab Schichtwechsel. Der Küchenchef zog sich wie jeden Tag in der Pause zwischen dem Hochbetrieb beim Mittagessen und dem Hochbetrieb beim Abendessen zu einem Schläfchen in das hintere Zimmer zurück.

Um vier Uhr platzte Musik los, mitreißend und ganz nah diesmal, denn sie kam aus der Tanzbar. Prosper Donge füllte mit bedrückter Miene Reihen von winzigen Teekannen und mikroskopisch kleinen Milchkännchen, dann trat er an die verglaste Scheidewand und warf einen ängstlichen Blick auf Maigret.

Um fünf Uhr gingen seine drei Frauen weg und wurden von zwei anderen abgelöst. Um sechs Uhr brachte er einen Stoß Bons und ein Blatt Papier, auf dem wahrscheinlich eine Abrechnung stand, zu Jean Ramuel. Dann ging auch er in den Umkleideraum, kam in seiner Straßenkleidung wieder heraus und nahm sein Fahrrad, dessen Reifen er durch einen Bediensteten hatte reparieren lassen.

Draußen war es schon Nacht. In der Rue de Ponthieu herrschte starker Verkehr. Prosper Donge schlängelte sich zwischen den Taxis und den Bussen hindurch in Richtung Champs-Elysées. Kurz vor der Place de l'Etoile machte er plötzlich kehrt, fuhr zur Rue de Ponthieu zurück, betrat ein Radiogeschäft, wo er an der Kasse für eine der Monatsraten, zu denen er sich verpflichtet hatte, dreihundert und einige Francs zahlte.

Dann fuhr er wieder die Champs-Elysées hinauf, gelangte ohne Übergang in die majestätische Stille der Avenue Foch, in der die wenigen Autos fast gleitend vorüberfuhren. Er trat langsam in die Pedale wie jemand, der eine lange Strecke vor sich hat, und als ein guter Bürger, der jeden Tag zur gleichen Stunde den gleichen Weg zurücklegt.

Da kam plötzlich von hinten ganz nah eine Stimme:

»Ich hoffe, es stört Sie nicht, Monsieur Donge, wenn ich Sie ein Stück begleite?«

Er bremste so heftig, daß sein Rad zur Seite ausschlug und er fast mit demjenigen Maigrets zusammengestoßen wäre. Denn es war Maigret, der auf einem Fahrrad, das zu klein für ihn war und das er von einem Hotelboy des Majestic geliehen hatte, neben ihm herfuhr.

»Ich kann nicht verstehen«, fuhr Maigret fort, »daß nicht alle Leute, die draußen vor der Stadt wohnen, ihren Weg mit dem Fahrrad zurücklegen. Das ist doch so viel gesünder und angenehmer als mit dem Bus oder der Straßenbahn!«

Sie fuhren in den Bois de Boulogne hinein. Bald sahen sie den Widerschein der elektrischen Lichter auf dem See.

»Sie waren den ganzen Tag über so beschäftigt, daß ich Sie nicht bei Ihrer Arbeit stören wollte...«

Und Maigret radelte ebenfalls ganz gleichmäßig wie jemand, der das gewohnt ist. Von Zeit zu Zeit hörte man das leise Klicken des Freilaufs.

»Wissen Sie eigentlich, was Jean Ramuel gemacht hat, bevor er ins Majestic kam?«

»Er war Buchhalter in einer Bank... bei der Atoum-Bank in der Rue Caumartin...«

»Aha... Atoum-Bank... Das sagt mir nichts Gutes... Finden Sie nicht, daß er wie ein falscher Fuffziger aussieht?«

»Es geht ihm gesundheitlich sehr schlecht«, murmelte Prosper Donge.

»Vorsicht! Sie geraten auf den Gehsteig... Es gibt da noch eine Frage, die ich Ihnen gern stellen würde, wenn Sie sie nicht zu indiskret finden. Sie sind der Chef der Kaffeeküche... Na ja, ich würde gern wissen, durch welchen Zufall Sie diesen Beruf gewählt haben... Verstehen Sie mich richtig. Ich habe den Eindruck, daß man dazu nicht einer Berufung folgt, daß man sich nicht mit fünfzehn oder mit siebzehn sagt: ›Ich will Chef der Kaffeeküche werden.‹ Vorsicht! Wenn Sie solche Schlenker machen, werden Sie noch von einem Auto erfaßt... Wie bitte?«

Donge erklärte mit bedrückter Stimme, daß er Fürsorgezögling gewesen war und bis zu seinem fünfzehnten Lebensjahr auf einem Hof bei Vitry-le-François gelebt hatte. Dann war er in die Stadt gezogen und hatte in einem Café gearbeitet, zuerst als Dienstmann und später als Kellner.

»Nach meinem Militärdienst ging es mir gesundheitlich nicht gut, und ich wollte in den Süden ziehen. Ich war Kellner in Marseille, in Cannes. Im Miramar hieß es dann, daß ich durch mein Äußeres nicht geeignet sei, Gäste zu bedienen. ›Ungefälliges‹ Aussehen, um es mit den Worten des Direktors zu sagen. Man hat mich in die Kaffeeküche gesteckt. Da blieb ich dann jahrelang, und schließlich habe ich die Chefstelle im Majestic angenommen... «

Sie überquerten die Brücke von Saint-Cloud. Nachdem sie zwei- oder dreimal in kleine Straßen eingebogen waren, kamen sie am Fuß einer ziemlich steilen Straße an, und Prosper Donge stieg von seinem Fahrzeug ab.

»Fahren Sie noch weiter?« fragte er.

»Wenn Sie nichts dagegen haben. Nachdem ich einen ganzen Tag im Untergeschoß des Hotels verbracht habe, verstehe ich Ihren Wunsch, auf dem Land zu leben, noch besser... Machen Sie Gartenarbeit?«

»Ein wenig...«

»Blumen?«

»Blumen und Gemüse.«

Jetzt gingen sie die schlecht gepflasterte, schlecht beleuchtete Straße hinauf und schoben ihre Fahrräder, ihr Atem wurde heißer, die Sätze rarer.

»Wissen Sie, was ich auf meinen Streifzügen durch das Untergeschoß und bei meinen Gesprächen mit dem einen oder anderen herausbekommen habe? Daß letzte Nacht mindestens drei Leute in den Kellern des Hotels geschlafen haben. Zunächst einmal Jean Ramuel... Es scheint, es ist recht amüsant, daß er eine Geliebte hat, die sich wirklich unmöglich benimmt und ihn in regelmäßigen Abständen vor seine eigene Tür setzt. Gerade vor drei oder vier Tagen ist das wieder passiert, und so schläft er im Majestic... Erlaubt der Direktor das?«

»Im Prinzip ist es verboten, aber man drückt ein Auge zu.«

»Der Berufstänzer hat auch da geschlafen. Zebio, wie er bei euch genannt wird... Komischer Vogel, oder? Er sieht ja aus wie ein Argentinier aus dem Bilderbuch. Auf seinen Porträts, die in der Tanzbar an der Wand hängen, trägt er den Namen Eusebio Fualdès. Wenn man aber dann seine Ausweise ansieht, merkt man, daß er trotz seines blauschwarzen Fells in Lille geboren ist und in Wirklichkeit Edgar Fagonet heißt...

Gestern abend hat zu Ehren einer Filmkünstlerin ein Abendessen mit Tanz stattgefunden. Er ist bis halb vier Uhr früh dageblieben. Anscheinend ist er so arm, daß er lieber im Hotel geschlafen hat, als sich ein Taxi zu leisten...«

Prosper Donge war unweit einer Gaslaterne stehengeblieben und wartete da mit rotem Gesicht und ängstlichem Blick.

»Was ist los?« fragte Maigret.

»Ich bin da... Ich...«

Unter der Tür eines Einfamilienhauses aus Kalkstein drang Licht heraus.

»Würde es Sie sehr stören, wenn ich einen Augenblick mit Ihnen hineinginge?«

Maigret hätte schwören mögen, daß diesem großen schlaksigen Mann die Knie weich wurden, daß sich ihm die Kehle zuschnürte und er ganz schwindlig wurde. Endlich stammelte er mit Mühe:

»Wenn Sie möchten...«

Er öffnete die Tür mit seinem Schlüssel, schob sein Fahrrad in den Hausflur und verkündete mechanisch, wie er es wohl jeden Tag tat:

»Ich bin es!«

Am Ende des Flurs befand sich eine Glastür: die Tür zur Küche, wo Licht brannte. Donge trat ein.

»Ich stelle dir...«

Charlotte saß vor dem Backofen und hatte beide Füße ins Rohr gesteckt. In ihren Stuhl zurückgelehnt, nähte sie an einem lachsfarbenen Seidenunterrock.

Verwirrt zog sie die Füße aus dem Ofenrohr und suchte unter dem Stuhl nach ihren Pantoffeln.

»Oh! Du bist nicht allein… Entschuldigen Sie bitte, Monsieur…«

Auf dem Tisch stand eine Tasse, in der Kaffee gewesen war, und ein Teller, auf dem man noch Kuchenkrümel sah.

»Treten Sie ein… Setzen Sie sich… Es kommt so selten vor, daß Prosper einmal jemanden mitbringt… «

Es war warm. Das Radio lief, ein schöner, ganz neuer Apparat. Charlotte war im Morgenrock und hatte die Strümpfe unter den Knien aufgerollt.

»Ein Kommissar? Was ist denn los?« fragte sie beunruhigt, als Donge ihr Maigret vorgestellt hatte.

»Nichts, Madame. Ich habe heute Gelegenheit gehabt, im Majestic zu arbeiten, und dabei habe ich Ihren Mann kennengelernt.«

Als er »Ihren Mann« sagte, sah sie Prosper an, dann lachte sie.

»Hat er Ihnen gesagt, daß wir verheiratet sind?«

»Ich habe angenommen…«

»Aber nein! Setzen Sie sich… Wir sind einfach nur zusammen. Ich glaube sogar, daß wir mehr gute Freunde sind als sonst etwas, nicht wahr, Prosper?… Wir kennen uns ja schon ewig! Aber wissen Sie, wenn ich wollte, daß er mich heiratet… Aber wie ich ihm immer wieder sage: Was würde das verändern? Alle meine Bekannten wissen, daß ich Tänzerin war und dann Animierdame, an der Côte d'Azur. Und daß ich, wenn ich nicht dick geworden wäre, jetzt nicht Klofrau in einem Lokal an der Rue Fontaine wäre… Sag mal, Prosper, hast du die Rate bezahlt?«

»Erledigt. «

Im Radio wurde ein Gespräch über Landwirtschaft angesagt, und Charlotte schaltete ab. Sie bemerkte, daß ihr Morgenmantel offenstand, und schloß ihn mit einer Sicherheitsnadel. Auf dem Herd schmorte irgendein Ragout. Charlotte überlegte, ob sie den Tisch decken sollte. Und Prosper Donge wußte nicht ein noch aus.

»Wir könnten in den Salon gehen«, schlug er vor.

»Du vergißt, daß dort kein Feuer brennt. Es wird viel zu kalt sein! Wenn Ihr was zu besprechen habt, kann ich hinaufgehen und mich anziehen. Es ist nämlich so, Kommissar, daß wir beide hier immer Verstecken spielen. Wenn ich heimkomme, geht er weg. Wenn er heimkommt, wird es für mich bald Zeit, wir können dann gerade knapp einen Happen zusammen essen. Nicht einmal unsere freien Tage stimmen überein, so daß er sich an seinen Ruhetagen sein Mittagessen selber kochen muß...

Nehmen Sie nicht ein Gläschen?... Schenkst du ein, Prosper?... Ich gehe hinauf...«

Maigret wehrte lebhaft ab.

»Aber nein, Madame. Bleiben Sie doch bitte. Ich werde jetzt gehen... Stellen Sie sich vor, da ist heute morgen im Majestic ein Verbrechen begangen worden. Ich habe Ihrem... Ihrem Freund ein paar Fragen stellen wollen, da es sich zu einem Zeitpunkt ereignet hat, als er fast allein im Untergeschoß war.«

Es gehörte schon etwas dazu, in diesem grausamen Spiel fortzufahren, denn Donges Gesicht – erinnerte es nun eigentlich mehr an einen Fisch oder an ein Schaf? – war von qualvoller Angst gezeichnet. Er wollte ruhig bleiben, und das gelang ihm auch einigermaßen. Aber welche Schmerzen hatte er dafür in seinem Innern auszustehen?

Nur Charlotte ahnte nichts. Sie füllte drei kleine goldgeränderte Gläser mit Alkohol.

»Ist es jemand vom Personal?« fragte sie verwundert, aber ohne sich aufzuregen.

»Obwohl es im Untergeschoß geschah, ist es niemand vom Personal. Das ist gerade das Verwirrende an dieser Geschichte... Versuchen Sie einmal, sich einen Gast vorzustellen, eine Dame, die mit ihrem Mann, ihrem Sohn, einer Kinderfrau und einer Lehrerin eine Luxussuite nimmt, die mehr als tausend Franc am Tag kostet. Und diese Dame wird nun um sechs Uhr früh erdrosselt, und zwar nicht in ihrem Zimmer, sondern im Umkleideraum des Untergeschosses. Aller Wahrscheinlichkeit nach ist das Verbrechen dort begangen worden. Was hat diese Frau im Untergeschoß zu suchen gehabt? Wer hat sie dorthin locken können und wie? Vor allem zu einer Uhrzeit, zu der Leute dieses Schlages gewöhnlich noch schlafen...«

Viel war es nicht: gerade nur ein Runzeln der Brauen, als wäre Charlotte ein Gedanke gekommen, den sie aber sofort wieder verwarf. Ein kurzer Blick auf Prosper, der sich die Hände über dem Herd wärmte. Er hatte sehr weiße Hände mit breiten Fingerkuppen und vielen roten Härchen.

Aber Maigret fuhr erbarmungslos fort:

»Es wird nicht einfach sein, herauszubekommen, was diese Mrs. Clark in dem Keller suchte...«

Er hielt den Atem an, zwang sich, bewegungslos stehen zu bleiben, scheinbar das Wachstuch anzustarren, das auf dem Tisch lag. Man hätte eine Nadel fallen hören können.

Maigret schien Charlotte Zeit lassen zu wollen, damit

sie ihrer Erregung Herr wurde. Denn sie war erstarrt. Ihr Mund stand noch halb offen, aber es kam kein Ton heraus. Schließlich vernahm man eine undeutliche Silbe, die wie ein »Ach!« klang.

Was half's, es war nun einmal sein Beruf! Es war seine Pflicht!

»Ich frage mich, ob Sie sie nicht vielleicht gekannt haben?«

»Ich?«

»Nicht unter dem Namen Mrs. Clark, den sie seit etwas mehr als sechs Jahren trägt, sondern unter ihrem Namen Emilienne oder vielmehr Mimi... Sie war Animierdame in Cannes, zu der Zeit, als...«

Arme dicke Charlotte! Wie schlecht sie Komödie spielte! Wie sie mit einer Miene, als suchte sie in ihren Erinnerungen, zur Decke blickte! Was für unschuldige, allzu unschuldige Augen sie machte!

»Emilienne?... Mimi?... Nein! Nicht, daß ich wüßte... Sind Sie sicher, daß es in Cannes war?«

»In einem Lokal, das La Belle Etoile hieß, gleich hinter der Croisette.«

»Das wundert mich... Ich kann mich an keine Mimi erinnern... Und du, Prosper?«

Es fehlte nicht viel, und er wäre erstickt. Warum mußte man ihn auch zum Reden zwingen, wenn seine Kehle zugeschnürt war, als hätte man ihn in einen Schraubstock gepreßt.

»N... nein...«

Äußerlich hatte sich nichts verändert. Immer noch schwebte in der Küche jener gute Geruch kleiner Wohnungen, in denen die Wände so etwas wie tröstliche Ausdünstungen zu haben scheinen, immer noch gab es den vertrauten Geruch des Fleisches, das auf einem Bett goldgelber Zwiebeln schmorte, das rotkarierte Wachstuch auf dem Tisch, die Kuchenkrümel. Wie die meisten Frauen mit Neigung zum Dickwerden, feierte gewiß auch Charlotte für sich allein wahre Kuchenorgien! – Und auch der Unterrock aus lachsfarbener Seide war noch da!

Und nun war plötzlich das Drama hereingebrochen. Es gab da nichts Greifbares. Jemand, der hereingekommen wäre, hätte gedacht, die Donges empfingen freundlichen Nachbarsbesuch.

Nur, keiner wagte mehr, den Mund aufzumachen. Der arme Prosper, mit seiner von den Blattern wie ein Sieb durchlöcherten Haut, hatte seine vergißmeinnichtblauen Augen geschlossen und schwankte vor dem Herd so stark hin und her, daß zu befürchten war, er würde plötzlich auf den Küchenfliesen zusammenbrechen.

Maigret erhob sich mit einem Seufzer.

»Ich bitte Sie um Verzeihung für die Störung... Ich muß jetzt...«

»Ich werde Ihnen die Tür öffnen«, sagte Charlotte zungenfertig. »Übrigens ist es jetzt Zeit für mich zum Anziehen. Ich muß um zehn dort sein, und abends gibt es nur alle Stunden einen Bus, so daß ich...«

»Guten Abend, Donge.«

»Guten A...«

Er sagte vielleicht auch den Rest, aber man hörte ihn nicht. Maigret fand draußen sein Fahrrad wieder vor. Die Tür schloß sich hinter ihm. Er hätte fast durch das Schlüsselloch gespickt, aber jemand kam die Straße herunter, und er wollte nicht in dieser Haltung überrascht werden.

Den ganzen Abhang hinunter bremste er und hielt dann vor einem Bistro.

»Können Sie dieses Fahrrad für mich verwahren, bis ich es morgen früh abholen lasse?«

Er trank irgend etwas und ging dann zur Brücke von Saint-Cloud, um auf den Bus zu warten. Seit einer guten Stunde telefonierte Lucas überall herum und suchte seinen Chef.

3

Charlotte im Pélican

»Da bist du ja endlich, Monsieur Maigret!«

Der Kommissar, der auf der Schwelle seiner Wohnung am Boulevard Richard-Lenoir stand, konnte ein Lächeln nicht unterdrücken, aber nicht weil seine Frau ihn Monsieur Maigret nannte, das sagte sie oft im Spaß, sondern weil ihn der warme Schwall, der ihm ins Gesicht schlug, daran erinnerte, wie…

Er war fern von Saint-Cloud und lebte in einer ganz anderen Atmosphäre als das Pseudo-Ehepaar Donge. Aber das änderte nichts daran, daß er bei seiner Heimkehr Madame Maigret beim Nähen antraf, wenn auch nicht in der Küche, sondern im Eßzimmer, und daß sie die Füße zwar nicht im Ofenrohr, dafür aber auf dem Dauerbrandofen hatte. Und er hätte schwören mögen, daß auch hier irgendwo Kuchenreste herumlagen.

Über dem runden Tisch hing eine Hängelampe, auf dem Tischtuch standen eine große breite Suppenschüssel, eine Karaffe Wein, eine Karaffe Wasser, die Servietten lagen in ihren silbernen Serviettenringen bereit. Der Geruch, der aus der Küche drang, war genau wie der des Ragouts dort draußen…

»Jetzt haben sie schon dreimal angerufen…«

»Aus der Anstalt?«

So nannten er und seine Mitarbeiter die Kriminalpolizei. Mit einem Seufzer der Erleichterung zog er seinen Mantel aus, wärmte einen Augenblick seine Hände über dem Ofen und erinnerte sich, daß Prosper Donge vorhin die gleiche Geste gemacht hatte. Schließlich nahm er den Hörer ab und wählte eine Nummer.

»Sind Sie's, Chef?« war vom anderen Ende der Leitung die angenehme Stimme von Lucas zu vernehmen. »Alles in Ordnung?... Nichts Neues?... Ich hätte ein paar Kleinigkeiten für Sie und bin deshalb hiergeblieben. Zunächst einmal zu der Lehrerin...

Janvier hat sie verfolgt, als sie aus dem Majestic kam. Wissen Sie, was Janvier über sie sagt? Er behauptet, daß sie in ihrem Land wohl nicht Lehrerin ist, sondern in der Gangsterwelt lebt...

Hallo!... Kurz, ich erzähle Ihnen schnell, was geschehen ist. Sie hat das Hotel bald nach ihrem Gespräch mit Ihnen verlassen. Statt das Taxi zu nehmen, das der Türsteher schon herangewinkt hatte, ist sie in eines der herumfahrenden Taxis gehüpft, und Janvier hat größte Mühe gehabt, sie nicht aus den Augen zu verlieren...

An den großen Boulevards hat sie sich in die Metro gestürzt. Dann hat sie den Trick mit dem Haus mit zwei Ausgängen gemacht. Janvier ist ihr auf der Spur geblieben und auf diese Weise zur Gare de Lyon gelangt. Er hat Angst gehabt, sie würde in einen Zug steigen, denn er hatte nicht genug Geld dabei...

Auf Gleis 4 stand der Rom-Expreß bereit. Bis zur Abfahrt blieben noch etwa zehn Minuten. Ellen Darroman hat in allen Waggons nachgesehen. Als sie schon enttäuscht kehrtmachen wollte, ist ein großer, sehr eleganter Kerl mit einer Reisetasche angekommen…«

»Oswald J. Clark«, sagte Maigret, der während des Zuhörens zerstreut seine Frau ansah. »Sie wollte ihn natürlich warnen.«

»Sie haben sich Janvier zufolge eher wie gute Freunde als wie Chef und Angestellte begrüßt. Haben Sie Clark gesehen?… Das ist ein baumlanger magerer gutgebauter Junge mit dem gesunden und offenen Gesicht eines Baseballspielers. Sie sind in eifrigem Gespräch auf dem Bahnsteig hin und her gegangen, so, als würde Clark nun doch zögern wegzufahren. Als der Zug anfuhr, war er immer noch nicht entschlossen, denn er hat noch einen Ansatz zum Aufspringen gemacht…

Schließlich sind sie aus dem Bahnhof hinausgegangen und haben ein Taxi herbeigewinkt. Ein paar Minuten später sind sie vor der amerikanischen Botschaft gelandet, in der Avenue Gabriel…

Dann sind sie in die Avenue Friedland zu einem amerikanischen Rechtsberater, einem Solicitor, wie sie das nennen. Der Solicitor hat mit dem Untersuchungsrichter telefoniert, und eine Dreiviertelstunde später sind die drei im Justizpalast sofort beim Richter vorgelassen worden. Was dort geschehen ist, weiß ich nicht, aber der Richter bittet Sie, ihn gleich anzurufen. Es scheint sehr eilig zu sein

Aber um Janviers Bericht abzuschließen: Nach Verlassen des Justizpalastes sind unsere drei Leute ins gerichtsmedizinische Institut, um die Leiche offiziell zu identifizieren. Dann sind sie schließlich ins Majestic zurück, und dort hat Clark in der Bar in Gesellschaft des Solicitors zwei Whiskys getrunken, während die Dame auf ihr Zimmer gegangen ist...

Das ist alles, Chef. Der Richter scheint es sehr eilig zu haben mit dem Telefonat... Wieviel Uhr ist es?... Bis acht ist er zu Hause: Turbigo 25-62. Danach ist er zu einem Abendessen bei Freunden, deren Nummer er mir hinterlassen hat. Warten Sie... Galvani 46-53...

Brauchen Sie mich noch, Chef?... Guten Abend... Torrence macht heute Nachtwache.«

»Kann ich die Suppe schöpfen?« fragte Madame Maigret seufzend und schüttelte ihr Kleid aus, damit die Fädchen herunterfielen.

»Häng mir zuerst meinen Smoking heraus.«

Da es schon nach acht Uhr war, wählte er die Nummer Galvani 46-53. Das war die Nummer eines jungen Assessors. Eine Hausangestellte nahm ab, und er hörte Besteckklappern und fröhliches Stimmengewirr.

»Ich rufe den Herrn Richter... Wer ist am Apparat?... Kommissar Négret?«

Durch die offene Schlafzimmertür sah er den Spiegelschrank und Madame Maigret, die seinen Smoking dort herausholte.

»Sind Sie es, Herr Kommissar?... Hm... äh... Sie sprechen kein Englisch, nicht wahr?... Hallo! Unterbrechen Sie nicht... Das habe ich mir gedacht... Ich wollte Ihnen sagen... Hm!... Es betrifft diese Affäre natürlich... Ich glaube, es wäre besser, wenn Sie sich nicht weiter... ich meine, nicht direkt... um Monsieur Clark und sein Personal... kümmern würden...«

Ein unbestimmtes Lächeln umspielte Maigrets Lippen.

»Monsieur Clark hat mich heute nachmittag in Begleitung der Lehrerin aufgesucht... Er ist eine ziemlich bedeutende Persönlichkeit mit besten Beziehungen. Vor seinem Besuch hatte ich einen Anruf aus der amerikanischen Botschaft erhalten mit den besten Referenzen über ihn... Sie verstehen, nicht wahr?... Unter diesen Umständen müssen Ungeschicklichkeiten vermieden werden...

Monsieur Clark ist in Begleitung seines Solicitors erschienen und hat darauf bestanden, daß seine Aussage zu Protokoll genommen wurde...

Hallo! Sind Sie noch am Apparat, Herr Kommissar?«

»Aber ja, Herr Richter, ich höre...«

Im Hintergrund immer noch Besteckklappern. Die Gespräche waren verstummt. Wahrscheinlich horchten die Gäste des Assessors aufmerksam auf den Monolog des Untersuchungsrichters.

»Ich setze Sie kurz ins Bild. Morgen früh kann mein Gerichtsschreiber Ihnen den Wortlaut der Aussage mitteilen. Monsieur Clark hätte in der Tat nach Rom reisen müssen und danach in weitere Hauptstädte, wohin ihn seine Geschäfte rufen. Seit einiger Zeit ist er mit Miss Ellen Darroman verlobt...«

»Entschuldigen Sie, Herr Richter. Haben Sie gesagt, verlobt? Ich dachte, Monsieur Clark sei verheiratet...«

»Natürlich, natürlich! Aber er hat sich bald scheiden lassen wollen... Seine Frau war noch nicht auf dem laufenden... Wir können also wohl von verlobt sprechen. Er hat diese Reise nach Rom dazu benutzt...«

»...zuerst eine Nacht in Paris in Gesellschaft Miss Darromans zu verbringen...«

»Das ist richtig. Aber Sie tun nicht gut daran, Herr Kommissar, diesen ironischen Ton anzuschlagen. Clark hat den besten Eindruck auf mich gemacht. Die Sitten in seinem Land sind ein wenig anders als bei uns hier, und eine Scheidung ist dort... Kurz, er hat mir von sich aus gesagt, wie er die Nacht verbracht hat. In Ihrer Abwesenheit habe ich für alle Fälle Inspektor Ducuing mit der Überprüfung betraut, aber ich bin überzeugt, daß Clark nicht gelogen hat. Unter diesen Umständen wäre es sehr ungeschickt, wenn...«

Damit meinte er in Wirklichkeit:

»Wir haben es mit einem Mann von Welt zu tun, über den die Botschaft der Vereinigten Staaten ihre schützende Hand hält. Mischen Sie sich unter solchen Umständen besser nicht ein, denn Sie könnten es an dem nötigen Taktgefühl fehlen lassen und ihn kränken. Beschäftigen Sie sich mit den Leuten aus dem Untergeschoß, mit dem Personal und den anderen Leuten. Aber mit Clark befasse ich mich persönlich!«

»Verstanden, Herr Richter! Einen angenehmen Abend noch, Herr Richter...«

Dann wandte er sich seiner Frau zu und sagte:

»Du kannst schöpfen, Madame Maigret!«

Es war kurz vor Mitternacht. Der hallenartige Gang der Kriminalpolizei war leer und schlecht beleuchtet, wie von einem staubigen Nebel erfüllt. Und Maigrets Lackschuhe, die er nur selten trug, knarrten wie die Schuhe eines Erstkommunikanten.

In seinem Büro schürte er zuerst einmal den Ofen und

wärmte sich die Hände, dann machte er mit der Pfeife im Mund die Tür zum Büro der Inspektoren auf.

Ducuing war da und erzählte gerade Torrence eine Geschichte, die lustig sein mußte, denn die beiden Männer waren bester Laune.

»Nun, mein Lieber?«

Und Maigret setzte sich auf eine Kante des Tisches, dessen Holz ganz von Tinte durchtränkt war, und schüttelte die Asche aus seiner Pfeife auf den Boden. Hier durfte man lässig sein und den Hut in den Nacken schieben. Die beiden Inspektoren hatten aus der Brasserie Dauphine Bier heraufkommen lassen, und der Kommissar bemerkte befriedigt, daß sie ihn nicht vergessen hatten.

»Wissen Sie, Chef, daß das ein komischer Vogel ist, dieser Clark? Ich bin in die Bar des Majestic, um ihn mir genau anzusehen und mir seine Personenbeschreibung einzuprägen. Wenn man ihn so vor sich hat, sieht er aus wie ein knallharter Geschäftsmann... Na ja! Aber jetzt, da ich weiß, was er letzte Nacht getrieben hat, kann ich wohl sagen, daß das ein Schalk ist.«

Torrence konnte sich nicht enthalten, nach der strahlend weißen, mit zwei Perlen geschmückten Hemdbrust des Kommissars zu schielen, den man selten in solcher Aufmachung sah.

»Hören Sie nur. Zuerst hat er mit der Dame in einem kleinen 12-Franc-Restaurant in der Rue Lepic zu Abend gegessen. Können Sie sich das ausmalen? Der Wirt hat sie sich gemerkt, weil es nicht so oft vorkommt, daß man bei ihm echten Champagner bestellt. Danach haben sie gefragt, wo es Holzpferde gäbe. Sie haben sich sehr schwer verständlich gemacht. Man hat sie schließlich zur Foire du Trône geschickt…

Dort habe ich dann ihre Spur wieder aufgenommen. Ich weiß nicht, ob sie auf die Holzpferde gestiegen sind, aber ich nehme es an. Sie haben auch mit dem Luftgewehr geschossen, das weiß ich, weil Clark mehr als hundert Franc dort gelassen hat, was die gute Frau denn doch wunderte…

Na, Sie sehen schon… Untergehakt inmitten der Menschenmenge wie ein junges Liebespaar. Aber halten Sie sich fest. Das Beste kommt noch…

Kennen Sie die Bude von Eugène Stahlarm?… Am Ende der Darbietung hat Eugène das Publikum herausgefordert. Er hat da zur Zeit einen Koloß von einem Catcher. Na und unser Clark hat sich dem gestellt. Er hat sich hinter einem verpißten Vorhangfetzen ausgezogen und dem betreffenden Koloß eine Tracht Prügel versetzt. Ich kann mir vorstellen, daß die Dame in der vordersten Reihe Beifall geklatscht hat. Die Leute haben anscheinend gerufen:

›Los, Inglisch, hau ihm eins in die Fresse!‹…

Danach ist das Pärchen dann ins Moulin de la Galette zum Tanzen. Gegen drei findet man sie im Coupole, wo sie Bratwürste essen, und ich nehme an, daß sie danach brav in die Heia sind…

Im Hotel Aiglon gibt es keinen Portier, nur einen Nachtwächter, der in einem Kabuff schläft und von dort den Türöffner bedient, ohne so genau hinzusehen, wer hereinkommt. Er erinnert sich, gegen vier Uhr früh Englisch sprechen gehört zu haben. Er behauptet, daß niemand hinausgegangen sei…

Na, finden Sie nicht auch, daß das für Leute, die im Majestic absteigen, ein etwas merkwürdiger Abend ist?«

Maigret sagte weder ja noch nein, sah auf seine Armbanduhr, die er nur zu besonderen Anlässen trug (sie war ein Geschenk zu seinem zwanzigsten Hochzeitstag), und stand von dem Tisch auf, der ihm als Sitz gedient hatte.

»Gute Nacht, Kinder.«

Er war schon an der Tür, kam aber noch einmal zurück, um sein Glas Bier zu leeren. Er mußte zwei- oder dreihundert Meter zu Fuß gehen, bis er ein Taxi fand.

»Rue Fontaine.«

Es war ein Uhr morgens. Am Montmartre herrschte nächtlicher Hochbetrieb. Ein Neger empfing ihn am Eingang des Pélican, und er sah sich gezwungen, Hut und Mantel an der Garderobe abzugeben. Als er das Lokal betrat, in dem bunte Wattekugeln und Luftschlangen hin und her flogen, schwankte er ein wenig, wie jemand, der sich nicht wohl in seiner Haut fühlt.

»Einen Tisch an der Tanzfläche?... Hier herüber!... Sind Sie allein?«

Fast hätte er den Kellner, der ihn nicht erkannt hatte, angebrummt:

»Idiot!«

Der Barkeeper dagegen hatte ihn schon von weitem gesichtet und tuschelte mit zwei Animierdamen, die an der Mahagonibar lehnten.

Maigret setzte sich wie ein Gast, und da er kein Bier trinken konnte, bestellte er Weinbrand mit Wasser. Es dauerte keine zehn Minuten, da setzte sich der alarmierte Lokalbesitzer zu ihm.

»Doch hoffentlich nichts Unangenehmes, Herr Kommissar? Sie wissen, daß bei mir immer alles ordnungsgemäß…«

Er ließ seine Blicke im Lokal umhergehen und überlegte, wem dieser unerwartete Besuch der Polizei gelten konnte.

»Nichts«, entgegnete Maigret. »Ich wollte mich nur ein wenig amüsieren.«

Er zog seine Pfeife aus der Tasche, merkte am Blick des Lokalbesitzers, daß sie deplaziert war, und steckte sie seufzend wieder ein.

»Wenn Sie irgendeine Auskunft brauchen…«, murmelte der andere augenzwinkernd. »Aber ich kenne mein ganzes Personal. Ich glaube nicht, daß gegenwärtig jemand hier ist, der Sie interessieren könnte. Und was die Gäste betrifft, sehen Sie selbst: die übliche Mischung. Ausländer, Provinzler. Der dort drüben bei Lea, das ist ein Abgeordneter.«

Maigret erhob sich und ging schwerfällig auf die Treppe zu, die zu den Toiletten führte. Sie lagen im Untergeschoß in einem sehr hellen Raum mit bläulich gekachelten Wänden. Es gab Telefonkabinen aus poliertem Mahagoni, Spiegel. Und auf einem langen Tisch lagen zahlreiche Utensilien, Kämme, Bürsten, ein Maniküretui, Puder in allen denkbaren Farbtönen, Lippenstifte…

»Es ist immer das gleiche, wenn man mit dem tanzt! Gib mir ein Paar Strümpfe, Charlotte.«

Eine zierliche Frau im Abendkleid saß auf einem Stuhl und hatte bereits einen Strumpf ausgezogen. Hochgeschürzt saß sie da und betrachtete ihren nackten Fuß, während Charlotte in einer Schublade kramte.

»Wieder feine 44er?«

»In Ordnung. Gib her! Wenn ein Kerl schon nicht tanzen kann, sollte er wenigstens...«

Da sah sie Maigret im Spiegel, und während sie weiter ihre Strümpfe anzog, warf sie ihm ab und zu einen kurzen Blick zu. Als Charlotte sich dann umdrehte, bemerkte sie nun ebenfalls den Kommissar, und dieser sah sie erbleichen.

»Ah! Sie sind es...«

Sie versuchte zu lachen. Sie war nicht mehr dieselbe Frau, die dort draußen in dem Einfamilienhaus von Saint-Cloud die Füße ins Backrohr gestellt und sich mit Gebäck vollgestopft hatte.

Ihre blonden Haare waren so sorgfältig gekämmt, daß ihre Wellen aussahen, als könnten sie sich nie auflösen. Die Haut schimmerte in bonbonfarbenem Rosa. Ein einfaches schwarzes Seidenkleid unterstrich Charlottes mollige Formen, darüber trug sie ein niedliches Spitzenschürzchen, wie man sie sonst nur bei den Zofen im Theater sieht.

»Ich werde sie dir mit dem Rest bezahlen, Charlotte.«

»Klar.«

Die Kleine begriff, daß der Gast nur auf ihr Gehen wartete, und nachdem sie ihre Schuhe angezogen hatte, eilte sie die Treppe hinauf in das Lokal.

Und Charlotte, die so tat, als räumte sie Toilettengegenstände auf, brachte schließlich die Frage hervor:

»Was wollen Sie von mir?«

Maigret antwortete nicht. Er hatte sich gerade auf den Stuhl gesetzt, auf dem vorher die junge Frau mit den neuen Strümpfen gesessen hatte. Er nutzte die Gelegenheit, daß er sich hier im Untergeschoß befand, dazu aus, sich langsam und mit Bedacht eine Pfeife zu stopfen.

»Wenn Sie meinen, daß ich irgend etwas weiß, dann täuschen Sie sich.«

Ist es nicht bemerkenswert, daß gerade Frauen mit ruhigem sanftem Wesen ihre Emotionen am deutlichsten zeigen! Charlotte wäre gern ruhig geblieben, aber sie konnte nicht verhindern, daß ihr Gesicht rot anlief und daß ihre Hände die Gegenstände so ungeschickt anfaßten, daß sie eine Schuhbürste fallen ließ.

»Ich habe vorhin bei uns zu Hause an der Art, wie Sie mich ansahen, genau begriffen, daß Sie sich vorstellten ...«

»Und Sie haben natürlich nie eine Tänzerin oder Animierdame namens Mimi gekannt, stimmt's?«

»Niemals!«

»Und dabei waren Sie selber lange Animierdame in Cannes. Sie waren zur selben Zeit dort wie diese Mimi.«

»Es gibt ja nicht nur ein Lokal in Cannes, und man kann ja nicht jeden kennen.«

»Sie waren doch in der Belle Etoile, oder?«

»Ja und?«

»Nichts. Ich wollte mich nur ein bißchen mit Ihnen unterhalten.«

Sie schwiegen volle fünf Minuten, weil ein Gast heruntergekommen war, sich die Hände wusch, sich kämmte und dann einen Lappen zum Polieren seiner Lackschuhe verlangte. Als er endlich eine 5-Franc-Münze in der Untertasse hinterlassen hatte, fuhr der Kommissar fort:

»Ich empfinde große Sympathie für Prosper Donge. Ich wette, daß er der beste Mann der Welt ist.«

»Sie sollten ihn erst richtig kennen!« rief sie voller Begeisterung aus.

»Er hat eine schwere Kindheit gehabt und scheint immer darum gekämpft zu haben...«

»Soll ich Ihnen sagen, daß er keinen Schulabschluß hat und sich alles allein erarbeitet hat? Wenn Sie mal in seiner Kaffeeküche nachsehen würden, könnten Sie dort Bücher finden, die unsereins sonst nicht gewöhnt ist zu lesen. Er hat immer den glühenden Wunsch gehabt, etwas zu lernen. Sein Traum wäre gewesen...«

Sie brach plötzlich ab, suchte wieder Haltung anzunehmen.

»Hat nicht das Telefon geklingelt?«

»Nein, nein...«

»Wo war ich stehengeblieben?«

»Daß es sein Traum gewesen wäre...«

»Ach was, warum soll ich ein Geheimnis daraus machen: Er hätte gern einen Sohn gehabt, aus dem etwas gemacht. Er hat Pech gehabt mit mir, der Ärmste, da ich seit meiner Operation keine Kinder mehr kriegen kann.«

»Kennen Sie Jean Ramuel?«

»Nein, ich weiß, daß das der Buchhalter ist und daß er krank ist, mehr nicht, Prosper redet wenig über die Geschichten im Majestic. Er ist nicht wie ich, die alles erzählt, was sich hier abspielt.«

Nachdem er ihr jetzt wieder ein wenig Sicherheit gegeben hatte, versuchte er, einen Schritt weiter zu gehen.

»Verstehen Sie, was mich verblüfft hat, ist, daß... Ich sollte Ihnen das nicht sagen... Untersuchungsgeheimnis. Aber ich bin sicher, es bleibt unter uns. Stellen Sie sich vor, daß der Revolver, den man in der Handtasche dieser Mrs. Clark gefunden hat, am Abend zuvor bei einem Waffenhändler im Faubourg Saint-Honoré gekauft worden ist. Diese reiche verheiratete Frau und Mutter, die aus New York kommt, in einem Luxushotel an den Champs-Elysées absteigt und plötzlich das Bedürfnis hat, einen Revolver zu kaufen… Sie müssen wissen, daß es sich nicht um einen niedlichen kleinen Damenrevolver handelt, sondern um eine ernsthafte Waffe…«

Er vermied es, sie anzusehen, starrte auf die glänzenden Spitzen seiner Schuhe, als wunderte er sich darüber, daß er so schön angezogen war.

»Wenn man feststellt, daß diese Frau sich ein paar Stunden später über eine Hintertreppe in das Untergeschoß des Hotels begibt… Wie soll man da nicht denken, daß sie mit jemandem ein Treffen verabredet hat? Und wie soll man nicht zu dem Schluß kommen, daß sie die Waffe für dieses Treffen gekauft hat? Nehmen Sie jetzt einmal an, daß diese so ehrbar gewordene Frau eine bewegte Vergangenheit hinter sich hat und daß ein Zeuge dieser Vergangenheit versucht, sie zu erpressen… Wissen Sie nicht vielleicht, ob Ramuel an der Côte d'Azur gelebt hat? Und ein gewisser Berufstänzer mit dem Spitznamen Zebio?«

»Den kenne ich nicht.«

Er brauchte sie gar nicht anzusehen, um zu wissen, daß sie gleich losheulen würde.

»Es gibt da noch einen anderen, der sie hätte umbringen können: der Nachtportier, denn er ist gegen sechs Uhr früh in das Untergeschoß hinuntergegangen. Prosper Donge hat seine Schritte auf der Hintertreppe gehört. Abgesehen davon, daß auch jeder einzelne Etagenkellner… Wirklich schade, daß Sie Mimi in Cannes nicht kennengelernt haben. Sie hätten mir sonst etwas über die Leute berichten können, mit denen sie damals Umgang hatte… Na ja, nichts zu ändern. Ich hätte mir die Reise nach Cannes gern erspart. Aber es müßte ja wirklich seltsam zugehen, wenn ich dort nicht Leute auftreiben würde, die sie gekannt haben.«

Er stand auf, leerte seine Pfeife, kramte in der Tasche, als suchte er nach Kleingeld, um es in die Untertasse zu legen.

»Aber Sie werden doch nicht…«, protestierte sie.

»Gute Nacht. Ich frage mich, um wieviel Uhr ein Zug fährt…«

Oben im Lokal bezahlte er ganz rasch seinen Verzehr und eilte in die Bar gegenüber, es war ein Café-Tabac, in dem das Personal sämtlicher Lokale dieser Gegend verkehrte.

»Das Telefon, bitte…«

Er rief die Vermittlung an.

»Hier Kriminalpolizei. Sie werden vermutlich gleich aus dem Pélican um eine Nummer in Cannes gebeten. Stellen Sie die Verbindung nicht zu schnell her. Warten Sie, bis ich komme.«

Er hatte gerade noch Zeit, sich in ein Taxi zu schwingen, in rasender Fahrt zum Fernamt zu fahren und sich dem Leiter des Nachtdienstes zu erkennen zu geben.

»Geben Sie mir ein Abhörgerät… Ist Cannes schon verlangt worden?«

»In diesem Augenblick. Ich habe nachgeprüft, welchem Teilnehmer die Nummer gehört. Es ist die Brasserie des

Artistes, die die ganze Nacht offen hat. Kann ich durchstellen?«

Maigret setzte die Kopfhörer auf und wartete. Telefonistinnen, die ebenfalls Kopfhörer aufhatten, sahen ihn neugierig an.

»Ich verbinde mit Cannes 18-43, Mademoiselle.«

»Danke. Hallo! Brasserie des Artistes?... Wer ist am Apparat?... Bist du's, Jean?... Hier ist Charlotte... Ja, ja... Charlotte aus der Belle Etoile... Wart mal, ich muß die Tür schließen... Ich glaube, da ist jemand.«

Man hörte sie reden, wahrscheinlich mit einem Gast. Dann das Geräusch einer Tür, die geschlossen wurde.

»Hör mal zu, mein lieber Jean. Es ist sehr wichtig. Ich werde dir in einem Brief alles erklären... Oder vielmehr, nein! Das ist zu gefährlich. Ich werde dich besuchen, später, wenn es vorbei ist... Ist Gigi noch da? Wie?... Das wundert mich nicht von ihr. Du mußt ihr unbedingt sagen, daß, wenn man sie nach Mimi fragt... Kannst du dich an sie erinnern?... Nein! Du warst noch nicht da. Also egal, was man sie fragen sollte, sie kennt sie nicht! Klar?... Vor allem soll sie nicht über Prosper reden.«

»Über was für einen Prosper?« fragte Jean am anderen Ende der Leitung.

»Unwichtig. Sie kennt keinen Prosper, hörst du! Und keine Mimi... Hallo! Unterbrechen Sie nicht... Wer ist da in der Leitung?«

Maigret ahnte, daß sie sich beunruhigte und vielleicht vermutete, daß man ihr Gespräch abhörte.

»Verstanden, mein Lieber?... Kann ich mich auf dich verlassen?... Ich hänge ein, weil jemand da ist...«

Auch Maigret nahm die Kopfhörer ab, zündete die erloschene Pfeife wieder an.

»Haben Sie erfahren, was Sie wollten?« fragte der diensthabende Leiter.

»Und ob. Verbinden Sie mich mit der Gare de Lyon. Ich muß wissen, um wieviel Uhr ein Zug nach Cannes geht, vorausgesetzt, daß ...«

Er sah mißgelaunt auf seinen Smoking. Vorausgesetzt, daß er Zeit haben würde ...

»Hallo!... Wie bitte?... Vier Uhr siebzehn?... Und ich komme um zwei Uhr nachmittags an?... Danke ...«

Er hatte gerade noch Zeit, einen Sprung an den Boulevard Richard-Lenoir zu machen und über die schlechte Laune Madame Maigrets zu lachen.

»Meinen Anzug, schnell ... ein Hemd ... Socken ...«

Um vier Uhr siebzehn saß er im Zug Richtung Côte d'Azur einer Dame gegenüber, die einen scheußlichen Pekinesen auf dem Schoß hatte und Maigret schief ansah, wohl, weil sie vermutete, daß er kein Hundefreund war.

Zur gleichen Stunde stieg Charlotte ins Taxi wie jede Nacht. Es war ein Taxi, das vor allem die Gäste des Pélican beförderte und sie umsonst nach Hause fuhr.

Um fünf Uhr hörte Prosper Donge die Autotür zuschlagen, das Geräusch des Motors, der Schritte, des Schlüssels im Schloß. Aber er hörte nicht das gewohnte »Pffttt« des Gases in der Küche. Ohne sich im Erdgeschoß aufzuhalten, stürzte Charlotte die Treppe herauf, riß die Tür auf und schrie:

»Prosper!... Hör doch! Tu doch nicht so, als würdest du noch schlafen ... Der Kommissar ...«

Bevor sie Genaueres erklären konnte, mußte sie zuerst einmal ihren Büstenhalter aufmachen und den Hüfthalter abstreifen, so daß sich ihre Strümpfe jetzt ringelten.

»Wir müssen ernsthaft reden! So steh doch auf! Meinst du vielleicht, man kann sich mit einem Mann unterhalten, der im Bett liegt!«

4

Gigi und der Karneval

Drei Stunden lang hatte Maigret den unangenehmen Eindruck, in einer Art Niemandsland zwischen Traum und Wirklichkeit herumzutappen. Vielleicht war es seine Schuld? Bis Lyon, ja weiter noch, vielleicht bis Montélimar, war der Zug durch einen einzigen Tunnel aus Nebelschwaden gefahren. Die Frau mit dem kleinen Hund, die dem Kommissar gegenübersaß, hatte sich nicht von ihrem Platz gerührt, und es gab kein einziges leeres Abteil.

Maigret hatte es sich nicht bequem machen können. Es war zu heiß. Wenn man das Fenster herunterließ, war es zu kalt. So war er in den Speisewagen gegangen und hatte zur Aufmunterung alles mögliche getrunken, zuerst Kaffee, dann Weinbrand, dann Bier.

Gegen elf Uhr hatte er einen verdorbenen Magen und sagte sich, daß es vielleicht besser wäre, etwas zu essen; so hatte er Eier mit Schinken bestellt, aber die bekamen ihm auch nicht besser. Kurz, die Nacht ohne Schlaf und die stundenlange Bahnfahrt saßen ihm in den Knochen; er war gereizter Stimmung. Bei der Abfahrt aus Marseille schlief er in seiner Ecke mit offenem Mund ein, und als er hochfuhr, weil er »Cannes« ausrufen hörte, war er ganz blöd vor Verwunderung.

Überall Mimosen in strahlender Sonne, wie sonst am 14. Juli. Mimosen an den Lokomotiven, an den Waggons, an den Eisenträgern des Bahnhofs! Und ein Gewimmel von hellgekleideten Reisenden, von Männern in weißen Hosen…

Aus einem Triebwagen kamen sie gleich dutzendweise heraus, mit Uniformmützen und mit Blechinstrumenten unterm Arm. Gleich draußen vor dem Bahnhof stieß er auf eine andere Blaskapelle, die mitreißende Töne in die Luft schmetterte.

Es war eine Orgie von Licht, Musik und Farben. Überall Fahnen, Banner, Wimpel. Und vor allem überall goldgelbe Mimosen, die einen süßlichen Geruch verströmten, von dem die ganze Stadt erfüllt war.

»Entschuldigen Sie, Herr Wachtmeister«, sprach er einen Polizisten an, der ebenfalls in Feiertagsstimmung zu sein schien, »können Sie mir sagen, was hier los ist?«

Man sah ihn an, als käme er vom Mond.

»Noch nie was vom großen Blumencorso gehört?«

Weitere Blaskapellen zogen durch die Stadt in Richtung Meer, das man manchmal am Ende einer Straßenperspektive pastellblau leuchten sah.

Er erinnerte sich später noch an ein kleines, als Pierrette verkleidetes Mädchen, das von seiner Mutter rasch an der Hand mitgezerrt wurde, wohl, um beim Corso einen guten Platz zu bekommen. Daran wäre nichts Besonderes gewesen, wenn das kleine Mädchen nicht eine grauenhafte Maske mit langer Nase, roten Backen und einem herabfallenden Chinesenbart getragen hätte. Seine kleinen molligen Beinchen trabten und trabten…

Er brauchte nicht nach dem Weg zu fragen. Als er über eine ruhige Straße die Croisette erreicht hatte, entdeckte er ein Schild: Brasserie des Artistes. Und eine Tür weiter stand: Hotel. Und es war ihm sofort klar, um welche Art von Hotel es sich hier handelte.

Er trat ein. Vier schwarzgekleidete Gäste mit weißer Hemdbrust und steifer Krawatte spielten Belote, bis es Zeit war, ihre Arbeit als Croupiers im Casino aufzunehmen. Ein Mädchen am Fenster aß Sauerkraut. Der Kellner wischte die Tische ab. Ein junger Mann, der der Wirt sein mußte, las hinter der Theke Zeitung. Und von draußen drangen aus fern und nah, von überall her die Klänge der Blaskapellen herein und so etwas wie abgestandener Mimosengeruch, von den Füßen der Menge aufgewühlter Staub, Schreie, Hupen...

»Ein kleines Bier«, brummte Maigret, der nun endlich seinen schweren Mantel ablegen konnte.

Es war ihm fast peinlich, ebenso dunkel angezogen zu sein wie die Croupiers. Schon bei seinem Hereinkommen hatte es einen kurzen Blickwechsel zwischen ihm und dem Wirt gegeben.

»Sagen Sie mal, Monsieur Jean...«

Und es war klar, daß Monsieur Jean dachte:

»Der da ist wahrscheinlich ein Bulle...«

»Führen Sie diese Brasserie hier schon lange?«

»Ich habe sie vor fast drei Jahren übernommen... Warum?«

»Und vorher?«

»Wenn Sie's genau wissen wollen, vorher war ich Barkeeper im Café de la Paix in Monte Carlo.«

Weniger als hundert Meter entfernt lagen an der Croisette die Grandhotels: das Carlton, das Miramar, das Martinez und noch andere.

Es war klar, daß die Brasserie des Artistes so etwas wie die Hinterbühne zu diesem eleganten Leben bildete. Das galt übrigens auch für die ganze Straße, wo es chemische Reinigungen, Friseure, Bistros für Chauffeure und kleine Handwerksbetriebe im Schatten der Luxushotels gab.

»Die Brasserie ist die ganze Nacht offen, oder?«

»Ja, die ganze Nacht.«

Aber nicht für solche Leute, die hier den Winter verbrachten, sondern für das Personal des Kasinos, der Hotels, für die Tänzerinnen, Animierdamen, Dienstleute, für die Kundenfänger und Vermittler jeden Kalibers, für Zuhälter, Händler mit Renntips oder Schlepper von Nachtlokalen.

»Brauchen Sie mich noch?« fragte Monsieur Jean ziemlich schroff.

»Ich möchte Sie bitten, mir zu sagen, wo ich eine gewisse Gigi finden kann.«

»Gigi?... Kenne ich nicht.«

Die Frau, die das Sauerkraut aß, beobachtete sie mit ihren müden Augen. Die Croupiers standen auf, weil es gleich drei Uhr war.

»Hören Sie mal, Monsieur Jean. Sie haben wohl noch nie Ärger gehabt mit den Spielautomaten oder mit sonst irgend etwas dieser Art?«

»Was geht das Sie an?«

»Ich stelle die Frage deshalb, weil die Sache für Sie, wenn Sie schon einmal eine Strafe bekommen haben, sehr viel ernster würde. Charlotte ist sehr nett. Sie ruft ihre Freunde an, um sie um einen Gefallen zu bitten, aber sie vergißt zu sagen, worum es dabei geht. Nun, und wenn man so ein Gewerbe betreibt wie Sie und schon ein wenig Ärger gehabt hat, ist man im allgemeinen nicht daran interessiert, in eine Sache verwickelt zu werden... Na ja, ich werde jetzt mal bei der Sittenpolizei anrufen, die wird mir gewiß ganz leicht sagen können, wo ich Gigi finde. Haben Sie einen Jeton?«

Er war aufgestanden und ging jetzt auf die Telefonzelle zu.

»Entschuldigen Sie, Sie haben da etwas von verwickelt werden gesagt... Ist es was Schlimmes?«

»Kann man wohl sagen, es geht um einen Mord. Wenn ein Kommissar der Sonderbrigade extra von Paris hierherkommt, darf man schon annehmen...«

»Einen Moment, Herr Kommissar... Wollen Sie unbedingt Gigi sehen?«

»Dafür bin ich mehr als tausend Kilometer hierhergefahren.«

»Kommen Sie mit! Ich sage Ihnen aber gleich, daß Sie aus ihr nicht viel herausbekommen werden. Kennen Sie sie?... An zwei von drei Tagen ist sie zu nichts zu gebrauchen... Ich meine, wenn sie sich Rauschgift beschafft hat, verstehen Sie? Na ja, und gestern...«

»Gestern hat sie nach Charlottes Anruf ganz zufällig welches aufgetrieben, wie? Wo ist sie?«

»Dahinten! Sie hat in der Stadt ein Zimmer, aber heute nacht konnte sie nicht mehr aufrecht gehen.«

Eine Tür führte zu der Hoteltreppe. Der Wirt deutete auf ein Zimmer im Zwischenstock.

»Besuch für dich, Gigi!« schrie er.

Und er wartete auf dem Treppenabsatz, bis Maigret die Tür hinter sich geschlossen hatte. Danach ging er achselzuckend wieder hinter seine Theke zurück und nahm, immerhin doch ein wenig besorgt, seine Zeitungslektüre wieder auf.

Die geschlossenen Vorhänge ließen nur einen schwachen Lichtschein herein. Das Zimmer war in Unordnung. Auf dem eisernen Bett lag eine vollkommen angekleidete Frau mit zerzausten Haaren, die ihr Gesicht ins Kissen gedrückt hatte. Mit ausgedörrter Kehle begann sie zu fragen:

»...is'n los?«

Dann kam ein Auge zum Vorschein, ein sehr dunkles Auge.

»Bist'n schon da?«

Zusammengekniffene Nasenflügel. Eine wächserne Gesichtsfarbe. Gigi war mager, kantig, dunkel wie eine Backpflaume.

»Wieviel Uhr ist es? Ziehst dich nicht aus?«

Sie stützte sich auf einen Ellbogen, um einen Schluck Wasser zu trinken, sah Maigret an und machte eine Anstrengung, wieder zu sich zu kommen. Als sie ihn ernst auf einem Stuhl neben ihrem Bett sitzen sah, fragte sie:

»Bist du der Arzt?«

»Was hat Monsieur Jean heute nacht zu Ihnen gesagt?«

»Jean? Der ist in Ordnung, Jean. Er hat mir... Was geht Sie das an?«

»Er hat dir Koks gegeben, ich weiß. Bleib liegen. Und er hat mit dir über Mimi und Prosper geredet...«

Draußen hörte man noch immer Blaskapellen, die mal näher kamen, mal sich entfernten, und noch immer schwebte der fade Mimosengeruch in der Luft, als gehörte er einfach dazu.

»Der gute Prosper!«

Sie redete wie im Traum. Ihre Stimme bekam manchmal einen kindlichen Klang. Dann aber bildeten sich plötzlich Fältchen um ihre Lider, ihre Brauen zogen sich zusammen, als fühlte sie starken Schmerz. Ihr Mund war wie ausgedörrt.

»Sag, hast du nicht ein bißchen?«

Sie hätte gern wieder Rauschgift gehabt. Und Maigret hatte das unangenehme Gefühl, daß er einer Kranken im Delirium ihre Geheimnisse entriß.

»Du hast ihn gern gemocht, den Prosper, nicht?«

»Der ist nicht wie die anderen Männer. Der ist zu gut. Er hätte nicht an eine Frau wie Mimi geraten dürfen, aber so geht es ja immer... Hast du ihn gekannt?«

Na los! Ein kleiner Ruck jetzt! Schließlich war das nun einmal Maigrets Rolle, oder?

»Als er im Miramar war, nicht?... Ihr habt da zu dritt in der Belle Etoile getanzt. Mimi, Charlotte und du...«

Ernst stammelte sie:

»Man darf Charlotte nichts Schlechtes nachsagen. Sie ist ein anständiges Mädchen. Sie war in Prosper verliebt. Wenn er auf mich gehört hätte...«

»Ich nehme an, daß ihr euch nach der Arbeit in der Brasserie getroffen habt. Prosper war Mimis Liebhaber...«

»Er war ganz krank vor Liebe. Armer Prosper! Und als sie dann...«

Mißtrauisch geworden, richtete sie sich plötzlich auf.

»Stimmt das auch, daß Sie ein Freund von Prosper sind?«

»Als sie dann das Kind bekam, wie?«

»Wer hat Ihnen das gesagt? Das hat sie nur mir geschrieben. Aber nicht damit hat es angefangen.«

Sie horchte auf die Musik, die wieder einmal näher kam.

»Was ist das?«

»Nichts.«

Die blumengeschmückten Wagen, deren Abfahrt mit Kanonenschüssen angekündigt wurde, fuhren die Croisette entlang. Die Sonne strahlte, das Meer war glatt, Motorboote zogen Kreise auf dem Wasser, und kleine Segelboote neigten sich anmutig zur Seite.

»Hast du nicht wenigstens ein bißchen? Kannst du nicht von Jean ein wenig verlangen?«

»Ist sie zuerst mit dem Amerikaner abgehauen?«

»Hat Prosper dir das erzählt?… Komm, sei nett und gib mir noch ein Glas Wasser… Ein Ami, den sie in der Belle Etoile kennengelernt hat und der sich in sie verliebt hat. Er hat sie mit nach Deauville genommen, dann nach Biarritz. Du mußt wissen, daß Mimi ihre Sache verstand. Die war nicht wie wir… Arbeitet Charlotte immer noch im Pélican?… Na ja, und ich…«

Sie lachte, ein grausiges Lachen, bei dem sie ihre häßlichen Zähne zeigte.

»Eines Tages hat sie einfach so geschrieben, daß sie ein Kind kriegte und daß sie es schon schaffen würde, ihrem Amerikaner weiszumachen, daß es von ihm wäre. Wie hieß er nur gleich?… Oswald. Ein anderes Mal hat sie mir dann geschrieben, daß es fast schiefgegangen wäre, weil das Baby feuerrote Haare hatte. Stell dir mal vor! Ich wollte nicht, daß Prosper etwas davon erfuhr.«

War es die Wirkung der zwei Glas Wasser, die sie getrunken hatte?

Sie setzte erst den einen Fuß, dann den anderen auf den Boden, zeigte ihre langen mageren Beine, die Männerblicke wohl kaum fesseln konnten. Als sie aufrecht stand, sah man erst, daß sie sehr groß war und spindeldürr. Wie viele Stunden sie wohl im Dunkeln der Trottoirs schon auf und ab gegangen war oder an einem Tischchen geträumt hatte, bis endlich einer anbiß!

Ihr Blick war starrer geworden. Sie sah Maigret von Kopf bis Fuß prüfend an.

»Du bist 'n Bulle, wie?«

Wut stieg in ihr hoch, aber ihr Kopf war noch nicht ganz klar, und sie machte eine Anstrengung, ihre Benommenheit abzuschütteln.

»Was hat mir Jean gesagt?... Warte!... Und überhaupt, wer hat dich hier reingelassen?... Er hat mir das Versprechen abgenommen, mit niemandem zu reden... Gib's zu! Gib's doch zu, daß du von der Polizei bist. Und ich... Was geht das denn die Polizei an, daß Prosper und Mimi...«

Der Ausbruch kam plötzlich, heftig, widerwärtig.

»Du Schwein! Du Dreckskerl. Du hast das ausgenutzt, daß ich...«

Sie hatte die Tür aufgemacht, und der Krach von draußen drang jetzt erst recht herein.

»Wenn du nicht sofort abhaust, dann... dann...«

Es war lächerlich, erbärmlich. Maigret wäre fast von

einer Wasserkanne an den Beinen getroffen worden, und sie schrie ihm noch Beleidigungen nach, als er schon die Treppe hinunterging.

Die Brasserie war leer. Um diese Uhrzeit war nichts los.

»Na?« fragte Monsieur Jean von seiner Theke aus.

Maigret zog seinen Mantel wieder an, setzte den Hut auf, legte Kleingeld für den Kellner hin.

»Hat sie Ihnen erzählt, was Sie hören wollten?«

Von der Hoteltreppe her schrie eine Stimme:

»Jean! Jean! Komm her, ich muß dir was sagen …«

Es war die klägliche Gestalt Gigis, die in Strümpfen heruntergekommen war und, zerzaust, wie sie war, die Tür zur Brasserie einen Spaltbreit öffnete.

Maigret ging lieber weg.

Auf der Croisette hielt man ihn mit seinem schwarzen Mantel und der Melone gewiß für einen Provinzler, der zum erstenmal an die Côte d'Azur gekommen war, um den Karneval mitzuerleben. Maskierte rempelten ihn an. Er konnte sich nur mit Mühe aus den Rundtänzen befreien. Am Strand nahmen einige Wintergäste, denen das Fest gleichgültig war, ihr Sonnenbad: fast nackte, schon gebräunte Körper voller Öl …

Da lag das Miramar, eine enorme gelbe Masse mit zwei- oder dreihundert Fenstern, mit seinem Portier, seinen Bediensteten, seinen Schleppern. Er wollte schon hineingehen … Aber wozu auch?

Hatte er nicht schon alles erfahren, was er hatte erfahren wollen? Er wußte nicht mehr, ob er eigentlich Durst hatte oder ob er zuviel getrunken hatte. Er betrat eine Bar.

»Haben Sie einen Fahrplan?«

»Wollen Sie nach Paris? Um zwanzig Uhr vierzig fährt ein Zug mit allen Klassen.«

Er trank noch ein kleines Bier. Er mußte noch Stunden warten. Er wußte nicht, was er tun sollte. Und später hatte er immer eine alptraumhafte Erinnerung an diese Stunden, die er in Cannes in einer festlichen Atmosphäre verbracht hatte.

In gewissen Augenblicken wurde die Vergangenheit für ihn so lebendig, daß er Prosper mit seinen roten Haaren, seinen guten großen Augen, seinem pockennarbigen Gesicht buchstäblich durch die kleine Hintertür aus dem Miramar treten und auf einen Sprung in die Brasserie des Artistes gehen sah. Die drei Frauen, damals sechs Jahre jünger, waren da und aßen zu Mittag oder zu Abend. Prosper war häßlich. Er wußte es. Und er liebte Mimi, die jüngste und hübscheste der drei, leidenschaftlich.

Hatten sie anfangs nicht losgeprustet, als sie seine glühenden Blicke sahen?

»Du machst einen Fehler, Mimi«, hatte Charlotte dann wohl gemeint. »Das ist ein anständiger Kerl. Man weiß nie, wie es im Leben weitergeht.«

Und abends dann die Belle Etoile. Prosper ging da nie hin. Das war kein Ort für ihn. Am frühen Morgen aber traf er sie wieder zur gemeinsamen Zwiebelsuppe in der Brasserie.

»Also wenn sich so ein Mann in *mich* verlieben würde...«

Denn Charlotte war gewiß empfänglich für diese so demütige Leidenschaft. Gigi war noch nicht dem Kokain verfallen.

»Machen Sie sich nichts draus, Monsieur Prosper! Sie tut nur so, als würde sie sich über Sie lustig machen, im Grunde aber...«

Und dann waren sie ein Liebespaar geworden! Vielleicht waren sie zusammengezogen! Prosper gab fast seine ganzen Ersparnisse für Geschenke aus! Bis dann eines Tages ein durchreisender Amerikaner...

Ob Charlotte ihm später gesagt hatte, daß das Kind sicher von ihm war?

Die gute Charlotte! Sie wußte, daß er sie nicht liebte, daß er immer noch Mimi liebte, und dennoch lebte sie in der Bruchbude von Saint-Cloud harmonisch mit ihm zusammen!

Während Gigi immer mehr herunterkam...

»Wir versenden Blumen, Monsieur. Wollen Sie nicht Ihrer kleinen Freundin...«

Die Händlerin machte Spaß, denn Maigret sah nicht aus wie ein Mann, der eine kleine Freundin hat. Aber er schickte einen Korb Mimosen an Madame Maigret.

Da er noch eine halbe Stunde Zeit bis zur Abfahrt des Zuges hatte, folgte er einer Eingebung und rief in Paris an. Er befand sich in einem kleinen Café am Bahnhof. Die Musiker der Blaskapellen hatten jetzt staubige Hosen.

Sie fuhren waggonweise in die kleinen Nachbarorte zurück, und es lag Müdigkeit in der Luft wie am Ende eines schönen Sonntags.

»Hallo! Sind Sie's, Chef?... Sind Sie noch in Cannes?«

Lucas war erschüttert, das merkte man an seiner Stimme.

»Es gibt was Neues hier... Der Untersuchungsrichter

ist wütend. Er hat gerade angerufen und gefragt, was Sie gemacht haben... Hallo! Man hat die Sache vor knapp drei Viertel Stunden entdeckt. Torrence, der gerade auf Posten im Majestic ist, hat angerufen...«

Maigret stand bewegungslos in der engen Telefonzelle und hörte zu, stieß nur von Zeit zu Zeit ein Brummen aus. Durch die Scheibe sah er im Schein der untergehenden Sonne, die das Café durchflutete, Musikanten in weißen Leinenhosen und Mützen mit Silbertressen, und manchmal stieß einer von ihnen aus Spaß einen langen Ton aus seinem Helikon oder seiner Posaune, und in den Gläsern vor ihnen schimmerte eine opalfarbene Flüssigkeit.

»Gut!... Morgen früh bin ich da... Nein!...

Natürlich... Na ja gut, verhaftet ihn, wenn der Richter unbedingt will...«

Alles war sozusagen gerade eben erst geschehen. In den Untergeschossen des Majestic, zur Stunde des Tanztees, als die Musik durch alle Wände drang; und Prosper Donge wie ein großer roter Goldfisch in seiner Glaskabine hin und her schoß; und Jean Ramuel, gelb wie eine Quitte, in der seinen...

So wie Lucas berichtet hatte – aber die Untersuchung hatte noch nicht begonnen –, war der Nachtportier in Straßenkleidung in den Fluren gesehen worden. Was er da gemacht hatte, wußte man nicht. Jeder einzelne war so beschäftigt, daß er sich nicht um das kümmern konnte, was der andere tat.

Der Nachtportier hieß Justin Collebœuf. Er war ein kleiner, ruhiger und unscheinbarer Mann, der seine Nächte ganz allein in der Hotelhalle verbrachte. Er las nicht. Er hatte niemanden, mit dem er sich hätte unterhalten können. Er schlief auch nicht. Stunde um Stunde saß er auf einem Stuhl, sah vor sich hin und wartete. Seine Frau war Concierge in einem Neubau von Neuilly.

Was hatte Colleboeuf um halb fünf Uhr nachmittags hier zu suchen gehabt?

Zebio, der Eintänzer, war in den Umkleideraum gegangen, um seinen Smoking anzuziehen. Jeder war hier mal durchgekommen, Ramuel hatte seine Glaskabine mehrmals verlassen.

Um fünf Uhr hatte sich Prosper Donge in den Umkleideraum begeben. Er hatte seine weiße Jacke abgelegt, seinen Rock und den Mantel angezogen und sein Fahrrad genommen.

Und ein paar Minuten später hatte ein Dienstmann den Umkleideraum betreten. Er hatte bemerkt, daß die Tür des Spinds Nr. 89 ein wenig offenstand. Und im nächsten Augenblick waren alle Leute zusammengelaufen, weil er so schrie.

In dem Spind befand sich eine zusammengesackte Leiche: die Leiche des Nachtportiers, der einen grauen Mantel trug. Sein weicher Hut lag hinten in dem Spind.

Justin Colleboeuf war genau wie Mrs. Clark erdrosselt worden. Die Leiche war noch warm.

Unterdessen fuhr Prosper Donge friedlich auf seinem Fahrrad durch den Bois de Boulogne, überquerte die Brücke von Saint-Cloud, stieg ab, um die steile Straße, die zu seinem Einfamilienhaus führte, hinaufzugehen.

»Einen Pastis!« bestellte Maigret, auf der ganzen Theke sah er nur das.

Danach stieg er in den Zug, sein Kopf war so schwer wie früher, wenn er als Kind in glühender Sonne einen zu langen Ausflug gemacht hatte.

5

Die Spucke auf der Fensterscheibe

Der Zug fuhr schon eine ganze Weile. Maigret hatte bereits seinen Rock, seine Krawatte und seinen falschen Kragen abgelegt, da das Abteil wieder einmal überheizt war oder man vielmehr den Eindruck hatte, daß von überall her, aus den Trennwänden, dem Boden, den Sitzbänken, eine ganz besondere Wärme herausstrahlte, die nach Eisenbahn roch.

Er beugte sich vor, um seine Schuhe aufzuschnüren. Sollte ihm die Verwaltung ruhig Schwierigkeiten machen: er hatte sich nicht mit seiner Freifahrt in der ersten Klasse begnügt, sondern einen Schlafwagen genommen. Der Schaffner hatte ihm zudem versprochen, daß er allein in seinem Abteil bleiben würde.

Als er so über seine Schuhe gebeugt war, hatte er plötzlich das unangenehme Gefühl, von jemandem ganz aus der Nähe beobachtet zu werden. Er hob den Kopf. Auf dem Gang, hinter der Scheibe, sah er ein bleiches Gesicht, zwei dunkle Augen, einen großen, schlecht geschminkten Mund, der durch zwei auf gut Glück gezogene rote Striche, die abzufärben schienen, vor allem vergrößert wurde.

Am verblüffendsten aber war der Ausdruck von Haß und Verachtung. Wie war Gigi hierhergekommen? Bevor Maigret noch Zeit gehabt hatte, seinen Schuh wieder anzuziehen, spuckte das Mädchen mit vor Ekel verzerrtem Gesicht auf ihn, auf die Scheibe, dann entfernte sie sich durch den Gang.

Seelenruhig zog er sich wieder an. Bevor er sein Abteil verließ, zündete er sich eine Pfeife an, wie um damit sein seelisches Gleichgewicht wiederherzustellen. Dann durchquerte er die Gänge, von Waggon zu Waggon, machte es sich zur Pflicht, in jedes Abteil hineinzuschauen. Der Zug war lang. Maigret überquerte mindestens zehn Ziehharmonikas, prallte gegen die Abteile, störte fünfzig Personen.

»Entschuldigen Sie ... Entschuldigen Sie ...«

Die Teppiche hörten auf. Er befand sich jetzt in der dritten Klasse. Zu sechst auf einer Bank dämmerten die Leute vor sich hin. Oder sie aßen. Kinder starrten ins Leere.

In einem Abteil, in dem zwei Matrosen aus Toulon, die nach Paris »hinauffuhren«, und ein Greisenpaar mit wackelndem Kopf und offenem Mund saßen – die Frau hielt krampfhaft einen Korb auf ihren Knien fest –, fand er Gigi zusammengekauert in einer Ecke.

Vorher im Gang hatte er nicht auf ihre Kleidung geachtet. Er war so überrascht gewesen, daß er auch nicht begriffen hatte, daß dies hier nicht mehr die Gigi mit dem verschwommenen Blick und dem schlaffen Mund aus der Brasserie des Artistes war.

In einen 2000-Franc-Pelz gehüllt, die Beine übereinandergeschlagen, mit schiefgetretenen Absätzen und einer großen Laufmasche am Strumpf, sah sie stur geradeaus. War es ihr ganz allein gelungen, sich aus dem komatösen Zustand zu befreien, in dem sie sich am Nachmittag befunden hatte? Hatte man ihr irgendein Medikament gegeben?

Vielleicht hatte eine frische Dosis Koks sie wieder auf die Beine gebracht?

Sie hatte genau gemerkt, daß Maigret im Gang stand, aber sie rührte sich nicht. Er beobachtete sie eine gute Weile, versuchte, ihr ein Zeichen zu machen; sie beachtete ihn noch immer nicht. Da öffnete er die Tür.

»Können Sie einen Augenblick herauskommen?«

Sie zauderte. Die beiden Matrosen beobachteten sie. Sollte sie Krach schlagen? Achselzuckend stand sie auf und ging zu ihm hinaus, während er die Tür wieder schloß.

»Haben Sie denn noch nicht genug?« fragte sie spitz. »Sie müßten doch zufrieden sein, wie? Sie müßten doch stolz sein! Sie haben den hilflosen Zustand eines armen Mädchens ausgenützt ...«

Er merkte, daß sie gleich losheulen würde, daß ihre schlecht angemalten Lippen zu schwellen begannen, und er wandte den Kopf ab.

»Und Sie haben auch wirklich keine Zeit verloren, um ihn einzulochen!«

»Sagen Sie mal, Gigi, woher wissen Sie überhaupt, daß Prosper verhaftet worden ist?«

Sie machte eine unmutige Gebärde.

»Sind Sie noch nicht auf dem laufenden? Ich dachte, der Abhördienst funktioniert reibungslos. Ich kann's Ihnen ja ruhig sagen, Sie erfahren es sowieso bald: Charlotte hat Jean angerufen. Prosper war gerade von seiner Arbeit heimgekommen, als ein Taxi voller Bullen ankam und ihn mitnahm. Charlotte ist vollkommen verzweifelt. Sie wollte wissen, ob ich geplaudert hätte. Und ich habe ja geplaudert, oder? Ich habe so viel geplaudert, daß Sie –«

Bei einem heftigeren Rütteln des Zuges stieß sie gegen Maigret und wich entsetzt zurück.

»Das werde ich Ihnen heimzahlen, ich schwöre es Ihnen! Selbst wenn Prosper wirklich dieses Drecksweib von Mimi umgebracht hat. Ich will Ihnen etwas sagen, Kommissar. So wahr ich Gigi heiße, bei meiner Ehre als Hure, als Abschaum, der nichts zu verlieren hat, schwöre ich Ihnen, wenn er verurteilt wird, dann suche ich Sie auf und jage Ihnen eine Kugel in den Bauch ...«

Sie wartete einen Augenblick, voller Verachtung. Er sagte nichts. Er fühlte, daß das keine leere Drohung war und daß sie sehr wohl der Typ Frau war, der an irgendeiner Straßenecke auf ihn lauern und den Inhalt eines automatischen Revolvers auf ihn entladen würde.

Die beiden Matrosen aus dem Abteil beobachteten sie noch immer.

»Gute Nacht«, sagte er seufzend.

Er ging in sein Abteil zurück, zog sich endlich aus und legte sich nieder.

Eine Nachtlampe an der Decke verbreitete dämmeriges blaues Licht. Maigret runzelte mit geschlossenen Augen die Stirn.

Eine Frage quälte ihn. Warum nur hatte der Untersuchungsrichter Prosper Donges Verhaftung angeordnet? Was hatte der Richter, der sich von Paris nicht weggerührt hatte, der weder Gigi noch die Brasserie des Artistes kannte, erfahren? Warum wurde Donge verhaftet und nicht Jean Ramuel oder Zebio?

Dies beunruhigte ihn irgendwie. Er kannte den Richter.

Er hatte nichts gesagt, als er ihn in Gesellschaft des

Staatsanwaltes im Majestic hatte ankommen sehen, aber er hatte ein schiefes Gesicht gezogen, denn er hatte schon Gelegenheit gehabt, mit ihm zusammenzuarbeiten.

Er war ein ehrenwerter Mann, gewiß, sogar ein anständiger Kerl, Familienvater, Sammler von seltenen Einbänden. Er trug einen quadratischen Bart von schönem Grau. Einmal war Maigret gemeinsam mit ihm zu einem Lokaltermin in einen Geheimclub gerufen worden. Es war am hellichten Tag gewesen, als sich kein Mensch in den Räumen aufhielt. Der Richter hatte auf die großen, mit einer Hülle bedeckten Baccarattische gedeutet und arglos gefragt:

»Sind das Billardtische?«

Dann hatte er sich mit derselben Naivität eines Mannes, der noch nie einen verrufenen Ort betreten hat, darüber verwundert, daß es drei Ausgänge nach drei verschiedenen Straßen gab, darunter einen, der über die Keller mit einem anderen Haus verbunden war. Er hatte auch voll Staunen den Kassenbüchern entnommen, daß gewisse Spieler erhebliche Vorschüsse bekamen, denn er wußte nicht, daß man Leute zum Spielen auch verleiten muß.

Warum hatte der Richter, er hieß Bonneau, plötzlich Donges Verhaftung angeordnet?

Maigret schlief schlecht, wachte bei jedem Halt auf und nahm die Geräusche des Zuges und die Stöße in seine Alpträume mit auf. Als er an der Gare de Lyon aus dem Waggon stieg, war es noch dunkel, und es fiel feiner, eisiger Regen. Lucas war da mit hochgeschlagenem Mantelkragen und stampfte mit den Füßen auf, um sich zu wärmen.

»Ausgeschlafen, Chef?«

»Hast du jemanden dabei?«

»Nein. Aber wenn Sie einen Inspektor brauchen, ich habe einen von uns bei der Bahnpolizei gesehen.«

»Hol ihn.«

Gigi stieg aus, drückte den beiden Matrosen freundlich die Hand und ging achselzuckend an dem Kommissar vorüber. Nach ein paar Schritten blieb sie stehen.

»Sie können mich auch beschatten lassen, wenn Sie wollen. Ich sage Ihnen gleich, daß ich mich mit Charlotte treffe.«

Lucas kam zurück.

»Ich habe den Inspektor nicht gefunden...«

»Macht nichts. Komm.«

Sie nahmen ein Taxi.

»Jetzt erzähl mal. Warum hat der Richter –«

»Ich wollte es Ihnen gerade sagen. Er hat mich rufen lassen, nachdem das zweite Verbrechen geschehen war und er Leute zu Donge geschickt hatte, um ihn zu verhaften. Er hat mich gefragt, ob wir etwas Neues wüßten, ob Sie telefoniert hätten usw. Dann hat er mir mit boshaftem Grinsen einen Brief entgegengestreckt. Einen anonymen Brief. Ich habe mir den Text im einzelnen nicht gemerkt. Es wurde behauptet, daß Mrs. Clark, frühere Tänzerin unter dem Namen Mimi, Donges Geliebte gewesen sei, daß sie zusammen ein Kind hatten und er sie mehrmals bedroht habe... Das scheint Sie zu verstimmen, Chef?«

»Erzähl weiter.«

»Das ist alles. Der Richter war begeistert:

›Sie sehen, daß das eine ganz einfache Geschichte ist‹, folgerte er. ›Eine fiese Erpressung. Und da Madame Clark wahrscheinlich nicht darauf eingegangen ist... Ich werde Donge später in seiner Zelle verhören.‹«

»Und ist er zu ihm gegangen?«

Aber nun war das Taxi schon am Quai des Orfèvres angekommen. Es war halb sechs Uhr früh. Gelblicher Nebel stieg von der Seine auf. Die Autotür fiel zu.

»Ist er im Untersuchungsgefängnis?... Komm mit.«

Sie mußten um den ganzen Justizpalast herumgehen, um zum Quai de l'Horloge zu kommen. Sie gingen zu Fuß, ganz langsam.

»Ja. Gegen neun Uhr abends hat der Richter mich noch einmal angerufen, um mir zu sagen, daß Donge nicht hatte reden wollen. Er scheint erklärt zu haben, daß er nur Ihnen antworten will.«

»Hast du heute nacht geschlafen?«

»Zwei Stunden, auf einer Couch.«

»Geh schlafen. Komm gegen Mittag wieder zur Kriminalpolizei.«

Maigret betrat nun das Untersuchungsgefängnis. Ein Zellenwagen kam gerade herausgefahren. An der Bastille hatte man eine Razzia durchgeführt und gerade etwa dreißig Frauen und ein paar Ausländer ohne Papiere hergebracht. In dem riesigen, schlecht beleuchteten Saal saßen sie jetzt auf niedrigen Holzbänken. Es herrschte ein Geruch wie in der Kaserne, und man hörte heisere Stimmen, obszöne Witze.

»Führen Sie mich zu Donge... Schläft er?«

»Er hat nicht eine Minute geschlafen. Sie werden es gleich selber merken...«

Einzelzellen mit Gittertüren, wie Pferdeboxen. In einer

saß ein Mann, er hatte den Kopf zwischen die Hände gestützt. Man konnte im Halbdunkel gerade nur eine Gestalt erkennen. Der Schlüssel drehte sich im Schloß. Mit kreischenden Angeln sprang die Tür auf. Der Mann erhob sich, er war groß, breit und schlaff und machte ein Gesicht, als wäre er gerade aus einem Traum erwacht. Man hatte ihm Krawatte und Schnürsenkel abgenommen. Seine roten Haare waren zerzaust.

»Sie sind es, Kommissar…«, murmelte er.

Er fuhr sich mit der Hand über die Stirn, als wollte er sich vergewissern, daß auch wirklich er dies erlebte.

»Ich höre, Sie wollten mich sprechen?«

»Es wird wohl besser sein…«

Und mit kindlicher Treuherzigkeit fragte er:

»Ist der Richter mir auch nicht böse? Was hätte ich ihm sagen sollen? Er war von meiner Schuld überzeugt. Er hat sogar seinem Schreiber meine Hände gezeigt und gesagt, das seien Würgerhände…«

»Kommen Sie.«

Maigret zögerte einen Augenblick. Aber wozu sollte er ihm Handschellen anlegen? Auf dem Weg zum Untersuchungsgefängnis hatte man Donge wohl welche angelegt gehabt, denn man sah noch die Druckstellen an seinen Handgelenken.

Im Gänsemarsch durchquerten sie seltsame Gänge, die nur entfernt an das Untergeschoß des Majestic erinnerten. Unter dem ganzen weitläufigen Justizpalast hindurch gelangten sie schließlich in die Räume der Kriminalpolizei, wo sie plötzlich in einem beleuchteten Flur wieder auftauchten.

»Treten Sie ein… Haben Sie etwas gegessen?«

Der andere schüttelte den Kopf. Maigret, der ebenfalls Hunger hatte und vor allem Durst, ließ von dem wachhabenden Beamten Bier und Brote besorgen.

»Setzen Sie sich, Donge… Gigi ist in Paris. Inzwischen hat sie sich sicher schon mit Charlotte getroffen… Zigarette?«

Er selber rauchte keine, aber er hatte immer welche in seiner Schublade. Prosper zündete sie linkisch an, wie ein Mann, der in wenigen Stunden seine ganze Selbstsicherheit verloren hatte. Es war ihm peinlich, daß seine Schuhe offenstanden, daß er keine Krawatte hatte und daß seine Kleider schon nach einer einzigen Nacht im Untersuchungsgefängnis diesen Geruch angenommen hatten.

Maigret schürte den Ofen. In allen anderen Büros gab es Zentralheizung, aber er empfand so starke Abneigung dagegen, daß er es durchgesetzt hatte, den alten gußeisernen Ofen behalten zu dürfen, der da schon seit zwanzig Jahren stand.

»Setzen Sie sich. Man wird uns gleich was zu essen bringen.«

Der andere sagte anfangs eine Weile nichts, und als er sich endlich zum Sprechen entschloß, kam nur ein angsterfülltes Stammeln heraus.

»Haben Sie den Kleinen gesehen?«

»Nein.«

»Ich habe ihn ganz kurz in der Hotelhalle gesehen. Ich schwöre Ihnen, Kommissar, daß er…«

»… Ihr Sohn ist, ich weiß!«

»Sie werden es selber sehen! Seine Haare sind so rot wie

die meinen. Er hat meine Hände, meine starken Knochen. Als Kind haben sie mich immer wegen meiner starken Knochen ausgelacht.«

Man brachte Bier und Brötchen herein. Maigret aß im Stehen, ging dabei in seinem Büro auf und ab. Der Himmel über Paris hellte sich unterdessen auf.

»Ich kann nicht«, seufzte Donge und legte sein Brötchen schüchtern wieder aufs Tablett. »Ich habe keinen Hunger. Wie auch immer das jetzt ausgeht, im Majestic nehmen sie mich nicht mehr, und anderswo auch nicht.«

Seine Stimme zitterte. Er wartete auf eine Hilfe, aber der Kommissar ließ ihn zappeln.

»Glauben auch Sie, daß ich sie umgebracht habe?«

Da Maigret nicht antwortete, schüttelte er entmutigt den Kopf. Er hätte am liebsten alles gleichzeitig erklärt, um seinen Gesprächspartner zu überzeugen; aber er wußte nicht, wo er anfangen sollte.

»Sie müssen wissen, daß ich nie ein großer Frauenheld gewesen bin. In unserem Gewerbe. Und dann fast immer im Untergeschoß. Manch eine hat mich ausgelacht, wenn ich mit Gefühlen kam. Bei meinem Aussehen, verstehen Sie? Und als ich dann Mimi in der Brasserie des Artistes kennengelernt habe... Sie waren zu dritt. Aber das wissen Sie ja wohl. Und so ist es dann im Leben – hätte ich mir nicht eine der beiden anderen aussuchen können? Aber nein, ich mußte mich natürlich in sie verlieben. Wahnsinnig verlieben, Herr Kommissar. Bis zum Durchdrehen! Sie konnte mit mir machen, was sie wollte ! Und ich träumte davon, daß sie mich eines Tages heiraten würde. Und wissen Sie, was der Richter gestern abend zu mir gesagt hat?...

Wörtlich kann ich es Ihnen nicht mehr wiederholen. Ich war ganz krank davon. Er hat behauptet, daß ich mich vor allem für das Geld interessiert habe, das sie mir einbrachte. Er hat mich für einen ...«

Um ihm die Peinlichkeit zu ersparen, sah Maigret aus dem Fenster auf die Seine hinaus, die jetzt fahl silbern schimmerte.

»Sie ist mit diesem Amerikaner abgehauen. Ich hatte gehofft, daß er sie bei der Rückkehr nach Amerika sitzenlassen würde und ich sie zurückbekäme. Eines schönen Tages haben wir aber erfahren, daß sie ihn geheiratet hatte. Das hat mich krank gemacht... Charlotte war ein feiner Kerl und hat mir wieder auf die Beine geholfen. Ich habe ihr erklärt, daß ich nicht mehr in Cannes leben konnte. In jeder Straße kamen mir Erinnerungen. Ich habe eine Stelle in Paris gesucht. Charlotte hat vorgeschlagen mitzukommen. Und eine ganze Zeit lang haben wir wie Bruder und Schwester gelebt, ob Sie das nun glauben oder nicht.«

»Wußten Sie, daß Mimi ein Kind hatte?« fragte Maigret, während er seine Pfeife in den Kohleeimer entleerte.

»Ich wußte nichts, außer, daß sie irgendwo in Amerika lebte. Erst als Charlotte mich für geheilt hielt... Im Laufe der Zeit, wissen Sie, sind wir dann ein richtiges Paar geworden. Eines Abends ist einmal ein Nachbar voller Aufregung bei uns hereingestürzt. Bei seiner Frau hatten die Wehen angefangen, alles viel früher als gedacht. Er war ganz von Sinnen und wollte Hilfe. Charlotte ist mitgegangen. Am nächsten Tag hat sie zu mir gesagt:

›Armer Prosper, wer weiß, in welchen Zustand du geraten wärest, wenn ...‹

Wie es dann genau war, weiß ich nicht mehr. Jedenfalls hat sie mir schließlich gestanden, daß Mimi ein Kind hatte. Mimi hatte das Gigi geschrieben. Sie hatte ihr erklärt, daß sie das Kind dazu benutzt hatte, geheiratet zu werden, obwohl sie sicher wußte, daß es von mir war. Ich bin nach Cannes gegangen. Gigi hat mir den Brief gezeigt, denn sie hatte ihn aufgehoben, aber sie hat sich geweigert, ihn mir zu überlassen, und ich glaube, daß sie ihn dann verbrannt hat.

Ich habe nach Amerika geschrieben und Mimi angefleht, mir meinen Sohn zu geben oder mir wenigstens ein Foto zu schicken. Sie hat nicht geantwortet. Ich wußte nicht einmal, ob die Adresse stimmte. Und ich mußte jeden Augenblick denken:

›Mein Sohn macht jetzt dies, mein Sohn macht jetzt das ...‹«

Er schwieg, weil sich ihm die Kehle zuschnürte, während Maigret vorgab, einen Bleistift zu spitzen. Man hörte, wie im Gebäude der Kriminalpolizei die ersten Türen zuschlugen.

»Wußte Charlotte, daß Sie geschrieben hatten?«

»Nein! Ich habe den Brief im Hotel geschrieben! ... Drei Jahre sind vergangen. Eines Tages blätterte ich ausländische Zeitschriften durch, die Gäste auf den Tischen hatten liegenlassen. Ich fuhr hoch, weil ich da ein Foto von Mimi mit einem fünfjährigen Jungen sah. Es war eine Zeitung aus Detroit, Michigan, und der Bildtext lautete etwa so:

›Die hochelegante Mrs. Oswald J. Clark und ihr Sohn bei der Rückkehr von einer Kreuzfahrt im Pazifik.‹

Ich habe ihr dann noch einmal geschrieben.«

»Was haben Sie ihr geschrieben?« fragte Maigret mit gleichgültiger Stimme.

»Das weiß ich nicht mehr. Ich war wie von Sinnen. Ich habe sie angefleht, mir zu antworten. Ich habe gesagt ... Ich glaube, ich habe gesagt, daß ich zu ihr käme, daß ich die Wahrheit verbreiten würde oder daß ich sie, wenn sie mir meinen Sohn verweigerte ...«

»Ja, was denn?«

»Ich schwöre Ihnen, daß ich es nicht getan hätte. Ja, es kann sein, daß ich gedroht habe, sie umzubringen. Wenn ich daran denke, daß sie acht Tage lang mit dem Kind über meinem Kopf gelebt hat und ich davon keine Ahnung hatte ...

Es war ein reiner Zufall. Sie haben ja den Postraum gesehen. Wir im Untergeschoß kennen keine Namen. Wir wissen nur, daß Nummer 117 morgens Schokolade trinkt und Nummer 452 Eier mit Schinken möchte. Wir kennen die Zimmerfrau von Nummer 123 und den Chauffeur von Nummer 216...

Es war ein blödsinniger Zufall. Ich hatte den Postraum betreten und dort eine Frau gehört, die mit einem Chauffeur englisch sprach, der den Namen Mrs. Clark aussprach.

Da ich kein Englisch kann, habe ich ihn durch den Buchhalter fragen lassen. Der hat ihn gefragt, ob es sich um Mrs. Clark aus Detroit handelte und ob sie in Begleitung ihres Sohnes hier sei.

Als ich erfuhr, daß sie hier waren, habe ich einen ganzen Tag lang versucht, sie in der Hotelhalle oder auf ihrem Etagenflur zu Gesicht zu bekommen. Aber wir können ja nicht einfach so frei herumlaufen. Ich habe überhaupt nichts erreicht.

Abgesehen davon... Ich weiß nicht, ob Sie mich verstehen. Wenn Mimi zu mir gesagt hätte, daß sie zu mir zurückkommen wollte, hätte ich nicht gekonnt. Liebe ich sie nicht mehr? Kann sein. Sicher ist jedenfalls, daß ich es nicht fertigbrächte, Charlotte zu verlassen, die so gut zu mir gewesen ist.

So wollte ich die Sache nicht auf die Spitze treiben. Ich wollte nur, daß sie einen Weg fand, mir meinen Sohn zu geben. Ich bin sicher, daß Charlotte überglücklich wäre, wenn sie ihn aufziehen könnte...«

Maigret sah ihn gerade in dem Augenblick an und bemerkte verblüfft Prosper Donges heftigen Gefühlsausbruch. Wenn man nicht gewußt hätte, daß er nur ein kleines Bier getrunken hatte – und nicht einmal das ganz –, hätte man ihn glatt für betrunken halten können. Das Blut war ihm zu Kopf gestiegen. Seine Augen funkelten, große hervorquellende Augen. Er weinte nicht, aber er keuchte.

»Haben Sie Kinder, Herr Kommissar?«

Nun war es Maigret, der den Kopf abwandte, denn keine Kinder zu haben war der große Kummer Madame Maigrets. Er selber vermied es sorgfältig, darüber zu reden.

»Der Richter hat die ganze Zeit geredet. Wenn man ihm glauben wollte, hätte ich aus irgendwelchen Gründen alles mögliche getan. Aber so läuft so etwas nicht. Nach einem ganzen Tag, an dem ich jeden freien Augenblick dazu benutzt hatte, mich in der unbestimmten Hoffnung, meinen

Sohn zu sehen, hinter den Kulissen des Hotels herumzutreiben, wußte ich nicht mehr, was ich tat. Und dabei unaufhörlich das Telefon, der Speiseaufzug, meine drei Hilfen, Kännchen und Milchtöpfe zum Auffüllen. Ich habe mich dann in eine Ecke gesetzt…«

»Sie meinen, in der Kaffeeküche?«

»Ja. Ich habe einen Brief geschrieben. Ich wollte Mimi sehen. Ich habe gedacht, daß ich um sechs Uhr morgens fast immer allein da unten bin. Ich habe sie angefleht zu kommen.«

»Aber Sie haben sie doch nicht bedroht?«

»Vielleicht am Schluß des Briefes… Ja, ich habe wohl geschrieben, daß ich, wenn sie in den nächsten drei Tagen nicht käme, das Nötige unternehmen würde.«

»Und was verstanden Sie darunter?«

»Ich weiß nicht…«

»Hätten Sie sie umgebracht?«

»Das hätte ich nicht gekonnt.«

»Hätten Sie das Kind entführt?«

Er setzte ein klägliches, fast blödes Lächeln auf.

»Glauben Sie, daß das möglich gewesen wäre?«

»Hätten Sie ihrem Mann alles erzählt?«

Donge riß die Augen auf.

»Nein! Ich schwöre Ihnen! Ich glaube… Ja, ich glaube, daß ich sie schlimmstenfalls eher umgebracht hätte, in einem Anfall von Wut.

Aber an jenem Morgen hatte ich einen Plattfuß am Fahrrad, als ich die Avenue Foch erreichte. Ich bin mit fast einer Viertelstunde Verspätung im Majestic angekommen. Ich habe Mimi nicht gesehen. Ich habe geglaubt, daß sie gekommen war und dann, nachdem sie mich nicht sah, wieder auf ihr Zimmer zurückgekehrt war. Wenn ich gewußt hätte, daß ihr Mann gar nicht hier war, wäre ich über die Hintertreppe hinaufgegangen. Aber wie ich schon sagte, wir im Untergeschoß erfahren ja nie etwas von dem, was sich über unseren Köpfen abspielt. Ich war beunruhigt. An dem Morgen habe ich wohl nicht sehr natürlich gewirkt...«

Maigret unterbrach ihn plötzlich.

»Was hat Sie veranlaßt, den Spind Nummer 89 zu öffnen?«

»Das werde ich Ihnen gleich sagen. Es ist übrigens ein Beweis dafür, daß ich nicht lüge, jedenfalls für jemanden, der sein Handwerk versteht. Denn wenn ich gewußt hätte, daß sie tot war, hätte ich nicht gehandelt, wie ich es tat. Es war vielleicht Viertel vor neun, als der Kellner vom zweiten Stockwerk die Bestellung für Zimmer 203 durchgab. Auf dem Zettel – Sie können das nachprüfen, die Direktion hebt sie auf –, auf dem Zettel also stand: ein komplettes Frühstück mit Schokolade, zwei Eier mit Schinken und ein Tee...«

»Na und?«

»Warten Sie! Ich wußte, daß die Schokolade für das Kind war, die Eier mit Schinken für die Kinderfrau, also nur für zwei Personen. An den anderen Tagen wurde immer ein schwarzer Kaffee mit Zwieback für Mimi bestellt. So habe ich auch einen schwarzen Kaffee und Zwieback mit auf das Tablett gestellt. Ich habe den Speiseaufzug hinaufgeschickt. Ein paar Augenblicke später schickte man mir aber den schwarzen Kaffee und den Zwieback zurück. Es mag Ihnen seltsam erscheinen, diesen Details so viel Bedeutung beizumessen. Aber vergessen Sie nicht, daß wir im Untergeschoß eben nur solche Dinge von der Welt mitbekommen.

Ich nahm dann den Telefonhörer ab und fragte:

›Hallo! Wollte Mrs. Clark ihr Frühstück nicht?‹

›Mrs. Clark ist nicht auf ihrem Zimmer.‹

Sie können mir glauben oder nicht, Herr Kommissar. Der Richter wird mir nicht glauben... Ich war ganz sicher, daß etwas geschehen war...«

»Woran haben Sie gedacht?«

»Na ja... Ich habe an ihren Mann gedacht. Ich habe mir gesagt, wenn er ihr nachgegangen war... «

»Durch wen hatten Sie den Brief geschickt?«

»Durch einen Boy. Er hat mir versichert, ihn ihr selbst ausgehändigt zu haben. Aber diese Jungen lügen ja das Blaue vom Himmel herunter. Sie haben ja auch meist mit merkwürdigen Leuten zu tun. Abgesehen davon hätte Clark den Brief ja auch gefunden haben können...

Ach ja! Da ist noch was. Ich weiß nicht, ob man mich dabei gesehen hat, aber ich habe fast alle Türen des Untergeschosses aufgemacht. Allerdings kümmern wir uns nicht sehr umeinander, und es ist vielleicht niemandem aufgefallen. Ich habe dann den Umkleideraum betreten...«

»Stand die Tür Nummer 89 tatsächlich einen Spalt offen?«

»Nein! Ich habe alle leeren Schränke geöffnet. Können Sie mir das glauben? Wird mir das überhaupt jemand glauben?... Nein, nicht wahr? Deshalb habe ich nicht die Wahrheit gesagt. Ich wartete. Ich hoffte, daß man nicht auf mich verfallen würde. Erst als ich gesehen habe, daß ich der einzige war, den Sie nicht verhört haben. Solche Qualen wie an dem Tag, als Sie im Untergeschoß hin und her gingen und kein Wort mit mir sprachen, ja mich nicht einmal zu sehen schienen, habe ich noch nie ausgestanden! Ich wußte nicht mehr, was ich tat. So habe ich dann auch vergessen, daß ich die Rate zahlen mußte, und bin umgekehrt. Dann haben Sie mich im Bois eingeholt, und ich habe kapiert, daß Sie mir auf der Spur waren.

Am nächsten Morgen hat Charlotte mich beim Aufwachen gefragt:

›Warum hast du mir nicht gestanden, daß du sie umgebracht hast?‹

Verstehen Sie, wenn sogar Charlotte...«

Es war jetzt heller Tag, Maigret hatte es nicht bemerkt. Busse, Taxis, Lieferwagen strömten über die Brücke. Paris war wieder zum Leben erwacht.

Nach einer langen Pause murmelte Prosper Donge dann mit einer noch gequälteren Stimme:

»Der Kleine spricht nicht einmal Französisch! Ich habe mich erkundigt. Werden Sie ihn nicht aufsuchen, Kommissar?«

Und erschreckt fragte er plötzlich:

»Sagen Sie, Sie werden doch nicht zulassen, daß er zurückfährt?«

»Hallo... Kommissar Maigret!... Der Chef will Sie sprechen.«

Maigret seufzte, verließ sein Büro. Es war die Stunde der Berichterstattung. Er blieb zwanzig Minuten im Büro des Direktors der Kriminalpolizei.

Als er zurückkam, saß Donge bewegungslos vornübergebeugt da, er hatte die Arme auf dem Tisch verschränkt und den Kopf darauf gelegt.

Unwillkürlich fühlte sich der Kommissar beunruhigt. Aber als er die Schulter des Gefangenen mit dem Finger berührte, hob dieser langsam den Kopf und zeigte sein tränenüberströmtes, blatternarbiges Gesicht ohne falsche Scham.

»Der Untersuchungsrichter wird Sie in seinem Arbeitszimmer noch einmal verhören. Ich möchte Ihnen raten, wörtlich das zu wiederholen, was Sie hier gesagt haben.«

Ein Inspektor wartete an der Tür.

»Entschuldigen Sie, wenn ich...«

Maigret zog Handschellen aus seiner Tasche, und es klickte zweimal.

»Es ist Vorschrift!« sagte er seufzend.

Dann, als er allein in seinem Büro war, machte er das Fenster auf und atmete die feuchte Luft ein. Mehr als zehn Minuten verstrichen, bis er die Tür zu den Inspektoren öffnete.

Er wirkte wieder frisch und munter und rief ihnen wie gewohnt entgegen:

»Alles in Ordnung, Kinder?«

6

Charlottes Brief

Die beiden Gendarmen, die mit verschränkten Armen auf einer Bank an der Wand saßen, streckten ihre gestiefelten Beine so weit wie nur möglich von sich und versperrten so den halben Gang.

Durch die Tür neben ihnen drang monotones Gemurmel. Und auf dem ganzen Gang gab es weitere Türen, neben denen rechts und links Bänke standen, auf denen fast immer Gendarmen saßen, die manchmal eine Person mit Handschellen zwischen sich hatten.

Es war Mittag. Maigret wartete mit der Pfeife im Mund, bis er beim Untersuchungsrichter Bonneau vorgelassen wurde.

»Was ist'n das?« fragte er einen der Gendarmen und deutete auf die Tür.

Die Antwort war so lakonisch und vielsagend wie die Frage:

»Juwelier, Rue Saint-Martin…«

Ein junges Mädchen, das zusammengesunken auf einer Bank saß und voller Bangen auf die Tür eines anderen Richters starrte, schneuzte sich, wischte sich die Augen, verschränkte die Finger und zerrte vor lauter Nervosität an ihnen.

Die Stimme Bonneaus, die drohend klang, war jetzt

deutlicher zu vernehmen. Die Tür ging auf. Mechanisch steckte Maigret die noch warme Pfeife in die Tasche. Der Junge, der herauskam und den die Gendarmen wieder in Gewahrsam nahmen, legte das unverschämte Benehmen eines echten Ganoven an den Tag. Er wandte sich noch einmal um und warf dem Richter ironisch zu:

»Es war mir wieder einmal ein Vergnügen, Herr Richter!«

Er bemerkte Maigret, runzelte die Stirn, schien aber dann beruhigt und zwinkerte dem Kommissar zu. Dieser hatte gerade den verschwommenen Blick eines Mannes, der sich unbestimmt an etwas erinnert, aber noch nicht genau sagen kann, woran. Er hörte hinter der Tür, die halb offen geblieben war, den Richter sagen:

»Führen Sie den Kommissar herein. Sie können gehen, Monsieur Benoit. Ich brauche Sie heute morgen nicht mehr.«

Maigret trat ein, er hatte noch immer diesen suchenden Ausdruck in den Augen. Was hatte ihn nur an dem Gefangenen, der aus dem Amtszimmer gekommen war, so stutzig gemacht?

»Guten Tag, Herr Kommissar. Nicht allzu müde?... Bitte, setzen Sie sich doch... Ich sehe Ihre Pfeife ja gar nicht. Sie können ruhig rauchen... Nun, und wie war die Reise nach Cannes?«

Bonneau war gewiß kein schlechter Kerl, aber wieviel er sich jetzt darauf einbildete, etwas ohne die Polizei erreicht zu haben! Er bemühte sich übrigens, es sich nicht anmerken zu lassen, aber ein boshaftes Flackern in seinen Augen konnte er doch nicht unterdrücken.

»Schon lustig, daß wir dieselben Dinge herausbekommen haben, ich hier in Paris, ohne mein Amtszimmer zu verlassen, Sie an der Côte d'Azur. Was meinen Sie?«

»Lustig, ja.«

Wider Willen hatte Maigret ein Lächeln aufgesetzt, wie es ein Gast haben mag, dem die Hausfrau eine zweite Portion von einem Gericht aufnötigt, das er verabscheut.

»Nun, Herr Kommissar, was halten Sie von der ganzen Geschichte? Von diesem Prosper Donge? Ich habe hier seine Aussage. Er hat anscheinend bei mir nur wiederholt, was er heute morgen schon bei Ihnen ausgesagt hat. Na, er gesteht ja alles...«

»Außer den beiden Verbrechen«, murmelte Maigret sanft.

»Außer den beiden Verbrechen natürlich! Das wäre ja auch zuviel verlangt! Er gesteht, daß er seine frühere Geliebte bedroht hat, er gesteht, daß er sie zu einem Treffen um sechs Uhr morgens im Untergeschoß des Hotels aufgefordert hat, und sein Brief hat gewiß nicht gerade beruhigend geklungen, wenn die arme Frau losgelaufen ist, um sich einen Revolver zu kaufen. Er erzählt da wohl diese Geschichte mit dem geplatzten Reifen, durch den er zu spät kam...«

»Das ist keine Geschichte.«

»Woher wissen Sie das? Er kann doch sehr wohl am Hoteleingang einen Reifen aufgeschlitzt haben.«

»Das hat er nicht getan. Ich habe den Schutzmann gefunden, der ihn an dem Morgen Ecke Avenue Foch wegen des Reifens angesprochen hat.«

»Das ist ja nur ein Detail«, warf der Richter hastig ein,

der sein schönes Gebäude nicht einstürzen lassen wollte. »Sagen Sie, Herr Kommissar, haben Sie Nachforschungen über Donges Vorleben angestellt?«

Diesmal war das Flackern in Monsieur Bonneaus Augen noch sichtbarer als zuvor, und er konnte sich nicht enthalten, ungeduldig seinen Bart glattzustreichen.

»Sie haben dazu vermutlich keine Zeit gehabt. Ich dagegen war so neugierig, mich mal an unseren Erkennungsdienst zu wenden. Man hat mir seine Akte heruntergebracht, und da habe ich dann entdeckt, daß dieser scheinbar so friedliche Mann kein unbeschriebenes Blatt ist.«

Maigret blieb nichts anderes übrig, als sich zerknirscht zu zeigen.

»Es ist doch merkwürdig«, fuhr der Richter fort, »da haben wir diesen Erkennungsdienst direkt über dem Kopf, im Dachgeschoß des Justizpalastes, und wir vergessen so oft, ihn heranzuziehen! Hier, hören Sie! Mit sechzehn stiehlt Prosper Donge, der als Tellerwäscher in einer Bar in Vitry-le-François arbeitet, fünfzig Franc aus der Kasse, flieht und wird in einem abfahrbereiten Zug Richtung Lyon aufgegriffen. Ganz vielversprechend, oder? Mit knapper Not entgeht er der Besserungsanstalt und wird zwei Jahre unter Sonderaufsicht gestellt.«

Das Seltsame war, daß Maigret dabei die ganze Zeit immer nur hin und her überlegte:

»Wo, zum Teufel, habe ich den schon einmal gesehen...«

Dabei dachte er aber nicht an Donge, sondern an den Jungen, dem er an der Tür begegnet war.

»Fünfzehn Jahre später in Cannes drei Monate Gefängnis mit Bewährung wegen Körperverletzung, Widerstand gegen die Staatsgewalt und Beleidigung eines Polizisten. Und nun ist es vielleicht wirklich Zeit, Herr Kommissar, daß ich Ihnen etwas zeige…«

Damit streckte er ihm ein Blatt karierten Papiers entgegen, wie man es in Gemischtwarenhandlungen verkauft oder in den Schreibmappen kleiner Cafés findet. Der Text war mit einer klecksenden Feder in violetter Tinte geschrieben, und die Schrift ließ auf eine nicht sehr gebildete Frau als Schreiberin schließen.

Es war der berühmte anonyme Brief, den der Richter bekommen hatte und der ihn über das Liebesverhältnis zwischen Prosper und Mimi aufklärte.

»Hier ist der Umschlag. Wie Sie sehen, ist er zwischen Mitternacht und sechs Uhr früh in den Briefkasten an der Place Clichy geworfen worden. Place Clichy, verstehen Sie? Und jetzt sehen Sie sich einmal dieses Heft hier genau an.«

Es war ein nicht gerade reinliches Schulheft mit Fettflecken, das Küchenrezepte enthielt, die zum Teil aus Zeitungen ausgeschnitten und aufgeklebt, zum Teil abgeschrieben waren.

Diesmal krauste Maigret die Stirn, und der Richter konnte ein triumphierendes Lächeln nicht unterdrücken.

»Sind Sie nun der Meinung, daß dies hier ein und dieselbe Handschrift ist?… Das wußte ich. Nun, Herr Kommissar, dieses Heft ist in einem Küchenbüfett beschlagnahmt worden, das Sie gewiß kennen, in Saint-Cloud nämlich, bei Prosper Donge, um es genau zu sagen, und diese Rezepte sind von einer gewissen Charlotte…«

Er war so befriedigt, daß er jetzt eine schuldbewußte Miene aufsetzte.

»Ich weiß, die Polizei und wir haben nicht immer die gleichen Vorstellungen. Sie am Quai des Orfèvres legen gegenüber gewissen Personen, gegenüber gewissen Unregelmäßigkeiten eine Nachsicht an den Tag, die wir Richter kaum zu teilen vermögen. Und Sie müssen einräumen, Herr Kommissar, daß nicht immer wir im Unrecht sind... Und nun sagen Sie mir, wenn dieser Prosper wirklich der anständige Kerl sein sollte, nach dem er aussieht, warum sollte mir dann seine eigene Geliebte, diese Charlotte, die ja selber auch als braves Mädchen erscheinen will, einen anonymen Brief schreiben, mit dem sie ihn belastet?«

»Ich weiß es nicht.«

Maigret schien geschlagen.

»Sie werden sehen, daß diese Untersuchung schon bald abgeschlossen werden kann! Ich habe Donge in die Santé führen lassen. Sobald Sie diese Charlotte ausgequetscht haben... Das zweite Verbrechen dann erklärt sich ganz leicht. Dieser arme Nachtportier – Colleboeuf heißt er, glaube ich? – hat gewiß den ersten Mord zum Teil miterlebt. In jedem Fall wußte er, wer Mrs. Clarks Mörder war. Er konnte den ganzen Tag über nicht schlafen und ist dann wohl, von seinen Gewissensbissen geplagt, schließlich ins Majestic zurück, um den Mörder zu warnen und ihm mit Anzeige zu drohen...«

Das Telefon klingelte.

»Hallo! Ja... Ich komme gleich...«

An Maigret gewandt fuhr er fort:

»Es war meine Frau, die mich daran erinnerte, daß

wir heute Freunde zum Mittagessen geladen haben. Ich möchte Sie bei Ihrer Untersuchung nicht weiter aufhalten, Herr Kommissar. Ich denke, Sie haben jetzt genügend Anhaltspunkte, um…«

Maigret war schon fast an der Tür, wandte sich aber mit einer Gebärde, als wäre ihm plötzlich etwas eingefallen, woran er sich seit langem zu erinnern versuchte, noch einmal zu dem Richter um:

»Übrigens, dieser Fred… Das war doch der Fred aus Marseille, den Sie vorhin verhört haben, bevor ich kam?«

»Ich habe ihn jetzt schon zum sechsten Mal verhört, aber er will die Namen seiner Komplizen nicht nennen.«

»Ich habe Fred vor etwa zwanzig Tagen bei Angelino gesehen, an der Place d'Italie.«

Dem Blick des Richters war deutlich anzusehen, daß er nicht begriff, welche Bedeutung das haben sollte.

»Angelino, der ein ziemlich verrufenes Musette-Lokal führt, hat sich vor einem Jahr mit der Schwester von Harry dem Einäugigen zusammengetan.«

Der Richter begriff noch immer nicht. Und Maigret, der sich so dünn machte, wie es seine massive Gestalt nur erlaubte, schloß bescheiden:

»Harry der Einäugige hat drei Strafen für Einbruch bekommen. Das ist ein ehemaliger Maurer, der sich auf Mauerdurchbrüche spezialisiert hat.«

Als seine Hand schon auf dem Türknauf lag, ergänzte er:

»Sind die Einbrecher in der Rue Saint-Martin nicht durch den Keller eingestiegen, nachdem sie zwei Mauern durchbrochen hatten? Auf Wiedersehen, Herr Richter.«

Aber seine Laune war schlecht. Dieser Brief Charlottes… Wer ihn so sah, hätte schwören mögen, daß er nicht nur wütend, sondern vor allem traurig war.

Er hätte auch einen Inspektor schicken können. Aber hätte ein Inspektor die Atmosphäre eines Hauses ebenso gut erspüren können wie er?

Es war ein großes neues Wohnhaus, luxuriös, ganz weiß, mit schmiedeeisernem Tor zur Avenue de Madrid, am Rande des Bois de Boulogne gelegen. Rechts von der Eingangshalle die Glastür zur Portiersloge, die ein wahrer Salon war. Drei oder vier Frauen, die da saßen, schüttelten die Köpfe. Auf einem Tablett lagen Visitenkarten. Eine andere Frau mit geröteten Augen öffnete die Tür einen Spalt und fragte:

»Was wünschen Sie?«

Die Tür zu einem zweiten Raum stand offen. Dort lag ein Leichnam mit gefalteten Händen und einem Rosenkranz zwischen den Fingern auf dem Bett, zwei Kerzen zitterten im Halbdunkel, und ein Buchsbaumwedel lag in einer Schale mit Weihwasser.

Die Leute redeten leise, schneuzten sich, gingen auf Zehenspitzen. Maigret bekreuzigte sich, spritzte ein wenig Weihwasser auf den Toten, blieb einen Augenblick schweigend stehen und betrachtete die Nase, die von den Kerzen ganz seltsam beleuchtet wurde.

»Es ist schrecklich, Herr Kommissar… Ein so anständiger Mann, der nicht einen Feind hatte!«

Über dem Bett hing in einem ovalen Rahmen die Vergrößerung eines Fotos von Justin Collebœuf in Feldwebeluniform, aus Zeiten, als er noch einen gewaltigen Schnauzbart trug.

Auf den Rahmen hatte man ein Kriegsverdienstkreuz mit drei Palmen sowie die Tapferkeitsmedaille gesteckt.

»Er war Berufssoldat, Herr Kommissar. Als er dann pensioniert wurde, wußte er nichts mit seiner Zeit anzufangen und wollte unbedingt irgendeine Arbeit annehmen. Eine Weile war er Hausmeister in einem Club am Boulevard Haussmann. Dann hat man ihm die Stelle des Nachtportiers im Majestic angetragen, und er hat sie angenommen. Sie müssen wissen, daß er ein Mann war, der fast keinen Schlaf brauchte. In der Kaserne verging kaum eine Nacht, in der er nicht aufstand, um Wache zu halten.«

Die Nachbarinnen oder Verwandten nickten übertrieben würdevoll mit dem Kopf.

»Was hat er tagsüber gemacht?« fragte Maigret.

»Er kam morgens um Viertel nach sieben nach Hause, gerade noch rechtzeitig, um die Mülleimer hinauszustellen, denn grobe Arbeiten nahm er mir immer ab. Dann rauchte er eine Pfeife an der Tür und wartete auf den Briefträger, mit dem er sich einen Augenblick unterhielt. Sie müssen wissen, daß der Briefträger im Regiment meines Mannes gedient hat. Danach legte er sich dann bis mittags hin. Das genügte ihm. Nach dem Mittagessen ging er zu Fuß durch den Bois bis zu den Champs-Elysées. Manchmal betrat er das Majestic, um seinen Tageskollegen zu begrüßen. Dann spielte er in der kleinen Bar in der Rue de Ponthieu eine Partie Karten, und um sechs war er wieder zurück. Um sieben brach er auf, um seinen Posten im Hotel zu beziehen. Bei ihm war alles so genau geregelt, daß die Nachbarn die

Uhr nach ihm stellen konnten, wenn sie ihn vorübergehen sahen.«

»Hat er schon lange keinen Schnauzbart mehr getragen?«

»Er hat ihn abrasiert, als er die Armee verließ. Das kam mir zuerst ganz komisch vor. Er sah danach ganz schmal aus. Ja, er wirkte sogar kleiner.«

Maigret verneigte sich noch einmal kurz vor dem Toten und ging auf Zehenspitzen hinaus.

Er war nicht weit von Saint-Cloud entfernt. Einerseits ungeduldig, dorthin zu kommen, hatte er andererseits ohne ersichtlichen Grund seinen Wunsch immer wieder unterdrückt. Ein Taxi fuhr vorüber. Er streckte den Arm aus. Wenn es denn sein mußte...

»Nach Saint-Cloud! Ich zeige Ihnen dann den Weg.«

Es nieselte. Der Himmel war grau. Obwohl es erst drei Uhr nachmittags war, wirkte es, als wäre die Dämmerung schon hereingebrochen. Die Einfamilienhäuser in den Gärten ohne Blumen und ohne Blätter sahen trostlos aus.

Er klingelte. Nicht Charlotte machte auf, sondern Gigi. Donges Geliebte beugte sich in der Küche vor, um zu sehen, wer der Besucher war.

Wortlos, noch immer voller Verachtung, trat Gigi beiseite. Es waren erst zwei Tage seit Maigrets erstem Kommen vergangen, aber das Haus kam ihm schon verändert vor. Vielleicht hatte Gigi ein wenig von ihrer Unordentlichkeit hereingebracht! Auf dem Küchentisch standen noch Reste vom Mittagessen herum.

Gigi hatte über ihr Hemd einen Morgenrock von Charlotte geworfen, der ihr viel zu groß war, ihre Füße steckten in Prospers Pantoffeln. Sie rauchte eine Zigarette, wobei sie die Augen halb schloß, um sich gegen den Rauch zu schützen.

Charlotte, die sich erhoben hatte, wußte nicht, was sie sagen sollte. Sie hatte noch nicht Toilette gemacht. Ihr Gesicht war aschfahl, und ihre Brüste, die von keinem Büstenhalter gestützt wurden, hingen schlaff herunter.

Wer von ihnen würde das erste Wort sagen? Voller Beklommenheit und Mißtrauen sahen sie sich an. Um seine Verlegenheit zu überwinden, setzte Maigret sich hin und legte seine Melone auf die Knie.

»Ich habe heute morgen ein langes Gespräch mit Prosper geführt«, murmelte er schließlich.

»Was hat er gesagt?« fragte Charlotte gleich ganz lebhaft.

»Daß er weder Mimi noch den Nachtportier umgebracht hat.«

»Ha!« rief Gigi triumphierend aus. »Was habe ich dir gesagt?«

Charlotte wußte nicht mehr ein noch aus. Man sah ihr an, daß sie ins Schwimmen geraten war. Für dramatische Situationen war sie nicht geschaffen. Ständig schien sie irgendwo nach einem Halt zu suchen.

»Ich habe auch mit dem Untersuchungsrichter gesprochen. Er hat einen anonymen Brief bekommen, der Prosper und Mimi betrifft.«

Keine Reaktion. Charlotte mit ihrem schlaffen Körper sah ihn aus ihren müden Lidern unverändert neugierig an.

»Einen anonymen Brief?«

Er streckte ihr das Schulheft mit den Rezepten entgegen, das er mitgebracht hatte.

»Das ist doch Ihre Schrift in dem Heft da, oder?«

»Ja. Warum?«

»Könnten Sie so freundlich sein und eine Feder nehmen? Möglichst eine alte, die kleckst. Tinte… Papier…«

Tintenfaß und Feder fanden sich auf dem Büfett.

Gigi sah zuerst Maigret, dann ihre Freundin an, so, als wäre sie auf dem Sprung, sofort einzugreifen, wenn sie Gefahr witterte.

»Setzen Sie sich bequem hin. Schreiben Sie…«

»Was soll ich schreiben?«

»Schreib nicht, Charlotte! Bei diesen Leuten weiß man nie.«

»Schreiben Sie. Es passiert Ihnen nichts, ich verspreche es Ihnen…

›Sehr geehrter Herr Richter, ich erlaube mir, Ihnen in bezug auf die Donge-Affäre zu schreiben, über die ich in der Zeitung las…‹

Warum schreiben Sie Affäre mit einem f?«

»Ich weiß nicht, schreibt man das mit zwei?«

In dem anonymen Brief, den er in der Hand hielt, war es mit zwei rr geschrieben.

»›… Die Amerikanerin ist gar keine richtige Amerikanerin, sondern sie war Tänzerin und hieß Mimi…‹«

Maigret zuckte ungeduldig mit den Achseln.

»Das reicht«, sagte er. »Sehen Sie sich jetzt einmal das hier an.«

Es war genau die gleiche Handschrift, nur die Schreibfehler waren andere.

»Wer hat das geschrieben?«

»Genau das möchte ich ja gern wissen.«

»Haben Sie geglaubt, daß ich das war?«

Wut stieg in ihr hoch, und der Kommissar versuchte schnell, sie zu beruhigen.

»Ich habe gar nichts geglaubt. Ich bin nur hierher gekommen, um Sie zu fragen, wer außer Ihnen und Gigi etwas über die Beziehung zwischen Prosper und Mimi wissen konnte und vor allem auch über die Geschichte mit dem Kind.«

»Hast du eine Ahnung, Gigi?«

Träge überlegten sie lange hin und her. Sie lebten in dem unaufgeräumten Haus, das plötzlich irgendwie verkommen wirkte, wie im Zeitlupentempo dahin, Gigis Nasenflügel bebten manchmal, und Maigret wußte genau, daß sie sich auf der Suche nach ein wenig Rauschgift bald schon in zweifelhaften Gegenden herumtreiben würde.

»Nein... Außer uns dreien...«

»Wer hat damals den Brief von Mimi bekommen?«

»Ich«, sagte Gigi. »Und bevor ich von Cannes weg bin, habe ich ihn in einer Schachtel, in der ich meine Andenken aufbewahre, wiedergefunden. Ich habe ihn mitgebracht.«

»Zeig her.«

»Aber nur, wenn Sie mir schwören...«

»Aber ja doch, Idiotin! Merkst du denn nicht, daß ich versuche, Prosper aus dem Schlamassel zu ziehen!«

Er war ernst, schlecht gelaunt. Dunkel ahnte er, daß es in dieser Geschichte irgendwelche merkwürdigen Verwicklungen gab, aber er hatte nicht den geringsten Anhaltspunkt, um sie in den Griff zu bekommen.

»Geben Sie ihn mir auch zurück?«

Er zuckte wieder nur mit den Achseln und las dann:

Liebe alte Gigi,

geschafft! Es hat ja eine Weile gedauert, aber jetzt ist es soweit! Ihr habt damals nur gelacht, Charlotte und Du, als ich gesagt habe, daß ich da rauskomme und eine richtige Madame werde.

Nun, meine Kleine, und das bin ich nun geworden... Wir haben gestern geheiratet, der Oswald und ich, und es war sogar eine ganz komische Hochzeit, denn er wollte es in England machen, wo alles ganz anders läuft als bei uns. So anders, daß ich mich manchmal sogar frage, ob ich jetzt überhaupt richtig verheiratet bin.

Sag es auch Charlotte. In drei oder vier Tagen schiffen wir uns nach Amerika ein. Das genaue Abfahrtsdatum weiß man noch nicht, weil Streik ist.

Dem armen Prosper sagen wir wohl besser nichts. Er ist ja ein netter Kerl, aber eben doch ein wenig doof. Ich kann mir schon gar nicht mehr vorstellen, wie ich es fast ein Jahr mit ihm ausgehalten habe. Wahrscheinlich war das mein Jahr der Menschenfreundlichkeit.

Dennoch hat er mir, ohne es zu ahnen, einen Riesendienst geleistet. Behalte es aber für Dich, laß Charlotte aus dem Spiel, die ist mir zu gefühlsduselig.

Vor einiger Zeit hatte ich gemerkt, daß ich schwanger bin. Du kannst dir sicher vorstellen, was ich da zuerst für ein Gesicht gezogen habe. Bevor ich es Oswald gestand, bin ich zuerst einmal zu einem Spezialisten. Wir haben Berechnungen angestellt. Kurz, es ist sicher, daß das Kind nicht von Oswald sein kann. So daß es also von dem armen Prosper... Daß er das bloß nie erfährt! Der wäre fähig und würde sein Vaterherz schlagen hören!

Ich kann Dir jetzt nicht alles im einzelnen berichten. Der Arzt war jedenfalls unheimlich nett. Durch ein bißchen Schummeln bei der Geburt (man brauchte das Ganze nur als Frühgeburt auszugeben) haben wir Oswald einreden können, daß er Vater wurde.

Er hat die Sache sehr anständig aufgenommen. Auch wenn er auf den ersten Blick so wirkt, ist er alles andere als gefühlskalt. Im Gegenteil amüsiert er sich, wenn man allein mit ihm ist, wie ein Kind, und neulich in Paris haben wir sämtliche Kneipen abgeklappert und sind sogar auf Holzpferden geritten.

Kurz, ich bin Mrs. Oswald J. Clark aus Detroit (Michigan) geworden, und künftig rede ich nur noch Englisch, weil ja Oswald, wie Du Dich erinnern wirst, kein Wort Französisch kann.

Manchmal denke ich an euch beide. Hat Charlotte immer noch so große Angst, dick zu werden? Strickt sie immer noch in ihrer Freizeit? Du wirst sehen, daß sie noch in der Provinz hinter dem Ladentisch einer Kurzwarenhandlung landet!

Du dagegen, meine alte Gigi, Du wirst wohl nie eine brave Bürgerin werden. Wie der Kunde mit den weißen Gamaschen – weißt Du noch, der Kerl, der eine ganze Flasche Champagner in einem Zug geleert hat – richtig sagte, hast Du das Laster im Blut!

Grüß die Croisette von mir und platz nicht vor Lachen, wenn Du Prosper siehst und daran denkst, daß er Papa wird, ohne es zu ahnen.

Ich werde Dir Postkarten schicken.

Küßchen, Mimi

»Erlauben Sie, daß ich diesen Brief mitnehme?«

Die Antwort kam von Charlotte.

»Laß ihn machen, Gigi. In unserer Lage...«

Und während sie den Kommissar hinausbegleitete, fragte sie:

»Sagen Sie mal! Könnte ich nicht eine Besuchserlaubnis bekommen? Er hat doch das Recht, sich sein Essen von draußen bringen zu lassen, oder? Könnten Sie nicht...«

Und errötend streckte sie dem Kommissar einen Tausendfrancschein entgegen.

»Wenn er auch ein paar Bücher bekommen könnte... Er, der seine ganze Freizeit mit Lesen verbracht hat!«

Der Regen. Das Taxi. Die Straßenlaternen, die angingen. Der Bois, den Maigret mit Donge auf dem Fahrrad durchquert hatte.

»Setzen Sie mich am Majestic ab, ja?«

Der Portier, der ein wenig beunruhigt war, wollte ihn begleiten, als er nun die Hotelhalle durchquerte, ohne ein Wort an ihn zu richten. Er nahm ihm an der Garderobe Hut und Mantel ab. Durch den Spalt im Vorhang hatte auch der Direktor ihn gesehen. Alle kannten Maigret. Alle verfolgten ihn mit den Blicken.

Sollte er in die Bar gehen? Warum nicht? Er hatte Durst. Aber dann fühlte er sich von gedämpfter Musik angezogen. Irgendwo im Untergeschoß spielte ein Orchester schleppend einen Tango. Er betrat eine mit einem dicken Teppich belegte Treppe, wurde von bläulichem Lichtschein umfangen. Damen an kleinen Tischen aßen Kuchen. Andere tanzten. Ein Oberkellner bahnte Maigret den Weg.

»Bringen Sie mir ein kleines Bier.«

»Bedauere, aber…«

Maigret sah ihn so an, daß er gehorchte und etwas auf einen Zettel kritzelte, auf einen jener Zettel, die… Maigret verfolgte den Weg, den dieser Zettel nahm, mit den Augen. Im Hintergrund der Tanzbar rechts vom Orchester gab es eine Art Klappe in der Wand.

Dahinter lagen die Glaskäfige, die Kaffeeküche, die Küchen, die Geschirrspülen, der Postraum und schließlich ganz hinten bei der Stechuhr der Umkleideraum mit den hundert Metallspinden.

Er fühlte, daß ihn jemand ansah, und entdeckte Zebio, der mit einer älteren, mit Schmuck überladenen Frau tanzte.

Bildete er sich das ein? Maigret hatte den Eindruck, daß Zebio ihn mit den Blicken auf etwas aufmerksam machen wollte. Er suchte umher und fühlte plötzlich einen leichten Schock, als er Oswald J. Clark entdeckte, der mit Ellen Darroman, der Lehrerin seines Sohnes, tanzte.

Alle beide schienen ihre Umgebung völlig vergessen zu haben. Sie gaben sich ganz ihrer jungen Liebe hin. Ernst, kaum lächelnd, glaubten sie allein auf der Tanzfläche zu sein, ja allein auf der Welt, und als die Musik aufhörte, blieben sie noch einen Augenblick bewegungslos stehen, bis sie dann wieder zu ihrem Tisch gingen.

Maigret sah, daß Clark am Jackenrevers ein schmales schwarzes Band trug: seine Art, Trauer zu tragen.

Der Kommissar zerknitterte mit der Hand Mimis Brief an Gigi, den er in seiner Tasche trug. Er spürte wahnsinnige Lust, einfach…

Aber hatte der Untersuchungsrichter ihm nicht verboten, sich um Clark zu kümmern? Der war wohl ein zu edler Gentleman, um sich mit einem Polizisten auseinandersetzen zu müssen?

Auf den Tango folgte ein Slow. Ein Bier mit Schaumkrone machte nun in umgekehrter Richtung denselben Weg, den vorher der Bestellzettel des Oberkellners gemacht hatte. Das Paar tanzte wieder.

Maigret erhob sich plötzlich, er vergaß, sein Glas zu bezahlen, und eilte mit großen Schritten in die Hotelhalle hinauf.

»Ist jemand auf 203?« fragte er den Portier.

»Ich glaube, daß die Kinderfrau und der Junge oben sind, aber, wenn Sie gestatten, ich brauche nur anzurufen...«

»Keinesfalls, bitte nicht.«

»Der Aufzug ist links, Herr Kommissar.«

Zu spät! Maigret war schon auf der Marmortreppe, die er langsam und brummend hinaufstieg.

7

Der Abend der vielen »Was sagt er?«

Es war nur so ein Gedanke, der ihm durch den Kopf ging und den Maigret auch sofort wieder vergaß. Er kam im zweiten Stock des Majestic an und blieb einen Augenblick stehen, um Atem zu schöpfen. Auf der Treppe war er einem Kellner mit einem Tablett begegnet, dann einem Boy, der mit einem Stoß ausländischer Zeitungen im Arm an ihm vorbeiflitzte. Elegante Frauen betraten den Fahrstuhl, wahrscheinlich um unten bei Musik Tee zu trinken, und hinterließen eine Parfümwolke.

»Jeder befindet sich an seinem Platz«, sagte er zu sich selber, »die einen sind hinter den Kulissen, die anderen in den Salons und in der Hotelhalle, die Gäste auf der einen Seite, das Personal auf der anderen ...«

Oder nein, eigentlich meinte er noch etwas anderes. Also: Jeder einzelne ringsum befand sich an seinem Platz, jeder tat, was von ihm erwartet wurde. Es ist zum Beispiel normal, daß eine reiche Ausländerin Tee trinkt, Zigaretten raucht und zu Kleideranproben geht. Es ist normal, daß ein Kellner ein Tablett trägt, daß eine Zimmerfrau Betten macht, daß ein Liftboy den Aufzug bedient ...

Kurz, die Situation, in der sich all diese Leute, so viele es auch immer sein mochten, befanden, war klar und wurde von allen ein für allemal als richtig angesehen.

Wenn man nun aber Maigret gefragt hätte, was er da eigentlich machte, was hätte er dann geantwortet?

»Ich versuche, einen Mann ins Gefängnis zu bringen, dem ich am liebsten den Kopf abreißen lassen würde.«

Es war nur eine Nichtigkeit! Ein Anflug, wahrscheinlich ausgelöst durch den allzu luxuriösen Rahmen, den aggressiven Luxus, durch die Atmosphäre in dem Teesalon...

209... 207... 205... 203... Maigret zögerte eine Sekunde, dann klopfte er. Er neigte das Ohr zur Tür und hörte die Stimme eines kleinen Jungen, der einige Worte auf englisch sagte, dann, weiter entfernt, die Stimme einer Frau, die ihn, wie er vermutete, zum Eintreten aufforderte.

Er durchquerte einen kleinen Vorraum und betrat einen Salon, dessen drei Fenster auf die Champs-Elysées hinausgingen. An einem dieser Fenster saß eine schon etwas ältere Frau, die einen weißen Kittel trug wie eine Krankenschwester, und machte irgendeine Näharbeit. Es war die Kinderfrau Gertrud Borms, die durch die Brille nun noch strenger aussah.

Aber nicht für sie interessierte sich der Kommissar. Er betrachtete einen etwa sechsjährigen Jungen in Golfhosen, dessen schmaler Oberkörper in einem enganliegenden Pullover steckte. Das Kind saß auf dem Teppich inmitten von Spielsachen, darunter ein großes mechanisches Schiff und genau nachgebildete Autos verschiedener Marken. Er hielt ein Bilderbuch auf den Knien, in dem er beim Eintreten Maigrets blätterte und über das er sich nach einem kurzen Blick auf den Besucher wieder beugte.

»...«

Als der Kommissar später Madame Maigret die Szene schilderte, erzählte er:

»Sie sagte so etwas Ähnliches wie:

›*You we you we we well.*‹

Und um Zeit zu gewinnen, sagte ich schnell:

›Ich hoffe, ich bin hier richtig in der Suite von Monsieur Oswald J. Clark?‹

Darauf sie wieder nur:

›*You we you we we well*‹ oder so etwas Ähnliches.

Und während der ganzen Zeit konnte ich den Jungen beobachten. Er hat einen sehr großen Kopf für sein Alter, der, wie ich schon wußte, mit leuchtendroten Haaren bedeckt ist. Die gleichen Augen wie Prosper Donge, vergißmeinnichtblau oder so wie manche Sonnenuntergänge im Sommer. Ein magerer Hals.

Er fing an, mit seiner Kinderfrau zu reden, auch er auf englisch, und sah mich dabei an. In meinen Ohren klang das immer noch ungefähr so:

›*You we you we we well.*‹

Offensichtlich fragten sich die beiden, was ich von ihnen wollte und warum ich da mitten im Salon stand. Wußte ich selber denn genau, warum ich da war? In einer großen chinesischen Porzellanvase standen Blumen für ein paar hundert Franc.

Die Kinderfrau ist schließlich aufgestanden. Sie hat ihre Handarbeit auf dem Sessel abgelegt, den Telefonhörer abgenommen und geredet.

›Verstehst du kein Französisch, Kleiner?‹ habe ich das Kind gefragt.

Als einzige Antwort hat er mich nur mißtrauisch angesehen. Ein paar Augenblicke darauf betrat ein Hotelangestellter im Cut die Suite. Die Kinderfrau sprach mit ihm, und dann wandte er sich an mich:

›Sie fragt, was Sie wünschen.‹

›Ich wollte Monsieur Clark sprechen.‹

›Er ist nicht hier. Sie sagt, daß er vermutlich unten ist.‹

›Ich danke Ihnen.‹«

Na ja, das war alles! Maigret hatte Teddy Clark sehen wollen, und er hatte ihn gesehen. Er ging die Treppe wieder hinunter und dachte dabei an Prosper Donge, der in einer Zelle des Santé-Gefängnisses eingesperrt war. Mechanisch und ohne daß er es bemerkte, ging er wieder bis zu der Tanzbar hinunter, und da sein Bierglas noch nicht weggeräumt worden war, nahm er seinen Platz wieder ein.

Er befand sich in einem Zustand, den er sehr wohl kannte. Es war eine Art Betäubung, bei der er aber wahrnahm, was rings um ihn geschah, er beachtete es nur nicht und versuchte nicht, Dinge und Leute zeitlich oder räumlich einzuordnen.

So sah er, wie ein Boy auf Ellen Darroman zuging und einige Worte zu ihr sagte. Sie erhob sich und betrat eine Telefonzelle, in der sie nur wenige Augenblicke blieb.

Als sie herauskam, suchte sie gleich mit den Blicken nach Maigret. Dann ging sie zu Clark zurück, auf den sie halblaut einredete, wobei sie aber unentwegt zu dem Kommissar herübersah.

In dem Augenblick hatte Maigret das ganz deutliche Gefühl, daß gleich etwas Unangenehmes geschehen würde. Er war sich bewußt, daß es das Beste gewesen wäre wegzugehen, aber er blieb.

Wenn er hätte erklären sollen, warum er blieb, wäre ihm dies schwergefallen. Jedenfalls geschah es nicht aus beruflichem Pflichtbewußtsein. Es bestand überhaupt keine Notwendigkeit, sich in dieser Tanzbar, wo er gar nicht hingehörte, noch länger aufzuhalten.

Genau! Er hätte es sich nicht einmal selbst erklären können. Hatte der Untersuchungsrichter Prosper Donge nicht verhaftet, ohne ihn auch nur zu fragen? Und hatte er ihm im übrigen nicht auch untersagt, sich mit dem Amerikaner zu befassen?

Das hatte doch nur bedeuten sollen:

»Der da ist nicht aus Ihrem Milieu. Den können Sie nicht verstehen. Überlassen Sie ihn mir.«

Und Maigret, ein Plebejer bis auf die Knochen, bis ins Mark, sah all das, was ihn hier umgab, mit feindseligen Augen an.

Was konnte es schon schaden? Er blieb! Er sah, daß auch Clark ihn jetzt mit den Blicken suchte und die Brauen zusammenschob. Dann bat er offenbar seine Gefährtin, an ihrem Platz zu bleiben, und erhob sich. Ein neuer Tanz hatte gerade begonnen. Auf die blaue war eine rosa Beleuchtung gefolgt. Der Amerikaner schlängelte sich zwischen den Paaren durch und pflanzte sich vor dem Kommissar auf. Für Maigret, der kein Wort Englisch verstand, klangen auch seine Worte immer nur wie:

»Well you well we we well.«

Nur war der Ton diesmal aggressiv, und man merkte, daß Clark seine Wut kaum mehr unterdrücken konnte.

»Was sagen Sie?«

Worauf der andere erst recht loslegte.

Madame Maigret sagte am Abend kopfschüttelnd zu ihm:

»Gib zu, daß du's mit Absicht gemacht hast! Ich kenne diesen Ausdruck zu gut bei dir! Du könntest damit einen Engel zur Weißglut treiben.«

Er gab es nicht zu, aber er sah sie fröhlich an. Was hatte er denn eigentlich getan? Er war mit den Händen in den Jackentaschen vor dem Ami stehen geblieben und hatte seinem Gesprächspartner voll ins Gesicht gesehen, so, als fände er das Schauspiel sehenswert.

War es vielleicht sein Fehler gewesen? Er hatte immer an Donge gedacht, der im Gefängnis saß und nicht hier mit der bildhübschen Miss Ellen tanzen durfte. Diese, die das Drama wahrscheinlich kommen sah, näherte sich. Bevor sie noch bei ihnen angelangt war, hatte Clark voller Wut seine Faust in Maigrets Gesicht geknallt, mit so einer kurzen und heftigen, gleichsam automatischen Bewegung, wie man sie in amerikanischen Filmen sieht.

Zwei Frauen, die am Nachbartisch Tee tranken, standen schreiend auf. Paare blieben mitten im Tanz stehen.

Aber Clark war zufrieden. Nun hatte er gewiß das Gefühl, daß die Lage geklärt war und daß es nichts mehr hinzuzufügen gab.

Maigret faßte sich nicht einmal mit der Hand ans Kinn. Man hatte den Aufprall an seinem Kiefer gehört, aber das Gesicht des Kommissars war so ungerührt geblieben, als hätte man ihm nur mit dem Finger darangeschnipst.

Hatte er auch nichts Bestimmtes gesucht, so war er in Wirklichkeit jetzt sehr froh über das, was der Zufall ihm geboten hatte, und bei dem Gedanken an das Gesicht, das der Untersuchungsrichter machen würde, mußte er unwillkürlich grinsen.

»Meine Herren!... Aber meine Herren!«

Da man glaubte, daß er sich gleich auf seinen Gegner stürzen und die Schlägerei weitergehen würde, mischte sich ein Oberkellner ein. Ellen auf der einen und ein Tänzer auf der anderen Seite versuchten, Clark, der noch immer redete, festzuhalten.

»Was sagt er?« murmelte Maigret ganz ruhig.

»Nichts Besonderes!... Meine Herren, ich bitte Sie...«

Aber Clark redete immer weiter.

»Was sagt er?«

Zur Überraschung aller fing Maigret nun an, lässig mit einem glänzenden Gegenstand zu spielen, den er aus der Tasche gezogen hatte. Die hübschen Damen besahen sich staunend die berühmten Handschellen, von denen sie schon gehört, die sie aber noch nie aus der Nähe gesehen hatten.

»Herr Ober, würden Sie bitte übersetzen? Sagen Sie diesem Herrn, daß ich gezwungen bin, ihn wegen Beleidigung eines Beamten bei der Ausübung seiner Pflicht zu verhaften. Sagen Sie ihm auch, daß ich ihm leider Handschellen anlegen muß, wenn er mir nicht freiwillig folgt.«

Clark zuckte mit keiner Wimper, sagte kein Wort mehr und schob Ellen weg, die ihm nach wollte und ihn am Arm festhielt. Ohne Hut und Mantel zu verlangen, folgte er dem Kommissar auf dem Fuß, und als sie, von einigen Neugierigen verfolgt, die Hotelhalle durchquerten, hob der Direktor, der sie von seinem Büro aus sah, vor Verzweiflung die Arme gen Himmel.

»Taxi. Zum Justizpalast.«

Die Dunkelheit war hereingebrochen. Sie gingen die Treppen hinauf, durchquerten die Flure, blieben vor Monsieur Bonneaus Tür stehen. Maigret nahm nun jene demütige und zerknirschte Haltung an, die Madame Maigret kannte und die sie zum Wahnsinn treiben konnte.

»Ich bin untröstlich, Monsieur Bonneau. Ich sah mich zu meinem größten Bedauern gezwungen, den hier anwesenden Monsieur Clark festzunehmen.«

Der Richter konnte die Wahrheit nicht ahnen. Er nahm an, daß Maigret den Amerikaner verdächtigte, dessen Frau und den Nachtportier umgebracht zu haben.

»Aber ich muß doch sehr bitten! Wer hat Ihnen denn einen Haftbefehl ausgehändigt?«

Die Antwort kam von Clark, und Maigret hörte aus dem, was er sagte, wieder nur eine Art Lautmalerei heraus.

»Was sagt er?«

Der arme Richter! Er schob die Brauen zusammen; seine Englischkenntnisse waren mäßig, und er hatte Mühe, seinem Gesprächspartner zu folgen. Er erkärte nun seinerseits irgend etwas und schickte dann seinen Schreiber nach einem anderen Schreiber, der oft als Dolmetscher diente.

»Was sagt er?« murmelte Maigret von Zeit zu Zeit.

Und Clark, den diese Worte wütend machten, äffte den Kommissar händeringend nach.

»Was sagt er? Was sagt er?«

Worauf dann eine neue Tirade in seiner Sprache folgte.

Der Dolmetscher schlich sich in den Raum. Er war ein kleiner, scheuer und kahlköpfiger Mann, der eine entwaffnend unterwürfige Art hatte.

»Er sagt, daß er amerikanischer Staatsbürger ist und nicht duldet, daß französische Polizisten...«

Aus seinem Ton konnte man schließen, daß Clark tiefe Verachtung für die Leute von der Polizei empfand.

»... daß diese Polizisten unablässig hinter ihm her sind. Er behauptet, daß er ständig einen Inspektor auf den Fersen gehabt hat.«

»Stimmt das, Herr Kommissar?«

»Er hat wahrscheinlich recht, Herr Richter!«

»Er behauptet, daß ein anderer Polizist hinter Miss Ellen...«

»Na, das kann schon sein.«

»... und daß Sie in seiner Abwesenheit in seine Suite eingedrungen sind.«

»Ich habe höflich an die Tür geklopft, und ich habe die ehrbare Person, die ich dort antraf, gefragt, ob ich Monsieur Clark sprechen könne. Danach bin ich in die Tanzbar hinuntergegangen, um ein Glas Bier zu trinken. Und da hat es dieser hier anwesende Herr für angebracht gehalten, mir einen Fausthieb auf den Kiefer zu versetzen.«

Monsieur Bonneau war fassungslos! Als ob die Affäre nicht schon kompliziert genug gewesen wäre! Bis jetzt war es gelungen, die Presse fernzuhalten, aber nach der Meinungsverschiedenheit im Teesalon würden die Journalisten den Justizpalast und die Kriminalpolizei stürmen.

»Herr Kommissar, ich kann wirklich nicht verstehen, wie ein Mann mit fünfundzwanzigjähriger Berufserfahrung...«

Er war nahe an einem Wutausbruch, denn anstatt ihm zuzuhören, spielte Maigret mit einem Blatt Papier, das er aus der Tasche gezogen hatte. Es war ein Brief, auf bläulichem Papier.

»Monsieur Clark ist sicherlich zu weit gegangen. Aber auch Sie haben es ganz und gar an dem Taktgefühl fehlen lassen, das ich in einem solchen Fall mit Fug und Recht von Ihnen erwarten kann.«

Klick! Maigret mußte den Kopf abwenden, damit man ihm seine Freude nicht ansah. Clark hatte nämlich das Blatt Papier wie hypnotisiert angestarrt und war schließlich mit ausgestreckter Hand näher gekommen.

»Please…«

Maigret tat überrascht und gab dem Amerikaner das Blatt Papier, das er in der Hand hielt. Der Richter blickte überhaupt nicht mehr durch und vermutete nicht zu Unrecht ein Manöver Maigrets hinter dem Ganzen.

Schließlich näherte sich Clark dem Dolmetscher, zeigte ihm den Brief und redete wie ein Wasserfall auf ihn ein.

»Was sagt er?«

»Er behauptet, daß er die Schrift seiner Frau erkennt, und er fragt Sie, wie Sie in den Besitz eines Briefes von ihr gelangt sind.«

»Worum geht es hier, Monsieur Maigret?« fragte der Richter streng.

»Ich bitte Sie um Verzeihung, Monsieur Bonneau. Das ist ein Dokument, das man mir soeben ausgehändigt hat. Ich wollte es Ihnen zeigen und der Akte beifügen. Ich bedauere, daß Monsieur Clark sich seiner bemächtigt hat, bevor…«

Clark redete noch immer auf den Dolmetscher ein.

»Was sagt er?« fragte der Richter, von Maigret schon angesteckt.

»Er bittet mich, ihm diesen Brief zu übersetzen. Er kündigt an, daß er sich, wenn man sich erlaubt hat, in den Sachen seiner Frau zu wühlen, bei seiner Botschaft beschweren wird und daß –«

»Übersetzen Sie...«

Mit angespannten Nerven stopfte sich Maigret jetzt eine Pfeife, er trat ans Fenster, die Gaslampen draußen sahen aus wie von einem Hof aus Feuchtigkeit umgebene Sterne.

Der arme Dolmetscher, dem Schweißperlen auf der Stirn standen, übersetzte Mimis Brief an ihre Freundin Gigi Wort für Wort und wußte nicht, woher er den Mut nehmen sollte weiterzuübersetzen, so entsetzt war er. Der Richter war näher gekommen, um ihm über die Schulter zu sehen, aber Clark, der jetzt noch energischer war als zuvor, hatte ihn mit einer Geste beiseite geschoben und gemurmelt:

»Please...«

Er sah aus wie einer, der sein Hab und Gut verteidigte und verhindern wollte, daß man ihm den Brief wieder wegnahm, daß man versuchte, ihn zu vernichten, oder daß bei der Übersetzung Sätze ausgelassen wurden. Er zeigte mit dem Finger auf einzelne Wörter und verlangte, daß man ihm deren genauen Sinn erklärte.

Schier verzweifelt trat Monsieur Bonneau neben den Kommissar, der mit gespielter Gleichgültigkeit rauchte.

»Haben Sie das absichtlich gemacht, Herr Kommissar?«

»Wie hätte ich denn voraussehen sollen, daß Monsieur Clark mir seine Faust ins Gesicht knallen würde?«

»Dieser Brief erklärt alles! Mit einem Zynismus ohnegleichen!«

Aber, aber! Der Richter hatte doch Prosper Donge sehr wohl ins Gefängnis gesteckt, obwohl er nicht mit Sicherheit von dessen Schuld ausgehen konnte! Und er wäre auch bereit gewesen, Charlotte, Gigi und wen auch immer von dieser Seite gleich mit einzusperren!

Der Dolmetscher und Clark standen beide über den Tisch gebeugt, auf den aus dem grünen Lampenschirm nur ein kreisrunder Lichtschein fiel.

Schließlich richtete Clark sich wieder auf. Er schlug mit der Faust auf den Schreibtisch und murmelte ein Wort wie:

»Damned!«

Dann geschah etwas ganz anderes, als man von ihm erwartet hätte. Er erregte sich nicht. Er sah niemanden an. Seine Züge hatten sich verhärtet, sein Blick war starr geworden. Nachdem er eine ganze Weile regungslos dagestanden hatte und der Dolmetscher so aussah, als wolle er sich bei ihm entschuldigen, wandte er sich schließlich um, entdeckte in einer Ecke einen Stuhl und setzte sich dorthin, so ruhig und schlicht, daß schon diese Schlichtheit etwas Tragisches an sich hatte.

Maigret, der ihn aus der Ferne beobachtete, hatte gesehen, wie über seiner Oberlippe Schweißperlen buchstäblich hervorquollen. Clark erinnerte in diesem Augenblick ein wenig an einen Boxer, der den entscheidenden Schlag schon bekommen hat, sich aber noch beharrlich aufrecht hält und instinktiv nach einem Halt sucht, bevor er endgültig zu Boden geht.

Tiefes Schweigen herrschte im Amtszimmer des Richters, aus einem angrenzenden Büro hörte man Schreibmaschinenklappern.

Clark rührte sich nicht. Er saß mit aufgestützten Armen, den Kopf in die Hände gelegt, in der Ecke und starrte auf seine Füße, an denen er Schuhe mit eckiger Kappe trug.

Lange Zeit danach hörte man ihn brummen:

»Well!... Well!«

Und Maigret fragte den Dolmetscher ganz leise:

»Was sagt er?«

»Gut!... Gut!«

Aus Verlegenheit gab der Richter vor, seine Papiere zu studieren. Der Rauch aus Maigrets Pfeife stieg langsam in die Luft und breitete sich zum Lampenschein hin aus.

»Well...«

Es kam von ferne. Gott weiß, wo er mit seinen Gedanken gewesen war. Endlich rührte er sich. Jeder fragte sich, was er jetzt machen würde. Er zog ein Zigarettenetui aus massivem Gold aus der Tasche, machte es auf, nahm eine Zigarette heraus und klappte das Etui mit einem kurzen Knall wieder zu. Dann sagte er zu dem Dolmetscher:

»Please...«

Er wollte ein Streichholz. Der Dolmetscher rauchte nicht. So streckte der Kommissar Clark seine Schachtel hin, und als dieser sie entgegennahm, hob er seine Augen und warf Maigret einen langen Blick zu, der überaus vielsagend war.

Als er sich wieder aufrichtete, war ihm anzusehen, daß er sich wie ausgehöhlt fühlte, denn seine Gestalt schwankte irgendwie. Aber er war gefaßt. Seine Züge waren wieder unbewegt. Er begann zunächst mit einer Frage. Der Richter sah Maigret an, als erwartete er von ihm die Antwort.

»Er fragt, ob er den Brief behalten kann.«

»Ich würde ihn lieber zuerst ablichten. Das kann in ein paar Minuten geschehen, man bräuchte ihn nur nach oben zum Erkennungsdienst zu tragen ...«

Es folgte die Übersetzung. Clark schien zu verstehen, willigte ein und streckte dem Schreiber das Blatt entgegen, der damit hinausging. Dann sagte er wieder etwas. Wirklich nervtötend, nichts zu verstehen. Die kürzeste Aussage schien endlos, und der Kommissar hätte am liebsten unablässig gefragt:

»Was sagt er?«

»Als erstes muß er sich mit seinem Solicitor beraten, denn er war auf die Entdeckung, die er soeben gemacht hat, nicht gefaßt, und durch sie verändert sich alles.«

Warum war Maigret in diesem Augenblick gerührt? Dieser große kräftige Junge, der noch vor drei Tagen gemeinsam mit Ellen auf Holzpferdchen gestiegen war und der vorhin in bläulichem Licht Tango tanzte... Er hatte einen sehr viel schlimmeren Schlag bekommen als der, den er selber dem Kommissar versetzt hatte. Aber genau wie dieser hatte er kaum mit der Wimper gezuckt – ein Fluch, ein Fausthieb auf den Tisch, ein paar Minuten Schweigen...

»Well!... Well!«

Schade, daß sie sich nicht verständigen konnten! Maigret hätte sich gern mit ihm unterhalten.

»Was sagt er?«

»Daß er schon jetzt eine Belohnung von tausend Dollar für den Polizisten aussetzt, der den Mörder entdeckt.«

Während übersetzt wurde, sah Clark Maigret an, als wollte er sagen:

»Sie sehen, daß ich ein guter Verlierer bin.«

»Antworten Sie ihm, daß die tausend Dollar, wenn wir sie gewinnen sollten, der Waisenhilfe der Polizei zufließen.«

Merkwürdig, wie sie sich jetzt fast mit Höflichkeitsbezeugungen überschütteten. Clark hörte die Übersetzung an, verneigte sich.

»*Well...*«

Dann sprach er wieder, diesmal fast im Ton eines Geschäftsmannes.

»Er will nichts unternehmen, bevor er mit seinem Solicitor gesprochen hat, aber er meint, daß ein Treffen zwischen ihm und diesem Mann... Prosper Donge, notwendig wäre. Er fragt, ob er die Erlaubnis bekommen kann und ob...«

Diesmal war der Richter an der Reihe, sich übertrieben zu verneigen. Es hätte nicht viel gefehlt, und sie hätten sich gegenseitig beglückwünscht.

»Nach Ihnen...«

»Aber ich bitte Sie...«

»Kommt nicht in Frage...«

Schließlich stellte Clark Fragen, wobei er sich oft nach Maigret umwandte.

»Er fragt, Herr Kommissar, was die Geschichte mit dem Faustthieb für ein Nachspiel haben wird. Er weiß nicht, was sie in Frankreich für Folgen haben kann. In seinem Land –«

»Sagen Sie ihm, daß ich mich an das, wovon er spricht, nicht erinnere.«

Der Richter sah voll Unruhe zur Tür. Wer hätte das zu

hoffen gewagt! Er hatte Angst, daß ein neuer Zwischenfall diese wertvolle Harmonie zerstören könnte. Wenn man doch endlich den Brief zurückbrächte, und…

Schweigen. Sie warteten. Sie hatten sich nichts mehr zu sagen. Clark steckte eine neue Zigarette an, nachdem er Maigret mit einer Geste noch einmal um dessen Streichhölzer gebeten hatte.

Schließlich kam der Schreiber mit seinem schrecklichen Stück Papier zurück.

»Erledigt, Herr Richter. Kann ich… ?«

»Jawohl, händigen Sie diesen Brief Monsieur Clark aus.«

Clark schob ihn vorsichtig in seine Brieftasche, steckte diese in seine Gesäßtasche und suchte auf den Stühlen nach seinem Hut, denn er hatte vergessen, daß er ohne gekommen war. Dann erinnerte er sich schließlich, lächelte mechanisch und verabschiedete sich.

Als die Tür hinter ihm zugefallen und auch der Dolmetscher gegangen war, hüstelte Monsieur Bonneau zwei- oder dreimal, ging um seinen Schreibtisch herum, kramte in Papieren, mit denen er nichts anzufangen wußte.

»Hm!… Ist es das, was Sie gewollt haben, Herr Kommissar?«

»Was halten Sie davon, Monsieur Bonneau?«

»Ich habe Sie ja wohl zuerst gefragt.«

»Oh, Verzeihung. Natürlich! Sehen Sie, ich habe den Eindruck, daß Monsieur Clark sich bald neu verheiraten wird. Und dieses Kind ist ja schließlich Donges Sohn…«

»Eines Mannes, der gegenwärtig im Gefängnis sitzt und auf dem ein schwerer…«

»…Verdacht lastet, ich weiß!« sagte Maigret seufzend.

»Nur, es ist sein Sohn! Kann ich vielleicht etwas daran ändern?«

Auch er suchte nach seinem Hut, den er ja im Majestic gelassen hatte, und es kam ihm ganz seltsam vor, den Justizpalast barhäuptig zu verlassen, so daß er ein Taxi nahm, um nach Hause an den Boulevard Richard-Lenoir zu fahren.

Der blaue Fleck an seinem Kinn hatte sich inzwischen voll entfaltet. Madame Maigret sah ihn auf den ersten Blick.

»Du hast dich wieder geprügelt!« stellte sie fest, während sie den Tisch deckte. »Und natürlich ist wieder ein Hut flötengegangen! Wo hast du denn gesteckt?«

Er war zufrieden und verzog den Mund zu einem breiten Lächeln, während er seine Serviette aus dem silbernen Serviettenring herauszog.

8

Maigret wird schläfrig

Nicht, daß es unangenehm gewesen wäre: Er saß bequem an seinem Schreibtisch, den bullernden Ofen im Rücken, zur Linken das Fenster, vor das sich der Morgennebel wie ein Schleier gelegt hatte, vorn den Kaminsims aus schwarzem Marmor im Louis-Philippe-Stil mit der Pendeluhr, deren Zeiger seit zwanzig Jahren auf zwölf Uhr standen; an der Wand hing in einem schwarzgoldenen Rahmen ein Gruppenfoto von Herren in Gehrock und Zylinder, die unwahrscheinliche Schnauzbärte sowie Spitzbärte trugen: der Verband der Kommissariats-Sekretäre zu der Zeit, als Maigret vierundzwanzig Jahre alt war!

Auf dem Schreibtisch vier Pfeifen, der Größe nach geordnet.

Steinreiche Amerikanerin im Keller
des Majestic erdrosselt

Dieser Titel zog sich über die erste Seite einer Abendzeitung vom Vortag. Für Journalisten sind Amerikanerinnen zwangsläufig immer steinreich. Noch breiter wurde Maigrets Lächeln, als er sich selber abgebildet sah, wie er sich in Mantel, Melone und mit der Pfeife im Mund über etwas beugte, was man nicht sah.

Es war aber ein Foto, das schon vor einem Jahr aufgenommen worden war, als er im Bois de Boulogne tatsächlich einen Russen untersuchte, der von einer Revolverkugel niedergestreckt worden war.

Wichtigere Dokumente lagen ihm in Mappen aus festem Papier vor.

Bericht des Inspektors Torrence über seine Ermittlungen betreffs Edgar Fagonet, genannt Eusebio Fualdès, genannt Zebio, 24 Jahre, geboren in Lille:

Sohn des Fagonet, Albert Jean-Marie, Vorarbeiter bei den Lecœur-Werken, gestorben vor drei Jahren;

und der Jeanne-Albertine Octavie Hautbois, Ehefrau des obigen, 54 Jahre, ohne Beruf.

Die folgenden Auskünfte haben wir teils von der Concierge der Rue Caulaincourt 57 erhalten, wo Edgar Fagonet mit Mutter und Schwester lebt, teils von Nachbarn und Geschäftsleuten aus seinem Viertel sowie telefonisch vom Polizeikommissariat des Gaswerkviertels in Lille.

Wir haben uns außerdem telefonisch mit dem Sanatorium Chevalet in Megève in Verbindung gesetzt und den Inhaber des Kinos Imperia am Boulevard des Capucines persönlich aufgesucht.

Unter dem Vorbehalt späterer Nachprüfung scheinen nachstehende Auskünfte zuzutreffen:

Die Familie Fagonet führte in Lille ein untadeliges Leben und bewohnte im neuen Viertel am Gaswerk ein Einfamilienhaus. Die Eltern schienen den ehrgeizigen Wunsch gehabt zu haben, Edgar Fagonet studieren zu lassen, der denn auch ab seinem elften Lebensjahr das Gymnasium besuchte.

Er mußte es bald schon für ein Jahr verlassen, weil er in eine Lungenheilanstalt auf der Insel Oléron eingewiesen wurde. Nachdem seine Gesundheit dem Anschein nach wiederhergestellt war, nahm er seine Studien wieder auf, doch wurden sie von nun an auf Grund seiner schwachen Konstitution ständig unterbrochen.

Mit siebzehn mußte er in die Berge geschickt werden und verbrachte auf diese Weise vier Jahre im Sanatorium Chevalet bei Megève.

Dr. Chevalet erinnert sich ganz genau an Fagonet, der als sehr gut aussehender Junge großen Erfolg bei gewissen Patientinnen hatte. Er hatte eine Reihe von Abenteuern. Dort hat er sich auch zum perfekten Tänzer entwickelt, denn die Hausordnung war sehr großzügig, und die Sanatoriumsgäste waren offenbar meist sehr vergnügungssüchtig.

Dann wird er vom Musterungsausschuß endgültig für dienstunfähig erklärt.

Mit einundzwanzig Jahren kehrt Fagonet nach Lille zurück, gerade noch rechtzeitig vor dem Tod seines Vaters. Dieser hinterläßt einige Ersparnisse, die aber für den Unterhalt der Familie nicht ausreichen.

Emilie, Fagonets neunzehnjährige Schwester, leidet an einer Knochenkrankheit, durch die sie mehr oder minder körperbehindert ist. Außerdem ist sie von unterdurchschnittlicher Intelligenz und bedarf ständiger Pflege.

Es scheint, daß Edgar Fagonet zu jener Zeit zuerst in

Lille, dann in Roubaix ernsthafte Anstrengungen gemacht hat, eine feste Anstellung zu finden. Leider erweist sich seine lückenhafte Schulbildung als Hindernis. Auf der anderen Seite erlaubt ihm seine Konstitution, auch wenn er geheilt ist, keine körperliche Arbeit.

So kommt er nach Paris, wo er ein paar Wochen später in himmelblauer Livree als Platzanweiser im Kino Imperia zu finden ist, dem ersten Kino, das die Platzanweiserinnen abgeschafft und eine Anzahl junger Männer, darunter auch mehrere arme Studenten, eingestellt hat.

Genaue Auskünfte lassen sich nur schwer einholen, da die Betroffenen sich diskret zeigen, aber es scheint sicher, daß mehrere der jungen Männer, auch begünstigt durch die Livree, im Imperia fruchtbare Eroberungen gemacht haben.

Maigret lächelte, weil Torrence es für nötig gehalten hatte, das Wort fruchtbar mit roter Tinte zu unterstreichen.

Immerhin scheint das wichtigste Anliegen Fagonets, der nun von seinen Kameraden wegen seines südamerikanischen Aussehens Zebio genannt wird, gewesen zu sein, Mutter und Schwester nach Paris zu holen und sie in einer Dreizimmerwohnung in der Rue Caulaincourt unterzubringen.

Die Concierge und die Nachbarn halten ihn für einen außergewöhnlich besorgten Sohn, der oft morgens in seinem Viertel einkaufen geht.

Von seinen Kollegen im Imperia hat er vor einem Jahr dann erfahren, daß das Majestic einen Berufstänzer für seinen Teesalon suchte. Er bewirbt sich und wird nach ein paar Probetagen eingestellt. Er nimmt nun den Namen Eusebio Fualdès an, und die Hoteldirektion kann nichts Nachteiliges über ihn aussagen.

Nach Meinung des Personals ist er ein eher schüchterner, gefühlsbetonter und ziemlich scheuer Junge. Manche sagen: wie ein junges Mädchen.

Er redet wenig, schont seine Kräfte, denn er erlebt immer wieder Rückfälle und mußte sich schon öfters einmal auf einem Bett im Untergeschoß ausruhen, vor allem wenn er bei Sonderveranstaltungen bis in die späte Nacht bleiben mußte.

Wohl steht er mit allen in freundlichen Beziehungen, aber niemand wüßte einen Freund von ihm zu nennen, und er neigt auch wenig zu Vertraulichkeiten.

Sein monatliches Einkommen, Trinkgelder eingeschlossen, wird auf zweitausend bis zweitausendfünfhundert Franc geschätzt. Diese Summe jedenfalls wird von dem Haushalt in der Rue Caulaincourt verbraucht.

Edgar Fagonet trinkt nicht, raucht wenig, nimmt keine Rauschmittel. Sein angegriffener Gesundheitszustand würde ihm das nicht erlauben.

Seine Mutter ist eine kleine und kräftige Frau aus dem Norden. Sie hat schon mehrfach geäußert, unter anderem auch gegenüber der Concierge, daß sie gern selber auch arbeiten würde, daß sie das aber ja wegen der Pflege, die ihre Tochter bräuchte, nicht könnte.

Wir haben versucht, herauszubekommen, ob Fagonet auch an der Côte d'Azur gelebt hat, darüber aber nichts in Erfahrung gebracht. Eine Person sagte aus, er habe vor drei oder vier Jahren, als er noch im Imperia war, einmal ein paar Tage in Gesellschaft einer schon etwas älteren Dame dort verbracht. Aber dieser Hinweis ist zu ungenau und kann nicht ausgewertet werden.

Maigret stopfte bedächtig seine Pfeife Nummer 3, schüttete Kohlen auf, warf einen kurzen Blick hinaus auf die Seine, die von einer bleichen Sonne allmählich golden gefärbt wurde, und setzte sich vor Behaglichkeit aufseufzend wieder hin.

Bericht des Inspektors Lucas über Ramuel, Jean Oscar Aldebert, 48 Jahre, wohnhaft in einer möblierten Wohnung, Rue Delambre 14 (14. Arrondissement):

Ramuel ist in Nizza geboren, als Sohn eines französischen Vaters, der inzwischen gestorben ist, und einer italienischen Mutter, deren Spur wir nicht weiterverfolgen konnten, die aber seit langem in ihr Land zurückgekehrt zu sein scheint. Der Vater betrieb einen Versand für Frischgemüse.

Mit achtzehn ist Jean Ramuel kaufmännischer Angestellter bei einem Spediteur der Pariser Hallen, wir konnten zu diesem Punkt aber keine genauen Auskünfte einholen, da dieser Spediteur schon seit zehn Jahren tot ist.

Mit neunzehn freiwilliger vorzeitiger Wehrdienst. Mit vierundzwanzig scheidet er mit dem Dienstrang eines Hauptfeldwebels aus der Armee aus und tritt eine Stelle bei einem Freiverkehrsmakler an, die er aber fast sofort wieder aufgibt, um als Hilfsbuchhalter in einer Zuckerraffinerie in Ägypten zu arbeiten.

Dort bleibt er drei Jahre, dann kehrt er nach Frankreich zurück, übt verschiedene Tätigkeiten im Geschäftsviertel von Paris aus und versucht sich in Börsenspekulationen.

Mit zweiunddreißig Jahren fährt er im Auftrag einer englisch-französischen Bergwerksgesellschaft nach Guayaquil in der Republik Ecuador. Er ist beauftragt, deren anscheinend sehr vernachlässigte Buchführung in Ordnung zu bringen.

Er bleibt sechs Jahre dort, wo er auch die Bekanntschaft von Marie Deligeard macht, über die wenig bekannt ist und die sehr wahrscheinlich in Mittelamerika einen nicht gerade erfreulichen Beruf ausübte.

Er kehrt mit ihr zurück. Da der Sitz der Gesellschaft inzwischen nach London verlegt worden ist, haben wir wenig Nachrichten über diese Periode.

Das Paar führt eine Zeitlang ein ziemlich aufwendiges Leben in Toulon, Cassis und Marseille. Ramuel versucht sich in Grundstücks- und Immobilienspekulation, wobei er aber nur mäßigen Erfolg hat.

Marie Deligeard, die er als Madame Ramuel einführt, obwohl sie nicht verheiratet sind, ist eine auffällige und ordinäre Person, die sich nicht scheut, in der Öffentlichkeit Skandal zu erregen, und die ein diabolisches Vergnügen daran hat, sich zur Schau zu stellen. Es kommt häufig zu Szenen zwischen ihnen. Manchmal verläßt Ramuel seine Gefährtin für mehrere Tage; am Schluß aber siegt immer sie.

Dann tauchen Ramuel und Marie Deligeard in Paris auf, in einer recht komfortablen möblierten Wohnung in der Rue Delambre, die aus einem Zimmer, Küche, Bad und Vorraum besteht, Monatsmiete achthundert Franc.

Ramuel tritt als Buchhalter in die Atoum-Bank ein. (Diese Bank in der Rue Caumartin hat inzwischen Konkurs gemacht, Atoum hat aber unter dem Namen eines seiner Angestellten in der Rue des Saints-Pères einen Teppichhandel aufgezogen.)

Ramuel verläßt die Bank noch vor diesem Konkurs und bewirbt sich schon kurz danach auf eine Anzeige als Buchhalter beim Majestic.

Dort ist er seit drei Jahren. Die Direktion kann nicht klagen über ihn. Das Personal mag ihn nicht, weil er übertrieben streng ist.

Es ist mehrmals vorgekommen, daß er Streit mit seiner Gefährtin hatte und dann tagelang im Hotel blieb, wo er in irgendeinem Bett schlief. Fast jedesmal rief diese Frau ihn dann an oder kreuzte persönlich im Untergeschoß auf.

Das ganze Personal spottet darüber, denn sie scheint dem Buchhalter einen wahren Schrecken einzujagen.

Bleibt noch hinzuzufügen, daß Jean Ramuel gestern das Zusammenleben in der Wohnung in der Rue Delambre wiederaufgenommen hat.

Eine Viertelstunde später klopfte der alte Amtsdiener leise an Maigrets Tür. Da er keine Antwort bekam, stieß er die Tür lautlos auf und ging auf Zehenspitzen hinein.

Mit aufgeknopfter Weste und mit der erkalteten Pfeife im Mund saß der Kommissar in seinen Sessel zurückgelehnt da und schien zu schlafen.

Der Amtsdiener wollte gerade hüsteln, um auf sich aufmerksam zu machen, da murmelte Maigret mit geschlossenen Augen:

»Was ist …«

»Ein Herr möchte Sie sprechen … Hier ist seine Karte.«

Maigret schien sich nicht entschließen zu können, seine Schläfrigkeit abzuschütteln, und streckte seine Hand aus, ohne die Augen aufzumachen. Schließlich seufzte er auf, legte die Visitenkarte neben sich und hob gleichzeitig den Telefonhörer ab.

»Kann ich ihn hereinführen?«

»Warten Sie …«

Er hatte nur einen ganz kurzen Blick auf das Kärtchen geworfen: *Etienne Jolivet, Stellvertretender Direktor des Crédit Lyonnais, Filiale O.*

»Hallo! … Könnten Sie Untersuchungsrichter Bonneau bitten, mir freundlicherweise Namen und Adresse des Solicitors von Monsieur Clark zu nennen? … Solicitor … Ja … So wie man es spricht … Verbinden Sie mich dann gleich mit diesem Herrn. Es ist dringend.«

Mehr als eine Viertelstunde lang saß Monsieur Jolivet, der mit gestreifter Hose, gepaspeltem schwarzem Rock und einem Hut, der so steif war wie Eisenbeton, sehr geschniegelt wirkte, in dem trostlosen Wartezimmer der Kriminalpolizei auf der Stuhlkante. In seiner Gesellschaft befanden sich ein sehr elend aussehender Junge und ein Freudenmädchen, das mit heiserer Stimme seine Geschichte erzählte:

»… und überhaupt, wie hätte ich ihm denn seine Brieftasche wegnehmen sollen, ohne daß er es gemerkt hätte? Es ist doch immer das gleiche mit den Männern aus der Provinz. Sie trauen sich nicht, ihren Frauen zu sagen, was sie in Paris ausgegeben haben, und nachher behaupten sie, man hätte sie bestohlen. Zum Glück kennt mich der Kommissar von der Sitte. Der Beweis dafür, daß …«

»Hallo!… Monsieur Herbert Davidson?… Angenehm, Monsieur Herbert Davidson. Hier spricht Kommissar Maigret … Ja … Ich habe das Vergnügen gehabt, Ihren Klienten, Monsieur Clark, gestern kennenzulernen. Er war sehr freundlich … Wie bitte?… Nein, nein! Ich erinnere mich überhaupt nicht daran. Ich rufe Sie an, weil ich den Eindruck hatte, daß er bereit ist, uns im Rahmen seiner Möglichkeiten zu helfen … Ach, er ist gerade bei Ihnen?

Dann fragen Sie ihn doch … Hallo!… Ich weiß, daß in seinen Kreisen und insbesondere in den Vereinigten Staaten jeder Ehepartner sein eignes Leben führt. Aber ist ihm nicht trotzdem aufgefallen … Unterbrechen Sie nicht!… Moment, Monsieur Davidson, vielleicht könnten Sie anschließend übersetzen … Es steht fest, daß Mrs. Clark im Laufe der letzten Jahre mindestens drei Briefe aus Paris erhalten hat. Ich würde gern wissen, ob Monsieur Clark sie gesehen hat. Und vor allem würde ich gern wissen, ob sie nicht vielleicht sogar eine größere Anzahl solcher Briefe erhalten hat … Jawohl. Ich warte. Danke.«

Stimmengemurmel am anderen Ende der Leitung.

»Hallo!… Wie bitte?… Er hat sie nicht geöffnet?… Er hat seine Frau nicht gefragt, was darin stand?!… Natürlich … Das ist Anschauungssache …«

Na, Madame Maigret sollte einmal wagen, Briefe zu bekommen und sie ihm nicht zu zeigen!

»Ungefähr einen im Vierteljahr?… Immer die gleiche Schrift?… Ja … Pariser Poststempel? Einen Moment, Monsieur Davidson …«

Er riß die Tür auf, die zum Büro der Inspektoren führte, wo ein Höllenlärm herrschte.

»Ihr da, haltet mal die Klappe!«

Dann kehrte er zurück.

»Hallo!… Ziemlich hohe Summen?… Könnten Sie so freundlich sein, Monsieur Davidson, diese Erklärungen schriftlich festzuhalten und sie dem Untersuchungsrichter zu übermitteln?… Nein! Noch nichts… Das tut mir leid. Ich weiß wirklich nicht, wie die Zeitungen es erfahren haben, aber ich versichere Ihnen, daß es nicht meine Schuld ist. Noch heute morgen habe ich vier Journalisten und zwei Fotografen weggeschickt, die im Flur der Kriminalpolizei auf mich warteten. Grüßen Sie Monsieur Clark von mir.«

Er runzelte die Stirn. Hatte er nicht vorhin, als er die Tür zum Inspektorenbüro aufmachte, dort… Er machte sie noch einmal auf, tatsächlich, dort auf dem Tisch saß ein Reporter in Begleitung seines Fotografen.

»Hören Sie mal, lieber Freund. Ich glaube, ich habe gerade laut genug geschrien, damit Sie alles mitbekommen haben. Aber ich warne Sie, wenn ein einziges Wort davon in Ihrem Käseblatt erscheint, sperre ich Ihnen künftig die Informationen. Kapiert?«

Aber als er sein Büro wieder betrat und dem Amtsdiener klingelte, hatte er einen Anflug von Lächeln auf den Lippen.

»Führen Sie Monsieur… Monsieur Jolivet herein.«

»Guten Tag, Herr Kommissar. Entschuldigen Sie die Störung. Ich habe es nach der Zeitungslektüre gestern abend für meine Pflicht gehalten…«

»Bitte setzen Sie sich doch.«

»Ich muß Ihnen allerdings gestehen, daß ich diesen Schritt nicht nur von mir aus getan habe, sondern nach Absprache mit unserem Generaldirektor, mit dem ich gleich heute früh telefoniert habe. Der Name Prosper Donge ist mir deshalb aufgefallen, weil ich ihn erst vor ganz kurzem vor Augen gehabt habe. Sie müssen wissen, daß ich in unserer Filiale O die Schecks abzeichne. Eine reine Formalität, gewiß, da das Konto des Kunden vorher geprüft worden ist. Ich werfe einen Blick darauf, ich mache mein Zeichen. Da es sich aber um eine so hohe Summe gehandelt hat...«

»Einen Augenblick. Wollen Sie damit sagen, daß Prosper Donge Ihr Kunde war?«

»Seit fünf Jahren, Herr Kommissar. Und sogar länger, denn sein Konto wurde damals von unserer Filiale in Cannes auf uns überschrieben.«

»Erlauben Sie, daß ich Ihnen Fragen stelle. Ich kann dann leichter ein klares Bild bekommen. Prosper Donge war also Kunde Ihrer Filiale in Cannes. Können Sie mir sagen, wie hoch damals sein Guthaben war?«

»Ein sehr bescheidenes Guthaben, so wie bei den meisten Hotelangestellten, die zu unserer Kundschaft gehören. Bei freier Kost und Logis können sie allerdings als ernsthafte Menschen fast ihr ganzes Einkommen zurücklegen. Und Donge hat das auch getan, er hat jeden Monat eintausend bis eintausendfünfhundert Franc auf sein Konto eingezahlt.

Außerdem hatte eine Obligation, die wir in seinem Auftrag gekauft hatten, gerade zwanzigtausend Franc erbracht. Kurz, bei seiner Ankunft in Paris besaß er etwa fünfundfünfzigtausend Franc.«

»Und hat er auch weiterhin kleine Einzahlungen gemacht?«

»Warten Sie! Ich habe seine Kontoauszüge mitgebracht. Sie werden sehen, daß da etwas sehr Verwirrendes geschehen ist. Im ersten Jahr zahlt Donge, der ein möbliertes Zimmer in der Rue Brey bei der Etoile bewohnt, noch ungefähr zwölftausend Franc ein.

Im zweiten Jahr hebt er nur ab und zahlt nichts mehr ein. Er ändert seine Adresse. Er wohnt jetzt in Saint-Cloud, wo er, wie ich aus den Schecks, die er ausstellte, schloß, ein Einfamilienhaus gebaut hat. Schecks an den Grundstücksmakler, an den Tischler, die Maler, an eine Baufirma...

Auf diese Weise hat er am Ende dieses Jahres, wie Sie aus dieser Aufstellung ersehen können, nur noch achthundertdreiunddreißig Franc und ein paar Centimes auf der Bank.

Vor drei Jahren aber nun, das heißt ein paar Monate darauf...«

»Entschuldigen Sie, sagten Sie *vor drei Jahren*?«

»Genau. Ich werde Ihnen gleich die genauen Daten sagen. Vor drei Jahren also teilt er uns dann brieflich mit, daß er umgezogen ist, und bittet, seine neue Adresse zu notieren: Rue Réaumur 117 b...«

»Einen Augenblick. Haben Sie Donge je gesehen?«

»Ich habe ihn vielleicht gesehen, aber ich kann mich nicht an ihn erinnern. Ich sitze nämlich nicht am Schalter, ich habe ein Privatbüro, aus dem ich das Publikum nur durch eine Art Spion sehe.«

»Haben Ihre Angestellten ihn gesehen?«

»Ich habe diese Frage heute morgen mehreren Angehörigen des Personals gestellt. Einer der Angestellten erinnert sich an ihn, weil nämlich auch er ein Häuschen in einem Vorort gebaut hat. Er hat sogar, wie er mir sagte, die Äußerung gemacht, daß er ja gleich nach dem Bau wieder ausgezogen sei.«

»Könnten Sie diesen Angestellten telefonisch herrufen?«

Während des Telefongesprächs reckte sich Maigret, er sah aus, als würde er vor Müdigkeit gleich umfallen, aber in seinen Augen funkelte es.

»Sie haben also gesagt... Wie war das noch?... Donge zieht um und wohnt jetzt in der Rue Réaumur 117 b. Entschuldigen Sie mich bitte einen Augenblick?«

Er verschwand im Inspektorenbüro.

»Lucas, rasch, schwing dich in ein Taxi. Rue Réaumur 117 b. Erkundige dich nach einem Herrn Prosper Donge. Ich werde dir später alles erklären.«

Er kehrte zu dem Stellvertretenden Direktor der Bankfiliale zurück.

»Welche Operationen hat Donge seither vorgenommen?«

»Die haben mich ja überhaupt veranlaßt, zu Ihnen zu kommen. Ich war ganz entsetzt, als ich heute morgen sein Konto überprüfte, und noch entsetzter, als ich von seiner letzten Operation erfuhr. Der erste amerikanische Scheck...«

»Verzeihung, was sagten Sie?«

»Oh! Es gab eine ganze Reihe davon. Der erste amerikanische Scheck zugunsten Prosper Donges ist im März vor drei Jahren von einer Detroiter Bank ausgestellt und lautet auf fünfhundert Dollar. Ich kann Ihnen genau sagen, wieviel das damals war.«

»Unwichtig!«

»Dieser Scheck ist seinem Konto gutgeschrieben worden. Sechs Monate später wurde uns von Donge mit der Bitte um Einlösung und Gutschrift ein neuer Scheck in der gleichen Höhe zugesandt.«

Der Stellvertretende Direktor fühlte sich plötzlich beunruhigt, weil der Kommissar einen so glücklichen Gesichtsausdruck bekam und ihm gar nicht mehr zuzuhören schien. Und tatsächlich war Maigret in Gedanken weit weg. Er dachte darüber nach, daß man, wenn er den Solicitor nicht angerufen hätte, bevor er seinen Besucher empfing, und ihm nicht ganz bestimmte Fragen gestellt hätte, immer behaupten könnte, daß allein der Zufall...

»Ich höre, Monsieur... Monsieur Jolivet, nicht wahr?«

Er mußte jedesmal zuerst einen Blick auf die Visitenkarte werfen.

»Oder vielmehr, ich weiß jetzt schon, was Sie mir sagen werden: Donge hat weiterhin Schecks aus Detroit erhalten, ungefähr alle drei Monate einen.«

»Richtig. Aber –«

»Wie hoch ist der Gesamtbetrag der Schecks ungefähr?«

»Dreihunderttausend Franc.«

»Und die sind auf der Bank geblieben, ohne daß Donge je etwas abgehoben hat?«

»Ja. Nur, in den letzten acht Monaten ist kein Scheck mehr eingetroffen...«

Wahrhaftig! Hatte Mrs. Clark nicht, bevor sie nach Frankreich kam, mit ihrem Sohn eine Kreuzfahrt durch den Pazifik gemacht?

»Und hat Donge während dieser Zeit weiterhin monatlich kleine Einzahlungen gemacht?«

»Aus seinem Konto geht nichts dergleichen hervor. Solche Einzahlungen wären natürlich lächerlich gewesen im Vergleich zu den Schecks aus Amerika. Aber ich komme jetzt zu dem besorgniserregenden Punkt. Zu dem Brief von vorgestern nämlich. Die Sache wurde nicht von mir bearbeitet, sondern vom Leiter der Auslandsabteilung, und Sie werden gleich sehen, warum. Vorgestern also haben wir einen Brief von Donge erhalten – der aber nicht wie gewöhnlich einen Scheck enthielt, sondern mit dem er im Gegenteil darum bat, einen Scheck auf den Inhaber lautend für eine Brüsseler Bank auszustellen. Das ist an sich eine geläufige Operation. Kunden, die eine Reise unternehmen, verlangen häufig einen auf eine Bank ausgestellten Scheck, denn damit umgehen sie das komplizierte Verfahren des Kreditbriefes, vermeiden andererseits, große Barbeträge mitführen zu müssen …«

»Wie hoch war der Scheck?«

»Zweihundertachtzigtausend französische Franc. Fast das gesamte Guthaben. Alles in allem bleiben nur noch zwanzigtausend Franc auf Donges Konto.«

»Ja, haben Sie denn den Scheck tatsächlich ausgestellt?«

»Wir haben ihn an die angegebene Adresse geschickt.«

»An welche?«

»Wie immer: an Monsieur Prosper Donge, Rue Réaumur 117 b.«

»Dann ist dieser Brief also heute früh zugestellt worden?«

»Vermutlich. In dem Fall kann er aber nicht in Donges Besitz gelangt sein.«

Der Stellvertretende Direktor wedelte mit der Zeitung.

»Er kann nicht in seinen Besitz gelangt sein, da Prosper Donge vorgestern ungefähr zur selben Zeit, zu der wir den Scheck ausstellten, verhaftet worden ist!«

Hastig blätterte Maigret im Telefonbuch und entdeckte, daß das Gebäude in der Rue Réaumur 117 b, wo es zahlreiche Telefonnummern gab, auch über einen Anschluß in der Portiersloge verfügte. Er wählte die Nummer. Lucas war schon seit ein paar Minuten da. Er gab ihm kurze Anweisungen.

»Ein Brief, ja, auf den Namen Donge. Absender ist der Crédit Lyonnais, Filiale O. Beeil dich, Alter. Ruf mich zurück.«

»Ich habe ja wohl recht daran getan, Herr Kommissar...«, begann der Stellvertretende Direktor mit einem Anflug von Feierlichkeit.

»Aber gewiß... gewiß...«

Aber Maigret hatte keine Augen mehr für den guten Mann. Er kümmerte sich nicht mehr um ihn. Er war mit seinen Gedanken Gott weiß wo. Er hatte einen Drang, alle Dinge hin und her zu schieben, am Ofen zu rütteln, auf und ab zu gehen.

»Da ist ein Angestellter des Crédit Lyonnais, Herr Kommissar.«

»Er soll hereinkommen.«

Im gleichen Augenblick klingelte das Telefon. Der Angestellte blieb abwartend an der Tür stehen, sah voller Schrecken seinen Stellvertretenden Direktor an und überlegte hin und her, was er verbrochen haben konnte, da man ihn hier am Quai des Orfèvres vorlud.

»Lucas?«

»Chef, Sie müssen wissen, das Gebäude, in dem ich mich befinde, ist gar kein Wohnhaus. Es gibt hier nur Büros, die meisten davon haben nur einen Raum. Manche werden von Geschäftsleuten aus der Provinz gemietet, die es für vorteilhaft halten, eine Adresse in Paris zu haben. Eine Reihe von ihnen kommt fast nie hierher, und denen wird dann die Post nachgeschickt. In anderen Büros sitzt nur eine Schreibkraft, die die Anrufe beantwortet... Hallo!«

»Erzähl weiter!«

»Vor drei Jahren hat Donge zwei Monate lang hier ein Büro gehabt, Monatsmiete sechshundert Franc. Er ist nur zwei- oder dreimal hergekommen. Seither schickte er jeden Monat hundert Franc für den Concierge, damit der ihm seine Post nachschickt...«

»Und wohin?«

»An eine Agentur Jem am Boulevard Haussmann 42.«

»Auf welchen Namen?«

»Die Umschläge sind alle vorbereitet, mit der Maschine beschriftet. Donge schickt sie immer im voraus. Warten Sie. Es ist ziemlich dunkel hier in der Loge... Ja, machen Sie mal Licht, mein Lieber... So... Also, sie gehen an J. M. D., Agentur Jem, Boulevard Haussmann 42. Das ist alles. Sie wissen ja, daß nur solche Agenturen sich auf Initialen einlassen?«

»Hast du das Taxi warten lassen?... Nicht?... Idiot! Schwing dich in einen Wagen. Wieviel Uhr ist es?... Elf Uhr. Fahr rasch zum Boulevard Haussmann. Hat der Concierge heute morgen einen Brief nachgeschickt?... Ja?... Dann mach schnell.«

Er hatte darüber die beiden Männer ganz vergessen, die nicht wußten, wie sie sich verhalten sollten, und ihm sprachlos zuhörten. Seine Gedanken waren so weit weg, daß nicht viel gefehlt hätte, und er hätte sie gefragt:

»Und Sie, was machen Sie denn hier?«

Dann wurde er plötzlich ruhig.

»Was machen Sie auf der Bank?« fragte er den Angestellten; der schreckte hoch.

»Ich bearbeite die Girokonten.«

»Kennen Sie Prosper Donge?«

»Ich kenne ihn. Das heißt, ich habe ihn mehrere Male gesehen. Sie müssen wissen, daß er damals ein Häuschen in einem Vorort baute und ich ebenfalls. Der Unterschied war nur, daß ich mir mein Grundstück ausgesucht hatte...«

»Ich weiß. Weiter.«

»Er kam von Zeit zu Zeit und hob die kleinen Beträge ab, die er für all die Lieferanten brauchte, die kein Bankkonto hatten und die keine Schecks annahmen. Das ärgerte ihn. Ich erinnere mich, wir haben darüber gesprochen, daß jeder einzelne wie in Amerika ein Bankkonto haben müßte. Es war immer schwierig für ihn, selber herzukommen, da er von sechs Uhr morgens bis sechs Uhr abends im Majestic arbeitete und die Banken dann geschlossen waren. Ich habe ihm gesagt... Der Herr Direktor wird es mir nachsehen, denn wir machen so etwas für bestimmte Kunden. Ich habe ihm gesagt, er bräuchte mich in solchen Fällen nur anzurufen, dann würde ich ihm das Geld gegen Quittung zuschicken. Zwei- oder dreimal habe ich ihm auf diese Weise Geld ins Majestic geschickt.«

»Haben Sie ihn seither wiedergesehen?«

»Ich glaube nicht. Allerdings bin ich zwei Sommer lang nach Etretat delegiert worden, um unsere dortige Niederlassung zu leiten. Vielleicht ist er während dieser Zeit mal gekommen.«

Maigret zerrte eine Schublade seines Schreibtisches auf, zog ein Foto Donges heraus und legte es wortlos auf den Schreibtisch.

»Das ist er!« rief der Bankangestellte aus. »Er hat ein Gesicht, das man nicht vergißt. Als kleines Kind hat er die Blattern gehabt – er selber hat mir das erzählt –, und die Bauern, bei denen er lebte, haben nicht einmal den Arzt gerufen.«

»Sind Sie sicher, daß er das ist?«

»Todsicher.«

»Und erkennen Sie seine Handschrift?«

»Ich selber würde sie erkennen«, mischte sich der Stellvertretende Direktor ein, der sich ärgerte, nicht mehr die erste Rolle zu spielen.

Maigret hielt ihnen verschiedene Papiere vor die Nase, die von verschiedenen Personen beschrieben worden waren.

»Nein!... Nein!... Diese hier ist ganz anders... Ah!... Hier... Das ist eine 7, wie er sie macht... Er hatte so eine besondere Art, die 7 zu schreiben... Und auch das F... Das hier, das ist ein F von ihm...«

Das Beispiel, auf das sie gedeutet hatten, stammte in der Tat von Donges Hand: Es war einer der Kassenbons, die er kritzelte, wenn man bei ihm schwarzen Kaffee, ein Kaffeegedeck, Tee, Toasts oder Schokolade bestellte.

Das Telefon blieb stumm. Es hatte gerade Mittag geschlagen.

»Meine Herren, ich habe Ihnen zu danken.«

Was trieb Lucas nur so lange in der Agentur Jem? Er hatte es vielleicht fertiggebracht, den Bus zu nehmen, um die sechs Franc zu sparen!

9

Monsieur Charles' Zeitung

Eine allein – das wäre ja noch gegangen. Aber wie sie so zusammen an der Einfahrt zur Kriminalpolizei standen wie vor einem Fabriktor, waren sie schon ein groteskes und klägliches Gespann: Gigi auf ihren Stelzenbeinen, in ihrem abgeschabten Kaninchenpelz, die mit lauernden Blicken den Schutzmann herausforderte, der am Eingang Wache stand, und sich jedesmal vorbeugte, wenn sie Schritte hörte, um zu sehen, wer da kam, und die arme Charlotte, die es nicht geschafft hatte, ihre Frisur in Ordnung zu bringen oder sich zu schminken, und deren breites Mondsgesicht rotgefleckt war, weil sie geweint hatte und auch noch immer wimmerte. Die Nase, ebenfalls rot, war wie eine winzige Kugel mitten in dem Gesicht.

Sie trug einen sehr gediegenen Mantel aus schwarzem Tuch mit Persianerbesätzen an Kragen und Saum. In der Hand hielt sie wie mechanisch eine behäbig wirkende Handtasche aus Nappaleder. Wenn sie nicht in Begleitung dieser Vogelscheuche von Gigi gewesen wäre und nicht diese winzige rote Nase im Gesicht gehabt hätte, hätte sie durchaus einen bürgerlichen Eindruck gemacht.

»Da kommt er!«

Charlotte hatte sich nicht von der Stelle gerührt. Nur Gigi war pausenlos auf und ab gegangen. Und tatsächlich kam Maigret. Er war in Begleitung eines Kollegen und bemerkte die beiden Frauen zu spät. Auf dem Quai schien die Sonne, und es lag schon etwas Vorfrühling in der Luft.

»Entschuldigen Sie, Herr Kommissar...«

Er drückte seinem Kollegen die Hand.

»Guten Appetit, mein Lieber.«

»Können wir Sie mal sprechen, Herr Kommissar?«

Sofort brach Charlotte in Schluchzen aus und stopfte sich fast das ganze zusammengerollte Taschentuch in den Mund. Passanten drehten sich um. Maigret wartete geduldig. Wie um ihre Freundin in Schutz zu nehmen, warf Gigi ein:

»Sie war gerade bei dem Richter, der sie vorgeladen hatte.«

Sieh da! Sieh da! Monsieur Bonneau! Das war natürlich sein gutes Recht! Aber dennoch...

»Ist das wahr, Herr Kommissar, daß Prosper... daß Prosper alles gestanden hat?«

Diesmal grinste Maigret ganz offen. Mehr hatte sich der Untersuchungsrichter also nicht einfallen lassen als diesen ganz alten Trick von ganz kleinen Anfängern bei der Polizei. Und diese dumme Pute von Charlotte fiel auch noch darauf herein!

»Es ist nicht wahr? Gelt! Ich wußte es ja! Wenn Sie wüßten, was der mir alles aus der Nase gezogen hat. Wenn es nach ihm ginge, wäre ich überhaupt die Letzte...«

Der Polizist, der vor dem Eingang Wache stand, beobachtete sie mit einem Anflug von Ironie. Und es war auch wirklich ein merkwürdiges Schauspiel, wie Maigret da den beiden Frauen, von denen eine heulte und die andere ihn mit unverhohlenem Mißtrauen anstarrte, in die Fänge geraten war.

»Als ob ich einen anonymen Brief schreiben würde, um Prosper zu beschuldigen, wo ich doch sicher bin, daß er niemanden umgebracht hat! Na, mit einem Revolver, das könnte ich ja vielleicht noch glauben. Aber jemanden zu erdrosseln... Und vor allem dann am nächsten Tag weiterzumachen mit einem armen Mann, der niemandem etwas angetan hat... Haben Sie etwas Neues herausbekommen, Herr Kommissar? Glauben Sie, daß man ihn im Gefängnis behalten wird?«

Maigret winkte ein vorüberfahrendes Taxi herbei.

»Steigen Sie ein!« sagte er zu den beiden Frauen. »Ich wollte gerade etwas erledigen, dabei werden Sie mich jetzt begleiten.«

Das stimmte. Er hatte endlich einen Anruf von Lucas bekommen, der bei der Agentur Jem nichts erreicht hatte. So hatte er sich mit ihm am Boulevard Haussmann verabredet. Und jetzt war ihm der Einfall gekommen, er könnte doch...

Alle beide wollten sich eilfertig auf den Klappsitz setzen, aber er zwang sie, sich auf dem Rücksitz niederzulassen, während er selber nun dem Fahrer den Rücken zukehrte. Es war einer der ersten schönen Tage des Jahres. Die Straßen von Paris, die an ihnen vorüberzogen, sahen aus wie frisch gefegt, und die Passanten wirkten fröhlicher.

»Sagen Sie mal, Charlotte, zahlt Donge immer noch seine Ersparnisse auf der Bank ein?«

Er hätte Gigi fast angefahren, die jedesmal, wenn er nur den Mund aufmachte, die Stirn runzelte, als witterte sie eine Falle. Man sah ihr an, daß sie sich gerade noch zurückhielt, zu ihrer Freundin zu sagen:

»Achtung ! Denk zuerst nach, bevor du antwortest.«

Aber Charlotte rief schon aus:

»Ersparnisse, der Ärmste! Ersparnisse haben wir schon lange nicht mehr! Genau gesagt, seit wir uns dieses Haus aufgeladen haben! Nach den Kostenvoranschlägen sollte es höchstens vierzigtausend Franc kosten. Dann hat gleich zu Anfang das Fundament dreimal mehr gekostet als vorgesehen, weil wir auf einen unterirdischen Wasserlauf gestoßen sind. Dann, als langsam die Mauern hochgezogen wurden, lähmte ein Streik im Baugewerbe die Arbeiten kurz vor Winteranfang. Fünftausend Franc hier, dreitausend Franc da... Alles eine Bande von Dieben, jawohl! Wenn ich Ihnen sagte, wie teuer es uns dann gekommen ist, das Haus! Den genauen Betrag weiß ich nicht einmal, aber er liegt mit Sicherheit höher als achtzigtausend, dabei haben wir manches noch gar nicht bezahlt.«

»So daß Donge also kein Geld mehr auf der Bank hat?«

»Er hat nicht einmal mehr ein Konto. Warten Sie mal! Seit... seit ungefähr drei Jahren. Ich erinnere mich daran, weil eines Tages der Briefträger kam und eine Überweisung von achthundert und einigen Francs auszahlte. Ich wußte zuerst nicht, worum es dabei ging, und als Donge dann nach Hause kam, hat er mir erklärt, daß er die Bank angewiesen habe, sein Konto aufzulösen.«

»Können Sie sich nicht an das Datum erinnern?«

»Wozu wollen Sie das wissen?« fragte Gigi, die es nicht lassen konnte, ihr Gift zu verspritzen.

»Ich weiß noch, daß es im Winter war, denn ich war damals gerade dabei gewesen, das Eis an der Pumpe zu zerschlagen, als der Briefträger kam. Warten Sie... Ich bin dann an dem Tag noch auf den Markt nach Saint-Cloud, um eine Gans zu kaufen. Es muß also ein paar Tage vor Weihnachten gewesen sein.«

»Wohin fahren wir?« murmelte Gigi, die zum Wagenfenster hinaussah.

Genau in dem Augenblick hielt das Taxi am Boulevard Haussmann, kurz vor dem Faubourg Saint-Honoré. Lucas stand auf dem Gehsteig und riß die Augen auf, als er Maigret hinter den beiden Frauen aus dem Wagen steigen sah.

»Einen Augenblick«, sagte der Kommissar zu den beiden.

Er zog Lucas beiseite.

»Nun?«

»Sehen Sie dort dieses schmale Büro zwischen dem Koffergeschäft und dem Damenfriseur? Das ist die Agentur Jem. Sie wird von einem ekelhaften alten Kerl geführt, aus dem ich nicht die geringste Auskunft herausholen konnte. Er wollte gerade seinen Laden dichtmachen und essen gehen, weil, wie er behauptete, jetzt Zeit war dafür. Ich habe ihn gezwungen zu bleiben. Er ist wütend und behauptet, daß ich ohne Haussuchungsbefehl kein Recht habe...«

Maigret betrat das spärlich beleuchtete Büro, das von einem großen schwarzen Holztisch in der Mitte durchteilt wurde. Regale, auch sie aus schwarzem Holz, standen an den Wänden, und diese Regale waren vollgestopft mit Briefen.

»Ich möchte doch gern wissen…«, fauchte der Alte los.

»Wenn Sie nichts dagegen haben«, brummte Maigret, »dann stelle ich hier die Fragen. Ich sehe doch richtig, daß Sie hier Briefe empfangen, die nur an Initialen gerichtet sind, und so was ist bei postlagernden Sendungen verboten. Daraus schließe ich, daß Sie eine feine Kundschaft haben müssen…«

»Ich zahle Gewerbesteuer!« sagte der Alte nur.

Er trug dicke Brillengläser, unter denen tränende Augen lauernd hervorsahen. Sein Rock war unsauber, der Hemdkragen abgewetzt und schmierig. Ein ranziger Geruch strömte von seiner Person aus und erfüllte das ganze Büro.

»Ich möchte gern wissen, ob Sie ein Verzeichnis führen, in dem Sie neben den Initialen auch den vollen Namen Ihrer Kunden festhalten.«

Der Alte grinste.

»Meinen Sie, die würden noch hierherkommen, wenn sie ihren Namen angeben müßten? Warum soll ich mir dann nicht gleich den Ausweis zeigen lassen?«

Eine ziemlich scheußliche Vorstellung, daß sich hübsche Frauen hier in dieses Büro schlichen, das so vielen Ehebrüchen und so vielen unsauberen Geschäften als Brutstätte gedient hatte.

»Sie haben gestern morgen einen an die Initialen J. M. D. adressierten Brief erhalten.«

»Kann sein, das habe ich schon Ihrem Kollegen gesagt. Er wollte sich sogar unbedingt vergewissern, daß der Brief nicht mehr hier ist.«

»Also ist er abgeholt worden. Können Sie mir sagen, wann genau?«

»Ich weiß überhaupt nichts, und selbst wenn ich es wüßte – ich glaube nicht, daß ich es Ihnen sagen würde.«

»Sie wissen wohl auch nicht, daß ich Ihren Laden eines schönen Tages dichtmachen lassen kann!«

»Damit haben mir auch andere schon gedroht, und mein Laden, wie Sie das hier nennen, läuft schon seit zweiundvierzig Jahren. Wenn ich alle die Ehemänner aufzählen würde, die hier schon Krach geschlagen und mich sogar mit dem Stock bedroht haben…«

Lucas hatte nicht unrecht gehabt, wirklich ein ekelhafter Kerl.

»Wenn Sie nichts dagegen haben, werde ich jetzt die Läden schließen und essen gehen…«

Wo sollte diese Wanze essen gehen? Konnte der überhaupt eine Familie, eine Frau, Kinder haben? Nein, er war gewiß Junggeselle und hatte in irgendeinem schäbigen Restaurant dieser Gegend einen Stammplatz mit Serviette im Serviettenring.

»Haben Sie diesen Mann schon einmal gesehen?«

Ohne sich beeindrucken zu lassen, zeigte Maigret wieder einmal Donges Fotografie, und die Neugier des Alten war stärker als seine schlechte Laune. Er beugte sich vor, mußte sich dem Papier mit dem Gesicht auf weniger als zwanzig Zentimeter nähern. Seine Gesichtszüge zeigten keine Veränderung. Er zuckte mit den Achseln.

»Nicht daß ich wüßte…«, murmelte er fast bedauernd.

Die beiden Frauen waren draußen vor dem schmalen Schaufenster stehengeblieben.

Maigret rief Charlotte herein.

»Und diese Person, kennen Sie die?«

Wenn Charlotte Komödie spielte, dann spielte sie wirklich verblüffend gut, denn sie sah voll Verwunderung und gleichzeitig peinlich berührt um sich, zwei Reaktionen, die an diesem Ort wahrlich angemessen waren.

»Was ist...«, hob sie an.

Sie geriet in Panik. Sie konnte sich nicht erklären, warum man sie hierher gebracht hatte. Sie suchte instinktiv nach Gigi, die schon von selber hereinkam.

»Wie viele Leute schleppen Sie mir denn hier noch an?«

»Sie kennen weder die eine noch die andere? Sie können mir nicht sagen, ob der an J. M. D. adressierte Brief von einem Mann oder von einer Frau abgeholt worden ist, und auch nicht, wann das war?«

Ohne zu antworten, hatte der Alte einen Holzladen ergriffen, den er jetzt von außen an die Tür hängte. Nichts zu machen, es blieb keine andere Wahl, als zu gehen. Maigret, Lucas und die beiden Frauen standen wieder auf der Straße unter den Kastanien, deren Knospen schon fast am Aufplatzen waren.

»Sie können jetzt gehen, Sie beide!«

Er sah ihnen nach. Gigi hatte noch keine zehn Meter zurückgelegt, da fing sie schon an, heftig auf ihre Freundin einzureden. Sie schleppte sie in einem Tempo mit, das die dickliche Charlotte kaum einhalten konnte.

»Was Neues, Chef?«

Was hätte Maigret darauf antworten sollen? Er war vergrämt und verdrossen. Es sah fast so aus, als würde ihn der Frühling mehr ärgern als erfreuen.

»Ich weiß nicht. Hör zu. Geh essen. Bleib dann nachmittags die ganze Zeit im Büro. Gib den Banken in ganz

Frankreich, aber auch in Brüssel durch, daß sie, wenn ein Scheck über zweihundertachtzigtausend Franc eingereicht wird...«

Er war nur zwei Schritte vom Majestic entfernt. Er bog in die Rue de Ponthieu ein und betrat das Bistro neben dem Lieferanteneingang des Grandhotels. Man konnte dort einen Imbiß nehmen, und er bestellte weiße Bohnen mit Schweinefleisch und Wurst aus der Dose, aß allein und immer noch mürrisch an einem kleinen Tisch im Hintergrund nicht weit von zwei anderen Gästen entfernt, die über Pferde redeten und die rasch etwas aßen, bevor sie zum Pferderennen gingen.

Was er an dem Nachmittag eigentlich machte, hätte auch einer, der ihm die ganze Zeit nachgegangen wäre, nicht so richtig sagen können. Nach beendeter Mahlzeit trank er einen Kaffee und kaufte Tabak, den er in seinen Tabaksbeutel stopfte. Dann verließ er das Bistro, blieb eine ganze Weile auf dem Gehweg stehen und sah in die Runde. Gewiß hatte er keinen festen Plan. Zögernd betrat er den Hausflur des Majestic und verharrte dann eine Weile vor der Stechuhr. Er wirkte ungefähr so wie ein Reisender, der stundenlangen Aufenthalt auf einem Bahnhof hat und einen Bonbonautomaten nach dem andern betätigt.

Hinter ihm gingen Leute durch, vor allem Köche mit einer Serviette um den Hals, die schnell in das Bistro nebenan liefen, um ein Gläschen zu trinken.

Je tiefer man in den Flur eindrang, desto wärmer wurde es, und desto mehr stiegen einem Küchengerüche in die Nase.

Kein Mensch im Umkleideraum. Er wusch sich die Hände in dem Waschbecken, einfach so, zum Zeitvertreib, brauchte gut und gern zehn Minuten zum Reinigen seiner Fingernägel. Dann zog er, da es zu warm war, den Mantel aus und hängte ihn in den Spind Nummer 89.

Jean Ramuel thronte in seinem Glaskäfig. Gegenüber, in der Kaffeeküche, hatten die drei Frauen alle Hände voll zu tun, ebenso ein neuer Angestellter in weißer Weste, der Prosper ersetzte.

»Wer ist das?« fragte Maigret Ramuel.

»Eine Aushilfe, die man fürs erste angestellt hat, bis man jemanden findet. Wir nennen ihn Monsieur Charles. Nun, Herr Kommissar, wollen Sie sich heute ein bißchen hier umsehen?... Entschuldigen Sie mich bitte...«

Es war gerade wieder Hochbetrieb. Luxusgäste essen spät zu Mittag, die Bons türmten sich vor Ramuel, die Kellner liefen hin und her, die Telefone klingelten alle auf einmal, die Speiseaufzüge liefen ununterbrochen.

Maigret, der den Hut aufbehalten hatte, schlenderte mit den Händen in den Taschen umher, blieb einmal, gerade so, als würde ihn das ungemein interessieren, hinter einem Koch stehen, der eine Sauce rührte, dann stand er zwischen den Geschirrspülbecken herum, oder er preßte das Gesicht an die Scheibe des Postraumes.

Wie schon bei der ersten Untersuchung ging er auch jetzt die Hintertreppe hinauf, aber diesmal stieg er bis ins oberste Stockwerk hinauf, ganz gemächlich und immer noch mürrisch. Als er dann wieder herunterkam, fing ihn der Direktor ab, der ganz atemlos war.

»Ich habe eben erst erfahren, daß Sie hier sind, Herr

Kommissar… Ich nehme an, Sie haben noch nicht zu Mittag gegessen… Würden Sie mir erlauben…«

»Ich habe schon gegessen, danke.«

»Darf ich Sie fragen, ob es etwas Neues gibt? Ich war ganz betroffen, als man diesen Prosper Donge verhaftet hat… Aber kann ich Ihnen wirklich nichts anbieten? Wenigstens ein Gläschen Cognac?«

Der Direktor fühlte sich unbehaglich, weil er hier auf einer schmalen Treppe mit Maigret zusammenstand, der nicht die geringste Regung zeigte. In solchen Augenblicken wirkte der Kommissar stur wie ein Dickhäuter.

»Ich hatte gehofft, daß die Presse sich nicht auf die Sache stürzen würde. Sie wissen, wie sehr das einem Hotel… Und was Donge betrifft…«

Zum Verzweifeln. Maigret war an keiner Stelle zu packen. Er war unterdessen die Treppe weiter hinabgestiegen und stand jetzt wieder im Untergeschoß.

»Ein Mann, den ich bis jetzt jedem als Beispiel hingestellt hätte. Denn Sie werden sich denken können, in einem Haus wie diesem hat man es oft mit den merkwürdigsten Leuten zu tun.«

Maigrets Blicke schweiften von einer Trennwand zur anderen, von einem »Aquarium« zum anderen, wie er sagte. Und schließlich stand er im Umkleideraum vor dem berühmten Spind mit der Nummer 89, in dem zwei Menschenleben buchstäblich ihr Ende gefunden hatten.

»Und was diesen armen Collebœuf betrifft… Entschuldigen Sie, wenn ich Sie langweile, aber ich habe da an eine Sache gedacht… Meinen Sie nicht auch, daß man schon überdurchschnittliche Kräfte braucht, um am hellichten

Tag, nur wenige Meter von all den Leuten entfernt, einen Mann zu erdrosseln, ich meine, ohne daß das Opfer einen Schrei ausstoßen oder sich wehren kann? Um diese Uhrzeit jetzt wäre es sogar noch eher möglich, weil ein Durcheinander und Riesenlärm herrscht. Aber gegen halb fünf oder fünf Uhr nachmittags …«

»Waren Sie nicht gerade bei Tisch?« murmelte Maigret.

»Das macht nichts. Wir sind gewohnt, zu den verschiedensten Tageszeiten zu essen.«

»Machen Sie mir das Vergnügen und essen Sie zu Ende. Ich treibe mich hier ein wenig herum. Entschuldigen Sie mich …«

Und wieder durchquerte er die Gänge, machte er Türen auf und zu, steckte er sich eine Pfeife an und ließ sie gleich wieder erkalten.

Am häufigsten lenkte er die Schritte jetzt in die Kaffeeküche, und langsam kannte er schon alle Gesten der dort Beschäftigten. Er murmelte zusammenhanglose Worte vor sich hin, die etwa so klangen:

»Gut … Donge ist hier … Er ist jeden Tag hier, von sechs Uhr morgens an … Gut … Zu Hause hat er eine Tasse Kaffee getrunken, die Charlotte beim Heimkommen für ihn gewärmt hat … Gut … Hier hat er sich dann, nehme ich an, eine der ersten Tassen aus der Kaffeemaschine eingegossen … Gut …«

Na und, was bedeutete das schon?

»Er hat die Gewohnheit, dem Nachtportier eine Tasse Kaffee zu bringen … Gut … Übrigens, ja, Justin Collebœuf ist an dem Tag wahrscheinlich deshalb heruntergekommen, weil es schon zehn nach sechs war und Donge sich oben noch nicht hatte blicken lassen... Gut... Na ja... Aus diesem oder vielleicht auch aus einem anderen Grund... Hm!«

Übrigens wurden jetzt nicht die silbernen Kaffeekännchen gefüllt wie zur Frühstückszeit, sondern Kaffeekännchen aus glasierter Keramik, auf denen winzige Filter saßen.

»Den ganzen Vormittag ein Frühstück nach dem anderen, in immer schnellerem Rhythmus... Gut... Dann ißt Donge einen Bissen... Eine Mahlzeit, die man ihm auf einem Tablett bringt...«

»Könnten Sie nicht ein bißchen mehr nach rechts oder nach links gehen, Herr Kommissar? Sie behindern mich beim Zählen der Tassen.«

Das war Ramuel, der aus seinem Glaskäfig heraus alles beobachten mußte. Sieh mal an! Die Tassen der Kaffeeküche zählte er also auch noch.

»Entschuldigen Sie, daß ich Sie darum gebeten habe.«

»Aber ich bitte Sie!«

Drei Uhr. Der Rhythmus verlangsamte sich. Einer der Küchenchefs hatte sich gerade umgezogen, um wegzugehen.

»Wenn jemand nach mir fragt, Ramuel, ich bin um fünf Uhr zurück. Ich muß los und meine Steuern bezahlen.«

Die braunen Kaffeekännchen waren fast alle wieder heruntergeschickt worden. Monsieur Charles kam aus der Kaffeeküche und ging, nicht ohne den Kommissar neugierig anzusehen, über den Flur, der zur Straße führte. Die Frauen hatten ihm wohl gesagt, wer er war.

Kurz darauf kam er mit einer Nachmittagszeitung

zurück. Es war gerade drei Uhr vorbei. Die Frauen arbeiteten an den Spülbecken, wo sie mit den Armen bis zum Ellbogen im heißen Wasser steckten.

Monsieur Charles dagegen hatte sich so gemütlich wie möglich an seinem kleinen Tisch niedergelassen. Er breitete die Zeitung vor sich aus, setzte die Brille auf, und während er eine Zigarette ansteckte, begann er zu lesen.

Es gab daran nichts Außergewöhnliches, dennoch riß Maigret die Augen auf.

»So haben wir also jetzt eine Pause?« fragte er lächelnd Ramuel, der seine Bons sortierte.

»Ja, bis halb fünf, dann geht es mit dem Tanztee los.«

Es verstrichen noch ein paar Minuten, ohne daß sich Maigret aus dem Flur wegbewegte. Plötzlich läutete es in der Kaffeeküche, Monsieur Charles stand auf, sagte ein paar Worte ins Telefon, ließ seine Zeitung wohl oder übel liegen und entfernte sich in wer weiß welche Flure.

»Wohin geht er?«

»Wieviel Uhr ist es? Halb vier? Das ist sicher der Verwaltungsdirektor, der ihm die Kaffee- und Teerationen aushändigen will.«

»Geschieht das jeden Tag?«

»Jeden Tag...«

Ramuel ließ Maigret nicht aus den Augen, als dieser noch immer friedlich die Kaffeeküche betrat. Was er nun tat, war etwas ganz Banales. Er zog nämlich nur die Schublade des Tisches auf, der ein ganz gewöhnlicher roher Holztisch war. Er sah darin ein kleines Tintenfaß, einen Federhalter und eine Mappe Briefpapier. Es gab außerdem Bleistiftstummel und zwei oder drei Postanweisungsformulare.

Als Monsieur Charles mit Paketen beladen zurückkam, schob Maigret die Schublade wieder zu. Monsieur Charles verstand Maigrets Absicht falsch, als er diesen so über den Tisch gebeugt antraf.

»Sie können sie ruhig nehmen«, sagte er und meinte die Zeitung. »Es steht ja sowieso nichts drin! Ich lese immer nur den Fortsetzungsroman und die Kleinanzeigen.«

Richtig, das war es!

»Also, Prosper Donge sitzt hier in aller Ruhe an diesem Tisch... Die drei Frauen hantieren nebenan in dem Brodem an den Spülbecken... Er...«

Von einer Sekunde auf die andere fiel alle Schwerfälligkeit und Verschlafenheit von dem Kommissar ab, gerade so, als hätte er sich plötzlich an eine dringende Arbeit erinnert, die er erledigen mußte. Ohne irgend jemanden zu grüßen, ging er zielstrebig in den Umkleideraum, ergriff seinen Mantel, zog ihn im Gehen an, und einen Augenblick später schon ließ er sich auf den Sitz eines Taxis fallen.

»Zur Finanzabteilung der Staatsanwaltschaft!« warf er dem Fahrer zu.

Viertel vor vier. Vielleicht würde er noch jemanden antreffen? Wenn alles klappte, hoffte er noch vor Anbruch des Abends... Er wandte sich um. Das Taxi war gerade an Edgar Fagonet, genannt Zebio, vorbeigefahren, der zu Fuß in Richtung Majestic ging.

10

Das Abendessen im Coupole

Die Operation wurde mit so gut gespielter Brutalität durchgeführt, daß sogar der alte Antiquar, der sich sonst wie ein Maulwurf hinten in seinem kleinen dunklen Laden vergrub und nur noch auf den Tod zu warten schien, über das Parkett herbeischlürfte und an die Tür trat.

Es war kurz vor sechs. Die unscheinbaren Geschäfte an der Rue des Saints-Pères waren schwach beleuchtet, und es herrschte noch violettes Dämmerlicht auf der Straße.

Das Auto der Polizeipräfektur schoß vom Quai mit solchem Sirenengeheul los, daß alle Antiquare und Bouquinisten in ihren Lädchen hochschreckten.

Mit kreischenden Bremsen stoppte es am Straßenrand, und drei Männer sprangen heraus, entschlossen zum Einsatz wie bei einem Notruf.

Maigret trat allein auf die Tür zu, gerade als dahinter das bleiche entsetzte Gesicht des Angestellten auftauchte und an der Scheibe wie ein Abziehbild festzukleben schien. Ein Inspektor ging in die Gasse hinein, um sich zu vergewissern, daß das Geschäft keinen Nebenausgang hatte, und der Beamte, der auf dem Gehsteig stehenblieb, war mit seinem großen Schnauzbart und dem finsteren mißtrauischen Blick eher die Karikatur eines Inspektors; gerade deshalb hatte Maigret ihn ausgewählt.

In dem Geschäft mit den Orientteppichen an den Wänden, wo gedämpfte Stille herrschte, versuchte der Angestellte, seine Aufregung niederzukämpfen.

»Sie möchten Monsieur Atoum sprechen?... Ich werde nachsehen, ob er da ist...«

Doch der Kommissar hatte ihn bereits beiseite geschoben. Zwischen den Teppichen im Hintergrund hatte er so etwas wie einen Spalt entdeckt, durch den rötliches Licht drang, und er hörte Gemurmel. So überschritt er die Schwelle zu einem kleinen Raum, der sozusagen aus vier Teppichen gebildet und mit einem Diwan möbliert war, auf dem vielfarbige Lederkissen lagen, sowie einem Tischchen mit Elfenbeinintarsien, auf dem türkischer Kaffee dampfte.

Ein Mann, der schon aufgestanden war, wollte schleunigst fort, die Sache schien ihm ebensowenig geheuer wie schon dem Verkäufer. Ein anderer, der auf dem Diwan saß, rauchte eine Zigarette mit goldenem Mundstück und sagte ein paar Worte in einer fremden Sprache.

»Monsieur Atoum, nicht wahr? Kommissar Maigret von der Kriminalpolizei.«

Der Besucher überstürzte nun seinen Aufbruch, und man hörte die Eingangstür zuschlagen, während Maigret sich friedlich auf dem Rand des Diwans niederließ und voller Neugier die kleinen Tassen für türkischen Mokka untersuchte.

»Erinnern Sie sich nicht an mich, Monsieur Atoum?... Dabei habe ich einmal einen halben Tag mit Ihnen die Ehre gehabt. Vor... Na, ich glaube, das ist jetzt fast acht Jahre her. Eine schöne Reise war das ! Die Vogesen, das Elsaß!

Wenn ich mich recht erinnere, haben wir uns in der Nähe eines Grenzpfostens getrennt.«

Atoum war fett, aber er hatte ein junges Gesicht und wunderschöne Augen. Erlesen gekleidet, parfümiert, die Finger voller Ringe, rührte er sich nicht von dem Diwan, auf dem er mehr kauerte als saß. Dieser kleine, von einer Lampe aus Alabasterimitation erleuchtete Raum erinnerte mehr an einen orientalischen Bazar als an eine Pariser Szene.

»Was war das noch, was Sie sich damals hatten zuschulden kommen lassen?... Nichts Besonderes, wenn ich mich recht erinnere. Nur hat es die französische Regierung, da Ihre Papiere nicht in Ordnung waren, vorgezogen, die Kosten für Ihre Reise bis an die Grenze zu übernehmen. Sie sind im übrigen am gleichen Abend zurückgekehrt, aber der Schein war gewahrt, und Sie haben, glaube ich, Gönner gefunden...«

Atoum, der sich nicht hatte aus der Ruhe bringen lassen, hockte bewegungslos wie eine Katze vor Maigret.

»Unterdessen sind Sie Bankier gewesen, denn auch in Frankreich wird von denjenigen, die über das Geld der Bürger verfügen, keine weiße Weste verlangt. Sie haben dann aber wieder Ärger gehabt, Monsieur Atoum...«

»Darf ich Sie fragen, Herr Kommissar –«

»Weshalb ich hierher gekommen bin, nicht wahr? Na, ehrlich gesagt, weiß ich das selber noch nicht genau. Ich habe einen Wagen und Männer vor der Tür. Kann gut sein, daß wir alle zusammen von hier weggehen werden...«

Atoums Hand zitterte nicht, als er sich nun eine neue Zigarette ansteckte, nachdem er zuerst Maigret eine angeboten hatte, der ablehnte.

»Kann aber ebensogut sein, daß ich ganz ruhig allein weggehe und Sie hierlasse...«

»Und wovon wird das abhängen?«

»Von der Antwort, die Sie mir auf eine kleine Frage geben werden. Ich kenne Ihren Sinn für Diskretion so gut, daß ich, wie Sie sehen, einige vorsorgliche Maßnahmen getroffen habe!... Als Bankier hatten Sie einen Buchhalter, der Ihre rechte Hand war, Ihr Vertrauensmann – beachten Sie, daß ich nicht gesagt habe: Ihr Komplize –, der hieß Jean Ramuel. Und ich möchte nun gern von Ihnen wissen, warum Sie sich von einer so wertvollen Arbeitskraft getrennt oder, um es genauer zu sagen, warum Sie ihn vor die Tür gesetzt haben.«

Atoum dachte nach.

»Sie irren sich, Herr Kommissar. Ich habe Ramuel nicht vor die Tür gesetzt. Er ist aus freien Stücken gegangen, aus gesundheitlichen Gründen, wenn ich mich richtig erinnere...«

Maigret stand auf.

»Tut mir leid, dann kommt nur die erste Lösung in Frage. Würden Sie mir bitte folgen, Monsieur Atoum?«

»Wohin wollen Sie mich bringen?«

»Wieder einmal an die Grenze.«

Ein schwaches Lächeln zog über die Lippen des Orientalen.

»Nur werden wir diesmal an eine andere Grenze fahren. Was glauben Sie, welche Lust ich habe, in Richtung Italien zu fahren! Wie ich hörte, haben Sie in dem Land, das Sie Hals über Kopf verlassen haben, vergessen, eine fünfjährige Strafe für Scheckbetrug abzusitzen. So daß –«

»Setzen Sie sich, Herr Kommissar.«

»Sind Sie sicher, daß ich nicht gleich wieder aufstehen muß?«

»Was haben Sie mit Ramuel vor?«

»Ihn vielleicht dorthin zu bringen, wo er hingehört, was meinen Sie?«

Dann fuhr er plötzlich in verändertem Ton fort:

»Also los, Atoum! Ich habe heute keine Zeit mehr zu verlieren. Ich nehme an, daß Ramuel Sie in der Hand hat.«

»Ich gebe zu, daß er mir ernsten Ärger bereiten könnte, wenn er zuviel plaudern würde. Das Bankgeschäft ist eine sehr komplexe Sache. Er mußte seine Nase dauernd in alles stecken. Ich bin mir auch gar nicht im klaren, ob ich mich nicht vielleicht doch besser für Italien entscheiden sollte… Es sei denn, Sie machen mir gewisse Zusagen. Daß Sie zum Beispiel gewisse Dinge, über die er vielleicht redet, überhören, da sie der Vergangenheit angehören und ich unterdessen ja ein anständiger Geschäftsmann geworden bin…«

»Das liegt im Bereich der Möglichkeiten.«

»Dann kann ich Ihnen auch sagen, daß Ramuel und ich uns nach einem ziemlich heftigen Streit getrennt haben. Ich hatte nämlich entdeckt, daß er bei mir in die eigene Tasche gearbeitet und eine Reihe von Urkundenfälschungen begangen hatte.«

»Ich nehme an, Sie haben diese Unterlagen aufbewahrt?«

Atoum hob und senkte seine Lider, dann gestand er sehr leise:

»Aber er hat auch welche aufbewahrt, so daß…«

»So daß Sie sich gegenseitig in der Hand haben. Nun,

Atoum, ich möchte, daß Sie mir diese Unterlagen sofort aushändigen.«

Der andere zauderte noch ein wenig: italienisches Gefängnis oder französisches Gefängnis? Endlich stand er auf. Er hob den Wandbehang hinter dem Diwan, wo ein kleiner, in die Wand eingebauter Safe sichtbar wurde, den er aufmachte.

»Hier sind die Wechsel, auf denen Ramuel nicht nur meine Unterschrift, sondern auch diejenige zweier meiner Kunden gefälscht hat. Wenn Sie bei ihm ein kleines rotes Notizbuch finden würden, in dem ich verschiedene Operationen vermerkt habe, wäre ich Ihnen dankbar...«

Im Laden, den er hinter Maigret durchquerte, murmelte er dann noch nach kurzem Zögern, während er auf einen herrlichen Karamani-Teppich deutete:

»Ob Madame Maigret dieses Muster wohl gefallen würde...«

Es war halb neun, als Maigret das Coupole betrat und sich dem großen Raum zuwandte, in dem zu Abend gegessen wurde. Er war allein, die Melone saß ihm im Nacken, wie gewöhnlich steckten seine Hände in den Taschen. Er schien nichts anderes im Sinne zu haben, als einen freien Platz zu finden.

Plötzlich entdeckte er einen kleinen Mann, der vor einer Aufschnittplatte und einem kleinen Bier saß.

»Ach, Lucas!... Ist der Platz neben Ihnen frei?«

Er setzte sich wie ein Mann, der sich auf ein gutes Abendessen freut, erhob sich noch einmal, um dem Bediensteten seinen Mantel zu übergeben. Neben ihm saß eine Frau, die, vor einer halben Languste von beachtlichen Ausmaßen, eine herausfordernde Vulgarität zur Schau trug und schnarrte:

»Kellner! Bringen Sie mir eine andere Mayonnaise, diese hier schmeckt nach Seife.«

Maigret wandte sich nach ihr um, dann auch nach dem Mann, der neben ihr saß, und machte ein wirklich überraschtes Gesicht.

»Ach! Monsieur Ramuel... Daß man sich hier trifft! Würden Sie mich freundlicherweise vorstellen?«

»Meine Frau... Kommissar Maigret von der Kriminalpolizei...«

»Angenehm, Herr Kommissar.«

»Herr Ober, ein Beefsteak, Pommes frites und ein großes Bier.«

Sein Blick senkte sich auf Ramuels Teller, auf dem Nudeln ohne Butter und ohne Käse lagen.

»Wissen Sie, was ich glaube?« fragte er plötzlich in herzlichem Ton. »Ich glaube, Monsieur Ramuel, daß Sie nie Glück gehabt haben. Das fiel mir gleich beim ersten Mal auf, als ich Sie sah. Es gibt so Leute, denen nichts gelingt, und ich habe festgestellt, daß ausgerechnet die auch noch die unangenehmsten Krankheiten oder Gebrechen bekommen...«

»Er wird das, was Sie ihm hier sagen, nur dazu benutzen, seinen fiesen Charakter zu rechtfertigen!« mischte sich Marie Deligeard ein, die an der neuen Mayonnaise schnupperte, die man ihr gebracht hatte.

»Intelligent, gebildet, arbeitsam, wie Sie sind«, fuhr der Kommissar fort, »hätten Sie Ihr Glück zehnmal machen können. Und das Merkwürdigste ist, daß Sie mehrmals ganz nahe daran waren, sich eine wirklich großartige Position aufzubauen. Zuerst in Kairo, dann in Ecuador. Und jedesmal saßen Sie nach einem raschen Aufstieg am Ende wieder da, wo Sie am Anfang gewesen waren. Erwischen Sie mal eine ausgezeichnete Stellung in einer Bank? Prompt geraten Sie wie zufällig an einen unredlichen Bankier, an einen Atoum, und Sie müssen gehen.«

Die Gäste ringsum ahnten nicht entfernt die Folgen dieses Gespräches. Maigret schlug den leichten Ton einer freundschaftlichen Unterhaltung an und machte sich mit Appetit an sein Steak, während Lucas den Kopf über seinen Teller beugte und Ramuel sehr mit seinen Nudeln beschäftigt zu sein schien.

»Übrigens habe ich schon deshalb nicht damit gerechnet, Sie hier am Boulevard Montparnasse zu treffen, weil ich Sie im Zug in Richtung Brüssel vermutete...«

Ramuel verzog keine Miene, aber sein Gesicht wurde noch gelber, und seine Finger krampften sich um die Gabel. Seine Gefährtin aber schrie los:

»Was? Wie? Du wolltest nach Brüssel, und du hast mir nichts davon gesagt? Was soll das heißen, Jean? Wieder eine Frau, wie?«

Gutmütig versicherte Maigret:

»Ich kann Sie beruhigen, Madame, es handelt sich nicht um eine Frau. Machen Sie sich keine Sorgen! Aber Ihr Mann... Ich meine, Ihr Freund...«

»Sie können ruhig sagen, mein Mann. Ich weiß ja nicht, was er Ihnen erzählt hat, aber wir sind rechtmäßig verheiratet, und der Beweis...«

Sie kramte fieberhaft in ihrer Handtasche, zog ein eng zusammengefaltetes, vergilbtes, in den Falten ganz durchgebrochenes Stück Papier heraus:

»Hier. Das ist unsere Heiratsurkunde.«

Das Formular war auf spanisch abgefaßt und enthielt zahlreiche Stempel und Siegel der Republik Ecuador.

»Antworte, Jean! Was wolltest du in Brüssel?«

»Aber ... Ich habe nie die Absicht gehabt ...«

»Na, na, Monsieur Ramuel. Entschuldigen Sie. Ich wollte ja keinen Ehestreit hervorrufen. Als ich erfahren habe, daß Sie fast Ihr gesamtes Guthaben bei der Bank abgehoben haben und daß Sie einen Scheck in Höhe von zweihundertachtzigtausend Franc nach Brüssel schicken lassen wollten ...«

Maigret stopfte sich schnell den Mund mit knusprigen Pommes frites voll, weil er wahnsinnige Lust hatte loszugrinsen. Ein Fuß, der Fuß Ramuels, hatte sich nämlich auf den seinen gesenkt – als flehentliche Bitte, still zu sein.

Zu spät. Marie Deligeard, oder vielmehr Marie Ramuel, wenn man dem Papier glauben sollte, vergaß ihre Languste, vergaß all die Leute, die ringsum zu Abend speisten, und legte los.

»Zweihundertachtzigtausend Franc haben Sie gesagt? Er hat also zweihundertachtzigtausend Franc auf der Bank gehabt und mir das Nötigste verweigert?«

Maigret sah nur auf die Languste und die halbe Flasche Riesling zu fünfundzwanzig Franc.

»Antworte, Jean! Ist das wahr?«

„Ich weiß überhaupt nicht, wovon der Kommissar spricht.«

»Hast du ein Bankkonto oder nicht?«

»Ich versichere, daß ich kein Bankkonto habe; wenn ich zweihundertachtzigtausend Franc besäße, dann würde ich...«

»Und Sie, Herr Kommissar, was sagen Sie dazu?«

»Ich bin untröstlich, Madame, daß ich Sie so in Aufregung gebracht habe. Ich dachte, daß Sie über alles auf dem laufenden wären, daß Ihr Mann keine Geheimnisse vor Ihnen hätte.«

»Jetzt verstehe ich!«

»Was verstehen Sie?«

»Sein Verhalten in letzter Zeit. Er war mir allzu lammfromm. Er hat gekatzbuckelt. Aber ich habe mir gleich gedacht, daß das nicht echt war. Er hat eben seinen Coup vorbereitet!«

Gäste an den Nachbartischen drehten sich lächelnd um, denn man hörte diese Worte auch noch drei Tische weiter.

»Marie!« flehte Ramuel.

»So hast du also deine Schäfchen heimlich ins trockene gebracht, du hast mir nicht das Geringste gegönnt und dabei deinen Abgang vorbereitet. Eines schönen Tages wärest du auf und davon! Ich wäre ganz allein in einer Wohnung zurückgeblieben, womöglich noch mit unbezahlter Miete! Mit mir nicht, mein Lieber! Zweimal hast du schon versucht, mich abzuhängen, aber du weißt ganz genau, daß du das nicht geschafft hast... Wissen Sie auch sicher, daß da nicht irgendwo doch eine Frau lauert, Herr Kommissar?«

»Hören Sie, Herr Kommissar, könnten wir dieses Gespräch nicht anderswo fortsetzen?«

»Aber nicht doch!« antwortete Maigret seufzend. »Und wissen Sie… Ich möchte so gern… Herr Ober!«

Er deutete auf den silbernen Servierwagen mit dem gewölbten Deckel, den man zwischen den Tischen hin und her schob.

»Was haben Sie in Ihrem Karren?«

»Rinderfilet.«

»Na gut, geben Sie mir eine Scheibe… Auch für Sie ein Stückchen Rinderfilet, Lucas?… Und Pommes frites, Herr Ober!«

»Nehmen Sie diese Languste mit, sie ist nicht frisch!« mischte sich Ramuels Gefährtin ein. »Und geben Sie mir das gleiche wie dem Kommissar… Also hat dieser Dreckskerl Geld auf der Seite gehabt und…«

Vor Aufregung mußte sie unbedingt ihr Make-up erneuern und schüttelte dabei eine Puderquaste von zweifelhafter rosa Farbe über dem Tischtuch aus.

Unter dem Tisch wiederum ließen sich die merkwürdigsten Bewegungen erahnen: kleine Fußtritte, die Ramuel austeilte, um sie zum Schweigen zu bringen, und sie, die nicht begreifen wollte, trat wütend mit den Absätzen zurück.

»Dafür wirst du mir büßen, du Schuft! Warte nur…«

»Du wirst sehen, daß sich alles noch aufklären wird. Ich weiß überhaupt nicht, wie der Kommissar darauf kommt.«

»Und Sie, sind Sie Ihrer Sache denn auch wirklich sicher? Denn man weiß ja, wie ihr von der Polizei das macht. Wenn ihr nichts wißt, wenn ihr vollkommen schwimmt, dann erfindet ihr einfach irgend etwas, um die

Leute reinzulegen. Haben Sie das vielleicht jetzt auch so gemacht?«

Maigret sah auf die Uhr. Es war halb zehn. Er zwinkerte Lucas zu, der plötzlich husten mußte. Schließlich neigte er sich zu Ramuel und dessen Gefährtin hinüber, als wollte er ihnen etwas im Vertrauen sagen.

»Bleiben Sie ganz ruhig sitzen, Ramuel. Schlagen Sie keinen Krach, das führt zu nichts. Ihr Tischnachbar rechts ist einer unserer Leute. Und Lucas hier ist Ihnen schon seit heute nachmittag gefolgt, er hat mich angerufen und mir gesagt, daß Sie hier sind.«

»Was soll das bedeuten?« stammelte Marie Deligeard.

»Das bedeutet, Madame, daß ich Sie zuerst in Ruhe essen lassen wollte. Ich bin gezwungen, Ihren Mann zu verhaften. Wir werden das ganz freundlich machen, es ist besser für alle Beteiligten. Beenden Sie Ihr Essen. Danach gehen wir zusammen hinaus, wie gute Freunde. Wir nehmen dann ein Taxi und fahren zum Quai des Orfèvres. Sie können sich nicht vorstellen, wie ruhig die Büros bei Nacht sind… Etwas Senf bitte, Herr Ober!… Und Gürkchen, wenn Sie haben…«

Mit einer tiefen Falte quer über der ganzen Stirn, die sie nicht gerade schöner und auch nicht freundlicher machte, aß Marie Deligeard verbissen weiter und warf dabei ihrem Mann von Zeit zu Zeit einen furchtbaren Blick zu. Maigret bestellte noch ein kleines Bier und neigte sich wieder Ramuel zu, dem er ganz im Vertrauen sagte:

»Denken Sie nur, daß mir heute nachmittag gegen vier Uhr plötzlich wieder eingefallen ist, daß Sie ja Hauptfeldwebel gewesen sind…«

»Du hast immer behauptet, daß du Leutnant gewesen bist!« kreischte die ekelhafte Person, die sich wirklich keine Gelegenheit entgehen ließ.

»Oh, das ist doch schon sehr schön, Madame, Hauptfeldwebel! Der Hauptfeldwebel ist nämlich der Rechnungsführer der Kompanie. Na, und da habe ich mich auch an meine Militärzeit erinnert, die natürlich schon lange zurückliegt, wie Sie sich denken können...«

Er ließ sich dabei nicht vom Genießen der Pommes frites abhalten, die wirklich erstklassig waren, außen knusprig und innen butterweich.

»Da unser Hauptmann so selten wie möglich in die Kaserne kam, hat im allgemeinen immer unser Hauptfeldwebel die Urlaubsscheine und überhaupt alle Dokumente unterschrieben – mit dem Namen des Hauptmanns natürlich... Und er hat diese Unterschrift so gut nachgeahmt, daß der Offizier nie mehr feststellen konnte, was er selber unterzeichnet hatte und was das Werk des Hauptfeldwebels war. Was sagen Sie dazu, Ramuel?«

»Ich verstehe nicht... Und da ich annehme, daß Sie mich ohne ordnungsgemäßen Haftbefehl nicht werden festnehmen können, würde ich gern wissen...«

»Also dann will ich Ihnen verraten, daß ich einen Haftbefehl vom Finanzdezernat der Staatsanwaltschaft habe... Überrascht, wie? Dabei kommt so etwas oft vor. Man geht einer Sache nach, und unwillkürlich deckt man dabei noch eine andere Sache auf, die Jahre zurückliegt und die die ganze Welt vergessen zu haben schien. Ich habe hier ein paar Wechsel in der Tasche, die mir ein gewisser Atoum ausgehändigt hat... Essen Sie nicht mehr? Keinen Nachtisch, Madame?... Herr Ober!... Jeder für sich, nicht wahr?... Wieviel bin ich Ihnen schuldig, Herr Ober? Ich habe ein Steak, so ein Ding aus dem Karren, ja, ja, ein Rinderfilet, dreimal Pommes frites und drei Bier... Hast du Feuer, Lucas?«

11

Galaabend bei der Kriminalpolizei

Es ging durch die immer dunkle Toreinfahrt, dann die breite Treppe hinauf, wo es nur hie und da eine schäbige Glühbirne gab, und schließlich langten sie in dem riesigen Flur mit den vielen Türen an.

Liebenswürdig sagte Maigret zu der schwer atmenden Marie Deligeard:

»Wir sind da, Madame. Sie können Atem schöpfen.«

Auf dem ganzen Flur brannte nur eine Lampe, und zwei Männer gingen mit großen Schritten auf und ab und besprachen sich: Oswald J. Clark und sein Solicitor.

Am Ende dieses Flurs lag der Wartesaal, dessen eine Seite verglast war, was den Polizisten erlaubte, ihre Besucher unter gewissen Umständen zu beobachten. Es gab einen Tisch mit einer grünen Decke.

Und mit grünem Velours bezogene Sessel. Auf dem Kamin stand eine Louis-Philippe-Pendeluhr, genau gleich wie diejenige in Maigrets Büro und ebensowenig gehend. An den Wänden hingen schwarzgerahmte Fotografien von Polizisten, die auf dem Feld der Ehre gefallen waren.

In einer dunklen Ecke saßen zwei Frauen in Sesseln: Charlotte und Gigi. Auf dem Flur saß Prosper Donge, noch immer ohne Krawatte und Schnürsenkel, zwischen zwei Gendarmen auf einer Bank.

»Hier herein, Ramuel! Kommen Sie doch in mein Büro... Madame, würden Sie einen Augenblick in den Wartesaal gehen... Führst du sie hin, Lucas?«

Er öffnete seine Tür. Er lächelte bei dem Gedanken an die drei Frauen, die da jetzt im Wartesaal zusammensaßen, an die ängstlichen oder giftigen Blicke, die sie sich zuwerfen würden.

»Treten Sie ein, Ramuel! Ich empfehle Ihnen, den Mantel abzulegen, denn wir werden, glaube ich, eine Weile zu tun haben...«

Nur die Lampe mit dem grünen Schirm beleuchtete den Tisch. Maigret legte Mantel und Hut ab, wählte auf seinem Schreibtisch eine Pfeife aus und öffnete dann die Tür zu dem Inspektorenbüro.

Es sah aus, als ob es in der Kriminalpolizei, wo es gewöhnlich nachts ganz leer war, wie auf Absprache von Leuten wimmelte. Torrence, der noch seinen Filzhut aufhatte, saß auf der Schreibtischkante. Er rauchte eine Zigarette. Vor ihm saß ein kleiner alter Mann, der einen schmierigen Bart hatte und dauernd auf seine Schuhe mit Gummizug starrte.

Auch Janvier war da, er nutzte die Zeit, um seinen Bericht zu vervollständigen, wobei er allerdings einen schon etwas älteren Mann, der aussah wie ein ehemaliger Unteroffizier, ständig im Auge behielt.

»Sind Sie der Concierge?« fragte Maigret diesen Mann. »Könnten Sie einen Augenblick hier herein kommen?«

Er ließ ihm den Vortritt. Der Mann trug seine Mütze in der Hand. Er sah Ramuel anfangs nicht, denn dieser ging möglichst weit aus dem Lichtschein.

»Sie sind also Concierge in der Rue Réaumur 117 b, nicht wahr?... Irgendwann einmal hat ein gewisser Prosper Donge eines Ihrer Büros gemietet, und seither schicken Sie ihm immer Post nach. Sehen Sie... Erkennen Sie Donge?«

Der Concierge wandte sich der Ecke zu, in der Ramuel stand, schüttelte dann den Kopf und murmelte:

»Hm, na ja!... Ehrlich gesagt... Nein! Ich kann es nicht mit Sicherheit sagen. Es gehen so viele Leute ein und aus! Und außerdem ist das schon mehr als drei Jahre her, oder? Ich weiß nicht, ob ich mich täusche, aber ich habe irgendwie die Vorstellung, daß er einen Bart hatte... Oder war der mit dem Bart vielleicht ein anderer...«

»Ich danke Ihnen. Sie können gehen. Hier hinaus, bitte.«

Nun zum Nächsten! Maigret öffnete wieder die Tür und rief.

»Monsieur Jem!... Ja, ich weiß nicht einmal, wie Sie heißen. Treten Sie bitte ein. Und sagen Sie mir...«

Diesmal brauchte er eine Antwort nicht erst abzuwarten. Beim Anblick Ramuels war der mickrige Greis zusammengezuckt.

»Na?«

»Na was?«

»Erkennen Sie ihn wieder?«

Der Alte zeterte los:

»Und dann werde ich auch noch vor Gericht aussagen müssen, nicht wahr? Man wird mich zwei oder drei Tage im Zeugenzimmer schmoren lassen, und wer wird während dieser Zeit mein Geschäft führen? Und im Zeugenstand wird man mir dann eine Menge peinlicher Fragen stellen, und die Anwälte werden dies und jenes vorbringen, um meinen Ruf zu schädigen. Nein, vielen Dank, Herr Kommissar!«

Aber dann fragte er plötzlich:

»Was hat er getan?«

»Na, unter anderem hat er zwei Menschen umgebracht, einen Mann und eine Frau. Die Frau war eine reiche Amerikanerin.«

»Gibt es eine Belohnung?«

»Ja, eine ziemlich hohe.«

»In dem Fall können Sie schreiben...

›Ich Unterzeichneter Jean-Baptiste Isaac Meyer, Geschäftsmann...‹

Gibt es viele Zeugen, die sich die Belohnung teilen müssen? Denn ich weiß ja, wie das geht. Die Polizei macht große Versprechungen, und dann...«

»Ich schreibe also:

›... erkenne einwandfrei in der mir als Jean Ramuel vorgestellten Person den Mann, der bei meiner privaten Korrespondenzagentur unter den Initialen J. M. D. abonniert ist.‹

Richtig so, Monsieur Meyer?«

»Wo muß ich unterschreiben?«

»Warten Sie! Ich setze noch hinzu:

›Und ich bestätige, daß diese Person zuletzt am... einen Brief bei mir abgeholt hat.‹

So, jetzt können Sie unterschreiben. Sie sind ein alter Schlaumeier, Monsieur Meyer, denn Sie wissen ganz genau, daß diese ganze Affäre eine gute Reklame für Sie ist und daß jetzt auch der letzte, der noch nicht gewußt hat, daß es solche privaten Korrespondenzagenturen gibt, zu Ihnen gerannt kommen wird… Torrence, Monsieur Meyer kann gehen.«

Als die Tür wieder geschlossen war, las der Kommissar die Aussage des abstoßenden Mannes befriedigt noch einmal durch. Er zuckte zusammen, als er eine Stimme hörte. Sie kam aus dem Halbdunkel, denn nur die Lampe auf dem Schreibtisch brannte.

»Kommissar, ich protestiere gegen…«

Da schien sich Maigret plötzlich zu erinnern, daß er etwas vergessen hatte. Zuerst einmal zog er den Baumwollvorhang am Fenster zu. Dann sah er sich seine Hände an. Nun zeigte sich Maigret von einer Seite, die nur wenige kannten, und wer sie kannte, rühmte sich dessen nicht.

»Komm mal her, mein kleiner Ramuel… Komm her, habe ich gesagt!… Los vorwärts, nur keine Angst!«

»Was wollen Sie?«

»Stell dir mal vor, seit ich die Wahrheit entdeckt habe, spüre ich eine wahnsinnige Lust, dir…«

Im gleichen Augenblick hob Maigret schon die Faust und schlug dem Buchhalter, der die Arme zu spät erhoben hatte, auf die Nase.

»So! Das ist vielleicht nicht ganz vorschriftsmäßig, ja sicher, aber es tut gut. Morgen wird dich der Herr Richter in aller Höflichkeit vernehmen, und alle werden sehr freundlich mit dir sein, weil du ein Star des Schwurgerichtes werden wirst. Und diese Herren lassen sich von Stars immer beeindrucken. Kapiert? Hinter der Tür des Wandschranks ist ein Wasserhahn. Wasch dich, denn du siehst ekelhaft aus so.«

Ramuel, der ganz blutig war, wusch sich, so gut es ging.

»Laß sehen... So geht es besser! Man kann dich schon wieder vorzeigen! Torrence! Lucas ! Janvier! Los, Kinder, führt diese Herrschaften herein.«

Sogar seine Mitarbeiter wunderten sich, denn er war viel erregter als gewöhnlich, wenn er eine auch noch so schwierige Untersuchung zum Abschluß brachte. Er hatte sich eine neue Pfeife angesteckt. Die erste Person, die von zwei Gendarmen geführt eintrat, war Donge, der seine in Handschellen liegenden Hände linkisch vor sich hielt.

»Hast du den Schlüssel?« fragte Maigret den einen Gendarmen. Er schloß die Handschellen auf, und einen Augenblick später schnappten sie über Ramuels Handgelenken zu, während Donge mit fast komischem Staunen zusah.

Der Kommissar bemerkte dann, daß Donge weder Krawatte noch Schnürsenkel hatte, und ließ Ramuel seine Schnürsenkel und seine schwarzseidene Fliege abnehmen.

»Treten Sie ein, meine Damen. Treten Sie ein, Monsieur Clark... Ach ja, Sie verstehen nicht. Aber Monsieur Davidson wird so freundlich sein, für Sie zu übersetzen... Sind genug Stühle da?... Gewiß, Charlotte, Sie können zu Prosper gehen. Nur bitte ich Sie, Ihre Gefühlsausbrüche noch zurückzuhalten... Sind alle da?... Torrence, mach die Tür zu!«

»Was hat er getan?« fragte Madame Ramuel mit krächzender Stimme.

»Setzen auch Sie sich, Madame! Ich hasse es, zu Leuten sprechen zu müssen, die stehen... Nein, Lucas! Du brauchst das Deckenlicht nicht anzumachen. Es ist intimer so... Was er getan hat? Er hat gemacht, was er sein ganzes Leben lang schon gemacht hat: Fälschungen. Und ich möchte sogar wetten, daß er Sie nur geheiratet hat und mit einer Giftkröte wie Ihnen, mit Verlaub zu sagen, so lange Jahre nur zusammengelebt hat, weil Sie ihn in der Hand hatten. Und Sie hatten ihn in der Hand, weil Sie über seine Schwindelgeschäfte in Guayaquil Bescheid wußten. Wir haben ein Kabel dorthin geschickt und ein weiteres an den Hauptsitz der Gesellschaft in London. Die Antwort weiß ich aber jetzt schon...«

Da ertönte wieder die Stimme der schrecklichen Marie:

»Hast du nichts dazu zu sagen, Jean? Dann stimmt das also mit den zweihundertachtzigtausend Franc und der Reise nach Brüssel?«

Sie war hochgefahren wie der Teufel aus der Kiste und stürzte sich auf ihn:

»Du Schuft! Dieb! Du elender Lump! Wenn ich daran denke...«

»Beruhigen Sie sich, Madame. Es ist viel besser, daß er Ihnen nichts gesagt hat, denn sonst müßte ich Sie ja als seine Komplizin nicht nur bei Urkundenfälschung, sondern bei einem Doppelmord verhaften...«

Von nun an bekam das Ganze zugleich auch eine fast komische Note. Clark, der Maigret nicht aus den Augen ließ, beugte sich dauernd zu seinem Solicitor hinüber und sagte ein paar Worte auf englisch zu ihm. Jedesmal warf der Kommissar ihm dann einen Blick zu, und er war überzeugt, daß der Amerikaner in seiner Sprache nichts anderes sagte als immer wieder:

»Was sagt er?«

Maigret aber fuhr fort:

»Und Ihnen, meine arme Charlotte, muß ich etwas gestehen, was Prosper Ihnen vielleicht am letzten Abend, den er mit Ihnen verbrachte, selber gestanden hat. Als Sie ihm von Mimis Brief erzählten, weil Sie ihn für geheilt hielten, und ihm von dem Kind berichteten, da war er in Wirklichkeit noch gar nicht geheilt. Er hat Ihnen nichts davon gesagt, aber in seiner Kaffeeküche, da hat er gleich so gegen drei Uhr, als Pause war, wie Ramuel das nennt, einen langen Brief an seine frühere Geliebte geschrieben... Erinnern Sie sich nicht daran, Donge? Erinnern Sie sich an keine Einzelheit?«

Donge wußte überhaupt nichts mehr. Er verstand ganz und gar nicht, was los war, und sah mit seinen großen meerblauen Augen um sich.

»Ich weiß nicht, was Sie meinen, Herr Kommissar...«

»Wie viele Briefe haben Sie geschrieben?«

»Drei.«

»Und sind Sie nicht mindestens bei einem der drei Briefe durch einen Telefonanruf gestört worden? Sind Sie nicht zum Verwaltungsdirektor gerufen worden, um den Kaffee- und Teevorrat für den nächsten Tag zu holen?«

»Das ist möglich... Ja. Sogar sehr wahrscheinlich.«

»Und den Brief haben Sie auf dem Tisch liegenlassen, genau vor dem Glaskäfig Ramuels... Ramuels des Unglücksraben! Dieses Ramuels, dessen ganzes Leben nur aus Fälschungen bestand, ohne daß er je Glück damit hatte. Wem haben Sie Ihre Briefe mitgegeben, damit er sie einwarf?«

»Dem Boy. Er hat sie mit in die Hotelhalle hinaufgenommen, wo es einen Briefkasten gibt.«

»So daß Ramuel sie ganz leicht abfangen konnte. Und daß Mimi... Ich bitte Sie um Nachsicht, Monsieur Clark. Für uns ist sie eben immer noch Mimi. Nehmen wir einmal an, daß Mrs. Clark in Detroit zuerst Briefe eines liebenden Mannes erhielt, in denen vor allem von ihrem Sohn die Rede war, und dann eher Drohbriefe, die von derselben Hand geschrieben und mit Donge unterzeichnet waren, in denen es aber nur noch um Geld ging. Der neue Donge wollte sich sein Schweigen bezahlen lassen...«

»Herr Kommissar!« rief Prosper aus.

»So seien Sie doch still. Und versuchen Sie um Gottes willen zu verstehen! Denn da ist wirklich gute Arbeit geleistet worden, das dürfen Sie mir glauben. Wieder einmal ein Beweis dafür, daß Ramuel nie Glück gehabt hat. Zuerst einmal mußte er Mimi schreiben, daß Sie umgezogen waren, was aber einfach ging, da Sie in Ihren Briefen nicht gerade sehr mitteilsam gewesen waren, was Ihr neues Leben betraf. Hierauf wurde dann auf den Namen Donge das Büro in der Rue Réaumur gemietet...«

»Aber...«

»Um ein Büro zu mieten, braucht man keinen Ausweis, und man bekommt die Post ausgehändigt, die auf den Namen des Mieters eingeht. Leider ist nun der Scheck, den Mimi schickt, auf den Namen Prosper Donge ausgestellt, und die Banken verlangen sehr wohl ordnungsgemäße Papiere...

Wie ich schon sagte, ist Ramuel ein Künstler in seinem Fach. Um aber darauf zu kommen, mußte ich erst erfahren, daß Sie in Ihrer Kaffeeküche gegenüber seinem Glaskäfig, vor seinen Augen sozusagen, eine halbe bis eine Dreiviertelstunde Ruhepause hatten, die Sie dazu benutzten, Ihre Post zu erledigen.

Und da haben Sie dann plötzlich einen Brief an Ihre Bank geschrieben, mit dem Sie Ihr Konto auflösten und baten, Ihr Restguthaben nach Saint-Cloud zu schicken.

Der Crédit Lyonnais hat aber diesen Brief nie bekommen, sondern einen ganz anderen, den Ramuel verfaßt hat, auch diesen in Ihrer Handschrift, darin teilte er nur eine Anschriftsänderung mit. Die Post für Donge sollte künftig in die Rue Réaumur 117 b geschickt werden.

Dann schickt er den Scheck. Läßt ihn dem Konto gutschreiben. Und die gut achthundert Franc, die Sie in Saint-Cloud erhalten, die hat Ramuel mit dem Absender der Bank an Sie geschickt. Ganz schön ausgekochte Schweinerei, wie Sie sehen! So ausgekocht, daß Ramuel sogar diese Adresse in der Rue Réaumur langsam zu gefährlich wird und er sich seine Post vorsichtshalber an eine Privatagentur schicken läßt…

Wer sollte ihm nun noch auf die Spur kommen?

Da tritt plötzlich das unvorhergesehene Ereignis ein. Mimi kommt nach Frankreich. Mimi ist im Majestic. Jeden Augenblick kann sich nun Donge, der echte Donge, mit ihr treffen und ihr versichern, daß er sie niemals erpreßt hat…«

Charlotte konnte nicht mehr. Sie weinte, ohne eigentlich genau zu wissen, warum, so wie sie beim Lesen eines traurigen Romanes oder beim Sehen eines sentimentalen Filmes geweint hätte. Gigi raunte ihr zu:

»Sei still. Sei doch still!«

Und Clark murmelte wahrscheinlich immer noch seinem Solicitor ins Ohr:

»Was sagt er?«

»Was die Ermordung von Mrs. Clark betrifft«, fuhr Maigret fort, »so war sie nicht vorsätzlich. Ramuel, der sehr gut Einblick in das Fremdenbuch des Hotels nehmen konnte, wußte, daß sie im Majestic wohnte. Donge wußte es nicht. Er hat es zufällig einem Gespräch entnommen, das er im Postraum mithörte.

Er hat geschrieben. Er hat ein Treffen um sechs Uhr morgens vereinbart und wollte wahrscheinlich seinen Sohn verlangen, weinen, flehen... Ich bin sicher, daß Mimi ihn auch diesmal eingewickelt hätte, wenn sie sich getroffen hätten.

Er ahnte nicht, daß sie einen Revolver gekauft hatte, weil sie glaubte, einem Erpresser ausgeliefert zu sein.

Ramuel ist beunruhigt. Er verläßt das Untergeschoß des Majestic überhaupt nicht mehr. Diese kleine Nachricht, die Donge durch einen Boy hatte überbringen lassen, hatte er nicht abfangen können.

Und da haben wir dann auch schon alles... Ein geplatzter Reifen. Donge verspätet sich um eine Viertelstunde. Ramuel sieht die junge Frau durch die Gänge des Untergeschosses irren und ahnt, was geschehen ist, und sieht voraus, daß alles herauskommen wird.

Er erdrosselt sie. Er stößt sie in einen Spind...

Bald macht er sich klar, daß Donge durch alles belastet wird, während auf ihn selber nicht der geringste Verdacht fällt. Um noch sicherer zu gehen, schreibt er einen anonymen Brief, diesmal mit Charlottes Handschrift. Denn in der Tischschublade der Kaffeeküche befinden sich mehrere Zettel Charlottes.

Er ist ein Künstler, wie ich schon sagte! Ein Miniaturmaler. Er macht alles mit größter Sorgfalt. Und als er merkt, daß der arme Justin ihn gesehen hat… Als Collebœuf zu ihm kommt und ihm eröffnet, daß sein Gewissen ihn zwingt, ihn vor Gericht zu bringen, da geschieht das neue Verbrechen, ganz einfach und ebenfalls ganz leicht Donge anzulasten…

Das ist alles. Torrence! Gib diesem Schuft das nasse Handtuch, er blutet wieder aus der Nase. Er ist vorhin ausgerutscht und mit dem Gesicht gegen die Tischkante gefallen…

Haben Sie etwas zu sagen, Ramuel?«

Schweigen. Nur der Amerikaner fragte noch immer:

»Was sagt er?«

»Und Sie, Madame… Wie soll ich Sie anreden, Marie Deligeard oder Marie Ramuel?«

»Lieber Marie Deligeard…«

»Das habe ich mir gedacht. Sie haben sich nicht getäuscht, als Sie dachten, daß er Sie bald verlassen würde. Gewiß hätte er abgewartet, bis der Betrag auf der Bank stattlich genug war. Damit wollte er seinen Pelz ganz allein pflegen, im Ausland, weit weg von Ihrem Gezeter…«

»Ich muß doch bitten!«

»Mit Verlaub, Madame… Mit Verlaub!«

Dann sagte er ohne Übergang:

»Gendarmen! Führen Sie den Gefangenen ab ins Untersuchungsgefängnis. Untersuchungsrichter Bonneau wird morgen hoffentlich so freundlich sein, einen endgültigen Haftbefehl zu unterschreiben und…«

Gigi stand auf ihren hohen Stelzenbeinen in einer Ecke.

Gewiß war ihr Verlangen nach Rauschgift durch all die Aufregungen so heftig, daß ihr davon ganz schwindlig wurde. Ihre Nasenflügel bebten wie ein verletzter Vogel.

»Entschuldigen Sie, Herr Kommissar...«

Der Solicitor hatte gesprochen. Clark stand hinter ihm.

»Mein Klient möchte gern, daß Sie, Monsieur Donge und er sich möglichst bald in meinem Büro treffen und über... über das Kind...«

»Hörst du, Prosper?« schrie Gigi triumphierend aus ihrer Ecke.

»Wäre es Ihnen morgen recht? Haben Sie morgen Zeit, Monsieur Donge?«

Aber Donge konnte nicht antworten. Er war plötzlich zusammengebrochen. Er hatte sich an Charlottes üppige Brust geworfen und weinte, weinte, aus tiefster Seele, während sie ihn ein wenig verlegen tröstete wie ein Kind.

»Faß dich, Prosper! Wir werden ihn zusammen großziehen! Wir werden ihm Französisch beibringen. Wir...«

Weiß Gott warum zog Maigret der Reihe nach fast alle seine Schubladen auf. Er erinnerte sich, daß er in eine davon kleine Tütchen gesteckt hatte, die er bei einer Haussuchung kürzlich beschlagnahmt hatte. Er nahm eines heraus, zögerte, zuckte dann mit den Achseln.

Als Gigi schon fast zusammenbrach, ging er auf sie zu, berührte ihre Hand kurz mit der seinen.

»Meine Damen und Herren, es ist jetzt ein Uhr früh. Wenn Sie erlauben...«

»Was sagt er?« schien Clark, der zum ersten Mal die französische Polizei kennengelernt hatte, auch jetzt noch zu fragen.

Am nächsten Morgen wurde ermittelt, daß der Scheck über zweihundertachtzigtausend Franc von einem gewissen Jaminet, von Beruf Buchmacher, bei der Société Générale in Brüssel vorgelegt worden war.

Jaminet hatte ihn per Flugpost von Ramuel erhalten. Unter seinem Befehl hatte er einst als Gefreiter seinen Militärdienst abgeleistet. All dies hinderte Ramuel aber nicht, bis zum Schluß zu leugnen.

Am Ende hatte er aber dann doch noch Glück, denn wegen seines schlechten Gesundheitszustandes – während der letzten Verhandlung fiel er dreimal in Ohnmacht – wurde seine Todesstrafe umgewandelt in lebenslängliche Zwangsarbeit.

Nieul-sur-Mer, Winter 1939/1940

Maigret und der Spitzel

I

Als das Telefon klingelte, gab Maigret sein Mißfallen durch ein Grunzen kund. Er hatte nicht die leiseste Ahnung, wie spät es sein könnte, und es kam ihm auch nicht in den Sinn, auf den Wecker zu sehen. Er war aus einem schweren Schlaf aufgefahren und hatte das Gefühl von einer Zentnerlast auf seiner Brust.

Auf nackten Füßen tastete er sich wie ein Schlafwandler zum Telefon.

»Hallo?«

Es wurde ihm nicht bewußt, daß nicht er, sondern seine Frau die Nachttischlampe angeknipst hatte.

»Sind Sie's, Chef?«

Er erkannte die Stimme nicht sofort.

»Lucas hier, ich habe Nachtdienst. Ich bin gerade vom 18. Arrondissement angerufen worden.«

»Ja, und?«

»Sie haben auf der Avenue Junot den Leichnam eines Mannes gefunden, der ermordet worden ist.«

Die Avenue Junot war ganz oben auf der Butte, unweit der Place du Tertre.

»Ich rufe Sie wegen der Identität des Toten an. Es handelt sich um Maurice Marcia, den Inhaber des ›Sardine‹.«

Ein typisches Pariser Restaurant in der Rue Fontaine.

»Was hatte der in der Rue Junot zu suchen?«

»Er scheint nicht dort getötet worden zu sein. Es sieht so aus, als ob er schon tot war, als man ihn dorthin gebracht hat.«

»Ich komme.«

»Soll ich Ihnen einen Wagen schicken?«

»Ja.«

Madame Maigret hatte vom Bett aus ihren Mann nicht aus den Augen gelassen. Jetzt erhob sie sich und suchte mit den Fußspitzen nach ihren Pantoffeln.

»Ich mach dir einen Kaffee.«

Der Nacht war ein schlimmer Abend vorausgegangen, oder vielmehr ein zu guter Abend. Die Maigrets waren an der Reihe gewesen, die Pardons zu sich einzuladen. Es bestand zwischen ihnen schon seit vielen Jahren ein stillschweigendes Übereinkommen: Einmal im Monat baten Doktor Pardon und seine Frau die Maigrets zu sich zum Abendessen am Boulevard Voltaire, und zwei Wochen später wurde die Einladung von den Maigrets am Boulevard Richard-Lenoir erwidert.

Die Frauen gaben sich dabei allergrößte Mühe, stürzten sich in Unkosten und tauschten ihre Rezepte aus. Die Männer unterhielten sich gemütlich und tranken Pflaumenschnaps aus dem Elsaß oder Himbeergeist.

Das Abendessen war diesmal ganz besonders gut gelungen. Madame Maigret hatte Perlhühner in der Kruste zubereitet, und der Kommissar hatte aus dem Keller eine seiner letzten Flaschen Châteauneuf-du-Pape heraufgeholt. Er hatte vor längerer Zeit in der Rue Drouot eine Kiste davon ersteigern können.

Der Wein war hervorragend gewesen, und die beiden Männer hatten ihn bis auf den letzten Tropfen ausgetrunken.

Und wie viele Gläschen Pflaumenschnaps waren wohl noch gefolgt?! Jedenfalls fühlte sich Maigret miserabel, als er jetzt um zwei Uhr morgens durch das schrille Klingeln des Telefons aus dem Schlaf gerissen wurde.

Er kannte Maurice Marcia gut. Ganz Paris kannte ihn. Früher, als Inspektor, hatte er Marcia, der damals noch nicht die angesehene Persönlichkeit war, einmal in seinem Büro verhört. Später war er mit Madame Maigret der erstklassigen Küche wegen ein paarmal zum Abendessen in der Rue Fontaine gewesen.

Als sie ihm seinen Kaffee brachte, war er schon fast angezogen.

»Ist es wichtig?«

»Es wird einiges Aufsehen geben.«

»Jemand Bekannter?«

»Monsieur Maurice, wie ihn alle Welt nennt, richtiger: Maurice Marcia.«

»Vom ›Sardine‹?«

Er nickte.

»Ist er ermordet worden?«

»Es sieht so aus. Ich seh mir das am besten selber mal an.«

Er trank seinen Kaffee in kleinen Schlucken und stopfte sich eine Pfeife. Dann öffnete er das Fenster, um nach dem Wetter zu sehen. Es regnete immer noch, aber so fein, daß es außer im Lichtschein der Laternen nicht zu erkennen war.

»Ziehst du den Regenmantel an?«

»Das lohnt sich nicht, es ist ja warm.«

Der Mai hatte mit wunderbarem Wetter begonnen, dann hatte ein Gewitter einen Wetterumschlag gebracht, und seit vierundzwanzig Stunden nieselte es.

»Bis später.«

»Also, deine Perlhühner waren ganz ausgezeichnet.«

»Nicht zu schwer?«

Auf diese Frage antwortete er lieber nicht, denn sie lagen ihm noch im Magen.

Vor der Tür wartete ein kleines schwarzes Auto.

»Avenue Junot.«

»Welche Nummer?«

»Da, wo Sie einen Menschenauflauf sehen.«

Die Straßen sahen aus wie gelackt. Es fuhren kaum noch Autos. Sie brauchten nur wenige Minuten, um zum Montmartre zu gelangen, allerdings nicht zum Montmartre der Nachtbars und Touristen. Die Avenue Junot lag am Rande des ganzen Spektakels. Dort standen in der Hauptsache Villen von Künstlern, die auf der Butte angefangen hatten, der Gegend dann trotz ihres Erfolges treu geblieben waren und sich dort Häuser gebaut hatten.

Auf der rechten Straßenseite standen trotz der späten Stunde eine Menge Menschen herum, andere lehnten im Schlafanzug oder Nachthemd aus den erleuchteten Fenstern. Der Kommissar des Viertels, ein kleiner magerer und ängstlicher Mann, war schon da und kam Maigret entgegen.

»Ich bin froh, daß Sie gekommen sind, Monsieur le Divisionnaire. Dieser Vorfall wird wieder einiges Aufsehen erregen.«

»Über die Identität des Toten besteht kein Zweifel?«

»Hier ist seine Brieftasche.« Er reichte ihm die Brieftasche aus schwarzem Krokodilleder, die den Personalausweis, den Führerschein und einen Notizzettel mit einigen Telefonnummern enthielt.

»Kein Geld?«

»Ein Bündel Scheine, drei- oder viertausend Franc in der Brusttasche, ich habe nicht gezählt.«

»Keine Waffe?«

»Eine Smith & Wesson, die aber lange nicht benutzt worden ist.«

Maigret näherte sich dem Ermordeten. Es war ein eigenartiges Gefühl für ihn, Monsieur Maurice in seiner ganzen Länge daliegen zu sehen. Er trug einen Smoking wie jeden Abend, und auf seiner Hemdbrust hatte sich ein großer Blutfleck ausgebreitet.

»Keine Spuren auf dem Trottoir?«

»Nein.«

»Wer hat den Leichnam entdeckt?«

»Ich«, sagte jemand hinter ihm.

Es war ein alter Mann mit weißen Haaren, die wie ein Heiligenschein um seinen Kopf lagen. Maigret glaubte in ihm einen berühmten Maler zu erkennen, aber der Name fiel ihm nicht ein.

»Ich wohne im Haus gegenüber. Ich liege nachts oft wach und habe Mühe, wieder einzuschlafen.«

Er hatte einen alten Regenmantel über seinen Schlafanzug gezogen und trug rote Pantoffeln.

»Ich gehe dann gern ans Fenster und sehe hinaus. Die Avenue Junot ist um diese Zeit ganz still und menschenleer, auch Autos fahren kaum noch. Heute nacht nun sah ich etwas Schwarzweißes auf der Straße liegen, und weil mir das ungewöhnlich vorkam, bin ich hinuntergegangen. Ich habe dann das Polizeirevier verständigt. Die Herren sind in einem Wagen mit Sirene gekommen, überall gingen die Lichter an, und die Leute haben sich aus den Fenstern gelehnt.«

Außer der kleinen Gruppe der Beamten standen noch an die zwanzig Personen um den Leichnam herum, nächtliche Heimkehrer und Nachbarn in ihren Schlafanzügen. Ein Arzt aus dem Viertel meinte:

»Für mich gibt es hier nichts mehr zu tun, ich konnte nur noch den Tod feststellen. Alles übrige ist Sache des Gerichtsmediziners.«

»Ich habe ihn schon angerufen«, sagte der Kommissar, »und ich habe auch die Staatsanwaltschaft verständigt.«

Ein Vertreter der Staatsanwaltschaft, begleitet von seinem Protokollführer, entstieg in diesem Augenblick seinem Wagen. Als er Maigret sah, fragte er überrascht:

»Glauben Sie, es handelt sich um eine Sache von Bedeutung?«

»Ich fürchte, ja. Ist Ihnen Maurice Marcia ein Begriff?«

»Nein.«

»Sind Sie nie zum Abendessen im ›Sardine‹ gewesen?«

»Nein.«

Maigret mußte ihm erklären, daß sich dort sowohl die elegante Welt von Paris und bekannte Künstler als auch die Gangster der oberen Klasse trafen.

Doktor Bourdet, der Gerichtsmediziner und Nachfolger von Doktor Paul, stieg aus dem Taxi, brummte, schüttelte gedankenlos einige Hände und rief, als er Maigret sah:

»Sieh an! Sie sind auch da!«

Er beugte sich über den Leichnam und untersuchte die Wunde mit Hilfe einer Taschenlampe aus seinem Koffer.

»Eine einzige Kugel, wenn ich mich nicht täusche, aber ein starkes Kaliber und aus allernächster Nähe abgeschossen.«

»Wann ist der Tod eingetreten?«

»Wenn er gleich nach der Tat hierhergebracht wurde, dann muß der Mann gegen Mitternacht erschossen worden sein, sagen wir zwischen Mitternacht und halb ein Uhr früh. Nach der Autopsie kann ich es Ihnen noch genauer sagen.«

Maigret ging zu Véliard, einem Inspektor vom 18. Arrondissement, der sich bescheiden im Hintergrund gehalten hatte.

»Kannten Sie Monsieur Maurice?«

»Dem Namen und dem Aussehen nach.«

»Wohnte er in diesem Viertel?«

»Ich glaube, er wohnte im neunten Arrondissement in der Rue Ballu.«

»Hatte er eine Geliebte hier in der Gegend?«

Es war in der Tat recht ungewöhnlich, mit einem Toten beladen ein anderes Viertel aufzusuchen und ihn dann in der stillen Avenue Junot abzulegen.

»Das wäre mir sicher zu Ohren gekommen. Aber jemand, der darüber bestimmt Bescheid weiß, ist Inspektor Louis vom Neunten. Der kennt die Umgebung vom Pigalle wie seine Westentasche.«

Maigret drückte einigen der Umstehenden die Hand und wollte gerade wieder in das kleine schwarze Auto steigen, als er von einem großen Journalisten mit zerzausten roten Haaren angesprochen wurde:

»Monsieur Maigret?«

»Jetzt nicht... Wenden Sie sich an den Inspektor oder an das zuständige Polizeikommissariat!« Zu seinem Fahrer sagte er: »Rue Ballu!« Und mit einem Blick auf den Personalausweis des Toten, den er geistesabwesend eingesteckt hatte, setzte er hinzu: »Nummer 21.«

Die Nummer 21 war ein hochherrschaftliches Privathaus, das man in Mietwohnungen umgewandelt hatte. Rechts vom Portal war ein Messingschild angebracht mit dem Namen eines Zahnarztes, darunter stand ›zweite Etage‹, in der dritten Etage wohnte ein Neurologe.

Das Klingeln weckte die Concierge.

»Monsieur Maurice Marcia, bitte.«

»Monsieur Marcia ist um diese Zeit nie zu Hause, nicht vor vier Uhr morgens.«

»Und Madame Marcia?«

»Die ist wohl schon zurückgekommen. Aber ich glaube nicht, daß sie Sie empfängt. Sie können es ja versuchen, wenn Sie sich die Mühe machen wollen. Erste Etage, linke Tür. Sie bewohnen die ganze Etage, aber die rechte Tür wird nicht benutzt.«

Das Treppenhaus war breit und mit einem dicken Läufer belegt, die Wände waren aus gelblichem Marmor. Es gab kein Namensschild an der linken Tür. Maigret drückte auf die Klingel.

Zunächst rührte sich nichts. Als er ein zweites Mal klingelte, hörte er Schritte im Inneren, dann fragte eine verschlafene Frauenstimme:

»Wer ist da?«

»Kommissar Maigret.«

»Mein Mann ist nicht zu Hause. Wenden Sie sich an das Restaurant in der Rue Fontaine.«

»Dort ist Ihr Mann auch nicht.«

»Waren Sie denn schon da?«

»Nein, aber ich weiß, daß er dort nicht ist.«

»Einen Augenblick, bitte. Ich zieh mir nur rasch etwas über.«

Als sie öffnete, trug sie einen goldgelben Morgenrock über einem weißseidenen Nachthemd. Sie war jung, viel jünger als ihr Mann, der einige Jahre älter als Maigret, also sechzig oder zweiundsechzig, gewesen sein mußte.

Sie sah Maigret gleichgültig, kaum überrascht an.

»Weshalb suchen Sie meinen Mann um diese Zeit?«

Sie war groß, sehr blond und hatte den schlanken, geschmeidigen Körper eines Mannequins oder einer Ballett-tänzerin. Sie konnte höchstens dreißig Jahre alt sein.

»Kommen Sie herein.«

Sie öffnete die Tür zu einem großen Salon und machte Licht.

»Wann haben Sie Ihren Mann zuletzt gesehen?«

»Gegen acht Uhr, genau wie an den anderen Tagen, wenn er in die Rue Fontaine geht.«

»Mit dem Wagen?«

»Aber nein. Es sind kaum fünfhundert Meter von hier.«

»Nimmt er nie seinen Wagen, wenn er dorthin geht?«

»Nur, wenn es in Strömen regnet.«

»Begleiten Sie ihn manchmal?«

»Nein.«

»Warum nicht?«

»Ich gehöre da nicht hin. Was sollte ich dort?«

»So daß Sie also alle Ihre Abende hier bei sich zu Hause verbringen?«

Sie schien von den Fragen überrascht, aber sie ließ es sich nicht anmerken und stellte auch keine Gegenfragen. »Fast alle. Wie jeder Mensch gehe ich manchmal ins Kino.«

»Sie sagen ihm auch nicht im Vorbeigehen guten Abend?«

»Nein.«

»Waren Sie heute abend im Kino?«

»Nein.«

»Sind Sie überhaupt ausgewesen?«

»Nein. Mit dem Hund bin ich unten gewesen, aber weil es regnete, habe ich mich nur ein paar Minuten draußen aufgehalten.«

»Um welche Zeit war das?«

»Elf Uhr? Vielleicht etwas später.«

»Sind Sie jemandem begegnet, den Sie kennen?«

»Nein... Was haben diese Fragen zu bedeuten, und warum interessiert es Sie, wie ich den heutigen Abend verbracht habe?«

»Ihr Mann ist tot.«

Sie riß ihre rührend hellblauen Augen auf, gleichzeitig öffnete sie den Mund, als ob sie schreien wollte, aber der Schrei erstickte in ihrer Kehle, und sie legte die Hand auf ihr Herz. Dann zog sie ein Taschentuch aus der Tasche ihres Morgenrocks und hielt es vors Gesicht. Maigret saß, ohne sich zu rühren, in einem unbequemen Louis-xv-Sessel und wartete.

»Sein Herz?« fragte sie schließlich und knüllte ihr Taschentuch zusammen.

»Was meinen Sie damit?«

»Er hatte es nicht gern, daß man darüber sprach, aber er war herzkrank. Er war in Behandlung bei Professor Jardin.«

»Er ist nicht an Herzversagen gestorben. Er ist ermordet worden.«

»Wo?«

»Ich weiß es nicht. Sein Leichnam ist zur Avenue Junot gebracht und dort auf das Trottoir geworfen worden.«

»Das ist unmöglich! Er hatte keine Feinde!«

»Einen muß er zumindest gehabt haben, denn irgend jemand hat ihn schließlich umgebracht.«

Sie gewann ihre Fassung zurück und erhob sich.

»Wo ist er jetzt?«

»Im gerichtsmedizinischen Institut.«

»Soll das heißen, daß man eine ...«

»Autopsie vornehmen wird? Ja. Das läßt sich leider nicht vermeiden.«

Ein kleiner weißer Hund näherte sich schwerfällig aus dem Dunkel des Korridors und strich um die Beine seiner Herrin herum, die es nicht zu bemerken schien.

»Was sagen sie denn im Restaurant?«

»Ich bin noch nicht dort gewesen. Was könnten sie denn sagen?«

»Warum er das ›Sardine‹ so früh verlassen hat. Er ist sonst immer der letzte und schließt die Tür ab, wenn er abrechnet.«

»Haben Sie dort gearbeitet?«

»Nein. Das ist nur ein Restaurant, ohne Tanz- oder Gesangsnummern.«

»Sie waren Tänzerin?«

»Ja.«

»Aber Sie tanzen nicht mehr?«

»Nicht mehr, seit ich geheiratet habe.«

»Sind Sie schon lange verheiratet?«

»Vier Jahre.«

»Wo haben Sie sich kennengelernt?«

»Im ›Sardine‹. Ich hatte ein Engagement im ›Canari‹. Manchmal war dort früher Schluß, und dann bin ich ins ›Sardine‹ gegangen, um noch etwas zu essen.«

»Und da sind Sie ihm aufgefallen?«

»Ja.«

»Waren Sie auch Animierdame?«

Sie stutzte.

»Es kommt darauf an, was Sie darunter verstehen. Wenn uns ein Gast dazu einlud, haben wir ihm schon gestattet, eine Flasche Champagner mit uns zu trinken, aber das war auch alles.«

»Hatten Sie einen Liebhaber?«

»Warum fragen Sie mich das?«

»Weil ich herausfinden möchte, wem Ihr Mann im Wege war.«

»Ich habe keinen gehabt, als wir uns anfreundeten.«

»War er eifersüchtig?«

»Sehr.«

»Und Sie?«

»Herr Kommissar, finden Sie nicht, daß diese Fragerei

etwas ungehörig ist gegenüber einer Frau, die eben erst vom Tod ihres Mannes erfahren hat?«

»Besitzen Sie einen eigenen Wagen?«

»Maurice hat mir kürzlich einen Alfa Romeo geschenkt.«

»Und er? Welchen Wagen fuhr er?«

»Einen Bentley.«

»Fuhr er selbst?«

»Er hatte einen Chauffeur, aber er fuhr auch oft selbst.«

»Entschuldigen Sie meine Aufdringlichkeit. Das gehört leider zu meinem Beruf.«

Er erhob sich seufzend. In dem großen Salon mit dem kostbaren chinesischen Teppich in der Mitte herrschte Totenstille. Sie begleitete ihn zur Tür.

»Ich habe vielleicht in den kommenden Tagen noch ein paar Fragen an Sie. Richten Sie sich bitte darauf ein, daß Sie sich zum Quai des Orfèvres bemühen müssen. Oder soll ich Sie lieber hier noch einmal aufsuchen?«

»Hier.«

»Ich danke Ihnen.«

Sie antwortete ihm mit einem trockenen »guten Abend«.

Er hatte immer noch einen Brummschädel und einen schweren Magen.

»Zum ›Sardine‹, Rue Fontaine.«

Vor dem Restaurant standen noch einige Luxuswagen. Ein livrierter Portier ging auf der Straße auf und ab.

Maigret betrat den Raum und spürte den kühlen Luftzug der Klimaanlage.

Raoul Comitat, ein Oberkellner, den er gut kannte, kam auf ihn zu.

»Einen Tisch, Monsieur Maigret?«

»Nein.«

»Wenn Sie den Chef zu sprechen wünschen, der ist nicht da.« Der Oberkellner hatte eine Glatze und sah krank aus.

»Das ist nicht oft der Fall, nicht wahr?«

»Das ist eigentlich nie der Fall.«

In dem weiträumigen Restaurant standen zwanzig oder fünfundzwanzig Tische. An der Decke liefen Balken entlang, die Wände hatten ein Paneel aus Eichenholz, alles wirkte solide und gediegen, hatte nicht den unechten Anstrich gewisser rustikaler Ausstattungen.

Es war nach drei Uhr. Ein Dutzend Gäste, Schauspieler und Künstler meist, saßen noch an den Tischen und soupierten in aller Ruhe.

»Wann hat Marcia das Restaurant verlassen?«

»Ich kann es Ihnen nicht genau sagen, aber es müßte gegen Mitternacht gewesen sein.«

»Hat Sie das nicht überrascht?«

»Allerdings! In zwanzig Jahren ist das höchstens drei-, viermal vorgekommen. Übrigens müßten Sie ihn kennen, Sie sind doch mit Ihrer Frau schon ein paarmal hier gewesen. Im Smoking, die Hände auf dem Rücken verschränkt, steht er reglos da, sieht alles, ist überall gleichzeitig. Eben war er noch im Speisesaal, schon ist er in der Küche oder in seinem Büro verschwunden.«

»Hat er Ihnen gesagt, daß er noch einmal zurückkommen wollte?«

»Er sagte nur: ›Bis gleich!‹ Wir standen in der Garderobe. Yvonne gab ihm seinen Hut. Ich riet ihm, seinen Regenmantel mitzunehmen, den ich an einem Haken hängen sah. Es hat doch so stark geregnet. Aber er meinte: ›Das lohnt sich nicht, ich hab nicht weit zu gehen.‹«

»Schien er beunruhigt?«

»Es ist schwierig, ihm etwas anzusehen.«

»War er wütend?«

»Bestimmt nicht.«

»Ist er angerufen worden, bevor er wegging?«

»Das müßten Sie an der Kasse nachfragen. Alle Verbindungen gehen über die Kassiererin. Aber, bitte, Herr Kommissar, warum wollen Sie das wissen?«

»Er ist erschossen worden. Jemand hat ihn auf dem Trottoir in der Avenue Junot gefunden.«

Das Gesicht des Oberkellners erstarrte, und seine Unterlippe zitterte leicht.

»Das ist doch nicht möglich«, sagte er wie zu sich selbst. »Wer konnte so etwas tun? Ich wüßte nicht, daß er Feinde gehabt hätte. Im Grunde war er doch ein rechtschaffener Mann, zufrieden und stolz, daß er es so weit gebracht hatte. Hat es eine Schießerei gegeben?«

»Nein. Er ist woanders erschossen worden und dann, zweifellos im Auto, in die Avenue Junot gebracht worden. Sie sagten, er hat einen Hut getragen, als er ging?«

»Ja.«

In der Avenue Junot hatte kein Hut auf der Straße gelegen.

»Ich hätte der Kassiererin gern ein paar Fragen gestellt.«

Der Oberkellner ging zu einem Tisch, an dem die Gäste die Rechnung verlangt hatten. Sie war schon fertig und lag, zur Hälfte von einer Serviette verdeckt, auf einem Teller. Die Kassiererin war eine kleine, schmächtige Brünette mit schönen dunklen Augen.

»Ich bin Kommissar Maigret.«

»Ich weiß.«

»Es hat keinen Sinn, es noch länger vor Ihnen geheimzuhalten: Ihr Chef ist ermordet worden.«

»Ach, deswegen haben Sie mit Raoul so leise gesprochen. Ich krieg ganz weiche Knie! Eben war er noch da! Da, wo Sie jetzt stehen!«

»Ist er angerufen worden?«

»Einmal, kurz bevor er wegging.«

»Von einem Mann oder einer Frau?«

»Genau das habe ich mich auch gefragt. Es könnte ein Mann, aber ebensogut eine Frau gewesen sein, ein Mann mit einer hohen Stimme oder eine Frau mit einer sehr tiefen Stimme.«

»Haben Sie diese Stimme früher schon einmal gehört?«

»Nein. Die Person hat nur nach Monsieur Maurice gefragt.«

»So ist er genannt worden?«

»Ja. Alle seine Bekannten nannten ihn so. Ich habe gefragt, wer denn am Apparat ist, und er oder sie sagte: ›Das wird er schon noch erfahren.‹ Ich hatte mich kaum umgedreht, da stand Monsieur Maurice bereits vor mir:

›Ist es für mich? Hat er seinen Namen genannt?‹

›Nein‹, hab ich gesagt.

Er runzelte die Stirn und nahm mir den Hörer aus der Hand.

›Wer ist am Apparat?‹

Ich konnte natürlich nicht verstehen, was am anderen Ende gesprochen wurde:

›Was sagen Sie? ... Ich verstehe Sie so schlecht ... Was? ... Wissen Sie das genau? ... Wenn ich Sie jemals erwische!‹

Der Anruf muß aus einer Telefonzelle gekommen sein. Ich kenne das Geräusch, wenn jemand eine Münze einwirft.

›Ich weiß so gut wie Sie, wo das ist!‹ Er knallte den Hörer auf die Gabel und ging zur Tür, dann drehte er sich um und ging in sein Büro hinter der Küche.«

»Hielt er sich oft dort auf?«

»Im Laufe des Abends selten. Wenn er ankam, warf er dort einen Blick auf die Post. Nach Schluß brachte ich ihm die Kasse, und wir rechneten zusammen ab.«

»Blieb das Geld bis zum nächsten Morgen hier?«

»Nein. Er nahm es in einer Aktentasche, die praktisch nur dafür da war, mit nach Hause.«

»Ich nehme an, er war bewaffnet.«

»Er nahm jedesmal seine Automatik aus dem Schreibtisch und steckte sie in seine Tasche.«

An diesem Abend hatte Monsieur Maurice kein Geld bei sich gehabt, war aber in sein Büro gegangen, um seine Automatik zu holen.

»Gibt es eine zweite Waffe, die immer hier bleibt?«

»Ich weiß nur von der einen.«

»Würden Sie mir bitte sein Büro zeigen?«

»Sofort.«

Sie gab Comitat eine Rechnung.

»Hier entlang.«

Sie gingen durch einen grüngestrichenen Korridor. Auf

der linken Seite sah man durch eine Glaswand in eine Küche, wo vier Männer mit Aufräumen beschäftigt waren.

»Hier ist es. Ich gehe davon aus, daß Sie befugt sind, hineinzugehen.«

Es war ein einfaches Büro ohne jeden Luxus: drei Ledersessel, ein Empire-Schreibtisch aus Mahagoni, dahinter ein Panzerschrank und ein paar Regale mit Büchern und Zeitschriften.

»Ist Geld im Panzerschrank?«

»Nein, nur ein Rechnungsbuch. Das ist aber nicht von Bedeutung. Es lag schon dort, als Monsieur Maurice das Restaurant kaufte. Er hat es nur noch nicht herausgenommen.«

»Wo befand sich die Pistole für gewöhnlich?«

»In der rechten Schreibtischschublade.«

Maigret zog sie auf. Sie enthielt Papiere, Zigaretten, Zigarren, aber keine Automatik.

»Ruft Madame Marcia ihren Mann oft an?«

»So gut wie nie.«

»Heute nacht hat sie auch nicht angerufen?«

»Nein. Die Verbindung wäre über mich gelaufen.«

»Und er? Ruft er sie nie an?«

»Selten. Ich weiß gar nicht mehr, wann sie zuletzt angerufen hat. Das war wohl vor Weihnachten.«

»Ich danke Ihnen.«

Maigret war zum Umfallen müde und ließ sich schwer auf den Rücksitz des kleinen schwarzen Autos sinken.

»Boulevard Richard-Lenoir.«

Es hatte aufgehört zu regnen, aber der Asphalt glänzte noch naß. Im Osten wurde es hell.

Er fühlte dumpf, daß diese Geschichte einen Haken hatte. Monsieur Maurice war bestimmt kein Heiliger. Er hatte eine bewegte Vergangenheit, war mehrmals wegen Kuppelei verurteilt worden. Dann, mit dreißig, war er zum Besitzer eines Bordells in der Rue de Hanovre avanciert, damals eins der bekanntesten Häuser in Paris. Es lief nicht unter seinem Namen. Die Nachmittage verbrachte er zumeist auf dem Rennplatz. Wenn er dort nicht war, konnte man sicher sein, daß er in einem Bistro in der Rue Victor-Massé mit anderen Ganoven Karten spielte.

Von einigen wurde er ›der Richter‹ genannt, offenbar, weil er in Streitfällen unter Leuten aus dem Milieu das letzte Wort hatte.

Er war ein gutaussehender Mann. Seine Anzüge stammten von den besten Schneidern, und er trug nur reinseidene Wäsche. Er war verheiratet und wohnte schon damals in der Rue Ballu.

Mit zunehmendem Alter bekam er einen Bauch, was ihm ein würdiges Aussehen verlieh.

Zu dumm! Maigret hatte vergessen, die Kassiererin zu fragen, ob der Mann, der angerufen hatte, mit Akzent sprach. Das konnte unter Umständen von Bedeutung sein.

Im Augenblick tappte er noch völlig im dunkeln. Er erinnerte sich an einen Satz von Maurice Marcia bei ihrer letzten Unterredung am Quai des Orfèvres. Es betraf Marcia nicht unmittelbar. Sein Barmann wurde der Beihilfe bei einem Raubüberfall auf die Zweigniederlassung einer großen Bank in Puteaux verdächtigt.

›Was halten Sie von diesem Freddy?‹ hatte Maigret Marcia gefragt.

Der Barmann hieß Freddy Strazzia und stammte aus dem Piemont.

›Ich halte ihn für einen guten Barmann.‹

›Glauben Sie, daß er ehrlich ist?‹

›Sehen Sie, Herr Kommissar, das hängt davon ab, was man unter ehrlich versteht. Es gibt Ehrlichkeit und Ehrlichkeit. Als wir uns kennenlernten, waren wir beide, wie man so sagt, Anfänger. Ich hätte mich nicht als unehrlichen Mann bezeichnet, aber Sie und der Richter waren anderer Meinung.

Im Laufe der Zeit habe ich mich geändert. Ich kann wohl sagen, daß ich fast vierzig Jahre meines Lebens damit zugebracht habe, ein ehrlicher Mann zu werden. Das ist genauso wie bei den Konvertiten. Sie gelten als katholischer als der Papst. Sehen Sie, ehrliche Menschen, die es aus eigener Kraft geschafft haben, sind strenger als alle anderen. Sie fragen mich, ob Freddy ehrlich ist. Ich würde nicht die Hand für ihn ins Feuer legen, aber eins weiß ich genau, er ist nicht so dumm, sich auf eine Sache einzulassen, die so schlecht angeleiert war wie diese hier.‹

Maigret war zu Hause angelangt. Er bedankte sich bei dem Fahrer und stieg langsam und ein wenig kurzatmig die Treppe hinauf.

Er wollte nichts anderes mehr als sich in seinem Bett ausstrecken und die Augen zumachen.

»Müde?«

»Ich kann nicht mehr.«

Keine zehn Minuten später schlief er tief und fest.

Es war fast elf Uhr, als er sich rührte, und Madame Maigret brachte ihm schnell eine Tasse Kaffee ans Bett.

»Nanu!« sagte er erstaunt. »Die Sonne scheint ja.«

»Warst du heute nacht wegen dieses Vorfalls in der Rue Fontaine so lange unterwegs?«

»Woher weißt du das?«

»Durch das Radio und die Zeitung. Monsieur Maurice scheint eine stadtbekannte Persönlichkeit zu sein.«

»Sagen wir, eine bekannte Person«, verbesserte er.

»Kanntest du ihn gut?«

»Seit meinen Anfängen bei der Kriminalpolizei.«

»Verstehst du, warum man seine Leiche in die Avenue Junot gebracht hat?«

»Ich verstehe überhaupt noch nichts«, bekannte er, »und am allerwenigsten, weshalb Marcia seine Automatik noch in der Tasche hatte.«

»Ja, und?«

»Mir ist nicht klar, weshalb er nicht als erster geschossen hat. Er muß überrascht worden sein.«

Er ließ sich im Morgenrock in seinen Sessel fallen, nahm den Telefonhörer ab und wählte die Nummer der Kriminalpolizei. Um diese Zeit schlief Lucas, der Nachtdienst gehabt hatte, schon sanft in seinem Bett. Janvier war am anderen Ende der Leitung.

»Nicht zu müde, Chef?«

»Nein. Jetzt geht's. Weißt du Bescheid?«

»Durch die Zeitungen und durch die Berichte, die gerade gekommen sind, insbesondere der vom 18. Kommissariat. Außerdem hat mich Doktor Bourdet angerufen.«

»Was sagt er?«

»Der Schuß ist aus ungefähr einem Meter Entfernung abgegeben worden, eventuell aus einem Meter fünfzig. Bei der Waffe handelt es sich wahrscheinlich um einen Trommelrevolver, Kaliber zweiunddreißig oder achtunddreißig. Bourdet hat die Kugel ins Labor geschickt. Der arme Marcia muß sofort tot gewesen sein. Er hatte eine innere Blutung.«

»Er hat also kaum geblutet?«

»Ganz wenig.«

»War er herzkrank?«

»Bourdet hat mir nichts dergleichen gesagt. Soll ich ihn anrufen?«

»Das mach ich selber. Ich komme heute am frühen Nachmittag ins Büro. Ruf mich an, wenn es etwas Neues gibt.«

Einige Minuten später hatte er Doktor Bourdet am Apparat. »Ich nehme an, Sie sind gerade aufgestanden«, sagte der Doktor zu Maigret. »Ich habe bis heute morgen neun Uhr gearbeitet, und jetzt bringt man mir schon wieder jemanden!«

»Sagen Sie, Doktor, haben Sie außer der Schußwunde noch etwas anderes feststellen können? Die Anzeichen irgendeiner Krankheit?«

»Nein. Er war ein für sein Alter völlig gesunder Mann.«

»Haben Sie vielen Dank, Doktor.«

Hatte Line, die blonde Frau von Marcia, nicht von Professor Jardin gesprochen, den ihr Mann von Zeit zu Zeit aufsuchte? Er rief bei dem Professor an, erreichte ihn aber erst im Krankenhaus.

»Entschuldigen Sie die Störung, Herr Professor, hier

spricht Kommissar Maigret. Ich glaube, einer Ihrer Patienten ist heute nacht gestorben, gewaltsam gestorben sozusagen. Ich spreche von Maurice Marcia.«

»Der Besitzer des Restaurants am Montmartre?«

»Ja.«

»Er hat mich nur einmal aufgesucht. Er wollte eine Lebensversicherung abschließen und vorher einen Arzt seiner Wahl konsultieren.«

»Das Resultat?«

»Herz in bester Ordnung.«

»Ich danke Ihnen.«

»Nun?« fragte Madame Maigret. »War er krank?«

»Nein.«

»Warum hat seine Frau das denn gesagt?«

»Ich weiß nicht mehr als du. Kann ich noch eine Tasse Kaffee haben?«

»Was möchtest du nachher gern essen?«

Ihm war noch immer das gestrige Abendessen in Erinnerung, das ihm in der Nacht wie ein Stein im Magen gelegen hatte.

»Schinken, Kartoffeln und grünen Salat.«

»Sonst nichts? Dir sind meine Perlhühner nicht bekommen.«

»Die schon, aber ich glaube, Pardon und ich, wir sind an den Pflaumenschnaps ein bißchen zu stark rangegangen ... vom Wein ganz zu schweigen.«

Er erhob sich seufzend und zündete die erste Pfeife an. Dann machte er es sich vor dem offenen Fenster gemütlich. Es waren noch keine zehn Minuten vergangen, als das Klingeln des Telefons ihn aufscheuchte.

»Hallo, Chef. Janvier hier. Der Inspektor Louis vom Neunten ist gerade hier. Er hatte gehofft, Sie anzutreffen. Anscheinend hat er Ihnen etwas Interessantes mitzuteilen. Er fragt, ob Sie ihn am frühen Nachmittag empfangen können.«

»Er soll um zwei Uhr in mein Büro kommen.«

Mit Louis wußte man nie so recht, woran man war. Er war ein merkwürdiger Mensch. Er mußte ungefähr fünfundvierzig Jahre alt sein, war bereits seit fünfzehn Jahren Witwer, ging aber nach wie vor ganz in Schwarz gekleidet, als ob er immer noch um seine Frau trauere. Die Kollegen seines Reviers nannten ihn deshalb hinter seinem Rücken den Witwer.

Man sah ihn niemals lachen oder einen Witz machen. Wenn er Innendienst hatte, arbeitete er, ohne aufzusehen, und weil er nicht rauchte, verschwendete er auch keine Zeit damit, sich eine Pfeife oder Zigarette anzuzünden.

Meistens war er unterwegs, am liebsten nachts. Wahrscheinlich gab es in ganz Paris keinen, der die Pigalle so gut kannte wie er.

Selten nahm er eine Prostituierte oder einen Kuppler ohne triftigen Grund fest, aber wo er auftauchte, fühlte man sich verunsichert.

Er hatte die Wohnung behalten, in der er früher mit seiner Frau gelebt hatte. Sie lag auf der anderen Seite des Boulevards auf der Höhe der Rue Lepic. Er selbst war in dem Viertel geboren, machte dort seine Einkäufe, kannte die Familiengeschichte von allen Übeltätern in dieser Ecke und die Vergangenheit der leichten Mädchen.

Er betrat die Bars, ohne den Hut abzunehmen, und bestellte jedes Mal eine Erdbeerbrause. Dann saß er lange Zeit und beobachtete seine Umgebung. Manchmal wandte er sich an den Barmann:

»Ich wußte gar nicht, daß Francis aus Toulon zurück ist.«

»Irren Sie sich da nicht?«

»Er ist in die Toilette gelaufen, als er mich gesehen hat.«

»Ich hab ihn nicht gesehen. Das wundert mich, denn gewöhnlich gibt er mir die Hand, wenn er hier ist.«

»Da bin ich wahrscheinlich schuld.«

»Mit wem ist er da?«

»Madeleine.«

»Das ist seine Ehemalige.«

Er schrieb sich nie etwas auf, aber alle Namen, Vornamen und Spitznamen dieser Herren und Damen hatte er wohlgeordnet in seinem Kopf.

Die Rue Fontaine gehörte in sein Revier. Er mußte besser als Maigret oder irgendein anderer über Monsieur Maurice Bescheid wissen. Außerdem hatte er sich ja wohl nicht zum Spaß zum Quai des Orfèvres begeben, denn er war ein schüchterner Mensch. Er hatte sich damit abgefunden, nicht mehr befördert zu werden, und übte seinen Beruf aus, so gut er konnte. Und weil er kein Hobby hatte, widmete er sich seinen Aufgaben mit voller Hingabe.

»Ich gehe jetzt den Schinken besorgen.«

Er beobachtete sie vom Fenster aus. Sie entfernte sich in Richtung Rue Servan. Er dachte daran, wie glücklich er sich schätzen konnte, eine solche Frau zu haben, und er lächelte zufrieden. Wie lange hatte der Inspektor Louis mit seiner Frau gelebt, als sie unter den Autobus kam? Ein paar Jahre höchstens. Er war damals erst dreißig gewesen. Er hatte aus dem Fenster gesehen, so wie Maigret es jetzt gerade tat, und der Unfall hatte sich buchstäblich vor seinen Augen abgespielt.

Maigret klopfte auf Holz, was nicht seine Art war, und ließ die Straße nicht aus den Augen, bis er seine Frau wieder zurückkommen und ins Haus treten sah.

Louis war der Familienname des Inspektors. Maigret hatte eine Weile überlegt, ihn in seine Brigade zu nehmen, aber Louis war ein solcher Trauerkloß, daß die Atmosphäre im Büro der Inspektoren darunter gelitten hätte.

Im Büro des Neunten, wo sie nur drei Inspektoren und ein Praktikant waren, konnte es so eingerichtet werden, daß Louis die meiste Zeit Außendienst hatte.

»Armer Kerl!«

»Sprichst du mit dir selbst?«

»Was hab ich gesagt?«

»Du hast ›armer Kerl‹ gesagt. Denkst du an Marcia?«

»Nein. Ich dachte an jemanden, der vor fünfzehn Jahren seine Frau verloren hat und immer noch Trauer trägt.«

»Er zieht nur schwarze Sachen an? Das macht man schon lange nicht mehr.«

»Tut er aber. Es ist ihm egal, was die Leute denken. Wer ihn zum erstenmal sieht, hält ihn für einen Geistlichen und redet ihn mit ›Hochwürden‹ an.«

»Willst du dich heute nicht rasieren und baden?«

»Aber ja! Ich fühle mich herrlich faul.«

Er machte seine Pfeife aus und ging ins Badezimmer.

2

In Maigrets Büro standen die Fenster wieder offen. Über dem Lärm der Autos und Busse auf dem Pont Saint-Michel flimmerte die Luft.

Inspektor Louis saß auf dem Rand eines Stuhles, den Maigret ihm angewiesen hatte. Seine langsamen, fast schlafwandlerischen Bewegungen und seine schwarze Kleidung wollten so gar nicht zu dem strahlenden Frühlingstag passen.

»Ich danke Ihnen, daß Sie so gütig waren, mich zu empfangen, Monsieur le Divisionnaire.«

Seine Haut war zart und sehr weiß, beinahe wie bei einer Frau, und sein dichter schwarzer Schnurrbart stach hart dagegen ab. Seine Lippen waren rot wie geschminkt, und trotzdem hatte er nichts Weibisches an sich.

Er mußte der Ängstlichste in seiner Klasse gewesen sein, der rot wurde und zu stottern anfing, wenn der Lehrer ihn aufrief.

»Ich wollte mir erlauben, Ihnen eine Frage zu stellen.«

»Ich bitte darum.«

»Die Leiche ist in der Avenue Junot gefunden worden. Dann werden also die Inspektoren vom 18. Arrondissement die Untersuchung durchführen?«

Maigret mußte nachdenken, bevor er antwortete.

»Sie werden sicher die in Frage kommenden Zeugen vernehmen, das Auto ausfindig machen, das gegen Mitternacht dort auf der Straße angehalten hat, und den alten Maler befragen, der die Polizei alarmiert hat, ebenso wie die übrigen Nachbarn.«

»Aber alles andere?«

»Wie Sie wissen, ist das Aufgabe der Kriminalpolizei. Es hindert uns natürlich nicht, die Hilfe der Inspektoren des Arrondissements in Anspruch zu nehmen. Sie kennen den Montmartre sehr gut, nicht wahr?«

»Ich bin dort geboren und wohne auch dort.«

»Hatten Sie Verbindung zu Maurice Marcia?«

»Zu ihm und seinen Angestellten.«

Er wurde rot. Es kostete ihn große Anstrengung, alles zu sagen, was er sich vorgenommen hatte.

»Sehen Sie, ich arbeite vor allem nachts, und so kenne ich schließlich fast jeden dort oben. Ich rede mal mit dem einen, mal mit dem anderen, gehe in die Bars und die Nachtlokale, man stellt dann jedesmal ohne zu fragen eine Erdbeerbrause vor mich hin.«

»Ich nehme an, Sie haben mich aufgesucht, weil Sie über den Mord an Marcia etwas wissen.«

»Ich glaube, ich weiß, wer ihn getötet hat.«

Maigret hatte sich zurückgelehnt und zog langsam an seiner Pfeife. Er betrachtete seinen Besucher neugierig, beinahe fasziniert.

»Ist Ihr Verdacht begründet?«

»Ja und nein.« Er war so gehemmt, daß er dem Kommissar nicht ins Gesicht zu sehen wagte.

»Ich bin heute morgen angerufen worden.«

»Anonym?«

»Mehr oder weniger. Seit Jahren bekomme ich Anrufe von ein und derselben Person.«

»Einer Frau oder einem Mann?«

»Einem Mann. Er hat sich jedesmal geweigert, seinen Namen zu nennen. Immer, wenn am Montmartre etwas Mysteriöses passiert, ruft er mich an und sagt dann zuerst: ›Ich bin's.‹ Ich kenne seine Stimme, ich weiß auch, daß er aus einer Telefonzelle anruft, um mir schnell das Nötigste mitzuteilen. Zum Beispiel: ›Im Quartier de la Chapelle wird von der Coglia-Bande eine Schießerei vorbereitet.‹«

»Coglia ist noch für einige Jahre im Gefängnis«, warf Maigret ein.

»Aber seine Komplizen machen weiter.«

»Und Ihr anonymer Spitzel täuscht sich nie?«

»Nein.«

»Verlangt er Geld von Ihnen?«

»Nein. Er verlangt nicht einmal von mir, daß ich bei ein paar Ungesetzlichkeiten die Augen zudrücke.«

Maigrets Interesse wuchs.

»Und heute morgen hat er Sie angerufen?«

»Ja. Um acht Uhr, als ich gerade zum Einkaufen gehen wollte. Ich lebe allein, deshalb muß ich meine Einkäufe notgedrungen selbst erledigen.«

»Was hat er Ihnen genau gesagt?«

»Monsieur Maurice ist von einem der Brüder Mori ermordet worden.«

»Das war alles?«

»Das war alles. Kennen Sie die Brüder Mori, Manuel und Jo?«

»Seit über zwei Jahren versuchen wir schon, sie in flagranti zu ertappen. Aber bis heute haben wir nichts gegen sie in der Hand.«

»Ich beobachte sie auch schon länger. Sie wohnen nicht zusammen. Der Ältere, Manuel, ist zweiunddreißig und hat ein gutbürgerliches, aber sehr teures Appartement am Square La Bruyère.«

Das war keine zwei Schritte vom ›Sardine‹ entfernt.

»Jo ist neunundzwanzig und bewohnt eine kleine Suite im ›Hôtel des Iles‹ in der Avenue Trudaine. Aber das muß alles in den Akten stehen. Zusammen haben sie ein Importunternehmen für Obst und Gemüse aufgebaut. Einer von beiden ist immer in der Rue du Caire anzutreffen. Eine große Lagerhalle zu ebener Erde, von der Straße aus direkt zu erreichen.«

»Haben sie Verbindung zu Monsieur Maurice?«

»Sie haben ein paarmal bei ihm gegessen, aber sie sind nicht die einzigen Gangster, die dort verkehren.«

»Hat Marcia ihnen gelegentlich unter die Arme gegriffen?«

»Das glaube ich nicht. Er war sehr darauf bedacht, seinem Ruf nicht zu schaden.«

»Welchen der beiden Brüder meint Ihr anonymer Anrufer?«

»Das weiß ich noch nicht, aber er wird sich wahrscheinlich sehr bald wieder melden. Und das ist auch der Grund, weshalb ich mir erlaubt habe, Sie um diese Unterredung zu bitten.«

»Sie würden sich gern an der Untersuchung beteiligen?«

»Das würde ich schon ganz gern, aber mehr auf meine

Art. Ich habe meine Befugnisse nie überschritten, das können Sie mir glauben. Ich verspreche Ihnen, Sie über alles, was ich erfahre, auf dem laufenden zu halten.«

»Kennen Sie die Brüder Mori näher?«

»Ich bin ihnen in einigen Bars begegnet. Manuel hatte eine Freundin aus Martinique, eine richtige Schönheit.«

»Was ist aus ihr geworden?«

»Sie tanzt und singt in einem Nachtlokal für Touristen.«

»Und wen hat er jetzt?«

»Niemanden. Ich sehe ihn immer allein oder mit seinem Bruder. Der wohnt mit einem jungen Mädchen aus der Provinz zusammen. Sie heißt Marcelle und ist einundzwanzig.«

»Glauben Sie, daß sie das schwache Glied in der Kette sein könnte?«

»Sie ist unsterblich verliebt in Jo Mori, und sie hat Charakter.«

»Meinen Sie, daß sie über die zwielichtigen Geschäfte der beiden Brüder Bescheid weiß?«

»Ich weiß nicht, inwieweit sie ihr vertrauen. Ich habe die beiden auch nie mit Leuten zusammen gesehen, die ihre Komplizen bei den Diebstählen sein könnten.«

Bis jetzt hatten ungefähr zehn Einbrüche stattgefunden, und jedesmal war man auf die gleiche Weise vorgegangen. Es handelte sich dabei immer um ein Schloß oder einen größeren Besitz in der Provinz im Umkreis von hundertfünfzig Kilometern von Paris.

Die Einbrecher waren gut unterrichtet. Sie wußten, daß sich wertvolle Bilder und Möbel in den Häusern befanden. Sie wußten auch, wann die Besitzer verreist waren und wieviel Personen das Gebäude bewachten.

Sie arbeiteten geräuschlos und ohne etwas zu beschädigen. Manchmal brauchten sie weniger als eine Stunde, um all das fortzuschaffen, was sich einigermaßen gut wieder verkaufen ließ. Also mußten sie zumindest einen Lastwagen in der Nähe abgestellt haben.

Die Brüder Mori besaßen nun allerdings zwei Lastwagen für ihren Obst- und Gemüsehandel, und ganz zufällig hatten sie auch ihr Importunternehmen vor zwei Jahren gegründet.

Manuel hatte davor bei einem Spediteur in den Hallen gearbeitet. Jo war drei Jahre in einem Architekturbüro beschäftigt gewesen. Aber wo stellten sie ihre Beute unter?

Wahrscheinlich blieb sie in der Nähe von Paris in einer Villa oder einem unter falschem Namen gemieteten Haus.

»Wer könnte die gestohlenen Sachen bewachen?«

»Ich kann es nicht beschwören, aber ich glaube es zu wissen: die Mutter der Moris.«

»Kennen Sie sie?«

»Ich habe sie nie gesehen, aber ich weiß, daß es sie gibt. Sie wohnte ursprünglich mit ihren Kindern in Arles. Als die Söhne nach Paris zogen, blieb sie mit ihrer Tochter noch einige Jahre im Süden. Die Tochter hat sich inzwischen verheiratet und lebt in Marseille.«

Seit langem arbeitete der Inspektor Louis also auf diese Weise ganz allein für sich, geduldig und ohne sich des komplizierten Polizeiapparates zu bedienen.

»Woher wissen Sie das alles?«

»Ich beobachte. Ich horche. Ich habe Aufpasser an verschiedenen Stellen, Leute, denen ich früher mal einen Dienst erwiesen habe.«

»Was ist aus der Mutter Mori geworden?«

»Sie hat ihr Haus mitsamt Mobiliar verkauft, und niemand hat sie mehr gesehen.«

»Ich wette, Sie haben in der Umgebung von Paris nachgeforscht.«

»Hin und wieder, sonntags oder im Urlaub.«

»Haben Sie sie entdeckt?«

»Noch nicht.«

Er wurde wieder rot, als schäme er sich seiner Selbstsicherheit.

»Was wissen Sie von Madame Marcia?«

»Sie meinen die junge? Es hat davor schon eine andere gegeben, mit der er fast zwanzig Jahre verheiratet war. Ein komisches Paar. Er hat sie, wie man so sagt, von der Straße aufgelesen und sie zu einer Bürgerlichen gemacht. Als sie an Krebs starb, hat ihn das sehr getroffen, und er war ein paar Monate nicht mehr er selbst.«

Maigret hatte, als er noch ein junger Inspektor war, auch auf der Straße gearbeitet, danach auf den Bahnhöfen, in der Metro und in den großen Kaufhäusern. Zu dieser Zeit hatte auch er die gesamte Unterwelt von Paris gekannt.

Jetzt hatte man ihn in ein Büro gesteckt, und sein Chef war entsetzt, wenn er einen Verdächtigen zu Hause aufsuchte oder wenn er draußen seine Nase in alles mögliche steckte.

»Wie hat er seine zweite Frau, Line, kennengelernt?«

»Sie war Tänzerin im ›Tabarin‹, zuletzt im ›Canari‹. Ich glaube, dort sind sie sich begegnet. Sie ist trotz ihres Berufs eine zurückhaltende, bescheidene Frau, die nie mit den Gästen mitgegangen ist. Sie hat eine gute Erziehung.«

»Sie wissen wahrscheinlich nicht, wo sie herstammt, wo ihre Eltern leben und ob sie irgend etwas gelernt hat?«

Der Inspektor wurde wieder rot.

»Sie ist in Brüssel geboren. Ihr Vater arbeitet dort bei einer Bank. Bis zu ihrem achtzehnten Lebensjahr war sie auf der Schule, hat dann in derselben Bank angefangen. In Paris lebte sie mit einem jungen Mann, einem Maler, zusammen, der wohl gehofft hatte, hier sein Glück machen zu können. Aber das kam nicht so schnell, wie er es erwartet hatte. Line wurde dann Verkäuferin in einem Kaufhaus der großen Boulevards. Ihr Maler hat sie sitzenlassen, und sie kam zum ›Tabarin‹, wo sie als Statistin anfing.«

Maigret kannte den Inspektor seit Jahren. Sie trafen sich einmal zum Monatsende, hatten aber sonst keine Verbindung. Er hatte ihn zunächst für einen schlafmützigen Dummkopf gehalten, es wurde ihm aber sehr schnell klar, daß er im Gegenteil ein recht gescheiter Knabe war.

Jetzt betrachtete er ihn neugierig, beinahe bewundernd.

»Gibt es viele Leute am Montmartre, über die Sie so genau Bescheid wissen?«

»Ach, wissen Sie, im Laufe der Jahre werden es immer mehr.«

»Führen Sie Buch darüber?«

»Nein, ich hab alles im Kopf. Ich habe nichts anderes zu tun, und andere Dinge interessieren mich nicht.«

Maigret stand auf, öffnete die Tür zum Büro der Inspektoren: »Komm doch mal einen Augenblick, Janvier!« und sagte dann zu den beiden Männern: »Sie kennen sich doch, nehme ich an.«

Die beiden schüttelten sich die Hand.

»Inspektor Louis und ich sprechen eben über den Mord an Marcia. Gibt es bei dir etwas Neues?«

»Nur, daß ein rotes Auto gegen ein Uhr morgens mitten auf der Avenue Junot kurz angehalten haben soll.«

»Unsere Leute bleiben selbstverständlich an der Sache dran. Aber Inspektor Louis, der einige der Beteiligten kennt, wird seinerseits nachforschen und uns auf dem laufenden halten. Sind dir die Brüder Mori ein Begriff?«

»Wir hatten sie eine Zeitlang in Verdacht, der Kopf der Schlösserbande, wie wir sie nennen, zu sein.«

»Werden sie noch beobachtet?«

»Nur gelegentlich. Wir wissen lediglich über ihr Kommen und Gehen Bescheid. Jo, der Jüngere, fährt oft nach Cavaillon und Umgebung, um Frühgemüse einzukaufen.«

»Von heute an werden sie Tag und Nacht beschattet.«

»Alle beide?«

»Alle beide.«

»Wegen der Schlösser?«

»Nein. Es handelt sich jetzt um den Mord an Maurice Marcia.«

Unwillkürlich ging Janviers Blick zu seinem Kollegen vom Neunten. Er war über die Beteiligung des Inspektors Louis bei dieser Geschichte nicht gerade glücklich, das sah man.

»Soll noch jemand anderes überwacht werden?«

»Die Witwe.«

»Sie glauben ...«

»Ich glaube gar nichts, das weißt du. Ich suche. Wir suchen alle.«

Er gab Inspektor Louis die Hand.

»Gehen Sie jetzt zum Montmartre zurück?«

»Ja.«

»Haben Sie einen Wagen?«

»Nein.«

»Ich muß auch dahin. Kommen Sie mit mir. Janvier, du begleitest mich, bitte.«

Janvier setzte sich ans Steuer. Maigret rauchte auf dem Beifahrersitz seine Pfeife, während Louis ganz allein auf dem Rücksitz saß und sich unbehaglich fühlte. Dabei war es immer sein Wunschtraum gewesen, für den Quai des Orfèvres zu arbeiten, und der Auftrag, den er von Maigret erhalten hatte, mußte ihm wie eine Beförderung erscheinen.

In der Rue Notre-Dame-de-Lorette fragte Janvier:

»Wo soll es hingehen?«

»Weiter rauf, Rue Ballu.«

»Zu Maurice Marcia?«

»Ja.«

»Wo können wir Sie absetzen?«

»Ganz egal, wo. Ich bin hier in meinem Revier.«

»Gut. Dann lasse ich Sie hier aussteigen.«

»Sie wissen ja, wie Sie mich erreichen können. Meine Privatnummer steht im Telefonbuch.«

»Ich danke Ihnen.«

Er kletterte ungeschickt aus dem Auto und entfernte sich mit gleichmäßigen Schritten und ohne sich zu beeilen. Einige Minuten später klingelten Maigret und Janvier an der Tür des ehemaligen herrschaftlichen Privathauses. Die Concierge öffnete ihnen. Sie konnte noch keine vierzig sein und war recht hübsch. Maigret stieß die Glastür auf, durch die sie die Männer hatte kommen sehen.

»Ist der Leichnam gebracht worden?«

»Noch nicht, aber die Herren vom Bestattungsinstitut sind oben. Er soll erst am späten Nachmittag kommen.«

»Ich möchte Sie mit Inspektor Janvier bekannt machen, der in dieser Sache mit mir zusammenarbeitet. Seit wieviel Jahren wohnt Madame Marcia hier im Haus?«

»Seit die beiden verheiratet sind. Das muß vor vier Jahren gewesen sein.«

»Hatten sie viel Besuch?«

»So gut wie nie. Sie wissen ja, er kam nie vor drei oder vier Uhr morgens nach Hause. Er schlief den ganzen Vormittag, frühstückte, hielt Mittagsschlaf, und danach kam sein Masseur.«

»Aß er abends hier?«

»Selten, meistens im Restaurant.«

»Zusammen mit seiner Frau?«

»Nein. Ich glaube, er sah es nicht gern, wenn sie ins ›Sardine‹ kam.«

»Warum?«

»Ich nehme an, er fürchtete, sie könnte dort unpassende Bekanntschaften machen. Er war doch schon über sechzig, und sie ist keine dreißig.«

»Wie hat sie sich denn den ganzen Tag beschäftigt?«

»Sie hat die Köchin und das Mädchen angewiesen. Manchmal ging sie zu Fauchon oder in irgendein anderes vornehmes Geschäft, um etwas zu kaufen, was man hier im Viertel nicht bekommt. Zweimal in der Woche ging sie zum Friseur.«

»Wo ist der?«

»In der Rue de Castiglione, glaub ich.«

»Und abends?«

»Sie las oder sah fern. Vorm Schlafengehen ging sie noch mal mit dem Hund für zehn Minuten hinunter.«

»Ging sie nie ins Kino?«

»Wahrscheinlich schon. Ein- oder zweimal die Woche blieb sie jedenfalls den ganzen Abend weg.«

»Hatte sie nie Besuch?«

»Nie.«

»Ich danke Ihnen. Ist sie oben?«

»Ja, mit ihrem Schneider.«

Sie fuhren nicht mit dem Lift und klingelten in der ersten Etage. Ein junges Zimmermädchen mit einem gewaltigen Busen öffnete ihnen.

»Sie wünschen, bitte?«

»Wir möchten zu Madame Marcia.«

»Madame Marcia ist beschäftigt.«

»Wir warten.«

»Wen darf ich melden?«

»Kriminalpolizei.«

»Einen Augenblick.«

Sie ließ sie in die Diele und ging zu einer Tür im Hintergrund. Die Tür zum Salon stand offen. Die Louis-xv-Möbel waren verschwunden, wie der große chinesische Teppich. Männer standen auf Leitern und befestigten schwarze Tücher an den Wänden.

Demnach wurde nun also der Salon mit großem Pomp in eine Trauerkapelle verwandelt. Sicher war auch der Schneider wegen der Trauerkleidung da.

»Wenn Sie mir bitte folgen wollen.«

Sie führte sie in ein Studierzimmer, dessen Wände vom Boden bis zur Decke mit Büchern bedeckt waren, wertvollen, gebundenen Büchern, die Monsieur Marcia sicherlich nie gelesen hatte. Das Mobiliar bestand aus einigen bequemen Sesseln und einer kleinen Bar mit einem Kühlschrank. Der Schreibtisch mit der rotledernen Schreibunterlage war leer.

Das Zimmer war im englischen Stil gehalten. Auf einem Tischchen stand ein elfenbeinverzierter Humidor, der zum Feuchthalten von teuren Havanna-Zigarren diente.

Waren diese Gegenstände und Möbel schon dagewesen, ehe Line in das Haus einzog? Oder verdankte die Wohnung ihr diesen anspruchsvollen Stil?

»Das ist ein Studierzimmer, in dem nicht viel gearbeitet wird«, brummte Maigret zu Janvier gewandt. »Wenn du die Möbel im Salon gesehen hättest! Man könnte denken, man befinde sich in einem Museum.«

»Das wird eine großartige Leichenhalle geben.«

Sie verstummten, weil sich Schritte näherten.

Sie trug ein raffiniert einfaches Kleid aus schwarzer Seide und am Finger einen Diamanten, den sie wohl nie ablegte. Sie blieb einen Augenblick im Türrahmen stehen und schien überrascht. Ihr Blick ging von Maigret zu Janvier. War sie erstaunt, zwei Männer statt einem vorzufinden? Was schloß sie daraus? Gab das dem Besuch in ihren Augen eine offiziellere Bedeutung?

»Inspektor Janvier, einer meiner engsten Mitarbeiter.«

Sie neigte leicht den Kopf. »Nehmen Sie bitte zur Kenntnis, daß ich sehr beschäftigt bin.«

»Das sind wir auch, glauben Sie mir, und wir stehlen Ihnen wahrlich nicht zu unserem Vergnügen Ihre Zeit.«

Sie standen alle drei, und da sie es nicht tat, machte Maigret den Vorschlag, sich zu setzen.

»Haben Sie die Absicht, länger zu bleiben?«

»Ich glaube nicht.«

»Sie haben mir gestern alle Fragen stellen können, die Sie zu stellen wünschten, und ich habe Ihnen offen geantwortet. Der Tote wird heute abend um sieben Uhr gebracht werden.«

Der Kommissar tat, als habe er nicht gehört. Er sah sich mit Kennermiene im Zimmer um und fragte:

»War die Wohnung schon so möbliert, als Sie vor vier Jahren hier einzogen?«

»Fünf«, verbesserte sie. »Wir hätten demnächst unseren fünften Hochzeitstag gefeiert.«

»Und die Möbel?«

»Sie sind zu meiner Zeit gekauft worden. Vorher waren andere hier.«

»Weniger kostbare, nehme ich an.«

»Ein anderer Stil.«

»Wer von Ihnen hatte vorgeschlagen, alles zu ändern?«

»Mein Mann. Er wollte nicht, daß ich in der gleichen Umgebung lebe wie seine erste Frau.«

»Darf ich fragen, ob sie echt sind? Gestern habe ich die in Ihrem Salon bewundert.«

»Sie *sind* echt«, antwortete sie ungnädig.

»Haben Sie sie gemeinsam gekauft?«

»Mein Mann zog es vor, die Antiquitätenhändler allein aufzusuchen. Er wollte mich damit überraschen. Aber ich verstehe nicht, was diese Frage nach den Möbeln soll.«

»Sie hat sicher nichts mit dem Tod Ihres Gatten zu tun,

aber wir wissen aus Erfahrung, daß man in einem Mordfall nichts außer acht lassen darf. Ihr Mann war sehr reich?«

»Ich habe nie mit ihm über Geld gesprochen. Ich weiß nur, daß das Restaurant sehr gut ging und er alles tat, damit das so blieb.«

»Er muß sehr verliebt gewesen sein.«

»Wie kommen Sie darauf?«

»Man richtet eine solche Wohnung nicht für eine Frau ein, die einem gleichgültig ist.«

»Er liebte mich.«

»Ich nehme an, bei der Eheschließung ist Gütergemeinschaft vereinbart worden.«

»Ist das nicht üblich?«

»Wann sollen die Trauerfeierlichkeiten stattfinden?«

»Übermorgen, in der Kirche Notre-Dame-de-Lorette. Danach wird der Leichnam nach Bandol überführt und dort auf dem Friedhof beigesetzt. Wir besitzen ein Haus in Bandol.«

»Werden Sie auch nach Bandol fahren?«

»Selbstverständlich.«

»Werden auch Freunde von Ihnen dort sein?«

»Nein... Ich weiß es nicht... Das hängt nicht von mir ab.«

»Eine andere Frage: Was geschieht mit dem Restaurant?«

»Es bleibt geöffnet, außer übermorgen, am Tag der Beisetzung.«

»Wer wird sich danach darum kümmern?«

Sie zögerte einen Moment mit der Antwort.

»Ich«, sagte sie schließlich.

»Glauben Sie, daß Sie die nötige Erfahrung haben?«

»Das Personal arbeitet schon so lange mit meinem Mann zusammen, daß ich keine Schwierigkeiten für mich sehe.«

»Ihr Leben wird sich vollständig ändern.«

Maigret wußte, daß er sie mit diesen harmlos klingenden Fragen wütend machte, aber er setzte sie mit ausdruckslosem Gesicht fort.

»Solange ich nicht gegen das Gesetz verstoße, geht es niemanden etwas an, wie ich lebe, nicht wahr?«

»Es war nur eine Überlegung von mir. Sie waren hier doch ziemlich allein, mußten die Abende ganz für sich verbringen.«

»Niemand hätte mich daran gehindert auszugehen.«

»Ich weiß, Sie waren ein paarmal im Kino. Aber Sie haben keine Freunde, keine Freundinnen.«

Das Zimmermädchen kam zögernd herein:

»Die Herren möchten wissen, ob wir keine Grünpflanzen haben. Es sieht sonst so kahl aus.«

»Zeigen Sie ihnen die auf der Terrasse!« und zu Maigret: »Sie sehen, ich werde gebraucht. Ihre Zudringlichkeit ist mir ausgesprochen unangenehm. Gestern behaupteten Sie noch, daß mein Mann Ihnen sympathisch war.«

»Ich werde versuchen, Sie in Zukunft sowenig wie möglich zu belästigen.«

»Nehmen Sie bitte zur Kenntnis, daß ich Sie nicht mehr empfangen werde.«

»Das bedaure ich, denn dann sehe ich mich gezwungen, Sie zum Quai des Orfèvres zu bestellen. Ihr Mann ist früher, als ihm das ›Sardine‹ noch nicht gehörte, einige Male dort gewesen. Er hatte damals auch noch keine Villa in Bandol.«

»Macht es Ihnen Spaß, an diese unangenehmen Dinge zu erinnern?«

»Sicher nicht. Aber im Gegensatz zu Ihnen hatte er gute Freunde. Es würde mich interessieren, ob Sie einige davon kennen. Vielleicht besuchten sie ihn im Sommer in seiner Villa in Bandol, die Brüder Mori zum Beispiel.«

Wenn sie erschrak, so ließ sie sich jedenfalls nichts anmerken.

»Sollte ich sie kennen?«

»Das frage ich Sie. Es sind zwei, Manuel und Jo. Sie haben ein Importunternehmen in der Rue du Caire.«

»Ich kenne weder den einen noch den anderen.«

»Sie essen sehr oft im ›Sardine‹.«

»In das ich keinen Fuß setzte.«

»Eine letzte Frage. Dies ist eine sehr große Wohnung. Werden Sie hier weiter allein wohnen?«

»Darum hatte mich mein Mann schon früher immer gebeten, so wie er auch wollte, daß ich das Restaurant und das Haus in Bandol behalte. ›Es ist, als ob ich dann noch ein bißchen bei dir bin‹, sagte er.«

»Hat er damit gerechnet, daß ihm etwas zustoßen würde?«

»Bestimmt nicht.«

»Aber er hatte eine Automatik in seiner Tasche.«

»Nur, wenn er das Geld bei sich hatte. Fast jeder, der eine größere Summe bei sich trägt, ist bewaffnet.«

»Wenn er nun mit dem Geld hier ankam, wo tat er es hin?«

»In den Tresor.«

»Wo befindet der sich?«

»Hinter dem Bild von Delacroix rechts vom Kamin.«

»Kennen Sie die Kombination?«

»Nein. Ich werde wohl einen Spezialisten anrufen müssen, vielleicht sogar die Firma, die diese Geldschränke herstellt.«

»Ich danke Ihnen.«

Sie war aufgestanden, und man sah ihr an, daß sie immer noch verkrampft war. Sie schien im Geiste noch einmal alle Fragen, die der Kommissar gestellt hatte, Revue passieren zu lassen. Wann hatte sie gelogen? Maigret hätte Mühe gehabt, es zu sagen. Er fühlte sich nicht wohl in seiner Haut. Es gab in diesem Fall mehrere Dinge, die ihm nicht gefielen.

Dann stand er mit Janvier wieder in der glühenden Hitze auf der Straße.

»Sie glauben, daß sie mehr weiß, als sie sagt, Chef?«

»Da könnte ich Gift drauf nehmen.«

»Glauben Sie, sie ist eine … na, sagen wir … Komplizin?«

»So weit würde ich nicht gehen. Aber die ganze Angelegenheit ist viel weniger eindeutig, als sie es uns glauben machen möchte.«

»Wo fahren wir hin?«

»In die Rue Fontaine.«

Um diese Zeit waren noch keine Gäste im Restaurant. Zwei Kellner deckten die Tische zum Abendessen. Freddy, der Barmann, polierte seine Flaschen und stellte sie in Reih und Glied.

Der Kommissar ging zu ihm.

»Ist Comitat nicht da?«

»Er macht Pause im Büro vom Chef.«

»Schon?«

»Wie meinen Sie das?«

»Monsieur Marcia ist noch nicht unter der Erde, und er macht es sich schon gemütlich?«

»Sie irren sich. Auch als Monsieur Marcia noch lebte, hat sich Raoul oft für ein Stündchen in einem Sessel im Büro ausgeruht.«

»Sie wissen, daß die Trauerfeier übermorgen stattfindet?«

»Man hat es mir noch nicht gesagt.«

»Das Restaurant soll geschlossen werden, damit die Angestellten alle teilnehmen können.«

»Das ist doch wohl üblich so.«

»Der Leichnam wird danach in Bandol beigesetzt.«

»Das überrascht mich nicht. Der Chef stammte aus irgendeinem Ort zwischen Toulon und Marseille. Er hat das Restaurant jedes Jahr einen Monat zugemacht und fuhr dann in seine Villa in Bandol.«

»Haben Sie sich schon Gedanken darüber gemacht, was aus dem Restaurant wird?«

»Das ist mir ziemlich egal. Es wird sich bestimmt jemand finden, der es weiterführt. Das hier ist eine Goldgrube.«

»Sie werden von jetzt an eine Chefin anstelle eines Chefs haben.«

»Soll das ein Witz sein?«

»Madame Marcia hat sich entschlossen, an die Stelle ihres Mannes zu treten.«

Freddy zog ein Gesicht und meinte dann nur:

»Sie hat es schließlich geerbt.«

»Kennen Sie sie?«

»Aus der Zeit, als sie noch im ›Tabarin‹ war. Ich habe dort

zwei Jahre gearbeitet, bevor ich hier anfing. Sie tanzte damals in der Revue.«

»Was halten Sie von ihr?«

»Ich habe kaum Gelegenheit gehabt, mit ihr zu sprechen. Wenn sie an die Bar kam, gab sie ihre Bestellung auf, das war alles. Ich fand sie reichlich arrogant. Hier am Montmartre sind die Mädchen eher gutmütig. Aber sie hatte schon Format. Bestimmt kommt sie aus gutem Hause und wurde streng erzogen.«

»Kommen die Brüder Mori nach wie vor hierher essen?«

Freddy sah nichts Außergewöhnliches in dieser Frage.

»Von Zeit zu Zeit, nicht regelmäßig. Sie wissen ja, wenn man ein Importgeschäft hat, ist man gezwungen, immer sehr früh aufzustehen.«

»Mit dem Chef auf du und du, was?«

»Na ja, Monsieur Marcia setzte sich schon mal zu ihnen an den Tisch. Das machte er mit allen Stammgästen so. Manchmal trank er mit ihnen einen von seinen alten Cognacs aus seinem privaten Keller.«

»Und Madame Marcia kam nie ins Restaurant?«

»Nie.«

»Haben Sie eine Ahnung, warum?«

»Ich nehme an, Monsieur Marcia war eifersüchtig. Sie ist ja nicht gerade mein Typ, aber ein attraktives Frauenzimmer ist sie schon. Hinzu kommt ein Altersunterschied von mehr als dreißig Jahren.«

Er warf einen Blick in den Raum.

»Da kommt Raoul.«

Der Oberkellner hatte sie gesehen und kam auf sie zu. Er gab zuerst Maigret, dann Janvier die Hand.

»Sind Sie meinetwegen hier?«

»Wir hatten schon damit gerechnet, Sie hier zu treffen, aber unser Besuch hat keinen besonderen Grund. Wie ich eben zu Freddy sagte, findet die Trauerfeier übermorgen in der Kirche Notre-Dame-de-Lorette statt.«

»Dann haben wir also übermorgen geschlossen. Das hätte man mir auch etwas früher sagen können. Im Augenblick trage ich ja doch ganz allein die Verantwortung für das Restaurant. Ich bin immerhin jetzt sechzehn Jahre hier, und sie...« Er stockte verlegen. Sicher hatte ihm etwas auf der Zunge gelegen wie: ›Und sie schläft erst seit fünf Jahren in seinem Bett.‹

»Wissen Sie, wer der Nachfolger von Monsieur Maurice sein wird?«

»So, wie Sie die Frage stellen, schwant mir schon, daß sie es ist. Ich hab's mir gestern gleich gedacht.«

»Kennen Sie sie?«

»Ich habe sie in Bandol besucht. Der Chef wußte, daß ich meine Ferien an der Côte verbrachte, und er hat mich zum Mittagessen in seine Villa eingeladen. So etwas hätte man schon ganz gern als Alterssitz, kann ich Ihnen versichern. Nicht groß, fällt auch nicht auf, aber alles echt, solide! Ich stamme von da unten und kenne mich mit alten Provencemöbeln etwas aus. Die finden Sie woanders nicht so schnell!«

Und zu Freddy gewandt:

»Du hast den Herren noch gar nichts angeboten!«

»Was nehmen Sie?«

»Ein Bier.«

»Ich auch«, schloß sich Janvier verlegen an.

Und Comitat seufzte:

»Immerhin, merkwürdig ist's schon, eine Frau zur Chefin zu haben. Es sieht dann so etwas nach Bordell aus.«

»Einige Gäste werden sich sicher ganz zu Hause fühlen.«

»Ach, wissen Sie, hierher kommt eigentlich alles: Minister, Künstler, Regisseure, sogar Bankiers, Anwälte natürlich auch, die ›bekehrten‹ Ganoven, wie Sie sie nennen, nicht mitgerechnet.«

»Und die Brüder Mori, kommen die auch immer noch?«

Es entstand ein kurzes Schweigen.

»Von Zeit zu Zeit. Ich hab sie ja nie gemocht, vor allem Manuel nicht. Dieser Knabe ist ein ganz großer Angeber, fährt die schnittigsten Wagen, und wenn man ihn so sieht, denkt man, der schwimmt im Geld. Dabei ist es Jo, sein Bruder, der sich um das Geschäft kümmert. Manuel läßt sich in der Rue du Caire kaum blicken. Meist treibt er sich in Deauville oder Touquet oder sonstwo herum.«

»Mit Frauen?«

»Die werden ihm wohl nachlaufen, so wie er aussieht. Aber eine feste Bindung ist mir nicht bekannt. Der Chef schien ihn manchmal damit aufzuziehen.«

»Etwas ist erstaunlich. Monsieur Maurice war doch sehr verliebt in seine Frau und sehr eifersüchtig. Und da hat er sie ganz allein mit dem Zimmermädchen und der Köchin zu Hause gelassen? Also, wenn ich die Kassiererin richtig verstanden habe, hat er sie nicht einmal angerufen, und sei es nur, um ihr gute Nacht zu wünschen.«

»Das kann man so nicht sagen.«

»Wie meinen Sie das? Hat die Kassiererin gelogen?«

»Sie hat nicht gelogen, aber sie weiß auch nicht mehr als ich. Der Chef ist oft in sein Büro gegangen und hat sich ein

Amt dorthin geben lassen. Auf diese Weise konnte er doch telefonieren, mit wem er wollte.«

»Ist das oft vorgekommen?«

»Ein-, zweimal am Abend.«

»Und Sie glauben, er hat dann seine Frau angerufen?«

»Er hatte sicher auch Geschäftliches zu erledigen, aber er hat bestimmt auch mit ihr telefoniert.«

»Und wenn sie nicht zu Hause war?«

Der Oberkellner sah ihn an und schwieg.

»Ich vermute, das war nie der Fall«, sagte er leise nach einer kurzen Pause.

Es war nicht schwer zu erraten, was er dachte.

Die Kassiererin hatte inzwischen ihren Platz hinter dem kleinen Pult eingenommen und ordnete ihre Sachen.

»Sie erlauben, daß ich noch mit ihr spreche?«

»Fühlen Sie sich wie zu Hause, Herr Kommissar.«

Und als Maigret die beiden Bier bezahlen wollte, setzte er hinzu:

»Das geht auf Rechnung des Hauses.«

»Guten Abend, Mademoiselle.«

»Guten Abend, Herr Kommissar.«

»Sie sagten mir gestern oder vielmehr heute morgen, daß Monsieur Maurice selten eine Verbindung von Ihnen verlangt hat.«

»Das ist richtig.«

»Aber trotzdem hat er jeden Abend mit seiner Frau telefoniert?«

»Das weiß ich nicht. Manchmal hat er mich um ein Amt gebeten. In solchen Fällen konnte ich nicht wissen, mit wem er sprach.«

»War das immer zur gleichen Zeit?«

»Nie vor elf Uhr, aber sehr oft gegen halb eins.«

»Führte er auch Ferngespräche?«

»Gelegentlich. Das weiß ich durch die Telefonrechnungen. Es gehörte zu meinen Aufgaben, diese Rechnungen zu begleichen.«

»Rief er immer im selben Ort an?«

»Nein. Meistens telefonierte er allerdings mit einem kleinen Dorf, das ich nur mit Mühe auf der Karte gefunden habe: Les Eglandes, im Departement Oise.«

»Sie wissen, daß Sie statt eines Chefs eine Chefin bekommen werden?«

»Ich habe es erwartet.«

»Was halten Sie davon?«

»So etwas ist nie sehr angenehm. Aber wir werden ja sehen.«

Inzwischen hatten sich zwei Gäste an die Bar gestellt. Maigret und Janvier setzten sich ins Auto.

»Zum Quai, Chef?«

»Ich überlege, ob ich nicht besser nach Hause fahre, mich überfällt eine solche Müdigkeit! Es ist ungemein anstrengend, Fragen zu stellen, ohne zu wissen, wohin sie führen sollen.«

»Glauben Sie, daß der Mord an Marcia geplant war?«

»Nein... aber vielleicht ist dies auch eins der ungewöhnlichsten Verbrechen, die mir je vorgekommen sind.«

»Sie sprechen immer von den Brüdern Mori...«

»Weil ich die schon lange im Auge habe. Ich habe mir schon etwas dabei gedacht, als ich vorhin, zum großen Erstaunen von Madame Marcia, nach den Möbeln fragte.

Maurice war ein ungebildeter Mann, ohne jedes Kunstverständnis, und plötzlich, von heute auf morgen, füllt er seine Wohnung mit echten antiken Möbeln, die eigentlich in ein Museum gehören.«

»Die Schlösserbande?«

»Warum nicht? Soweit ich das beurteilen kann, ist nicht ein einziges geschmackloses Stück darunter. Ich sollte sie von einem Experten untersuchen lassen. Wenn all diese Möbel bei Antiquitätenhändlern gekauft wurden, dann muß es irgendwo Rechnungen geben.«

»Glauben Sie, daß Line Marcia Bescheid weiß?«

»Beschwören könnte ich es nicht, ich könnte aber auch das Gegenteil nicht beschwören. Sie hat so hartnäckig darauf bestanden, daß sie ihren Mann bei seinen Einkäufen nie begleitet hat ...«

Es herrschte Stoßverkehr, und sie brauchten fast eine dreiviertel Stunde bis zum Boulevard Richard-Lenoir.

»Bis morgen, Kleiner!«

»Bis morgen, Chef!«

Maigret wischte sich den Schweiß von der Stirn, bevor er die Treppe in Angriff nahm.

»Jemand hat dreimal angerufen, aber er wollte mir die Nummer nicht geben, unter der du ihn erreichen kannst. Er will es später noch einmal versuchen.«

»Eine Männerstimme oder eine Frauenstimme?«

»Es könnte beides gewesen sein. Er oder sie hat immer wieder gesagt, es sei von größter Wichtigkeit, es ginge um Leben und Tod.«

Und das ausgerechnet jetzt, wo er es sich an dem Tisch vor dem geöffneten Fenster gemütlich machen wollte!

3

Gegen neun Uhr klingelte das Telefon. Maigret stürzte zum Apparat und machte im Vorbeigehen den Fernseher aus.

»Hallo? Kommissar Maigret?«

Da war sie, die berühmte Stimme.

»Sie kennen mich nicht, aber ich kenne Sie. Ich habe Sie heute nachmittag gesehen, als Sie Line Marcia besuchten, und dann sind Sie ins ›Sardine‹ gegangen.«

Man hatte ihm gesagt, die Stimme könne sowohl zu einem Mann als auch zu einer Frau gehören. Ihm schien es die Stimme eines jungen Burschen im Stimmwechsel zu sein. Ihm fiel dabei ein – allerdings nicht ganz passender – Vergleich ein: die Stimme eines Nußknackers. Sie kippte andauernd von tief nach hoch und von hoch nach tief.

»Wer sind Sie?«

»Mein Name tut nichts zur Sache. Inspektor Louis weiß ihn auch nicht, obwohl ich ihn seit Jahren des öfteren anrufe. Ich habe heute versucht, ihn zu erreichen, aber er ist weder zu Hause noch im Büro. Deshalb wende ich mich direkt an Sie. Sagen Sie, wann nehmen Sie ihn fest?«

»Wen?«

»Das wissen Sie genausogut wie ich, Mori, Manuel Mori, um den Älteren geht es.«

Maigret hörte eine Münze fallen. Der Unbekannte rief ihn aus einer Telefonzelle an.

»Es ist dringend, Herr Kommissar, es geht dabei für mich um Leben und Tod. Sie haben Ihre Leute auf die beiden Brüder angesetzt. Ich habe sie sofort erkannt. Die Moris sind ausgekochte Burschen und haben es bestimmt auch gemerkt. Sie wissen also, daß jemand gesungen hat, und sie kennen mich. Sie werden mich wahrscheinlich sofort in Verdacht haben.

Ich flehe Sie an, nehmen Sie doch wenigstens Manuel fest, das ist der gefährlichere. Er hat auf Monsieur Maurice geschossen.«

»Warum?«

Plötzlich war Schweigen am anderen Ende der Leitung, und Maigret runzelte die Stirn. Er wartete noch eine Zeitlang, aber das Telefon blieb stumm. Auch das Geräusch der fallenden Münzen war nicht mehr zu hören. Es herrschte eine beängstigende Stille.

»Hat er dir gesagt, wer er ist?« fragte Madame Maigret.

»Nein. Er weiß etwas, und das ist gefährlich für ihn.«

Schließlich ging er verdrossen und beunruhigt ins Bett. Er hatte keine Möglichkeit, einen Mann zu schützen, von dem er weder den Namen kannte noch wußte, wie er aussah.

Am nächsten Tag war es bereits morgens sehr warm. Als er den Quai des Orfèvres betrat, bemerkte er Inspektor Louis, der auf einer Bank im Gang wartete.

»Wollen Sie zu mir?«

»Ja, Monsieur le Divisionnaire.«

»Haben Sie etwas von Ihrem barmherzigen Spitzel gehört?«

»Ja, er hat mich gestern abend noch spät angerufen. Er hat das Gespräch mit Ihnen abgebrochen, weil er durch die Scheibe der Telefonzelle jemanden bemerkt hat, von dem er lieber nicht gesehen werden wollte. Außerdem hat er mir angekündigt, daß er kein Lebenszeichen mehr von sich geben werde, wenn die Brüder Mori nicht verhaftet würden. Er wollte sich verstecken.«

»Glauben Sie wirklich, daß er in Gefahr ist?«

»Ja, sonst würde er es nicht sagen.«

»Was redet man denn so am Montmartre?«

»Einer von beiden hätte dran glauben müssen, Manuel oder Monsieur Maurice. Sie waren beide bewaffnet. Ich schätze, Mori war schneller.«

»Und der Grund für dieses Verbrechen?«

»Wenn ich mal hier und dort darauf zu sprechen komme, bleiben die Leute stumm und lächeln nur.«

»Meinen Sie, daß Mori der Geliebte von Line Marcia ist?«

»Daran habe ich auch gedacht. Wenn das stimmt, hat sie nicht nur ihr Vermögen, sondern wohl auch ihr Leben aufs Spiel gesetzt.«

»Waren Sie heute morgen in der Rue Ballu?«

»An der Tür war bereits ein Trauerbehang, und ständig gingen Leute ein und aus.«

»War Ihnen jemand bekannt?«

»Einige, ja. Kleine Kaufleute, die Chefs von einigen Restaurants, Animierdamen aus verschiedenen Nachtlokalen, Zuhälter ...«

»Ich würde mir das gern selbst mal ansehen.«

Er rief Janvier und beauftragte ihn, im Hof einen Wagen anzufordern.

»Kommen Sie mit, Monsieur Louis, Sie kennen die Leute besser als ich.«

In der Rue Ballu standen Leute in Gruppen beieinander auf dem Bürgersteig, als sollte die Beerdigung schon heute stattfinden. Der dramatische Tod von Monsieur Maurice war für den ganzen Montmartre ein Ereignis, und es wurde mit gedämpfter Stimme darüber gesprochen.

»Gehen wir hinein.«

Sie stiegen zur ersten Etage hinauf. Im Treppenhaus herrschte Stille. Die Tür zur Wohnung war angelehnt. In der Diele roch es nach Kerzen und Chrysanthemen. Es waren so viele Blumen und Kränze da, daß man sie gar nicht alle unterbringen konnte, und die Grünpflanzen wären gar nicht nötig gewesen, um den großen Salon zu schmücken.

Line stand mit starrem, undurchdringlichem Gesicht in großer Trauerkleidung an der Tür, neigte vor jedem Besucher den Kopf und drückte die Hände, die sich ihr entgegenstreckten.

Als sie Maigret erkannte, verzog sich ihr Mund zu einer verächtlichen Grimasse, als mache sie ihm zum Vorwurf, daß er gekommen war und nicht einmal den Tod respektierte.

»Mein aufrichtiges Beileid«, stotterte er.

»Ich muß es hinnehmen.«

Der Sarg war noch offen, und man konnte Maurice Marcia im Frack mit friedlichem Gesicht und, wie es schien, einem ironischen Lächeln auf den Lippen darin liegen sehen. Der Salon, ganz in Schwarz mit silbernen Tropfen, war durch ein Dutzend Kerzen erhellt, deren Geruch sich im ganzen Haus ausbreitete. Die Besucher blieben einen

Augenblick schweigend vor dem Toten stehen, der wie zu einem großen Fest gekleidet war.

»Kennen Sie jemanden?« flüsterte Maigret.

»Den einen und anderen Zuhälter. Den Chef vom ›Sans-Gêne‹ in Begleitung seiner Frau, sie leiten ihr Unternehmen gemeinsam.«

»Glauben Sie, daß das hier den ganzen Tag dauern wird?«

»Bestimmt, und die Kirche Notre-Dame-de-Lorette wird morgen zu klein sein.«

Eine Weile standen sie noch mit ein paar anderen auf dem Bürgersteig gegenüber und beobachteten die Besucher, die hineingingen und herauskamen.

»Da sind sie!«

Ein roter Jaguar hielt an der Straßenecke, und zwei junge Männer stiegen aus. Alle beide waren elegante, hübsche Burschen mit herausfordernden Mienen.

Sie waren bekannt, das wußten sie. Sie gingen mitten auf der Straße und grüßten mit Zurückhaltung nach rechts und links.

Als der Ältere Maigret erkannte, zögerte er einen Augenblick und ging dann auf ihn zu.

»Sie tun mir unrecht, Kommissar, daß Sie mich und meinen Bruder beobachten lassen. Ich könnte Ihnen diese Beschattung ersparen, indem ich Ihnen meinen Stundenplan liefere. Heute nachmittag zum Beispiel werde ich mich mit Jo in der Rue du Caire aufhalten, weil wir eine größere Lieferung erwarten, und morgen, nach der Messe, werde ich nach Bandol fahren.

Und Sie, mein lieber Louis, Sie können ruhig weiter in allen Ecken schnüffeln und sich Geschwätz anhören. Marcia hätte Besseres verdient als das!« Und sichtlich zufrieden mit sich betrat er zusammen mit seinem Bruder das Haus.

»Jetzt haben Sie mal erlebt, was das für ein Mensch ist!« sagte Inspektor Louis leise. »Ein junger Wolf mit spitzen Zähnen, der meint, er ist schlauer als wir alle!«

»Ich würde gern mal seine Concierge vernehmen.«

»Sie ist nur tagsüber da. Nachts tut ihr Mann Dienst. Er schläft auf einem Feldbett in der Portiersloge. Er heißt Victor und ist ein notorischer Trinker, der seine Tage damit zubringt, von einer Kneipe in die andere zu laufen.«

»Wäre es möglich, ihn irgendwo aufzutreiben?«

»Wir können es versuchen. Man müßte am Square La Bruyère und an der Place Saint-Georges anfangen.«

In jedem der Bistros trank Inspektor Louis einen Erdbeersprudel und Maigret ein Bier.

»Haben Sie Victor gesehen?«

»Er ist vor einer halben Stunde hier gewesen. Er muß mit seiner Sauftour gerade erst angefangen haben, er war noch nicht blau.« Als die beiden Männer ihn im sechsten Bistro antrafen, war er ernsthaft dabei, es zu werden.

»Nanu, der Inspektor Louis! Einen Erdbeersprudel für den Inspektor! Und Sie, der Dicke?«

Er war ein menschliches Wrack, wie man sie unter den Brücken findet. Sein Hemd stand offen, und eine seiner zerrissenen Hosentaschen hing heraus.

»Ich wette, Sie sind meinetwegen hier. Wer ist dieser Typ? Ein Doktor? Es wäre nicht das erste Mal. Sie versuchen mich einzusperren, und dabei bin ich der sanfteste Mensch auf der Welt.«

Er mußte lachen.

»Das ist Kommissar Maigret.«

»Den Namen hab ich schon gehört. Was will er von mir, der Kommissar Maigret?«

»Sie schlafen doch nachts in der Loge, nicht wahr?«

»Seit meine Frau krank ist und die Ärzte ihr Nachtruhe verordnet haben.«

»Wie viele Mieter wohnen in dem Haus?«

»Ich habe sie nicht gezählt. Zwei Wohnungen pro Etage und etwa drei Personen pro Wohnung. Zählen Sie selbst. Es ist schon lange her, daß ich mich mit Mathematik herumgeschlagen habe.«

»Manuel Mori ist Ihnen aber doch bekannt?«

»Das ist ein Kumpel, kann man wohl sagen.«

»Warum?«

»Weil er mir manchmal, wenn er nach Hause kommt, eine Flasche durchsteckt. Den anderen kommt gar nicht in den Sinn, daß ich Durst haben könnte.«

»Kommt er oft spät nach Hause?«

»Das hängt davon ab, was Sie spät nennen. Noch mal dasselbe, Gaston!«

Der Rotwein lief an seinem unrasierten Kinn hinunter.

»Mitternacht?«

»Was, Mitternacht?«

»Kommt er gegen Mitternacht nach Hause?«

»Oder gegen fünf Uhr morgens. Das kommt auf die Nächte an. Wenn sein Häschen ihn besuchen kommt...«

»Soll das heißen, daß er Frauen mitbringt?«

»Nein, Monsieur, er bringt nicht Frauen mit, sondern eine Frau.«

»Also immer dieselbe?«

»Also immer dieselbe, genau!«

»Groß?«

»Nicht ganz so groß wie er, aber größer als ich.«

»Schlank? Blond?«

»Warum sollte sie nicht schlank und blond sein?«

»Bleibt sie die ganze Nacht bei ihm?«

»Überhaupt nicht. Da irren Sie sich. Sie bleibt nie länger als eine, höchstens zwei Stunden.«

»Wissen Sie, wie sie heißt?«

»Ich bin ja nun nicht bei der Polizei. Und Sie? Wissen Sie denn vielleicht meinen Namen?«

»Victor.«

»Victor was? Glauben Sie, ich habe keinen Familiennamen wie jeder Mensch? Also, ich heiße Macoulet wie mein Vater und meine Mutter und bin bei Arras geboren. Was sagen Sie nun?«

»Steckt er Ihnen eine Flasche zu, wenn er mit ihr nach Hause kommt?«

»Moment, daran habe ich noch gar nicht gedacht. Das könnte sein. Das letzte Mal war es so.«

»Wann war das letzte Mal?«

»Gestern? Nein! Vorgestern. Ich komme immer mit der Zeit durcheinander, weil alle Tage und alle Nächte gleich sind. Es war die Nacht, als die Mieter aus der ersten Etage eine Party gegeben haben, wie sie das nennen. Die Decke über mir hat gebebt, und die Champagnerkorken haben nur so geknallt.«

»In welcher Etage wohnt Manuel Mori?«

»In der dritten. Das ist eine Wohnung, sage ich Ihnen! Die Möbel stammen nicht vom Trödler oder aus'm Kaufhaus! Das Schlafzimmer zum Beispiel ist ganz und gar mit gelber Seide bespannt. Was sagen Sie dazu?«

»Ist er gleichzeitig mit ihr gekommen?«

»Er kommt immer gleichzeitig mit ihr. Vielleicht hat er Angst, daß sie ihm einer abspenstig macht.«

»Ist in dieser Nacht noch jemand gekommen, als Mori und seine Begleiterin schon oben waren?«

»Lassen Sie mich nachdenken. Ich krieg immer solchen Durst, wenn ich nachdenken muß. Wenn Sie mir noch eine Flasche spendieren würden...«

Maigret machte dem Wirt mit der blauen Schürze ein Zeichen, Victor noch etwas zu bringen.

»Sehen Sie, ich achte nicht auf die Leute, die vorbeigehen. Sie läuten an der Haustür, aber ich werde nicht ganz wach. Das braucht aber der Verwalter nicht zu wissen. Der ist ein Esel. Gut. Die Leute kommen rein, sagen einen Namen und gehen an der Glastür vorbei. In dieser Nacht hat der Typ, der ganz alleine war, Mori gesagt, und ich dachte, das ist aber komisch, der ist doch gerade mit seinem Häschen nach Hause gekommen, aber vielleicht ist er noch mal weggegangen, um eine Flasche zu kaufen, oder vielleicht war es auch gar nicht er, sondern sein Bruder. Das sind ja zwei. Wissen Sie, daß es zwei sind? Er hat auf den Lichtknopf gedrückt und ist nach oben gegangen.«

»Die Treppe hinauf oder mit dem Fahrstuhl?«

»Das weiß ich nicht. Ich bin wieder eingeschlafen.«

»Haben Sie gesehen, ob er das Haus wieder verließ?«

»Zum Rausgehen kann man die Tür von innen selbst öffnen.«

»Haben Sie keinen Lärm gehört?«

»Aber ja! Die Bande im ersten Stock hat solchen Krach gemacht! Sie waren alle besoffen, auch die Frauen, die haben im Treppenhaus dermaßen gekreischt!«

»Sind Sie aufgestanden, um das zu sehen?«

»Nein. Ich habe gehört, wie die Tür zugefallen ist, und hab mich nicht weiter drum gekümmert.«

»Und das Häschen?«

»Welches Häschen? Sie machen einen Fehler, Kommissar, Sie reden von allem gleichzeitig. Meinen Sie jetzt die Leute aus der ersten Etage oder die Moris?«

»Ich meine Manuel Mori und seine Geliebte.«

»Gut. Das ist also jetzt klar, obwohl Sie den Bruder vergessen haben.«

»Hat er das Haus allein verlassen?«

»Der Bruder? Dabei weiß ich doch gar nicht, ob das der Bruder war.«

»Noch einen halben Liter!« bestellte Maigret, dessen Stirn sich mit Schweiß bedeckte. »Gut! Also sagen wir, der Besucher.«

»Ich habe nicht gehört, wie er an der Loge vorbeigegangen ist, als er rausging.«

»Und das Häschen?«

»Wenn Sie die kennen würden, würden Sie nicht Häschen sagen. Das ist eine richtige Dame.«

»Also gut. Und die Dame?«

»Sie ist nur noch eine halbe Stunde oben geblieben.«

»Haben Sie sie weggehen sehen?«

»Nein und noch einmal nein! Wenn ich jedesmal aufstehen soll, um mir die Leute anzusehen, die aus dem Haus gehen, dann brauch ich kein Bett.«

»Weiter! Ist Mori mit einem großen Paket die Treppe heruntergekommen?«

»Verzeihung! Nichts gesehen! Weder Mori noch das Paket. Ich habe nur gehört, wie das Auto angelassen wurde.«

»Das Auto von Mori?«

»Ja. Ein kleines rotes Auto, starker Motor, der macht beim Starten ungeheuren Lärm.«

»Wann ist er zurückgekommen?«

»Weiß ich nicht, aber als er seinen Namen im Vorbeigehen sagte, fand ich, daß die in der dritten einen reichlich oft stören. Ohne die Flasche hätte ich...«

»Haben Sie noch eine Flasche bekommen?«

»Nein. Aber die erste, das war kein Rotwein wie der hier, das war Cognac.«

»Vielen Dank, Victor!« rief Maigret zurück und in den Raum, nachdem er an der Theke die Zeche bezahlt hatte. Auf der Straße überlegte der Kommissar:

»Es sieht so aus, als ob Ihr Spitzel...«

»Wieso mein Spitzel?«

»Also der, der Sie hin und wieder anruft, um Ihnen einen Tip zu geben.«

»Ich habe ihn niemals darum gebeten. Ich kenne ihn gar nicht.«

»Das ist schade, denn er scheint sehr gut unterrichtet zu sein. Nach allem, was ich so höre, verstehe ich, daß er Angst hat. Trauen Sie den Moris zu, ihn umzubringen?«

»Oder ihn umbringen zu lassen. Die sind zu allem fähig.«

»Ich frage mich, ob ich mir nicht vom Untersuchungsrichter einen Haftbefehl ausstellen lassen soll.«

»Für beide?«

»Wenn der Jüngere so gefährlich ist wie Manuel...«

»Und was soll ich jetzt machen?«

»Sie hören sich weiter im Viertel um. Dort wird jetzt große Aufregung herrschen, und das sollten wir uns zunutze machen. Die Leute werden reden und sagen, was sie wissen.«

»Werden Sie sie heute festnehmen?«

»Ich will sie erst mal in der Rue du Caire besuchen.«

Zunächst ging Maigret aber in das Zimmer des Untersuchungsrichters mit Namen Bouteille. Das war ein Mann in den Fünfzigern, den Maigret seit langem kannte.

»Bringen Sie mir etwa den Mörder?«

»Noch nicht. Aber ich fange an, in der Sache etwas klarer zu sehen.«

Maigret erzählte, was er wußte. Die beiden Männer saßen sich gegenüber und rauchten jeder seine Pfeife.

Als Maigret geendet hatte, meinte der Richter:

»Das reicht als Beweisführung noch nicht aus.«

»Ich hätte gern bei meinem Besuch in der Rue du Caire eine Vorladung und einen Durchsuchungsbefehl in der Tasche.«

»Für beide Brüder?«

»Das wäre am besten. Ich weiß nicht, wo der Spitzel sich versteckt hält, und Jo scheint mir genauso gefährlich zu sein wie Manuel.«

Richter Bouteille wandte sich an seinen Protokollführer: »Fertigen Sie zwei Haftbefehle für die Brüder Mori, Manuel und Joseph, aus!« Maigret gab die Adresse von beiden an.

Der Richter begleitete ihn zur Tür.

»Die Sache wird Aufsehen erregen.«

»Das hat sie bereits.«

»Ich weiß, ich habe die Zeitungen gelesen. Eine fragt kurz und bündig: *War Maurice Marcia ein Gangsterboss? War ein Rivale sein Mörder?* Eine andere spielt auf die vielen kleinen Geheimnisse am Pigalle an und auf die Rolle der Polizei, die des öfteren ein Auge zuviel zugedrückt habe: *Die Untersuchung scheint schwierig zu werden, und man fragt sich, ob in dieser Geschichte je ein letztes Wort gesprochen werden kann. Das morgige Leichenbegängnis wird unter großer Beteiligung stattfinden, denn der Chef des ›Sardine‹ hatte viele Freunde, nicht nur in seinem Viertel, sondern überall in Paris. Allerdings werden nicht alle daran teilnehmen. Kommissar Maigret gibt keine Erklärung dazu ab. Zur Stunde weiß man noch nicht einmal, ob er morgen nach Bandol fährt. Er begnügt sich damit zu wiederholen: Die Untersuchung wird fortgesetzt.*«

In der Umgebung der Hallen hatte man noch nicht damit begonnen, die Flachbauten abzureißen, aber aller Betrieb hatte aufgehört und war nach Rungis verlagert worden. Die Rue du Caire war eine der zahlreichen Straßen, in der sich Grossisten, Lagerhäuser, Stundenhotels und schäbige Bistros befanden.

Von alledem würde wahrscheinlich in einem Jahr nur noch ein Schutthaufen übrig sein.

Als Maigret aus dem Taxi stieg, sah er zwei Polizeibeamte auf der Straße auf und ab gehen. Einen Moment fragte er sich, weshalb sie zu zweit waren, aber dann ging ihm auf, daß der eine ja auf Manuel Mori und der andere auf dessen Bruder Jo angesetzt war.

»Ihr wißt, daß ihr entdeckt seid, Kinder?«

»Deshalb verstecken wir uns ja auch nicht. Der Ältere ist ganz friedlich auf mich zugegangen, hat mir wie im Kino den Rauch von seiner Zigarette ins Gesicht geblasen und gesagt:

›Du brauchst dich nicht vor mir zu verstecken, Bulle, ich weiß, daß du da bist, und ich werde nicht versuchen, dich abzuhängen.‹«

Das Lagerhaus war ein langes, kahles Gebäude ohne Auslage, vor dem abends ein eiserner Vorhang heruntergelassen wurde. Ein Mann im grauen Arbeitskittel stand auf einem Lastwagen in der Mitte der Lagerhalle und warf einem anderen Kisten mit Obst zu, der sie auffing und an der Wand aufstapelte.

Die Hände in den Taschen und eine Zigarette im Mund, überwachte Jo Mori aus einiger Entfernung das Ausladen, schien dabei aber mit seinen Gedanken ganz woanders. Er runzelte die Stirn, als er Maigrets ansichtig wurde, machte aber keine Anstalten, ihm entgegenzugehen.

In der rechten Ecke der Halle, gleich an der Straße, befand sich ein verglastes Büro, wo Manuel, den Hut im Nakken, einen Stoß Rechnungen durchging. Er hatte den Kommissar zweifellos kommen sehen, aber er ließ sich nicht stören.

Maigret stieß die Tür auf, setzte sich auf den einzigen freien Stuhl und begann, sich eine Pfeife zu stopfen.

Manuel brach als erster das Schweigen und knurrte:

»Ich habe Sie erwartet.«

Maigret sagte immer noch nichts.

»Ich habe übrigens meinen Anwalt angerufen. Er findet auch, daß Sie zuviel reden, Sie und dieser Trauerkloß von einem Inspektor, der sich seit einer Ewigkeit am Montmartre rumtreibt. Sie stellen alle beide zu vielen Leuten zu viele Fragen.«

Maigret zündete sorgfältig seine Pfeife an und schien sich um seinen Gesprächspartner nicht zu kümmern.

»Manchmal setzt einen diese Fragerei genauso ins Unrecht wie eine Anklage, und damit wird sie zur Verleumdung.

Meinem Bruder und mir kann das ja egal sein, aber Sie ziehen auch andere Personen mit hinein. Und was den Floh betrifft, wenn der sich noch lange in Dinge einmischt, die ihn nichts angehen, dann könnte ihm dabei unter Umständen mal was zustoßen!«

Da hatte Maigret also jetzt endlich und ohne danach zu fragen durch einen der Mori-Brüder den Namen des Mannes erfahren, der ihn gestern abend angerufen hatte und der Inspektor Louis regelmäßig Auskunft gab.

»Wo waren Sie vorgestern nacht um halb eins?«

»Zu Hause.«

»Nein. Sie waren eine halbe Stunde vorher zu Hause, und Sie waren nicht allein.«

»Habe ich nicht das Recht zu empfangen, wen ich will?«

»Aber nicht, Leute abzuknallen, die zu Ihnen kommen.«

»Ich habe niemanden abgeknallt!«

»Und ich bin auch überzeugt, daß Sie keine Feuerwaffe besitzen, nicht mal einen zweiunddreißiger Revolver.«

»Was sollte ich damit?«

»In dieser Nacht hatten Sie jedenfalls Verwendung dafür. Von mir aus können Sie ruhig behaupten, Sie hätten in Notwehr geschossen.«

»Ich brauche mich gegen niemanden zu wehren.«

»Ich würde gern Ihre Wohnung durchsuchen.«

»Holen Sie sich eine Erlaubnis vom Untersuchungsrichter.«

Maigret zog sie aus der Tasche und hielt sie, ebenso wie die zwei Haftbefehle, Manuel hin.

Darauf war Manuel sichtlich nicht gefaßt gewesen. Er fuhr auf, und dabei fiel ihm die Asche seiner Zigarette auf den Anzug.

»Was soll das bedeuten?«

»Das, was so ein Schriftstück für gewöhnlich bedeutet.«

»Wollen Sie mich abführen?«

»Das weiß ich noch nicht. Wahrscheinlich schon. Weigern Sie sich immer noch, mir Ihre Wohnung zu zeigen?«

Er stand auf, versuchte sein Selbstbewußtsein zurückzugewinnen und öffnete die Tür einen Spalt.

»Jo! Komm doch mal einen Augenblick!«

Sein Bruder hatte das Jackett ausgezogen und die Ärmel seines weißen Hemdes hochgekrempelt.

»Weißt du, was diese Zettel zu bedeuten haben? Einer ist für mich und einer für dich und ein anderer für uns beide, ein Haussuchungsbefehl. Hast du etwa eine Leiche im Keller?«

Der jüngere der Moris ging auf den Scherz nicht ein und las die Befehle aufmerksam durch.

»Na, und?« fragte er dann, und es war nicht klar, ob

dies an die Adresse seines Bruders oder Maigrets gerichtet war.

»Wenn ich bei Ihrem Bruder fertig bin, fahre ich zu Ihrer Wohnung, wo Sie bitte solange auf mich warten.«

»Haben Sie einen Wagen?« fragte Manuel.

»Ein Taxi.«

»Soll ich Sie nicht mitnehmen?«

»Nein. Aber Sie folgen meinem Taxi, und keine Überholmanöver, bitte.«

Maigret hieß noch den Beamten zusteigen, der Manuel beschattet hatte.

»Wohin fahren wir?«

»Zu ihm, Square La Bruyère.«

»Er folgt uns.«

»Das habe ich von ihm verlangt.«

Es war ganz in der Nähe der Rue Fontaine. Auch die Wohnung von Marcia lag nur zwei Schritte vom Restaurant entfernt. Jo wohnte im ›Hôtel des Iles‹ in der Avenue Trudaine, keine fünf Minuten weiter.

»Die Beerdigung ist morgen, nicht wahr?«

»Morgen vormittag findet die Trauerfeier statt, ja, und danach wird er nach Bandol gebracht und dort beerdigt.«

Das Haus am Square La Bruyère war stattlich und modern und hatte sechs Etagen.

»Was soll ich jetzt machen, mit Ihnen hinaufgehen?«

»Es ist mir lieber, Sie warten unten.«

Der rote Jaguar hielt hinter dem Taxi.

»Ich zeige Ihnen, wo es langgeht.«

Als sie an der Loge vorbeigingen, bewegte sich der Vorhang.

»Dritte Etage.«

»Ich weiß.«

»Wäre es Ihnen unangenehm, den Fahrstuhl mit mir zusammen zu benutzen?«

»Gar nicht.«

»Es könnte ja sein, daß Sie Angst haben, ich bin jünger und stärker als Sie.«

Maigret sah ihn an, wie man ein großmäuliges Kind ansieht. Manuel zog einen Schlüssel aus der Tasche, schloß die Tür auf und ließ dem Kommissar den Vortritt.

»Wie Sie sehen, habe ich kein Personal. Eine Zugehfrau kommt jeden Tag zum Saubermachen. Aber weil ich morgens oft schlafe, kommt sie erst am Nachmittag.«

Der Salon war im Vergleich zu dem in der Rue Ballu nicht groß, aber genauso kostbar eingerichtet. Er führte in ein Speisezimmer, in dem ein Stilleben von Chardin hing, das Fasane in einem Korb darstellte und das nach Maigrets Dafürhalten echt sein mußte.

»Ist das ein Chardin?«

»Ich glaube.«

»Lieben Sie die Malerei?«

»Ich weiß sie zu schätzen. Wenn man Tomaten oder Obst verkauft, muß man deswegen ja noch kein Kunstbanause sein.«

Seine Stimme klang spöttisch.

In dem hellen, freundlichen Schlafzimmer, dem einzigen modernen Raum in der Wohnung, war das Bett nicht gemacht. Von da aus gelangte man in ein riesiges Badezimmer, das in der Mitte noch Platz für einen Punchingball hatte.

»Die Führung ist zu Ende. Sie haben alles gesehen.«

»Noch nicht. Im Schlafzimmer fehlt etwas.«

»Was?«

»In der Mitte des Raumes hat ein kleiner Teppich gelegen, der einen hellen Fleck auf dem Bodenbelag hinterlassen hat.«

Maigret bückte sich.

»Außerdem kann man in dem Bodenbelag noch Fasern in der Farbe des Teppichs finden, der jetzt verschwunden ist.«

»Suchen Sie ihn doch!«

»Ich mach mich doch nicht lächerlich! Sie gestatten.«

Er nahm den Telefonhörer ab und verlangte die Kriminalpolizei, dann das Labor.

»Sind Sie's, Moers? Hier spricht Maigret. Könnten Sie wohl mit zwei oder drei von Ihren Leuten zum Square La Bruyère kommen? Einer unserer Leute steht vor dem Haus. Kommen Sie in die dritte Etage... Was ich suche? Irgend etwas...«

Manuels Hochmut war wie weggeblasen.

»Sie werden die ganze Wohnung auf den Kopf stellen!«

»Das kann schon sein.«

»Ich kann Ihnen aber jetzt schon sagen, daß es diesen Teppich, von dem Sie sprechen, nie gegeben hat.«

»Nun, dann werden wir herausfinden, wozu diese farbigen Fädchen gehören.«

»Sie gehören zu dem Mantel einer Freundin...«

»Nein. Madame Marcia, Line, wenn Ihnen das lieber ist, ist eine Frau mit Geschmack, die trägt keinen grün-rot-gelben Mantel.«

»Ich nehme an, mein Anwalt hat das Recht, bei dieser Durchsuchung dabeizusein.«

»Ich habe nichts dagegen einzuwenden.«

Jetzt nahm Manuel den Hörer ab.

»Hallo! Könnte ich bitte mit Maître Garcin sprechen? Hier ist Manuel Mori. Es ist dringend.«

Er wurde nervös.

»Garcin? Hören Sie, mein Guter, ich rufe Sie von zu Hause aus an. Der Kommissar ist hier mit einem Durchsuchungsbefehl. Er hat auf dem Boden ein paar Fäden entdeckt, die ihm nicht gefallen. Darauf hat er sofort den Erkennungsdienst angerufen. Könnten Sie nicht herkommen?… Sie meinen also, ich muß es zulassen, daß die Leute meine Möbel und Schubladen durchwühlen? Das ist aber noch nicht alles. Er hat einen Haftbefehl für meinen Bruder und mich… Nein… Er hat gesagt, daß er noch nicht weiß, ob er ihn vollstreckt. Hören Sie, wenn ich Sie nicht bis, sagen wir, vier Uhr heute nachmittag angerufen habe, veranlassen Sie bitte alles Nötige, damit man uns wieder freiläßt. Ich habe keine Lust, die Nacht in Polizeigewahrsam zu verbringen. Außerdem ist morgen die Trauerfeier, und ich habe vor, danach zur Beerdigung nach Bandol zu fahren… Es geht ihr gut, ja… Danke, mein Lieber! Auf bald!«

Die Unterhaltung mit dem Anwalt hatte ihm seine Sicherheit zurückgegeben.

Zu seiner Verwunderung hörte er Maigret sagen:

»Wenn ich gewußt hätte, daß Sie nach Bandol fahren wollen…«

»Was hätte das geändert?«

»Dann hätte ich mir die Haftbefehle noch nicht geben lassen. Ich habe nicht an Line gedacht, die braucht wahrscheinlich jetzt Ihre Hilfe.«

»Was wollen Sie damit sagen?«

»Das, was jeder am Pigalle weiß. Sie haben nicht mehr zwei oder drei kleine Freundinnen pro Woche, so wie früher...«

»Mein Privatleben geht nur mich etwas an.«

»Sie können sich vielleicht erlauben, mit der Frau eines Freundes zu schlafen, aber nicht, ihm eine Kugel mitten ins Herz zu schießen.«

Es klingelte. Moers war gekommen, begleitet von zwei Männern, die kleine Handkoffer mitbrachten.

»Hier entlang, ins Schlafzimmer. Sie werden mir sicher sofort sagen können, was auf dieser hellen Stelle gelegen hat.«

»Ein Teppich, natürlich.«

»Und von dem stammen die Fasern auf dem Bodenbelag. Ich möchte, daß sie eingesammelt und untersucht werden. Die ganze Wohnung soll gründlich durchsucht werden. Es würde mich interessieren, ob sich Pläne von Häusern oder Schlössern oder Schriftwechsel mit auswärtigen Antiquitäten- und Bilderhändlern finden lassen.«

Diesmal gelang es Mori nicht, seine Betroffenheit zu verbergen.

»Was soll denn das nun wieder heißen?«

»Gar nichts. Es ist nur so ein Gedanke, aber vielleicht wird ja noch etwas daraus. Ich lasse Sie hier arbeiten, Moers, ich muß mich noch woanders umsehen. Dort brauche ich Sie dann vielleicht auch noch.«

Und zu Manuel gewandt:

»Ich gehe jetzt. Sie sind bis auf weiteres frei, aber es ist Ihnen untersagt, die Stadt zu verlassen.«

»Und Bandol?«

»Das werden Sie morgen früh erfahren.«

»Kann ich mit Line telefonieren?«

»Sie können auch hingehen.«

Manuel zuckte mit den Schultern.

»Da Sie ja nun schon alles wissen, hat es keinen Zweck mehr, es abzustreiten, um so weniger, als wir ja nichts Böses getan haben.«

»Ich wünsche es Ihnen.«

Einige Minuten später betrat Maigret das ›Hôtel des Iles‹; es war keine Luxuspension, aber behaglich eingerichtet und ungewöhnlich sauber.

Er wandte sich zum Empfang.

»Zu Jo Mori, bitte?«

Das junge Mädchen hinter dem Schreibtisch sah ihn lächelnd an:

»Zweite Etage, die Nummer zweiundzwanzig, Monsieur Maigret.«

»Hat er Ihnen gesagt, daß er mich erwartet?«

»Nein, er hat mir nur gesagt, daß er jemanden erwartet. Aber ich habe Sie gleich erkannt, als Sie zur Tür hereinkamen.«

Maigret nahm den Fahrstuhl und klopfte an der Zweiundzwanzig. Es wurde ihm sofort geöffnet. Im Türrahmen stand Jo, der eben von der Rue du Caire nach Hause gekommen war.

»Was haben Sie mit meinem Bruder gemacht?«

»Ich habe ihn da gelassen, wo er ist. Allerdings mit Beamten vom Erkennungsdienst, die die Wohnung genau durchsuchen.«

»Sie haben ihn nicht festgenommen?«

»Er soll Line morgen in Bandol beistehen. Werden Sie auch hinfahren?«

»Wahrscheinlich nicht. Von was für einer Line sprechen Sie?«

»Lassen Sie das, es hat keinen Zweck mehr. Ihr Bruder hat zugegeben, daß er mit ihr liiert ist.«

»Das glaube ich Ihnen nicht!«

Sie standen in einem kleinen hellgrauen, etwas altmodischen, aber sehr hübschen Salon. Jo hatte erst gezögert, dann nahm er den Hörer und wählte die Nummer seines Bruders.

Maigret hielt die Hände auf dem Rücken verschränkt und sah sich um, machte im Vorbeigehen eine Tür auf und stand unmittelbar vor einer jungen Frau, die nichts weiter als ein halboffenes Negligé auf ihrem Körper trug.

»Sie sind die Geliebte von Jo, nehme ich an? Die Frage erübrigt sich, da Sie sich in seinem Schlafzimmer befinden neben dem ungemachten Bett und Ihre Kleider da auf dem Sessel liegen.«

»Ist da was dabei?«

»Überhaupt nicht. Wie alt sind Sie?«

»Zweiundzwanzig.«

Hinter sich hörte er die Stimme von Jo:

»Er ist schon bei ihr... Ich habe noch keine Zeit gehabt... Und was ist mit dir? Läßt er dich wirklich nach Bandol fahren? Und stimmt es, daß du ihm wegen Line Bescheid gesagt hast?... Du hättest mich warnen sollen... Das weiß ich nicht... Er unterhält sich gerade im Schlafzimmer mit ihr. Du kennst sie, sie kann stundenlang reden ... Ich habe nun leider keine Taubstumme gefunden, die mir gefallen hätte.« Er legte hastig auf und erschien in der Schlafzimmertür.

Das junge Mädchen sagte gerade:

»Ich heiße Marcelle, Marcelle Vanier. Ich bin aus Béziers, aber ich bin schon in Paris, seit ich ...«

»Wie lange sind Sie schon mit Jo zusammen?«

»Einen Monat, aber ich mache mir da nichts vor, ich glaube kaum, daß ich noch einen Monat länger ...«

»Mach deinen Morgenrock zu!« hörte man die harte Stimme des jungen Mannes, und zu Maigret sagte er:

»Wenn Sie mir mitteilen würden, was Sie suchen, könnten wir Zeit sparen. Wie Sie wissen, habe ich einen Lastwagen, der gerade entladen wird, und danach muß die Ware ausgeliefert werden.«

Der Kommissar tat, als hätte er nicht gehört, und fuhr fort, Marcelle zu befragen:

»Wo waren Sie vorgestern nacht?«

»Um welche Zeit?«

»Ab elf Uhr abends.«

»Wir waren im Kino, Jo und ich, und sind danach sofort nach Hause gegangen, weil Jo müde war.«

»Um welche Zeit ist er angerufen worden?«

Sie öffnete den Mund, schloß ihn wieder und sah Mori fragend an.

»Da ist doch nichts Schlechtes dabei«, sagte der, »es war mein Bruder, der mich anrief, um mir zu sagen, daß er die Absicht habe, in den nächsten Tagen einen Ausflug aufs Land zu machen.«

»Nach Bandol?« fragte der Kommissar spöttisch.

»Nach Bandol oder auch woanders hin. Er hat es mir nicht gesagt.«

»Wenn er Bandol gesagt hätte, wäre das eine Weissagung gewesen, denn Maurice Marcia lebte zu diesem Zeitpunkt noch.«

»Was weiß ich davon!«

»Es hat gestern in allen Zeitungen gestanden, mit Angabe der Todesstunde, ungefähr dreißig Minuten nach Mitternacht.«

»Das ist schon möglich, aber es interessiert mich nicht.«

»Haben Sie gar keine Bilder hier?«

»Was für Bilder?«

»Das weiß ich nicht. Es gibt in diesem Fall aus irgendeinem Grund besonders viele Liebhaber von Bildern.«

»Ich gehöre nicht dazu.«

»Und die Möbel sind Möbel der Pension?«

»Was sollten sie sonst sein?«

»Bewahren Sie Ihre Rechnungen und die Geschäftspapiere hier auf?«

»Die sind selbstverständlich im Büro in der Rue du Caire.«

»Arbeiten Sie, Mademoiselle Marcelle?«

»Im Augenblick nicht.«

»Was haben Sie gemacht, bevor Sie diesen Jungen trafen?«

»Ich war Bardame in der Rue de Ponthieu. Wahrscheinlich war es dumm von mir, dort aufzuhören.«

»Das glaube ich auch.«

»Was raten Sie mir jetzt?«

»Also hören Sie mal!« unterbrach Jo mit geballten Fäusten.

»Langsam, mein Kleiner! Ich verhafte Sie heute noch nicht, Sie können Ihr Leben noch genießen. Aber daß Ihnen nicht in den Sinn kommt, Paris zu verlassen! Ach ja, und noch eins: Krümmen Sie dem Floh kein Haar, wenn er Ihnen über den Weg läuft! Das würde Sie teuer zu stehen kommen.«

Maigret stopfte im Hinuntergehen seine Pfeife. Das junge Mädchen am Empfang hatte er ganz vergessen, und so war er völlig überrascht, als ihm eine helle, fröhliche Stimme »Auf Wiedersehen, Monsieur Maigret!« nachrief.

4

Am Quai des Orfèvres angekommen, rief Maigret sofort Janvier in sein Büro.

»Gibt es was Neues im Fall Marcia?«

»Nur ein Anruf von Inspektor Louis, der gern mit Ihnen sprechen würde.«

»Ist er in seinem Büro?«

»Nein, er ist um halb eins im ›Restaurant du Rhône‹ am Boulevard Clichy verabredet.«

»Kommst du mit mir zum Mittagessen?«

»Gern. Das paßt heute gut. Meine Frau ist bei ihrer Mutter, und ich hätte sowieso im Restaurant essen müssen.«

Der Kommissar rief Madame Maigret an.

»Ich habe zuviel zu tun und kann deshalb heute nicht nach Hause kommen.«

Sie hatte damit gerechnet. Jedesmal, wenn eine Untersuchung an einem bestimmten Punkt angelangt war, schwänzte er das Mittagessen zu Hause und aß mit einem seiner Mitarbeiter in der ›Brasserie Dauphine‹. Das war seine Art, dranzubleiben. Die beiden Männer gingen zu Fuß zur Brasserie und stellten sich an den Tresen, wo sich bereits Kollegen vom Quai des Orfèvres einen Aperitif genehmigten.

»Heute«, brummte Maigret, »hätte ich mal zur Abwechslung gern einen kleinen Pastis.«

Das kam selten vor. Seit er bei seinem alten Freund Pardon in Behandlung war, trank er viel weniger als früher, und es kam sogar vor, daß er seine Pfeife für eine ganze Weile unangezündet im Mund behielt.

»Weißt du, was Louis von mir will?«

»Sie kennen ihn doch, er tut immer so geheimnisvoll.«

»Er ist ein erstaunlicher Mann, aber ich könnte ihn nicht in die Brigade nehmen. Er muß allein arbeiten.«

Der Wirt gab ihnen die Hand. Er war im Laufe der Zeit völlig kahl geworden, aber weil das ganz allmählich gekommen war, fiel es nicht weiter auf.

»Was gibt es zu essen?«

»Bratwurst. Aber wenn Sie lieber ein Steak wollen...«

»Bratwurst«, entschied Maigret.

»Für mich dann auch«, meinte Janvier.

Sie betraten den Speisesaal, in dem nur vier Tische besetzt waren, zwei von Rechtsanwälten. Man war unter sich. Maigret hatte seine Ecke am Fenster, von wo aus er die Seine und die Schiffe beobachten konnte. Auch durch das Fenster in seinem Büro konnte er die Schiffe vorbeifahren sehen, und nach den mehr als dreißig Jahren hatte er das Schauspiel noch immer nicht satt.

»Sei so nett und ruf Orly an, wenn wir zurück sind. Ich hätte gern einen Platz in einem Flugzeug nach Marseille, am besten mittags.«

»Sie fahren nach Bandol?«

»Ja. Privat, wohlgemerkt, denn es liegt ja außerhalb unserer Zuständigkeit.«

»Es gibt bestimmt einen Inlandflug.«

»Es ist jetzt halb eins. Ruf bitte auch Inspektor Louis an

und sage ihm, er möchte in mein Büro kommen, wenn er zu Mittag gegessen hat.«

Bereits um ein Uhr fünfzehn saß der Witwer dem Kommissar gegenüber. Draußen, vor dem geöffneten Fenster, rauschte das Laub im Wind. Maigret hatte sein Jackett ausgezogen. Louis trug wie immer seinen schwarzen Anzug mit schwarzer Krawatte.

»Heute morgen erhielt ich einen Anruf von der Freundin meines anonymen Gesprächspartners.«

Maigret konnte ein Lächeln nicht unterdrücken.

»Ihren Namen hat sie nicht genannt. Sie macht sich Sorgen, weil ihr Freund seit achtundvierzig Stunden kein Lebenszeichen mehr von sich gegeben hat.«

Maigret wartete gelassen das Weitere ab.

»Dann geht ein Gerücht um: Mindestens drei oder vier Gangster haben es plötzlich für nötig befunden, vom Montmartre zu verschwinden, und ganz zufällig sind das Freunde der Brüder Mori.«

»Ich habe gleichfalls Neuigkeiten für Sie, Inspektor. Ich weiß, wer Ihr anonymer Gesprächspartner ist.«

Louis lief puterrot an. Das konnte doch nicht sein, daß der Kommissar innerhalb von vierundzwanzig Stunden etwas herausbekommen hatte, was ihm über Jahre nicht gelungen war.

»Wer ist es?«

»Kennen Sie den Floh?«

»Jeder am Montmartre kennt ihn.«

»Der ist es. Ich habe es von Manuel Mori erfahren, der sich versprochen hat oder annahm, ich wüßte es.«

Maigret kannte den Mann seit fast dreißig Jahren. Er

wurde der ›Floh‹ genannt, weil er keine ein Meter fünfzig groß war. Sein Gesicht wurde durch einen riesigen Mund entstellt, der von einem Moment auf den andern und als sei er aus Gummi die absonderlichsten Grimassen schneiden konnte. Er hatte als Piccolo im ›Rat de Cave‹ angefangen, einem einstmals sehr eleganten Nachtlokal am Place Pigalle, wo man im Smoking oder Abendkleid hinging. Damals trug er noch eine rote Uniform mit kurzer Jacke und ein goldbetreßtes Käppi und stand sprungbereit an der Tür, um irgendwelche Botengänge für die Gäste übernehmen zu können.

Das ›Rat de Cave‹ gab es nicht mehr. Der Floh, Justin Crotton mit bürgerlichem Namen, hatte mehrere Jahre in der Brasserie der Rue Victor-Massé gearbeitet, die die Stammkneipe der Bandenchefs aus dem Viertel war. Noch genauso mager, genauso flink wie ehedem, verstand er es, sich überall einzuschmuggeln. Sein Gesicht hatte Falten bekommen. Von weitem hätte man ihn für einen jungen Burschen halten können, doch aus der Nähe sah man ihm seine fünfundvierzig oder sechsundvierzig Jahre schon an.

»Und ich habe seine Stimme nicht erkannt!« jammerte Louis.

»Er hat sie sicher verstellt.«

»Trotzdem! Jetzt, wo Sie es sagen, fällt es mir wie Schuppen von den Augen. Es ist unverzeihlich, daß ich nicht an ihn gedacht habe!«

»Wovon hat er in letzter Zeit gelebt?«

»Er lebt mit einer Animierdame vom ›Canari‹ zusammen, in der Rue Fromentin.«

»Zuhälter?«

»Mehr oder weniger. Ich weiß es nicht. Es ist schon merkwürdig von einem hübschen Mädchen, sich mit diesem Krüppel zusammenzutun. Er ist in Paris geboren, am Boulevard de Chapelle. Ich brauche Ihnen wohl nicht zu sagen, was seine Mutter von Beruf war. Sie hat ihn zu einer ihrer Schwestern nach Saint-Mesmin-le-Vieux in der Vendée geschickt. Mit vierzehn Jahren ist er nach Paris zurückgekommen und hat versucht, sich hier durchzuschlagen.«

»Er ist in Gefahr!« sagte Maigret mit Nachdruck.

»Glauben Sie, die Moris würden es wagen...«

»Die halten sich da raus. Sie haben genug Killer an der Hand, die sie von dem unliebsamen Zeugen befreien können.«

Inspektor Louis konnte es noch immer nicht fassen:

»Der Floh! Keiner mißtraut ihm, und jeder hält ihn für einen harmlosen Wicht, für einen Jungen mit Falten im Gesicht, und nimmt ihn nicht für voll. Oft ist er mit ganz üblen Burschen zusammen, die keine Geheimnisse vor ihm haben. Sein sehnlichster Wunsch ist es wohl immer gewesen, einer der ihren zu sein. Ich würde mich nicht wundern, wenn sie ihn nicht gelegentlich zum Schmierestehen benutzten.«

»Wie heißt seine Freundin?«

»Blanche Pigoud... Rue Fromentin 28, gleich um die Ecke vom Boulevard Clichy, wo ich zu Mittag gegessen habe.«

»Kennen Sie sie?«

»Nur vom Sehen. Sie hat sich nie etwas zuschulden kommen lassen.«

»Sicher geht sie erst in den frühen Morgenstunden ins

Bett. Dann haben wir ja vielleicht Glück und treffen sie zu Hause an.«

»Wenn heute nicht ihr ›Friseurtag‹ ist. Diese Mädchen stehen nämlich nur zeitig auf, wenn sie zum Friseur gehen.«

Maigret rief Janvier herein.

»Willst du mitkommen? Wir gehen noch mal zum Montmartre.«

»Soll ich einen Wagen anfordern?«

»Klar.«

Sie brachen zu dritt auf. Es war ein strahlender Maitag, ein bißchen zu warm für die Jahreszeit. Es würde sicher ein Gewitter geben.

Die Rue Fromentin lag friedlich da. Die Nummer 28 war ein verhältnismäßig neues und ruhiges Haus.

»Sollen wir zu dritt hinaufgehen?«

»Ich gehe erst mal allein, um sie nicht zu erschrecken. Na ja, vielleicht ist es richtiger, wenn Inspektor Louis mich begleitet, ihn hat sie schließlich angerufen.«

»Zweite Etage, zur Straße hin«, sagte ihnen die Concierge.

Im Treppenhaus hing ein penetranter Küchendunst, und irgendwo weinte ein kleines Kind. Maigret drückte auf den Klingelknopf. Es dauerte eine Weile, bis eine junge, etwas dralle Frau die Tür einen Spalt öffnete. Sie trug ein dünnes Negligé und nichts darunter.

Sie erkannte Inspektor Louis sofort.

»Haben Sie ihn gefunden?«

»Noch nicht. Aber Kommissar Maigret hätte gern mit Ihnen gesprochen.«

»Entschuldigen Sie meinen Aufzug, ich habe gerade geschlafen, ich hab mir noch nicht einmal die Haare gekämmt.«

»Lassen Sie sich Zeit!« erwiderte Maigret gutmütig.

Das Mädchen war ungefähr fünfundzwanzig Jahre alt, hatte ein offenes, beinahe naives Gesicht, und das Leben, das sie führte, hatte noch keine Spuren darauf hinterlassen.

»Kommen Sie herein, setzen Sie sich! Ich bin sofort wieder da.«

Sie ging in ein Zimmer, das zum Badezimmer führen mußte.

Maigret kannte aus Erfahrung die Wohnungen solcher Mädchen, für die bürgerliche Kreise nur ein Naserümpfen übrig hatten. Sonst wäre er überrascht gewesen über die behaglich eingerichtete Wohnung. Die Möbel, die man in der gleichen Art in vielen Pariser Wohnungen finden konnte, waren sorgfältig poliert, ebenso das Parkett, das einen leisen Geruch nach Bohnerwachs verströmte.

Maigret stieß eine Tür auf und blickte in eine tadellos saubere und aufgeräumte Küche.

»Möchten Sie eine Tasse Kaffee?« fragte die junge Frau, als sie wieder zurückkam. Sie trug immer noch das Negligé, hatte nur das Gesicht frisch gemacht und etwas Rouge aufgelegt.

»Nein, danke.«

»Erlauben Sie, daß ich für mich einen aufsetze? In unserem Beruf ist man gezwungen, andauernd etwas zu trinken. Wenn es sich einrichten läßt, stellt mir Bob kalten Tee hin, der wie Whisky aussieht, aber das geht nicht bei allen Kunden. Wenn Sie möchten, es ist Bier im Kühlschrank. Justin trinkt Bier sehr gern. Er hofft immer, daß er dann zunimmt. Wußten Sie, daß er keine zweiundvierzig Kilo wiegt? Er wäre beinahe Jockey geworden, aber er hat es nur zwei Tage ausgehalten, weil er Angst vor Pferden hat.«

»Und vor den schweren Jungs vom Pigalle hat er keine Angst?«

Sie betätigte eine Kaffeemaschine. Die Küche war mit den modernsten Geräten ausgestattet.

»Sie haben mir wegen des Biers nicht Bescheid gesagt.«

»Ich trinke gern ein Glas.«

»Ihr Inspektor trinkt ja nur Erdbeersprudel, und das hab ich nicht da.«

»Woher wissen Sie, daß er nur Sprudel trinkt?«

»Er kommt manchmal ins ›Canari‹, wenn er seine Lauschtour durch die Bars macht. Er weiß viel mehr, als man denkt.«

»Wußten Sie von den Anrufen von Floh?«

»Nicht wirklich, nein.«

Sie trug ihren Kaffee in den Wohnraum, und Maigret folgte ihr mit seinem Bierglas.

»Er ist schon ein seltsamer Junge. Inspektor Louis kann Ihnen das bestätigen, nicht wahr, Inspektor?«

»Ich habe mich immer gefragt, warum Sie sich mit ihm zusammengetan haben.«

»Erstens, weil ich die meisten Zuhälter nicht riechen kann. Im Grunde wollte ich im Leben nichts weiter als eine biedere Hausfrau sein, und am wohlsten fühle ich mich, wenn ich meinen Haushalt machen kann.«

Sie hatten es sich in den Sesseln bequem gemacht.

»In meinem Beruf braucht man eben einen Mann.«

»Selbst wenn er wie Justin Crotton eine Mißgeburt ist?«

»Glauben Sie das nicht! In mancher Beziehung ist er vielleicht ein Kind geblieben, aber er hat mehr Grips, als man gemeinhin annimmt.«

Es störte sie nicht, daß ihr Negligé wieder aufgegangen war und ihre helle Haut sehen ließ, die sich bestimmt sehr zart anfühlte.

»Es ist immer sein Traum gewesen, ein richtiger Ganove zu werden, und deshalb wollte er zuerst mal Zuhälter sein, wie die meisten.«

»Und ist er das im Augenblick?«

»Ich lasse ihm den Glauben, das stärkt sein Selbstbewußtsein. Er macht es noch genauso wie früher, ist mal diesem, mal jenem behilflich. Manchmal setzt er mir gegenüber sein geheimnisvolles Gesicht auf und sagt:

›Wundere dich bitte nicht, wenn ich ein, zwei Nächte nicht nach Hause komme. Wir drehen da ein ganz großes Ding.‹«

»Stimmt das dann?«

»Es stimmt insoweit, als irgendwo eine Bande einen Coup vorhat, aber er ist nie dabei. Ich habe allerdings nicht geahnt, daß er den Inspektor über solche Dinge unterrichtet. Auch das wertet ihn in seinen Augen auf.«

»Hat er mit Ihnen über das gesprochen, was in den letzten zwei Tagen geschehen ist?«

»Nicht wirklich. Vorgestern morgen ist er ganz aufgeregt nach Hause gekommen:

›Heute nacht hat es eine Schießerei gegeben, eine, die wird durch alle Zeitungen gehen und viel Wirbel machen.‹

›Ein Einbruch?‹ hab ich ihn gefragt.

›Schlimmer als das. Ein Mord! Und das Opfer ist eine der bekanntesten Personen im Viertel.‹

›Weißt du, wer es ist?‹

›Es wird bald in allen Zeitungen stehen: Monsieur Maurice‹, sagte er.

›Der Inhaber des ‚Sardine'?‹

›Ja. Ich bin der einzige, außer dem Mörder und seiner Geliebten, der weiß, wer es war.‹

›Ich möchte lieber nicht wissen, wer es ist‹, hab ich ihm da gesagt.«

Sie hatte sich eine Zigarette angezündet, als sie aus dem Badezimmer kam, und nahm sich jetzt eine zweite.

»Ich habe ihn gefragt, was er denn jetzt tun will, und er hat mir gesagt: ›Mach dir um mich keine Sorgen!‹

›Wirst du den Typ verpfeifen?‹

›Du kennst mich doch, das ist nicht meine Art.‹

›Und er hat keine Ahnung, daß du Bescheid weißt?‹

›Wenn er es wüßte, würde ich hier nicht alt.‹«

Sie schwieg einen Augenblick und blies den Rauch aus.

»Das war ein ganz großer Tag in seinem Leben.

›Wenn ich dir sagen würde, wer es gewesen ist! Einer der größten Häuptlinge vom Montmartre. Und seine Geliebte ist…‹

›Sag mir bitte nichts mehr!‹

›Na gut. Du wirst die Geschichte sowieso durch alle Zeitungen erfahren, das heißt, wenn die Zeitungen es wagen, so was zu veröffentlichen.‹

Bald darauf ist er gegangen, und seitdem habe ich nichts

mehr von ihm gehört. Abends im ›Canari‹ haben mich zwei Männer, die ich nicht kannte, ganz komisch angesehen und mich nicht aus den Augen gelassen.

Ich saß wie immer an der Bar. Ich habe dort einen Kunden aus der Provinz getroffen, der mich jedesmal besucht, wenn er in Paris ist. Wir sind ins Hotel gegangen, und als wir wieder rauskamen, ging einer der beiden Männer vor dem Haus auf und ab.

Zuerst habe ich Angst um den Floh gehabt – jeder nennt ihn so, und ich inzwischen auch schon. Er ist übrigens sehr stolz darauf und hält sich für eine Berühmtheit. Es macht ihm Spaß, Grimassen zu schneiden und die Leute zum Lachen zu bringen.«

»Er hat mich angerufen«, ließ sich Inspektor Louis vernehmen.

»Das habe ich mir schon gedacht. Das erklärt seine Heimlichtuerei und seine rätselhaften Sprüche beim Weggehen. Ist er wirklich in Gefahr?«

»Unbedingt«, antwortete ihr Maigret. »Der Mörder von Monsieur Maurice weiß, daß der Floh ihn verraten hat.«

»Und was ist mit mir? Glauben Sie, daß sie sich auch an mir vergreifen werden?«

»Werden Sie noch weiter verfolgt?«

»Gestern nacht war wieder einer von den Männern im ›Canari‹. Er ist ans Telefon gerufen worden, dann hat er mir einen drohenden Blick zugeworfen und ist weggegangen.«

»Wenn mich nicht alles täuscht, setzen sie sich zur Zeit alle ab.«

»Und die Brüder Mori?«

»Was wissen Sie denn von denen?«

Weder im Radio noch in den Zeitungen war von ihnen die Rede gewesen.

»Das ganze Pigalle spricht von nichts anderem. Sind die auch verduftet?«

»Nein. Wir behalten alle beide im Auge.«

»Glauben Sie, die waren das?«

»Ich kann Ihnen diese Frage nicht beantworten. Wann verlassen Sie gewöhnlich das Haus?«

»Zwischen zwei und drei. Ich gehe dann hier in der Umgebung einkaufen, weil ich so gern koche. Abends um sechs mache ich mich für die Arbeit zurecht und geh ins ›Canari‹. Dort setz ich mich an die Bar und warte. Manchmal muß ich zwei Stunden warten, manchmal auch nur ein paar Minuten, aber es kommt vor, daß ich den ganzen Abend warte, bis sie zumachen.«

»In einer Stunde steht unten ein Polizist in Zivil. Wundern Sie sich nicht, wenn Ihnen jemand folgt. Er wird alles daran setzen, um Sie zu beschützen.«

»Kann ich denn morgen zur Totenmesse gehen? Alle gehen hin!«

»Meinetwegen. Ich werde auch da sein und Ihr Schutzengel auch.«

»Schutzengel? Das ist ja wie in der Bibel!«

Die beiden Männer erhoben sich.

»Sobald Sie irgend etwas erfahren, rufen Sie die Kriminalpolizei an. Verlangen Sie mich oder einen von meiner Abteilung. Inspektor Louis ist selten in seinem Büro.«

»Vielen Dank, Herr Kommissar! Auf Wiedersehen, Inspektor! Wenn Sie etwas von Justin hören ...«

»Ich hoffe, wir hören nichts von ihm. Er weiß, daß er in

Gefahr ist, und hat sich versteckt. Er ist bestimmt nicht weit weg. Er kennt den Montmartre wie seine Westentasche, und es gibt hier Winkel, wo sich einer wie er wochenlang verkriechen kann, ohne entdeckt zu werden.«

»Hoffen wir's«, seufzte sie und klopfte auf das Holz des Tisches. Janvier erwartete sie unten auf der Straße.

»Na?«

»Sie hat Angst, das merkt man, und da hat sie nicht ganz unrecht. Angst um ihren Floh und Angst um sich selbst. Ich habe ihr versprochen, daß in einer Stunde ein Mann aus der Brigade vor ihrem Haus stehen und ihr überallhin folgen wird. Vergiß nicht, das zu veranlassen, sobald wir am Quai sind! Es müßte einer sein, der elegant genug ist, um in einem Nachtlokal nicht aufzufallen.«

Maigret wandte sich an Louis:

»Sie halten solange hier Wache! Sobald unser Inspektor da ist, sind Sie wieder frei.«

»Geht in Ordnung, Monsieur le Divisionnaire.«

Als sie im Auto saßen, fragte Janvier:

»Wie ist sie denn?«

»Eine hübsche Person. Und wenn sie nicht mit siebzehn oder achtzehn Jahren in diese Sache reingerutscht wäre, dann hätte eine großartige Ehefrau und Hausfrau aus ihr werden können.«

»Wußte sie Bescheid?«

»Über die Anrufe vom Floh? Erst seit zwei Tagen. Es ist erstaunlich. Da konnte dieser Geck mit dem Clownsgesicht jahrelang für Inspektor Louis herumschnüffeln, ohne daß ein Verdacht auf ihn fiel. Diese Rolle muß sein Selbstgefühl über die Maßen gestärkt haben. Immer wenn ein Bösewicht verhaftet wurde, konnte er sich sagen: ›Das verdanken sie mir!‹ Und so war's auch!«

Im Lauf des Nachmittags stieg Maigret bis unter das Dach des Palais de Justice hinauf, wo sich das Reich von Moers befand: das Labor des Erkennungsdienstes.

In neun von zehn Fällen wurden die Spezialisten gebraucht, nicht nur wegen der Fingerabdrücke. Und trotzdem arbeitete nur ein knappes Dutzend Männer in weißen Kitteln in den Räumen mit den abgeschrägten Wänden.

»Ich fürchte, es ist noch zu früh für etwaige Ergebnisse?«

Moers war ein bescheidener, schmächtiger Mann in einem ewig zerknitterten Anzug. Er gehörte schon so lange zum Quai, daß man sich den Erkennungsdienst ohne ihn gar nicht mehr vorstellen konnte. Er hielt sich rund um die Uhr zur Verfügung. Allerdings war er Junggeselle, und in seiner Studentenbude im Quartier Latin wartete niemand auf ihn.

»Eins steht fest«, sagte er mit seiner etwas monotonen Stimme, »jemand hat erst kürzlich, wahrscheinlich gestern nachmittag, alle Möbel poliert und die Türklinken, die Aschenbecher und die kleinsten Gegenstände gründlich gesäubert und somit sämtliche Fingerabdrücke beseitigt.

Die einzigen, die wir abnehmen konnten, waren die des Mieters, Manuel Mori, von dem ich eine Eintragung im Strafregister gefunden habe, und die der Putzfrau, die gestern – wie mir die Concierge bestätigte – am Square La Bruyère saubermachte. Ihre Fingerabdrücke habe ich allerdings auch gefunden, Kommissar.«

»Und ist bestimmt nichts übersehen worden?«

»Bestimmt nicht. Man könnte meinen, da wäre ein Fachmann am Werk gewesen.«

»Allerdings. Wann ist die Eintragung ins Strafregister gemacht worden?«

»Vor vierzehn Jahren.«

»Einbruch?«

»Während der Ferienzeit in eine Villa in der Avenue Hoche.«

»Wurde er verurteilt?«

»Er war erst achtzehn, und damals war sein Strafregister noch leer. Außerdem war er nur Mitläufer. An dem Einbruch waren fünf Leute beteiligt.«

»Ich erinnere mich dunkel an die Sache. Aber ich habe mich damals nicht persönlich damit befaßt.«

»Er hat ein Jahr Gefängnis bekommen.«

»Gibt es irgendein Anzeichen dafür, daß eine Frau die Wohnung einschließlich des Schlafzimmers regelmäßig besucht hat?«

»Alle Wandschränke sind geradezu peinlich sauber, kann ich Ihnen sagen, nirgendwo Spuren von Puder, Hautcreme oder Frauenhaar.«

»Und der Teppich?«

»Dorin ist zweifellos einer der besten Spezialisten der Welt. Für pflanzliche oder tierische Fasern. Das ist seine Marotte. Er hat eine Stunde lang den Fußboden mit der Lupe abgesucht und hat ein Bündel kaum sichtbarer Fasern gefunden. Er hat stundenlang daran gearbeitet. Wenn ich Fasern sage, so meine ich Seidenfasern. Sie sind sehr alt, mindestens dreihundert Jahre, und Dorin schwört Stein und Bein, daß sie von einem chinesischen Teppich stammen. Er ist immer noch mit der Analyse seines Fundes beschäftigt und hofft, ihn ganz genau bestimmen zu können.«

Maigret liebte die Atmosphäre in diesen Mansardenräumen, wo fern von der Öffentlichkeit in aller Stille gearbeitet wurde. Jeder wußte, was er zu tun hatte. Neben einem Dachfenster stand eine Gliederpuppe aus Draht, die zum Nachstellen von Verbrechen diente, beispielsweise um zu ermitteln, in welcher Stellung sich ein Mensch befunden hatte, der erstochen worden war, oder aus welcher Richtung eine Kugel gekommen war, die ihn getötet hatte.

»Wenn es morgen etwas Neues gibt, wenden Sie sich an Janvier. Ich bin in Bandol.«

Moers konnte sich Ferien an der Côte d'Azur niemals leisten, und für ihn mußte Bandol ein ferner Wunschtraum sein.

»Dort wird Ihnen aber heiß werden«, war alles, was er dazu äußerte.

Als Maigret seiner Frau beim Mittagessen verkündete, daß er nach Bandol fliegen werde, sagte sie lächelnd:

»Ich wußte es.«

»Woher?«

»Im Radio ist vorhin gesagt worden, daß die Beerdigung morgen nach der Totenmesse in der Kirche Notre-Dame-de-Lorette auf dem Friedhof in Bandol stattfinden wird. Was hoffst du dort zu entdecken?«

»Nichts Endgültiges, vielleicht ein Indiz, irgend etwas. Ich fliege aus demselben Grund dahin, aus dem ich an der Totenmesse teilnehme.«

»Da wird dir aber heiß werden.«

»Es kann sein, daß ich dort übernachten muß. Das hängt vom Flugplan ab. Ich möchte nicht riskieren, mit dem Zug zurückzukommen.«

»Ich packe dir deinen kleinen blauen Koffer.«

»Gut. Nur Wäsche und meine Toilettensachen.«

Er hatte etwas Gewissensbisse, so auf Kosten der Steuerzahler in den Süden zu reisen, denn unbedingt nötig wäre es nicht gewesen. Wenn er Pech hatte, würde sich die Reise als völlig ergebnislos erweisen.

Er schlief friedlich, wie das bei ihm fast immer der Fall war, und wachte erst auf, als Madame Maigret ihm seine erste Tasse Kaffee ans Bett brachte und ihm die Sonne direkt ins Gesicht schien.

»Für Marseille wurden heute dreißig Grad angesagt«, verkündete sie mit einem Lächeln.

»Und für Paris?« fragte er.

»Sechsundzwanzig. Es ist der heißeste Mai seit zweiunddreißig Jahren.«

»Meine Maschine geht kurz nach zwölf, ich weiß es nicht genau. Janvier hat sich um das Ticket gekümmert. Ich hätte gerade noch Zeit, am Quai reinzuschauen, bevor ich nach Orly fahre. Ich nehme also den Koffer besser gleich mit.«

»Und das Mittagessen? Wann und wo wirst du zu Mittag essen?«

»Wenn es nicht anders geht, esse ich in Orly an der Bar ein Sandwich.«

Er war schon zur Tür gegangen, als sie ihm nachrief:

»Krieg ich keinen Abschiedskuß?«

Er kam noch einmal zurück.

»Hab keine Angst! Die Flugzeuge heutzutage sind sicher, und ich mache schließlich keine Weltreise.«

Er war trotzdem ein bißchen gerührt wie jedesmal, wenn er seine Frau länger als einen Tag allein ließ.

Als er aus der Tür trat, hob er den Kopf und wußte im voraus, daß er sie am Fenster entdecken würde. Und wie gut das war! Denn sie zeigte ihm den blauen Koffer, den er vergessen hatte, und sie trafen sich auf halbem Weg im Treppenhaus.

Es war Viertel nach neun, als Janvier das Büro des Kommissars betrat:

»Die Straßen sind total verstopft, und die Kirche platzt aus allen Nähten.«

Maigret hatte zwar schon damit gerechnet, aber nicht in diesem Ausmaß.

»Noch nichts vom Floh?«

»Nein. Blanche Pigoud ist heute nacht im ›Canari‹ angerufen worden. Als sie sich auf ihren Platz setzte, schien sie beunruhigt, aber dann kam gleich darauf ein Gast und setzte sich neben sie...«

»Wann ist sie nach Hause gegangen?«

»Heute morgen um vier Uhr.«

»Es tut mir leid, aber ich muß sie stören«, brummte Maigret.

Er suchte sich die Nummer der jungen Frau aus dem Telefonbuch, rief sie an und war erstaunt, daß sie so schnell antwortete.

»Wer ist da?« fragte sie mit verschlafener Stimme.

»Kommissar Maigret.«

»Haben Sie etwas gehört?«

»Nein, aber Sie haben etwas gehört. Wer hat Sie gestern nacht angerufen?«

»Das war er, ja.«

»Hat er Ihnen gesagt, wo er ist?«

»Nein. Er wollte wissen, ob Sie oder Inspektor Louis unterrichtet sind, was ihn betrifft. Ich habe ihm gesagt: ja. Dann hat er mich gefragt, ob Sie böse sind, und da hab ich ihm gesagt: nein.«

Sie hörte sich an wie ein schläfriges Schulmädchen.

»Es stimmt doch, daß Sie ihm nicht böse sind, oder?«

»Hat er immer noch Angst?«

»Er wollte wissen, ob nicht irgendwelche komischen Kerle um das Haus rumschleichen.

›Hat man noch niemanden festgenommen?‹ hat er gefragt.

›Nicht, daß ich wüßte.‹

›Haben sie bei Manuel Mori eine Haussuchung gemacht?‹ Da hab ich gesagt, ja, das schon, und der Kommissar Maigret war da mit dem Inspektor Louis, aber sie haben mir keine Einzelheiten erzählt. Jedenfalls werde ich Tag und Nacht von einem Polizisten bewacht.«

»Und weiter sagte er nichts?« fragte Maigret.

»Nur, daß er jede Nacht sein Versteck wechselt. Das war alles. Ich konnte nicht so lange sprechen, denn ein Kunde strich seit längerer Zeit um mich herum.«

»Legen Sie sich wieder hin und machen Sie sich keine Sorgen. Wenn Sie im Laufe des Tages etwas Neues erfahren, rufen Sie Inspektor Janvier am Quai des Orfèvres an.«

»Fahren Sie nach Bandol?«

Das ging ihm nun allmählich auf die Nerven. Jedermann redete von der Reise, als ob er es persönlich in die Zeitung gesetzt hätte.

»Nun denn!« seufzte er und warf einen Blick auf Janvier, dessen Silhouette sich gegen das grüne Laub hinterm Fenster abhob.

»Ich weiß nicht, ob das ein guter Einfall ist: Er wechselt jede Nacht sein Versteck.«

»Es ist vielleicht gar keine dumme Idee. Es gibt sicher eine Menge Leute, die ihn suchen.«

Wenn Mori, was wahrscheinlich war, den Auftrag gegeben hatte, mußten alle kleinen Ganoven vom Montmartre auf der Lauer liegen, um den Floh zu erwischen, und so, wie der aussah, konnte er kaum unbemerkt in der Menge untertauchen.

»Ich werde später noch einmal vorbeikommen und meinen Koffer holen, aber es wäre besser, du gäbst mir das Ticket schon jetzt.«

Glücklicherweise war der Abflug später, als er angenommen hatte: Zwölf Uhr fünfundfünfzig.

»Bis nachher!«

Er ließ sich zur Rue Ballu bringen und sagte zu dem Polizisten, der ihn fuhr, er solle bei der Kirche auf ihn warten. Mehr als zweihundert Personen drängten sich vor dem Haus, aber nur einige gingen hinein, um ihr Beileid auszusprechen. Alle Berufsgruppen waren vertreten: Buchhändler des Viertels, Zuhälter, Restaurantbesitzer und Inhaber von Nachtlokalen.

Man brachte bereits die ersten Blumengebinde und

Kränze herunter und lud sie auf zwei bereitstehende Wagen.

Dann trugen vier Männer den Sarg aus Palisander herunter und schoben ihn in den Leichenwagen.

Die Kirche war nicht weit. Man hätte für alle auch kaum genug Wagen gehabt. Als Line Marcia in großer Trauerkleidung, blond und blaß auf der Schwelle erschien, ging ein Raunen durch die Menge wie bei einer berühmten Schauspielerin, und man hatte den Eindruck, die Leute wollten gleich anfangen zu applaudieren.

Sie stieg in eine schwarze Limousine, welche im Schritttempo davonfuhr. Dahinter folgte an erster Stelle das gesamte Personal des ›Sardine‹, dann kamen ältere Kollegen, Männer im Alter von Monsieur Maurice und einige noch älter.

Sie gingen barhäuptig, den Hut in der Hand. An den Fenstern drängten sich die Schaulustigen.

Der Trauerzug nahm sich in dem strahlenden Sonnenlicht wahrhaftig großartig aus, und sicherlich wäre Marcia mit seinem würdigen Begräbnis sehr zufrieden gewesen.

Als Maigret sich umsah, stellte er fest, daß der Zug sich über mehr als dreihundert Meter durch die Straße wand, so daß der Verkehr von Polizisten mit weißen Stöcken und hitzigen Gesten umgeleitet werden mußte.

»Ein irres Begräbnis!« sagte ein Bengel, der gerade vorbeiging.

Die Kirche war tatsächlich schon voll, bis auf die ersten Reihen, die man von den übrigen durch eine schwarze Kordel abgeteilt hatte. Line schritt allein sehr aufrecht mit ausdruckslosen blauen Augen an der Spitze. Sie setzte sich auch ganz allein in die erste Reihe, während das Personal in der zweiten Reihe Platz nahm.

Die Leute standen in den beiden Seitenschiffen und im Vorraum. Beide Portale waren offen, so daß der Frühlingswind hereinwehte. Die Orgel setzte mit einem Trauermarsch ein, und gleich darauf begann die Messe.

Maigret stand im linken Flügel, beobachtete die Gesichter und hatte auch bald das von Mori entdeckt. Der hatte sich in die Reihe derer gesetzt, die im Viertel etwas galten, als ob ihm dies von Rechts wegen zustände. Dabei war er der weitaus Jüngste.

Ihre Blicke begegneten sich, worauf Mori herausfordernd den Kopf in den Nacken warf.

Der Kommissar wartete das Ende der Messe nicht ab. Ihm war heiß, und er hatte Durst. Kurzerhand tauchte er in den Schatten eines Bistros und bestellte sich ein Bier.

»Es gibt solche Begräbnisse und solche Begräbnisse«, brummte der Wirt, der sehr alt war, als er etwas zittrig das Bier vor Maigret hinstellte. »Wer ist denn das überhaupt?«

»Der Inhaber vom Restaurant ›Sardine‹.«

»Das oben in der Rue Fontaine?«

»Ja.«

»Ich dachte, das ist ein Gangster.«

»Er war es in jungen Jahren.«

Maigret stürzte sein Bier hinunter, bezahlte und fand schließlich das schwarze Auto der Kriminalpolizei.

»Zum Quai!«

»Jawohl, Chef.«

Es war elf Uhr, Zeit, seinen Koffer zu nehmen und sich

von Janvier zu verabschieden. Dann fuhr Maigret mit demselben Auto nach Orly. Ob Line und Manuel die Reise wohl zusammen machten? Und würde der Sarg im Flugzeug nach Bandol gebracht werden?

Nachdem die Formalitäten erledigt waren, machte sich Maigret auf die Suche nach dem Kommissar des Flughafens. Er hatte früher auch am Quai des Orfèvres gearbeitet, und Maigret kannte ihn.

»Sie fliegen nach Bandol?«

Maigret versuchte seinen Ärger nicht zu zeigen.

»Ja. Mein Flugzeug geht in wenigen Minuten.«

»Die Passagiere werden gleich aufgerufen.«

»Eine Frage: Wissen Sie, ob ein Flugzeug für einen Sargtransport vorgesehen ist?«

»Monsieur Maurice?«

»Ja.«

»Seine Frau hat ein Privatflugzeug gemietet. Es startet gegen fünfzehn Uhr mit ihm im Gepäckraum und ihr in der Kabine, natürlich.«

Maigret fand es nicht einmal der Mühe wert, mit den Achseln zu zucken.

»Wie lange brauchen sie für diesen Flug?«

»Sie müssen in Toulon landen, von dort bringt ein Leichenwagen den Leichnam nach Bandol. Es sind nur vierzehn Kilometer.«

»Die Passagiere für den Flug nach Marseille ...«, begann der Lautsprecher seinen Aufruf.

Maigret ging zu seinem Schalter.

Zehn Minuten später hob die Zweipropellermaschine vom Boden ab.

Er hatte vorgehabt, ein wenig die Aussicht zu genießen, denn die Landschaft südlich von Lyon liebte er ganz besonders. Er kam nicht dazu. Er schlief, noch ehe sie die Rhone überflogen hatten.

Vom Marseiller Flugplatz ließ er sich in die Stadt zum Bahnhof fahren und fand tatsächlich einen Zug, der ihn eine halbe Stunde später nach Bandol brachte.

Er kam sich ein bißchen lächerlich vor mit seinem Köfferchen auf den Knien und dem Hut, den er ständig zurückschob, um sich die Stirn abzuwischen.

Auf dem Bahnhof in Bandol brannte ihm die Sonne buchstäblich auf den Pelz, und er bereute bereits, daß er gekommen war.

Draußen vor dem Bahnhof warteten einige Taxen und eine alte Droschke. Maigret entschied sich für die Droschke.

»Wo darf's hingehen, der Herr?«

»Kennen Sie ein gutes Hotel am Meer?«

»In einer Viertelstunde führ ich Sie hin.«

Die Räder gruben sich in den von der Hitze aufgeweichten Asphalt. Die Häuser der Stadt waren wie in Algier weiß gekalkt, und die großen Straßen säumten Palmen.

Durch die Palmblätter funkelte ihm bereits das Meer entgegen. Davor, am Strand, konnte er nur ein halbes Dutzend Menschen entdecken. Sie lagen in der Sonne oder badeten. Die Saison hatte noch nicht begonnen.

Das Casino hatten sie bereits hinter sich. Sein Hotel war gleichfalls weißgekalkt und hatte eine riesengroße Terrasse mit bunten Sonnenschirmen.

»Kann ich ein Zimmer haben?«

»Für wie lange?«

»Nur für eine Nacht.«

»Eine Person? Wünschen Sie mit Meerblick?«

Er füllte den Meldezettel aus.

»Zimmer 32.«

Das Hotel hieß ›Les Tamaris‹. Es war kühl und sauber.

»Wo kann ich etwas zu trinken bekommen?«

»Die Bar ist hinten rechts.«

Er ging erst mal in die Bar und trank ein Glas Bier.

»Sind Sie nicht der Kommissar Maigret?« fragte der Barmann, nachdem er ihn einen Augenblick gemustert hatte. Er war jung, hellblond und war rot geworden, weil er den Kommissar so dreist angesprochen hatte.

»Bleiben Sie länger hier?«

»Bis morgen.«

»Das dachte ich mir. Sie sind zur Beerdigung von Monsieur Maurice gekommen, was?«

»War er bekannt hier in der Gegend?«

»Er war für die Leute hier der liebe Gott persönlich.«

»Ist es weit bis zu seiner Villa?«

»Eine gute Viertelstunde. Sie liegt am anderen Ende der Promenade, gleich neben dem Haus Raimus, Gott hab ihn selig. Sie werden sie nicht verfehlen, mit dem großen Swimmingpool ist sie nicht zu übersehen.«

Maigret wurde das Gefühl nicht los, er sei ein Betrüger und habe sich unerlaubt Ferien genommen.

»Und der Friedhof?«

»Weniger als einen Kilometer von der Villa entfernt. Es werden viele Menschen da sein, sag ich Ihnen. Seit heute früh reisen sie in Scharen aus Toulon und Marseille an.«

»Was für Leute?«

»Hochgestellte Persönlichkeiten. Womöglich gar der Landrat, hab ich gehört.«

Maigret goß ein zweites Bier in sich hinein, sah auf die Uhr und machte sich langsam auf den Weg. Zum Glück war die Promenade am Meer schattig.

›Hier sollte ich ein paar Tage mit meiner Frau herkommen‹, ging es ihm durch den Kopf.

Das Flugzeug mit Line und dem Sarg mußte inzwischen in Toulon gelandet sein. Je weiter er ging, desto dichter drängten sich die Menschen in den Straßen, und als er um eine Ecke bog, hatte er fast das gleiche Schauspiel vor Augen wie am Morgen in der Rue Ballu.

Wie viele von den Leuten dort kannten die Wahrheit? Die Frage war müßig, denn keiner würde reden.

Ein einziger hatte es getan, aus einer Telefonzelle und ohne seinen Namen zu nennen, und der vergrub sich, Gott weiß wo, am Montmartre.

5

Am Rande der Menge entdeckte er ein ihm bekanntes Gesicht. Es gehörte Boutang, dem Kommissar der Kriminalpolizei in Toulon.

»Merkwürdig«, sagte der und schüttelte ihm die Hand, »heute morgen beim Rasieren mußte ich an Sie denken. Ich ahnte, daß Sie herkommen würden.«

Er wies auf die Menschenmenge: »Was sagen Sie dazu? Hier sollte man mal eine Razzia machen! Es ist ja nicht nur die Creme aller Gangster von Toulon versammelt, sondern auch die von Marseille und Cannes und Nizza.«

Ein Mann kam auf sie zu. Boutang gab ihm die Hand und stellte vor:

»Chameroy, Polizeikommissar von Bandol. Ich nehme an, Chameroy, Sie haben Kommissar Maigret schon erkannt.«

»Sehr angenehm.«

Sie waren alle beide gestandene Männer, die sich in ihrem Beruf auskannten und sich nichts vormachen ließen.

»Neun Zehntel von denen, die hier versammelt sind, stehen mit einem Bein im Gefängnis, aber keinem können wir etwas nachweisen.«

»Hat Marcia viel Besuch gehabt, wenn er im Sommer hier war?«

»Im Gegenteil, kaum. Ein paar ganz enge Freunde ausgenommen. Die Brüder Mori waren oft da.«

»Haben sie in der Villa übernachtet?«

»Ja. Und ganz zufällig war das auch immer in der Zeit, als die Einbrüche stattfanden. Sie können das in den Zeitungen mitverfolgen. Feriengäste, die sowohl ein großes Haus an der Côte als auch eine Jacht besitzen und im Sommer eine Kreuzfahrt zu den griechischen Inseln machten, fielen jedesmal, wenn sie zurückkamen, aus allen Wolken, weil ihre Möbel und Wertgegenstände verschwunden waren.«

»Das ist wie mit den Schlössern...«

»Ungefähr, ja. Ich hatte die Brüder Mori in Verdacht und sogar Monsieur Maurice. Ich habe die Villa beobachten lassen. Aber wie durch Zufall haben die Brüder gerade in diesen Nächten das Haus nicht verlassen und haben bis in den frühen Morgen mit Marcia Gin-Rommé gespielt. – Kennen Sie seine Frau? Die hat Format! Ich würde sagen, die paßt gar nicht in dieses Milieu.«

Der Leichenzug kam vorbei. Hinter dem Leichenwagen wieder Line, ganz allein in ihrer Limousine, dahinter andere Autos mit Marseiller Nummernschildern: große amerikanische Schlitten und für die Jüngeren rasante Sportwagen.

Alle Autos fuhren im Schrittempo, und ihnen folgten, schiebend und drängend, die Schaulustigen aus der Gegend.

Dann kam der Zug plötzlich ins Stocken. Der Chauffeur des Leichenwagens wollte nach rechts abbiegen, um zur Villa zu fahren, worauf der Zeremonienmeister herbeilief und ihn geradeaus weiterfahren hieß. Die beiden Gruppen gerieten durcheinander. Es sah aus, als ob jeder jeden kannte, Hände wurden geschüttelt, es wurde getuschelt.

Madame Marcia stieg aus und ging zur Villa hinauf. Sie hatte sich umgezogen, trug jetzt ein schwarzes Schneiderkostüm aus ganz leichtem Stoff und einen weißseidenen Hut. Auch die Handschuhe waren weiß.

Was wollte sie ganz allein in der Villa? Maigret vermochte es nicht zu sagen. Boutang und der Polizeikommissar auch nicht.

Sie hielt sich keine zehn Minuten im Haus auf und stieg dann wieder in die Limousine. Der Leichenzug machte kehrt, fuhr durch die Rue des Ecoles und bog dann in die Avenue du 11 Novembre ein, an deren Ende man sich unverhofft vor dem Eingang zum Friedhof befand.

Erneut ging alles durcheinander, viele trampelten quer über die Gräber, um einen guten Platz in der Nähe der offenen Grube zu ergattern.

Der Priester war schon da und begrüßte Line. Sie weinte nicht mehr und nicht weniger als am Morgen in der Kirche Notre-Dame-de-Lorette. Der schwere Sarg wurde hinuntergelassen. Der Priester sprach halblaut ein paar Gebete, dann kamen die Blumengebinde, die man vorerst auf den benachbarten Gräbern niederlegte.

»Alle großen Bosse aus dem Milieu sind da, der Nachwuchs auch. Die sind stolz darauf, sich mit den anderen zeigen zu können. Was werden Sie jetzt machen, Kommissar?«

»Ich weiß es noch nicht.«

»Wo wohnen Sie?«

»Im ›Hôtel des Tamaris‹.«

»Das ist ein anständiges Haus unter einer freundlichen Leitung.«

Line war bereits wieder zurück zur Villa gefahren. Maigret hatte weder Manuel Mori noch dessen Bruder in der Menschenmenge entdecken können.

»Ich glaube, ich werde jetzt mal einen Besuch machen.«

»Vermuten Sie, daß sie Bescheid weiß?«

»Ich vermute es nicht nur, ich bin mir ganz sicher. Leider habe ich nicht den geringsten Beweis.«

»Viel Glück! Wenn Sie mich brauchen, wissen Sie ja, wo Sie mich und Chameroy finden können.«

Die Menge zerstreute sich nach und nach. Man fuhr wieder in die Stadt zurück, um sich in den Bars einen Drink zu genehmigen. Nur die Wagen der ganz Großen kehrten direkt nach Toulon und Marseille zurück. Maigret stand allein vor der weißen Villa. Sie war nicht übertrieben groß, eine hübsche Villa, nichts weiter. Was ins Auge fiel, war der Swimmingpool mit den Liegestühlen drum herum. Im Garten standen ein paar Palmen, eine Menge Kakteen und andere tropische Pflanzen, die Maigret nicht kannte.

Er stieg die drei Stufen zur Eingangstür hinauf, drückte auf die Klingel und war überrascht, daß die Tür sich sofort öffnete und Line vor ihm stand.

»Ich hätte wissen müssen, daß Sie sich das nicht entgehen lassen. Sie läßt ja wirklich alles kalt, selbst ein Trauerfall.«

»Sie etwa nicht?«

Er stand in einer großen Halle mit weißen Wänden, deren Möbel und alles Drum und Dran, obschon einer anderen Epoche zugehörig, ebenso kostbar waren wie die in der Rue Ballu.

Sie bot ihm keinen Stuhl an. Sie wartete stehend ab, was er ihr zu sagen hatte. Die Hand mit der Zigarette zitterte leicht.

»Ich möchte mit Ihnen über die Nacht sprechen, in der Ihr Gatte starb.«

»Ich dachte, ich hätte Ihnen dazu schon genug gesagt.«

»Aber leider nicht die Wahrheit, und darum muß ich die Frage noch einmal stellen.«

Maigret setzte sich in einen der cremefarbenen Ledersessel.

»Sie können von Glück sagen, daß es mir an Kräften fehlt, Sie vor die Tür zu setzen.«

»Das würden Sie unter gar keinen Umständen tun, und sei es auch nur, um Ihren Geliebten nicht noch mehr zu kompromittieren.«

Sie wurde blaß vor Wut und drückte ihre Zigarette in einem Aschenbecher aus.

»Besitzen Sie denn überhaupt kein Mitgefühl?«

»Ich habe im Gegenteil mehr als genug davon. Aber das hängt immer von meinem Gesprächspartner ab. Es liegt auf der Hand, daß Sie Marcia wegen seines Geldes geheiratet haben.«

»Das geht nur mich etwas an.«

Sie setzte sich schließlich doch, schlug die Beine übereinander und nahm sich aus einem goldenen Etui, das auf einem Tischchen stand, eine neue Zigarette.

»Sie waren im Bett, Manuel und Sie. Als heftig an der Tür geklopft wurde, zog sich Manuel einen Morgenmantel über, nehme ich an, während Sie sich unter die Decke verkrochen.«

Sie saß mit undurchdringlichem Gesicht stocksteif da. Man hätte schwören können, daß ihre hellblauen Augen nichts weiter als Neugier ausdrückten.

»Und weiter?«

»Es war Ihr Mann.«

»Und was hat er Ihrer Meinung nach getan? Hat er Manuel die Hand gedrückt?«

»Er hat seine Automatik aus der Tasche gezogen.«

»Wie im Kino!«

»Ich hätte nun allerdings gern gewußt, wo sich in diesem Augenblick die Pistole von Mori befand. In einer Schublade wahrscheinlich. Die konnte ebensogut im Schlafzimmer wie im Salon sein.«

»Sie müßten allerdings nachweisen können, daß sich in der Wohnung überhaupt eine Waffe befand.«

Sie zündete sich ihre Zigarette an.

»Und daß ich dort war und daß ein Besucher gekommen war, der nur mein Mann sein konnte. Kommissar, Ihre Chancen stehen schlecht!«

Maigret wollte gerade antworten, als sie, ohne die Stimme zu heben, sagte: »Komm herein, mein Liebling.«

Eine Tür öffnete sich, und Manuel erschien in Shorts und Leinenschuhen, als käme er gerade vom Strand.

»Nanu, Kommissar! Sie sind auf Reisen, wie ich sehe.«

Er musterte Maigret ironisch von Kopf bis Fuß, ging zur Bar und mixte sich einen Tom Collins.

»Möchtest du auch einen, mein Schatz?«

»Ich komme um vor Durst!«

»Und Sie, Bulle?«

»Nein.«

»Wie Sie wollen. Es hat keinen Zweck, Ihren gelben Zettel hier aus der Tasche zu ziehen. Sie befinden sich weitab von Ihrem Jagdrevier.«

»Ich kann ohne Mühe ein Rechtshilfeersuchen anfordern.«

»Aber Sie werden es nicht tun.«

»Weshalb nicht?«

»Weil Sie gegen mich nichts in der Hand haben.«

»Und die Zeugenaussage vom Floh?«

»Haben Sie ihn denn gefunden?«

Er hatte die Stirn gerunzelt.

»Lieber Kommissar! Der Floh kennt wahrscheinlich das achtzehnte und neunte Arrondissement so gut wie kein anderer, und er kann dort auf die Hilfe von vielen Menschen rechnen, aber Sie werden ihn trotzdem nicht finden, Kommissar, das werden meine Leute sein! Und Sie werden dann keinen Beweis mehr haben. Sie sehen, ich spiele mit offenen Karten.

Ich würde selbst vor Zeugen beschwören, daß ich nicht geschossen habe, daß kein Mensch in meiner Wohnung geschossen hat und daß Maurice dort nicht erschienen ist. Line und ich, wir würden bestreiten, daß zwischen uns jemals etwas gewesen ist, und zerren Sie mir mal Leute vor Gericht, die das Gegenteil behaupten.«

Er spielte nicht Theater, seine Selbstsicherheit war echt. Und Maigret fragte sich besorgt, ob er Grund dazu hatte. Er tat, als habe er nicht das geringste zu befürchten, und Line war ebenfalls so gelassen, als habe ein Marcia nie existiert. Der Kommissar dachte in erster Linie an den Floh. War es denn möglich, daß Moris Leute, wie der Floh sie nannte, den Knirps schon geschnappt und ihn bereits unschädlich gemacht, ein für allemal zum Schweigen gebracht hatten?

Maigret stopfte sich seine Pfeife, zündete sie an und stand dann auf. Mit gemessenen Schritten begann er, in dem Raum auf und ab zu gehen.

»Ich befinde mich tatsächlich außerhalb meines Machtbereichs. Ich kann also die Papiere nicht benutzen, die ich Ihnen in Paris gezeigt habe.«

»Genau!«

»Es würde aber ein Anruf genügen, und Kommissar Boutang wäre in einer halben Stunde mit einem Durchsuchungsbefehl hier. Ich nehme an, Sie kennen Boutang.«

»Besonders befreundet sind wir nicht.«

»Also, Sie haben die Wahl, entweder lassen Sie mich das Haus durchsuchen, oder ich telefoniere mit Toulon.«

»Durchsuchen Sie, bitte sehr! Unter der Bedingung, daß Sie nichts mitgehen lassen.«

Der Kommissar machte gleich in der Halle eine Entdeckung. An einer Wand stand ein großer Bücherschrank wie in Paris, voller Bücher mit kostbarsten Einbänden. Auf einem der unteren Regale lag ein Stoß Zeitschriften. Keine Wochenzeitschriften, wie man sie am Kiosk zu kaufen bekam, und sie paßten auch nicht zu dem Bild, das Maigret von Monsieur Maurice hatte.

Der Kommissar las halblaut die Titel und stellte fest, daß sie ziemlich zerlesen waren:

»*Bauerngüter und Schlösser*... Das ist eine sehr informative Lektüre, nicht wahr? *Das Leben auf dem Lande... Der Kunstkenner.*«

Mori hatte die Augenbrauen hochgezogen und warf seiner Freundin einen Blick zu.

»Die gehören mir«, sagte sie, »ich mache mir nichts aus Kartenspielen, und wenn die Männer Gin-Rommé gespielt haben, habe ich mich in eine Ecke gesetzt und gelesen.«

Der Raum daneben war ein Eßzimmer im alten provenzalischen Stil, und links schloß sich ein Damenzimmer an, in dem wie in Paris jedes Möbelstück einem Museum Ehre gemacht hätte.

»Ist der echt?« fragte Maigret und wies auf einen van Gogh.

»Ich bin kein Experte«, antwortete Line, »aber mein Mann pflegte keine Fälschungen zu kaufen.«

Die Küche war groß, modern und tadellos aufgeräumt.

»Sie haben nicht oft Gäste gehabt.«

»Wie wollen Sie das wissen?«

»Ich hatte genug Zeit, mich umzuhören. Ich weiß auch, daß die Brüder Mori durchschnittlich einen Monat im Jahr bei Ihnen gewohnt haben.«

»Sie waren die besten Freunde meines Mannes.«

»Der wahrscheinlich keine Ahnung hatte von Ihrer Liebschaft mit Manuel.«

Manuel verzog keine Miene und verfolgte Maigret mit Blicken, ohne ein Wort zu sagen.

»Sie irren sich. Mein Mann war zweiundsechzig Jahre alt und hatte sein Leben genossen. In gewisser Beziehung war er verbraucht. Er war vielleicht in mich verliebt, als er mich vor fünf Jahren geheiratet hat, aber bald haben wir nur noch wie Bruder und Schwester gelebt.«

»Sie können ruhig weiterlügen. Mich stört das nicht.«

Er stieg eine Marmortreppe hinauf und öffnete eine Flügeltür, die in ein großes Schlafzimmer und auf eine Terrasse mit Meerblick führte.

»Ist das Ihr Schlafzimmer?«

Ein Ehebett stand darin und erneut kostbare Möbel.

Das Badezimmer war größer als das in der Rue Ballu und ganz in hellgelbem Marmor gehalten.

»Ein einziges Badezimmer für Sie beide? Das paßt schlecht zu Ihrer Bruder-Schwester-Geschichte.«

»Denken Sie, was Sie wollen!«

Es gab noch zwei weitere Schlafzimmer auf der Etage, zu jedem gehörte ein Badezimmer.

»Für die Brüder Mori, nehme ich an?«

»Gästezimmer.«

»Hatten Sie denn außer den beiden noch anderen Besuch, der diese Zimmer benutzte?«

»Hin und wieder.«

Es waren fast alles alte Bilder, die hier hingen, aber Maigret kannte die Maler nicht.

»Gibt es einen Dachboden?«

»Nein, nur Mansarden, wo die Dienstboten schlafen.«

»Sind sie jetzt da?«

»Nein. Ich fahre heute abend zurück. Eine Aufwartefrau genügt, um das Haus in Ordnung zu halten.«

»Haben Sie jedes Jahr das gleiche Personal?«

»Wir wechselten gelegentlich.«

»Dieses Haus steht also die meiste Zeit im Jahr leer und wird von niemandem bewacht?«

Sie nickte, und er fragte mit leiser Ironie:

»Haben Sie keine Angst vor Einbrechern?«

»Sie würden nicht wagen, sich am Haus meines Mannes zu vergreifen.«

»Und jetzt, da es Ihnen allein gehört, auch nicht?«

Als sie wieder unten in der Halle waren, wandte sich Maigret nicht zur Tür, sondern setzte sich in den Sessel, in dem er vorher schon gesessen hatte.

Das Paar wechselte einen Blick.

»Ich erlaube mir, Sie darauf hinzuweisen, daß unser Flugzeug in Toulon auf uns wartet.«

»*Unser Flugzeug*, sagten Sie? Bedeutet das, daß Mori mit Ihnen fliegen wird?«

»Warum nicht?«

»Als Freund und ganz in Ehren.«

»Sie sollten die Platte wechseln! Wir sind liiert, das stimmt.«

»So klingt es schon besser.«

»Was ist da Schlimmes dabei?«

»Nur, daß man dem Ehemann eine Kugel mitten in die Brust geschossen hat.«

Er wandte sich an Mori.

»Wir sind noch nicht fertig mit unserer kleinen Unterhaltung von gestern. Wir waren an der Stelle, als Sie sich in aller Eile einen Morgenmantel übergeworfen hatten und zur Tür gingen. Sie haben sie wahrscheinlich geöffnet.«

»Ja, und?«

»Was dann geschah, erwarte ich von Ihnen zu hören.

Maurice Marcia blieb sicher nicht im Treppenhaus stehen.«

»Hab ich denn gesagt, daß er es war?«

»Sagen wir mal, Sie haben es nicht abgestritten. Er ist nun wohl nicht in den Salon gegangen, um sich mit Ihnen zu unterhalten. Er ist im Gegenteil durch den Salon hindurch ins Schlafzimmer gegangen.

Er brauchte nur die Bettdecke hochzuheben, um seine Frau in strahlender Nacktheit dort zu finden.«

»Wie poetisch!« sagte Line spöttisch.

»Jedenfalls wußte er von dem Augenblick an, als er hereinkam, was er finden würde. Er wußte es eigentlich schon, als er das ›Sardine‹ verließ.«

»Er wußte es seit drei Jahren.«

»Nein. Sie wollen mir doch nicht weismachen, er sei kein eifersüchtiger Ehemann gewesen und noch weniger ein impotenter. Er hatte wahrscheinlich seine Automatik in der Hand. Sie, Mori, hatten Ihren Revolver in der Tasche Ihres Morgenmantels. Wo haben Sie ihn gezogen?«

»Ich hatte keine einzige Waffe in der Wohnung.«

»Wer hat dann also geschossen? Die Automatik von Marcia ist nicht benutzt worden, und die Pistole, die ihn getötet hat, liegt wahrscheinlich irgendwo auf dem Grund der Seine.«

»Sie können sie ja von Tauchern suchen lassen!«

Maigret ließ sich nicht beirren.

»Nehmen wir an, Sie waren nicht bewaffnet, als Sie die Tür öffneten, das wäre ja möglich.«

»Na, also!«

»Sie haben die Pistole genommen, als Sie sahen, daß

Marcia zum Schlafzimmer ging. Angenommen, die Pistole lag nicht in der Nachttischschublade und kein guter Geist hat sie Ihnen zugesteckt, damit Sie sich verteidigen konnten…«

»Ich hätte dieses Märchen gern vorm Schwurgericht gehört…«

»Dann gibt es noch eine andere Möglichkeit.«

»Ach ja, und welche? Sie machen mich neugierig…«

»Das waren gar nicht Sie, der geschossen hat…«

»Da hätten wir also nun einen neuen Darsteller in der Rolle des Verräters auf der Bühne…«

»Nein. Während Sie zur Tür gingen, hatte Line Zeit, die Waffe aus dem Nachttisch zu nehmen, und als Maurice Sie bedrohte…«

»Sie hätte wahrscheinlich die Zimmerdecke getroffen, denn sie hat noch nie in ihrem Leben eine Waffe in der Hand gehabt.«

»Wir werden noch darüber reden.«

»In Paris, einverstanden.«

»Aber diesmal in meinem Büro.«

»Warum nicht.«

»Sie riskieren, es mit Handschellen zu verlassen.«

»Ihr Versuch, mir Angst einzujagen, ist reichlich plump. Und wenn ich Frankreich nun von hier aus verließe?«

»Interpol wird Sie sehr schnell finden. Sie vergessen, daß Sie in der Kartei stehen und ziemlich auffällig aussehen. Ich nehme an, Sie beide haben die Absicht, nach Ablauf einer gewissen Zeit zu heiraten.«

»Das liegt im Bereich des Möglichen!«

»Also dann nehmen Sie Ihr Flugzeug!«

»Sollen wir Ihnen einen Platz freihalten?« spottete Manuel.

Der Kommissar betrachtete ihn mit derselben Ruhe, die ihn den ganzen Nachmittag nicht verlassen hatte, aber es war die Ruhe vor dem Sturm.

Maigret setzte sich in einem schmucken kleinen Restaurant ganz allein in eine Ecke und aß eine Bouillabaisse. Aber die Gaumenfreude, die er sich erhofft hatte, war es nicht. Wahrscheinlich befand er sich dazu nicht in der richtigen Verfassung.

Es war Nacht geworden. Die baumgesäumten Strandpromenaden waren in sanftes Licht getaucht, und man hörte das leise Rauschen der Wellen. Er setzte sich in der milden Luft auf eine Bank und fühlte sich richtig faul. Am liebsten hätte er Madame Maigret aus Paris anreisen lassen, und sie hätten eine Ferienwoche in Bandol verbracht.

Er ging sehr bald zu Bett und schlief sofort ein.

Am nächsten Morgen mußte er zeitig aufstehen, um sein Flugzeug in Marseille zu erreichen. Um zehn Uhr dreißig landete er in Orly, nahm ein Taxi und ließ sich zuerst nach Hause fahren.

Seine Frau empfing ihn nicht überschwenglich, aber man sah ihrem strahlenden Gesicht an, daß ihr ein Stein vom Herzen fiel.

»Nicht zu müde?«

»Ein bißchen schon.«

»Soll ich dir einen Kaffee machen?«

»Danke. Ich muß sofort zum Quai.«

»Immer noch in dieser verwünschten Angelegenheit?«

»In dieser verwünschten Angelegenheit, wie du sie nennst.«

»In den Zeitungen wurde gestern von dir gesprochen. Ihnen zufolge bist du ein Geheimniskrämer, machst ein sorgenvolles, gar mutloses Gesicht und willst mit etwas nicht herausrücken.«

»Wenn die wüßten! Ob ich zum Mittagessen komme, weiß ich noch nicht, kommt darauf an, was mich im Büro erwartet. Übrigens, irgendwann in den nächsten Tagen müssen wir beide unbedingt mal nach Bandol fahren.«

Er stieg in das kleine Auto, das am Straßenrand wartete, und betrat etwas später den Quai des Orfèvres.

Auf seinem Schreibtisch stapelten sich bereits Verwaltungsakten, Berichte und einige Briefe. Er öffnete die Tür zum Inspektorenbüro und rief Janvier herein.

»Gute Reise gehabt, Chef?«

»Rate, wer noch vor Madame Marcia in der Villa war!«

»Mori, nehme ich an.«

»Richtig. Das ist ein zäher Bursche, kann ich dir versichern. Der wird uns noch ein paar Nüsse zu knacken geben, bevor wir ihn haben.«

»Ich habe eine gute Nachricht für Sie, beziehungsweise eine halbgute. Inspektor Louis hat heute früh angerufen. Er hat den Floh um ein paar Stunden verfehlt. Er wollte Ihnen davon berichten. Er bleibt den ganzen Vormittag in seinem Büro, damit Sie ihn dort erreichen können.«

»Erledige du das für mich. Sag ihm, ich komme bei ihm vorbei.«

Er setzte sich vor das offene Fenster, glücklich, seine

Seinelandschaft wiederzuhaben. Ihm war, als sei er wochenlang weggewesen.

Es war schwül, und ein Gewitter lag in der Luft, das aber wohl erst gegen Abend niedergehen würde.

»Er erwartet Sie.«

»Kommst du mit? Wir können uns dann unterwegs unterhalten.«

Er berichtete von seinen Erlebnissen in Bandol. Vor der Polizeiwache der Place Saint-Georges hielten sie einen Augenblick, um Monsieur Louis, wie er von einigen scherzeshalber genannt wurde, zusteigen zu lassen.

»Wollen Sie die Stelle sehen, wo er sich zuletzt versteckt hat?«

»Ja.«

»Dann müssen wir ganz oben am Montmartre halten, an der Place du Tertre.«

Längs der Straße saßen Maler, und vor den Bistros standen kleine Tische mit rotkarierten Tischdecken in Erwartung der Touristen.

»Biegen Sie da vorn in die Rue du Mont-Cenis, und parken Sie dort irgendwo!«

Weiter unten in der Straße standen Neubauten, aber oben hatten die meisten Häuser noch ihr altes Aussehen bewahrt.

Inspektor Louis führte sie in einen engen Gang zwischen zwei Häusern, an dessen Ende ein verglastes Atelier lag.

Louis klopfte, und eine laute Stimme rief: »Herein!«

Sie standen in der Werkstatt eines Bildhauers, der dem Kommissar mit zusammengekniffenen Augen entgegenblickte, als habe er ein Modell vor sich.

»Sie sind der Kommissar Maigret, oder irre ich mich?«

»Sie irren sich nicht.«

»Und der da?«

»Inspektor Janvier.«

»Seit Jahren habe ich nicht soviel Besuch in meinem Atelier gehabt.« Er hatte weißes Haar, einen weißen Bart und rote Pausbacken.

»Monsieur Sorel ist der älteste Bildhauer von der Butte«, erklärte Inspektor Louis. »Seit wieviel Jahren, sagten Sie, sind Sie schon in diesem Atelier?«

»Seit dreiundfünfzig Jahren. Ich habe ganze Generationen von Malern erlebt, angefangen bei Picasso, mit dem ich oft an einem Tisch gesessen habe.«

Er betrachtete die Welt mit etwas naiven Kinderaugen, und wenn man sich in seinem Atelier umsah, machte man sich keine Illusionen über sein Talent. Er stellte immer wieder den gleichen Kinderkopf her, wenn auch mit unterschiedlichem Ausdruck, und diese Büsten landeten dann bei den Bilderhändlern der Place du Tertre.

»Der Floh soll hier gewesen sein.«

»Zwei Tage und zwei Nächte. Gestern abend bei Einbruch der Dunkelheit ist er gegangen. Er hat es nicht gewagt, länger zu bleiben. Er hatte Angst, er könnte hier entdeckt werden.«

»Wie kam es, daß er sich Ihr Atelier als Versteck ausgesucht hat?«

»Ich kannte ihn schon, als er noch keine fünfzehn war. Damals war er ein richtiger Lausejunge, der sich schlecht und recht durchschlug. Er hat oft nicht genug zu essen gehabt.

Als ich ihn eines Tages auf der Place du Tertre sah, habe ich ihn gefragt, ob er für mich Modell stehen wolle, und er hat zugesagt. Ich erinnere mich noch an die Büste, die ich von ihm gemacht habe, eine meiner besten Arbeiten. Sie gehört heute zu Gott weiß welcher Sammlung. Wegen seiner Fratzenschneiderei und seines riesigen Mundes ist mir ein echter Clown gelungen, wie man ihn sich nicht besser vorstellen kann.

Er war ein richtig netter Junge. Manchmal, vor allem im Winter, klopfte er an meine Tür und bat mich, ihn auf meiner Strohmatte übernachten zu lassen. Die Matte stammt noch von meinem Hund. Ich hatte früher mal einen großen Hund, einen Bernhardiner. Aber das ist eine andere Geschichte.«

»Hat er Ihnen von seinen Sorgen erzählt?«

»Er hat mich gebeten, ihn ein oder zwei Nächte zu verstecken. Ich wollte wissen, ob er von der Polizei gesucht wird, aber er sagte, im Gegenteil, er stünde sehr gut mit dem Inspektor Louis und dem Kommissar Maigret, und dies sei der Grund, weshalb ihn einige Leute suchten, um ihn zum Schweigen zu bringen.«

»Hat er Ihnen nicht gesagt, wo er hingehen wollte?«

»Nein. Aber ich könnte mir denken, daß das nicht sehr weit von hier ist. Er schien in der Nähe bleiben zu wollen.«

»Hat er in diesen zwei Tagen nicht von irgend jemandem gesprochen?«

»Doch. Von einem ehemaligen Polizisten, der jetzt in Rente ist und der früher sehr nett zu ihm gewesen sein soll. Ich kenne ihn nicht und weiß auch den Namen nicht. Ich verlasse mein Atelier nur, um einzukaufen, keine hundert

Meter von hier, und um meinem Händler meine Arbeiten abzuliefern.«

Es fiel ihm jetzt erst auf, daß sie alle standen.

»Entschuldigen Sie, daß ich Sie nicht aufgefordert habe, sich zu setzen, aber es sind nicht genug Stühle und Hocker da. Ich kann Ihnen leider auch keinen Aperitif anbieten, ich habe nur Rotwein, denselben, den Utrillo so gern gemocht hat, und der wird Ihnen zu sauer sein.«

»Hat er während dieser zwei Tage und Nächte das Atelier verlassen?«

»Nein, aber er war überrascht und ganz glücklich, daß ich Telefon habe. Er hat eine Frau angerufen und ihr von sich berichtet. Ich wollte nicht stören und habe im Hof eine Pfeife geraucht. Aber eins kann ich Ihnen verraten: Er hat große Angst. Er konnte keinen Augenblick stillsitzen, schnellte beim leisesten Geräusch hoch und hat mich wohl hundertmal gefragt, ob ich wirklich nie Besuch bekomme. Wer sollte mich schon besuchen! Ich hab nicht mal eine Putzfrau.«

Maigret betrachtete den Alten voller Sympathie. Er gehörte zu den seltenen noch lebenden Originalen vom Montmartre.

»Moment! Er hat von Ihnen gesprochen. Sie sollten irgend jemanden verhaften, und er verstand nicht, weshalb Sie sich damit so viel Zeit lassen.

›Wenn der Kommissar sich nicht beeilt, dann wird niemand mehr als Zeuge aussagen können, weil sie mich vorher umgebracht haben.‹«

Sie gaben dem Alten die Hand, und Maigret überlegte im Hinausgehen:

»Ein Polizist im Ruhestand...«

»Ich habe die Spur auch schon verfolgt«, sagte Inspektor Louis in seiner gewohnten Ruhe. »Es besteht die Möglichkeit, daß das ein Polizist vom achtzehnten Arrondissement gewesen ist oder vielleicht auch vom neunten, denn er würde sich sicher hier in der Nähe zur Ruhe gesetzt haben. Das scheint die Gegend zu sein, in der sich der Floh, als er noch jung war, am liebsten rumgetrieben hat.

Ich bin die Listen sämtlicher hiesiger Polizisten durchgegangen, die in den letzten zehn Jahren in Rente gegangen sind. Bis jetzt hab ich aber noch keinen gefunden, der am Montmartre wohnt. Ich will heute nachmittag weitersuchen.«

Es wäre wahrscheinlich einfacher gewesen, sich in einem Viertel, in dem jeder jeden kennt, an die erstbeste Hausfrau zu wenden, die einem über den Weg läuft, oder an einen Ladeninhaber. Aber wäre das nicht gefährlich für den Floh?

»Wo sollen wir Sie absetzen?«

»Wo Sie wollen. Ich bleibe hier im Viertel.«

Er hatte seine eigenen Methoden. Er war wie ein Jagdhund und arbeitete sicher nur sehr ungern in einer Mannschaft. Nun würde er sich wieder in eine der Bars am Pigalle setzen, seinen Magen in Erdbeerbrause ertränken und mithören, was um ihn herum gesprochen wurde.

»Zu Blanche Pigoud, Rue Formentin.«

Auch Maigret fing allmählich an, sich Sorgen um den Floh zu machen. Aber es hätte keinen Zweck gehabt, ihn von zehn oder zwanzig Leuten suchen zu lassen.

»Werden die Brüder Mori beobachtet?«

»Die Inspektoren lösen sich ab. Während sein Bruder verreist war, hat sich Jo fast die ganze Zeit in der Rue du Caire aufgehalten, dann ist er mit seinem Lastwagen abgefahren und ohne Kisten gegen acht Uhr abends wiedergekommen. Er hat das Lagerhaus abgeschlossen, ist nach Hause gefahren, hat geduscht und sich umgezogen. Raten Sie mal, wo er zum Abendessen hingegangen ist.«

»Ins ›Sardine‹.«

»Wie haben Sie das erraten?«

»Weil er im ›Sardine‹ kurz Bescheid stoßen mußte, wer der neue Chef ist.«

»Und Manuel?«

»Das ist noch leichter. Er hat ebenfalls im ›Sardine‹ zu Abend gegessen, und zwar zusammen mit Line. Das war wahrscheinlich das erste Mal, daß sie im Restaurant ihres Mannes gegessen hat. Der arme Marcia hätte sich bestimmt nicht träumen lassen, daß sie schon so bald dort Chefin sein würde.«

»Man möchte denken, sie hätten es absichtlich gemacht. Ich kann mir vorstellen, wie empört das Personal war, als sie am Tag der Beisetzung zusammen mit den Brüdern Mori aufkreuzte.«

»Manuel ist es völlig egal, was das Personal denkt. Wenn die Angestellten gehen, ersetzt er sie eben durch seine eigenen Leute. Wahrscheinlich hat er das ohnehin im Sinn. Ich wette, er hat in der Rue Ballu geschlafen.«

»Eins zu null für Sie! Soviel ich weiß, ist er da noch immer.«

»Es müßte aber trotz allem irgendwo eine schwache Stelle geben«, überlegte Maigret halblaut.

»Der Floh?«

»Der Floh nützt uns erst dann was, wenn wir ihn gefunden haben. Nein! Es gibt bestimmt woanders eine schwache Stelle, und ich zerbrech mir schon die ganze Zeit den Kopf.«

»Soll ich mit hinaufkommen?«

»Vielleicht besser nicht. Das Mädchen ist trotz ihres Berufes doch sehr feinfühlig. An mich ist sie schon gewöhnt, aber wenn wir zu zweit kommen…«

Diesmal war die Freundin von Floh schon aufgestanden und gerade dabei, vorm Fenster ihr Frühstück einzunehmen.

»Eine Tasse Kaffee? Er ist schon fertig.«

»Also dann gern.«

Sie schien besorgt.

»Wissen Sie etwas von ihm, Kommissar?«

»Ich weiß, wo er die beiden letzten Nächte geschlafen hat. Aber er ist gestern abend von dort weggegangen.«

»Wo war das?«

»Ganz in der Nähe von der Place du Tertre, bei einem alten Bildhauer.«

»Komisch, von dem hat er mir einmal erzählt, als wir unterhalb vom Sacré Cœur zum Essen gingen. Er hat mir von seiner Kindheit erzählt und mir die Strohmatte beschrieben, auf der er geschlafen hat und die vorher für einen großen Hund dagelegen hat.«

»Hat er Ihnen noch von jemand anderem aus dem Viertel erzählt?«

»Ich kann mich nicht erinnern. Ich glaube nicht.«

»Von einem alten Polizisten, zum Beispiel?«

»Also, das sagt mir gar nichts.«

»Hat er Sie angerufen?«

»Zweimal.«

»Was hat er gesagt?«

»Seine Angst wird immer größer. Er versteht nicht, warum Sie die Brüder Mori nicht verhaften. Dann würden deren Leute sich ruhig verhalten, und Justin könnte aufatmen.«

»Ist er mir böse?«

»Ein bißchen schon, glaub ich. Er ist auch Inspektor Louis böse. Ich habe ihm Wort für Wort wiederholt, was Sie mir gesagt haben.«

»Wahrscheinlich ruft er Sie wieder an, es sei denn, da, wo er jetzt ist, gibt es kein Telefon. Sagen Sie ihm, er soll sich auf jeden Fall bei mir melden. Ich werde ihn vollkommen beruhigen können.«

»Stimmt das?«

»Ich muß unbedingt mit ihm sprechen, und dann sitzen die Brüder Mori wahrscheinlich zwei Stunden später hinter Schloß und Riegel.«

»Ich werd's ihm ausrichten. Ich werde alles tun, was ich kann. Versetzen Sie sich in seine Lage! Er glaubt an niemanden und nichts mehr.«

Eine Viertelstunde später saßen Maigret und Janvier im ›Sardine‹ an der Bar. Die Tische wurden gerade zum Mittagessen gedeckt, und der Oberkellner nahm am Telefon neben der Kasse die Tischreservierungen entgegen.

»Ein kleines Bier, Freddy.«

»Und Sie?« fragte Freddy Janvier.

»Dasselbe.«

»Wir haben kein ausländisches Bier mehr.«

»Macht nichts.«

Er bediente sie nur widerwillig und sah häufig nach der Tür, als fürchte er, die Brüder Mori eintreten zu sehen.

»Ich habe noch nie auf einer Beerdigung so viele Menschen gesehen«, sagte Maigret, um ihn zum Sprechen zu bringen.

»Es waren viele da, ja.«

»Und in Bandol waren es fast genauso viele. Von überall waren sie gekommen, von Nizza, von Cannes, von Toulon, von Marseille. Und die Autos! Ich habe mindestens fünf Ferrari gezählt.«

Freddy blieb stumm und rieb seine Gläser.

Inzwischen hatte Comitat, der Oberkellner, seine Telefonate beendet, aber anstatt sie zu begrüßen, blieb er, wo er war, und tat, als sehe er sie nicht.

Maigret meinte ironisch:

»Es ist kühl heute.«

Auf dem Thermometer mußten es mindestens fünfundzwanzig Grad im Schatten sein.

»Es ist kühl, ja.«

»Na, die Chefin hat sich auch schon sehen lassen?«

»Welche Chefin?«

»Line Marcia. Sie hat gestern abend mit den Brüdern Mori hier gegessen. Aber Sie haben recht. Manuel wird wohl der neue Chef werden.«

»Hören Sie, Monsieur Maigret, ich kümmere mich nicht um Ihre Angelegenheiten, also kümmern Sie sich doch bitte auch nicht um das, was hier geschieht. Außerdem, wenn man sieht, daß ich mit Ihnen spreche, wird mir das übel ausgelegt werden. Es könnte auch für Sie nicht gut sein.«

Der Kommissar und Janvier wechselten einen Blick.

»Ich bin gleich wieder da, Janvier.«

Er ging zu den Waschräumen. Der Weg dorthin führte ihn an Comitat vorbei.

»Guten Tag, Monsieur Raoul!« rief er ihm zu.

»Freddy hat Ihnen doch wohl gesagt, daß Sie hier nicht erwünscht sind.«

»Allerdings. Der Besitzer hat gewechselt, und auf einmal ziehen alle den Schwanz ein.«

»Ich wäre Ihnen sehr verbunden, wenn Sie das Restaurant nicht mehr betreten würden.«

»Erlauben Sie, das hier ist ein Ort, den jeder betreten darf, der korrekt gekleidet ist und ein wohlgefülltes Portemonnaie hat.« Er ging in den Waschraum und kam zurück an die Bar. Es war kurz vor halb eins.

»Weißt du, was wir jetzt machen, Janvier? Wir werden hier zu Mittag essen.«

Sie traten an den nächststehenden Tisch. Comitat war sofort neben ihnen.

»Verzeihung, aber dieser Tisch ist reserviert.«

»Dann nehmen wir den Tisch daneben.«

»Der ist auch reserviert. Alle Tische sind reserviert.«

»In dem Fall tun wir einfach so, als sei der Tisch von mir reserviert. Nimm Platz, Janvier!«

Maigret war nicht zum Spaßen zumute. Er kochte vor Wut, und er würde nicht lockerlassen, bis er sie aus ihrer Reserve gelockt hatte.

»Geben Sie mir bitte die Karte, und vergessen Sie nicht, ich kann dieses Lokal innerhalb von vierundzwanzig Stunden schließen lassen.«

Die Karte war riesengroß, mit einem ebenso großen Angebot an Weinen auf der Rückseite.

»Es gibt Coquilles Saint-Jacques, Janvier. Was meinst du dazu?«

»Sehr einverstanden.«

»Und danach geschmorte Rippchen.«

»Auch gut.«

Er wendete die Karte.

»Einen leichten Wein. Wie wär's mit einem Beaujolais?«

»Gern.«

Der Oberkellner stand stocksteif hinter ihnen. Dann kamen vier Gäste herein und setzten sich ans Fenster. Auch die kleine Kassiererin hatte ihren Platz eingenommen, aber das ›Bonjour‹ von Maigret blieb unerwidert. Sie schien ihn nicht zu kennen.

Monsieur Maurice war tot. Zu seinen Lebzeiten hatte keiner aufgemuckt. Es hatte eine gute Atmosphäre in dem Haus geherrscht. Gestern abend war Mori gekommen und hatte zusammen mit Madame Marcia das Haus in Besitz genommen, und alle hatten verstanden. Von nun an mußten sie ihm gefällig sein. Sie fingen schon damit an. Wenn sie aneinander vorbeigingen, warfen sie sich hastig und leise ein paar Worte zu.

»Wetten, daß wir frühestens in einer halben, wenn nicht erst in einer ganzen Stunde etwas zu essen bekommen?«

Der Vierertisch wurde tatsächlich vor ihnen bedient, dann der Tisch mit den zwei Engländern, die eben erst gekommen waren. Der Speisesaal füllte sich nach und nach, und je weniger man sich um sie kümmerte, desto breiter wurde Maigrets Lächeln und desto geruhsamer paffte er seine Pfeife.

»Bloß keine Eile!« sagte er zum Oberkellner, als der vorbeiging.

»Nein, Monsieur, die Absicht habe ich auch nicht.«

Die Moris erschienen nicht, und so bekamen die beiden Männer schließlich ihr Essen und ihren Wein.

6

Als Maigret zum Quai zurückkam, war es nach drei Uhr, und der erste Mensch, auf den sein Blick fiel, war der unermüdliche Inspektor Louis, der auf einer Bank im Korridor saß, den Hut auf den Knien.

Der Kommissar bat ihn in sein Büro, und Louis nahm wieder nur die Kante des Stuhls in Anspruch.

»Ich glaube, ich habe Glück gehabt, Monsieur le Divisionnaire.«

Er sprach vor lauter Schüchternheit ganz leise und sah sein Gegenüber kaum an.

»Als Sie mich heute morgen absetzten, habe ich meinen Rundgang durch die Bars wieder aufgenommen und habe ganz oben am Montmartre um die Place du Tertre angefangen. Ich weiß, das ist so eine fixe Idee von mir. Ich ging ins ›Trois Tonneaux‹, ein Bistro in der Rue Gabrielle, in dem hauptsächlich Leute aus dem Viertel verkehren. Ich hab mich wie immer an den Tresen gestellt und eine Erdbeerbrause bestellt.«

Maigret wußte, daß es zwecklos war, ihn anzutreiben. Der Inspektor berichtete bedächtig, Punkt für Punkt, wie es seine Art war.

»In einer Ecke unter einer Wanduhr spielten vier Männer Karten. Sie waren alle schon in fortgeschrittenem Alter, und sie sitzen bestimmt immer um dieselbe Zeit am selben Tisch. Ich wurde gleich hellhörig, als der eine sagte:

›Du bist dran, Wachtmeister.‹

Der Mann, den er meinte, muß zwischen siebzig und fünfundsiebzig Jahre alt sein, aber er wirkt noch sehr rüstig. Dreimal innerhalb von zehn Minuten wurde er mit Wachtmeister angesprochen.

›Ist er bei der Polizei?‹ habe ich da den Wirt leise gefragt.

›Er war vierzig Jahre dabei... Noch einer von altem Schrot und Korn. Jeder kannte ihn hier im Viertel, und zu den kleinen Rumtreibern ist er wie ein Vater gewesen.‹

›Ist er schon lange im Ruhestand?‹ hab ich gefragt, und er sagte:

›Mindestens zehn Jahre. Er kommt jeden Tag zum Spielen hierher. Sein Sohn hat sich verheiratet und wohnt in Meaux. Seine Tochter ist Krankenschwester im Krankenhaus Bichat. Er hat noch einen anderen Sohn. Ich weiß nicht, was der macht, nichts Gutes jedenfalls.‹

Ich wollte wissen, ob er im Viertel wohnt.

›Nicht sehr weit weg, in der Rue Tholozé, gegenüber der einzigen Tanzdiele in der Straße. Seine Frau ist vor fünf Jahren gestorben. Er kocht selbst und macht den Haushalt allein. Hier gibt es viele so wie er, alte Männer und Frauen, die allein von einer bescheidenen Rente leben.‹«

Maigret kannte die Gegend gut genug, um zu wissen, daß der Montmartre eine in sich geschlossene Welt darstellte. Manche Leute setzten keinen Fuß aus dem Viertel, höchstens daß sie einmal bis zur Place Clichy hinunterkamen.

»Haben Sie seine genaue Adresse?«

»Ich bin aus dem Bistro raus, um nicht aufzufallen. Eine

halbe Stunde später kam der Mann heraus, ging zum Fleischer und kaufte sich dort zwei Koteletts.

Ich bin ihm bis in die Rue Tholozé gefolgt, aber von fern, denn er kennt sich mit dem Beschatten sicher aus. Er ist in ein dreistöckiges Haus gegangen, das dem ›Tam-Tam‹, dem Tanzlokal, genau gegenüberliegt. Ich habe das achtzehnte Revier angerufen, weil ich jemanden für ein oder zwei Stunden haben wollte, der das Haus im Auge behält. Es ist dann einer gekommen, ein Junger, und der hält jetzt in der Nähe des Hauses Wache.«

Er schwieg. Er hatte auf seine Art alles gesagt.

»Hast du gehört, Janvier?«

Janvier hatte das Büro gleichzeitig mit dem Kommissar betreten.

»Gehen wir?«

»Selbstverständlich.«

»Sollen noch ein paar Leute mitkommen?«

»Lieber nicht. Wir müssen so diskret wie möglich vorgehen.«

Sie stiegen in eins der kleinen schwarzen Autos, die im Hof des Gerichtsgebäudes parkten.

»Ist die Rue Tholozé nicht eine Sackgasse?«

»Notgedrungen, denn sie endet an einer Treppe.«

Sie sahen den jungen Polizisten von weitem in einiger Entfernung von dem Haus auf und ab gehen.

»Ich geh erst mal allein hinauf«, sagte Maigret, »es ist nicht nötig, ihn zu erschrecken.«

Er zeigte der Concierge seine Dienstmarke.

»Ist der Wachtmeister zu Hause?«

»Monsieur Colson? Alle Welt nennt ihn immer noch

Wachtmeister. Er ist vor ungefähr zwei Stunden nach Hause gekommen. Jetzt wird er gerade seine Mittagsruhe halten.«

»Wieviel Treppen?«

»Zwei, linke Tür.«

Es gab natürlich keinen Fahrstuhl. Das Haus war alt wie fast alle Häuser in der Straße, und im Treppenhaus hing ein penetranter Küchendunst.

Maigret stellte fest, daß kein Klingelknopf da war, und klopfte an die Tür.

»Herein«, sagte eine tiefe Stimme.

Die Wohnung war klein und mit Möbeln vollgestellt, die wohl noch aus dem ehelichen Haushalt stammten. Im Schlafzimmer rechts standen zwei Betten. Eins davon war wahrscheinlich nacheinander von den drei Kindern benutzt worden.

Alles war doppelt und dreifach vorhanden. Es gab keinen Kühlschrank, nur einen Fliegenschrank aus Draht außen am Fenster.

»Nicht möglich! Der Kommissar Maigret bei mir! Bitte kommen Sie doch herein! Hier ist jemand, der sehr glücklich sein wird, Sie zu sehen.«

Er bat den Kommissar in ein Zimmer, das Eßzimmer und Wohnzimmer in einem war. Ein Mann, nicht größer als ein Meter fünfzig, der aussah wie ein Junge mit vielen Falten im Gesicht, blickte dem Besucher angstvoll entgegen.

»Haben Sie ihn verhaftet?« fragte er als erstes.

»Noch nicht, aber Sie brauchen keine Angst zu haben...«

Wachtmeister Colson unterbrach ihn:

»Hundertmal hab ich ihm gesagt, er soll Sie anrufen und Ihnen sagen, wo er ist. Als er hier auftauchte, zitterte er am ganzen Leib. Er hat eine Todesangst vor diesen Mori-Brüdern. So heißen sie doch? Zu meiner Zeit waren sie noch nicht bekannt.«

»Sie sind ja auch erst dreißig.«

»Ich sehe abends fern, aber ich lese keine Zeitung. Justin hat sich an mich erinnert. Ich kenne ihn von damals, als er noch in seinen alten Espadrilles im Viertel herumstromerte.«

»Was werden Sie jetzt mit mir machen?«

Der Floh war noch immer starr vor Angst.

»Wir gehen jetzt alle beide zum Quai des Orfèvres und unterhalten uns in meinem Büro unter vier Augen. Es ist durchaus möglich, daß die Brüder Mori danach verhaftet werden.«

»Wie haben Sie mich denn gefunden?«

»Inspektor Louis hat Ihre Spur ausfindig gemacht.«

»Die andern hätten das genauso gekonnt!«

»Wachtmeister, ich möchte mich bei Ihnen für die Gastfreundschaft bedanken, die Sie ihm gewährt haben. Ich hoffe, die Koteletts waren gut.«

»Woher wissen Sie das?«

»Ebenfalls von Inspektor Louis. Und viel Glück beim Kartenspiel morgen!«

Er wandte sich an den Knirps, der noch immer wie versteinert dasaß:

»Na, komm!«

Monsieur Colson geleitete sie zur Tür und blickte ihnen ein wenig melancholisch nach, als sie die Treppe hinuntergingen.

»Steig ein!«

Der Floh setzte sich nach hinten in den Wagen neben Inspektor Louis. »Und da hab ich gedacht, mich findet keiner!« stöhnte er.

»Ich bin nur durch Zufall auf die Spur vom Wachtmeister gekommen.«

Der Floh rückte so weit es ging zur Mitte, um von außen nicht gesehen zu werden.

Zu viert stiegen sie die Treppe zur Kriminalpolizei hinauf, die der Floh mit ängstlichem Respekt betrachtete. Maigret überlegte einen Augenblick, ob er sie alle drei mit in sein Büro nehmen oder Justin Crotton unter vier Augen befragen sollte.

Er entschied sich für letzteres.

»Wir sprechen uns gleich noch«, sagte er zu Louis und Janvier, »und du, komm rein«, beinahe hätte er »mein Kleiner« hinzugesetzt, aber er hielt sich noch rechtzeitig zurück.

»Setz dich! Rauchst du?«

»Ja.«

»Hast du Zigaretten?«

»Ich hab noch zwei.«

»Hier, nimm die!«

Maigret hatte immer zwei, drei Päckchen für eventuelle Gesprächspartner in seinem Schubfach.

»Was wollen Sie…«

»Einen Moment.«

Er hatte eine Notiz auf seinem Schreibtisch gefunden: Das Labor bittet um Rückruf.

Er ließ sich mit Moers verbinden.

»Haben Sie etwas herausgefunden?«

»Ja. Das Labor hat gut gearbeitet. Unser Textilfachmann

ist beim größten Teppichhändler von Paris gewesen. Sein erster Eindruck hat sich bestätigt. Die Seidenfäden stammen von einem alten chinesischen Teppich, er muß aus dem 16. oder 17. Jahrhundert sein, und außer in den Museen gibt es in Frankreich höchstens noch drei oder vier davon. Der Händler weiß aber nicht, wer die Besitzer sind. Er wird sich umhören. Und noch eins: An der Stelle, wo der Teppich gelegen hat, befinden sich kaum sichtbare Blutspuren. Das Blut war mit Wasser verdünnt. Jemand muß den Fleck immer wieder ausgerieben haben und hat dazu eine Bürste benutzt, denn es wurden auch kleine Borsten gefunden.«

»Ist es möglich, die Blutgruppe festzustellen?«

»Das ist schon gemacht worden. Es handelt sich um die Blutgruppe AB.«

»Unglücklicherweise ist niemand auf den Gedanken gekommen, bei Monsieur Maurice die Blutgruppe festzustellen. Es sei denn, der Gerichtsmediziner ...«

»Ja. Vielleicht hat er daran gedacht. Haben Sie seinen Bericht schon vorliegen?«

»Davon steht nichts drin.«

Der Floh sah den Kommissar an, als könnte er nicht glauben, was ihm geschah. Warum nur war er immer noch so verkrampft? Wovor hatte er Angst?

Maigret öffnete die Tür:

»Janvier, versuch doch, den Gerichtsmediziner so schnell wie möglich zu erreichen! Sag ihm, ich möchte wissen, ob er daran gedacht hat, die Blutgruppe von Marcia zu bestimmen, und falls er es nicht getan hat, ob er dir sagen kann, was man mit den Kleidungsstücken gemacht hat.«

In dem Büro waren zwanzig Inspektoren dabei, ihre Berichte in die Maschine zu tippen, und mitten unter ihnen saß Louis kerzengerade auf einem Stuhl und hielt seinen Hut auf den Knien.

Der Kommissar kam in sein Büro zurück und wandte sich an den Floh:

»Also weiter. Wie spät ist es? Vier Uhr. Wenn wir Glück haben, treffen wir deine Freundin noch zu Hause an.«

Und da war auch wirklich die Stimme von Blanche Pigoud am anderen Ende der Leitung.

»Bist du's, Justin?«

»Nein, hier spricht Kommissar Maigret.«

»Haben Sie etwas von ihm gehört?«

»Er sitzt in meinem Büro.«

»Ist er von selbst gekommen?«

»Nein, ich mußte ihn holen.«

»Wo war er denn?«

»Am Montmartre, wie ich erwartet hatte.«

»Haben Sie sie festgenommen?«

»Die Brüder Mori? Nein. Eins nach dem anderen. Ich gebe Ihnen Justin.«

Er reichte dem Floh den Hörer.

»Hallo ... bist du's?«

Er war ungeschickt, verwirrt.

»Ich weiß noch nicht. Ich bin erst seit einer Viertelstunde hier, und man hat mir noch keine Fragen gestellt ... Es geht mir gut, ja ... Nein ... Ich weiß noch nicht, wann ich nach Hause komme ... Auf Wiedersehen.«

»Sie werden nicht mehr lange darauf warten müssen«, sagte Maigret und nahm ihm den Hörer aus der Hand. »Seien Sie auf jeden Fall ganz beruhigt, Blanche.«

Er legte auf, zündete sich eine Pfeife an und betrachtete Justin Crotton aufmerksam. Er konnte sich die Nervosität, die ihm noch immer anzumerken war, nicht erklären.

»Zitterst du immer so?«

»Nein.«

»Wovor hast du Angst, jetzt hier, in meinem Büro? Vor mir?«

»Vielleicht.«

»Warum?«

»Sie verunsichern mich. Alles, was mit der Polizei zusammenhängt, verunsichert mich.«

»Trotzdem bist du zu einem ehemaligen Wachtmeister gegangen und bei ihm untergeschlüpft.«

»Für mich ist Wachtmeister Colson kein richtiger Polizist. Ich kannte ihn schon, als ich noch nicht mal sechzehn war. Ihm hab ich's zu verdanken, daß ich nie wegen Rumtreiberei angeklagt worden bin.«

»Und ich dagegen?«

»Sie sind ein so bedeutender Mann...«

»Woher wußtest du, daß Line Marcia die Geliebte von Manuel war?«

»In den Nachtlokalen im Viertel wissen das alle.«

»Und Monsieur Maurice hat es drei Jahre lang nicht gewußt?«

»Es scheint so.«

»Du weißt es nicht genau?«

»Es ist doch immer so, daß der, den es angeht, keine Ahnung hat, nicht wahr? Monsieur Maurice war ein wohlhabender, einflußreicher Mann. Ich glaube, kein Mensch hätte gewagt, ihm offen ins Gesicht zu sagen:

›Ihre Frau betrügt Sie mit einem Ihrer Freunde.‹«

»Waren Marcia und die Brüder Mori befreundet?«

»Seit einigen Jahren schon.«

»Woher weißt du das?«

»Weil die Brüder Mori regelmäßig ins ›Sardine‹ kamen und Monsieur Maurice sich jedesmal zu ihnen an den Tisch setzte. Manchmal blieben sie auch noch, wenn schon geschlossen war.«

»Kamen sie auch in die Rue Ballu?«

»Ich habe sie ein paarmal dort hineingehen sehen.«

»Wenn Marcia zu Hause war?«

»Ja.«

»Wie kommt es, daß du das alles weißt?«

»Weil ich überall rumkomme. Ich habe gute Ohren. Ich höre, was man so spricht. Die Leute haben keine Hemmungen vor mir.«

»Warst du oft im ›Sardine‹?«

»An der Bar, ja. Freddy ist sozusagen ein Freund von mir.«

»Jetzt nicht mehr, glaub ich.«

»Am Abend, als der Mord geschah, war ich gerade in der Rue Fontaine, als Monsieur Maurice eilig aus dem ›Sardine‹ herauskam, zu einer für ihn ganz ungewöhnlichen Zeit.«

»Wann war das?«

»Kurz nach Mitternacht. Er setzte sich nicht in seinen Wagen, sondern lief so schnell er konnte zum Square La Bruyère.«

»Wußtest du, daß seine Frau in Manuels Wohnung war?«

»Ja.«

»Woher wußtest du, daß sie gerade an diesem Abend dort war?«

»Ich bin ihr nachgegangen.«

»Du hast also die Angewohnheit, den Leuten nachzugehen und sie zu beobachten?«

»Ich wollte schon immer Polizist werden, aber bei meiner Größe ... vielleicht liegt es ja auch daran, daß ich nichts gelernt habe.«

»Gut. Du folgst also Monsieur Maurice ... Er dringt bei Manuel ein ... Waren die Fenster erleuchtet?«

»Ja.«

»Wie lang war Line schon da?«

»Eine knappe Stunde.«

»Du selbst bist nicht ins Haus gegangen?«

»Nein.«

»Hast du dir gedacht, was passieren würde?«

»Ja. Ich wußte nur nicht, welcher von beiden getötet werden würde.«

»Hast du den Schuß gehört?«

»Nein, die anderen Mieter auch nicht, oder vielleicht dachten sie, es sei das Geräusch von einem Auspuff.«

»Und weiter?«

»Ungefähr eine Viertelstunde später ist Madame Marcia aus dem Haus gekommen und sehr schnell nach Hause gelaufen.«

»Bist du ihr gefolgt?«

»Nein. Ich hielt es für wichtiger zu bleiben.«

»Was ist dann weiter passiert?«

»Dann kam ein Auto angebraust und hätte mich um ein Haar überfahren. Das war der andere Mori, Jo. Sein Bruder muß ihn angerufen haben und ihm gesagt haben, daß er sofort kommen soll.«

Maigret folgte gespannt der Erzählung. Bis jetzt hatte er nur im dunkeln getappt, aber das Ganze wollte ihm nicht so recht behagen.

»Und weiter?«

»Die beiden Männer verließen das Haus und trugen einen Teppich, in den etwas Schweres eingerollt war.«

»Die Leiche von Marcia?«

»So gut wie sicher. Sie verstauten das Paket im Auto und fuhren in Richtung Place Constantin-Pecqueur ab. Weil ich kein Auto habe, konnte ich ihnen nicht folgen.«

»Was hast du gemacht?«

»Ich blieb da und wartete.«

»Waren sie lange weg?«

»Fast eine halbe Stunde.«

»Haben sie den Teppich wieder mitgebracht?«

»Nein. Ich habe ihn nicht gesehen. Sie gingen beide in die Wohnung, und eine halbe Stunde später fuhr Jo wieder ab.«

Das konnte stimmen. Die beiden Männer hatten zunächst die Leiche an der dunkelsten Stelle der Avenue Junot abgelegt und danach den Teppich in die Seine geworfen. Nach Ihrer Rückkehr zum Square La Bruyère hatten sie versucht, die Spuren der Bluttat zu beseitigen.

»Was hast du danach gemacht?«

»Ich habe bis zum andern Morgen gewartet und dann Inspektor Louis angerufen.«

»Warum ihn und nicht das Revier oder die Kriminalpolizei?«

»Da hab ich zuviel Respekt.«

Er war wohl wirklich zu schüchtern.

»Du hast ihn nicht zum erstenmal angerufen?«

»Nein. Er bekommt solche Informationen schon länger von mir. Ich weiß, wie er aussieht. Wir begegnen uns oft an denselben Stellen. Er ist immer allein.«

»Warum hast du dich versteckt?«

»Weil mir klar war, daß die Brüder Mori sich mit mir befassen würden.«

Maigret runzelte die Stirn. Das war der schwächste Punkt in seiner Aussage.

»Aus welchem Grund sollten sie sich mit dir befassen? Standest du mit ihnen in Verbindung?«

»Nein, aber sie haben mich in den Bars gesehen. Sie wissen, daß ich mich in allen Ecken vom Montmartre auskenne und alles erfahre.«

»Nein!« sagte Maigret plötzlich scharf.

Der Floh sah ihn verdutzt, dann furchtsam an.

»Was wollen Sie damit sagen?«

»Es muß einen anderen Grund geben, weshalb sie dich beseitigen wollen.«

»Ich schwöre Ihnen ...«

»Hast du niemals mit ihnen gesprochen?«

»Nie! Sie können sie selbst fragen.«

Er log, Maigret spürte es, aber er hatte keinen Beweis dafür.

»Also gut. Wir werden sie festnehmen. Du kannst solange im Büro nebenan warten.«

»Verhalte dich ruhig und warte hier auf mich! Vielleicht leiht dir einer von den Inspektoren eine Zeitung.«

»Ich lese nicht gern.«

»Na gut. Mach dir keine Gedanken!«

Maigret gab Janvier ein Zeichen, ihm in sein Büro zu folgen.

»Hast du mit dem gerichtsmedizinischen Institut gesprochen?«

»Ich hatte Doktor Bourdet persönlich am Apparat. Die Kleider sind noch dort. Es ist Blutgruppe AB.«

»Wie die auf dem Teppich.«

»Das ist allerdings eine Blutgruppe, die hierzulande sehr häufig vorkommt.«

»Ich gehe jetzt zum Untersuchungsrichter, und danach brauch ich dich wahrscheinlich, dich und Lucas. Lapointe auch.«

Er lief durch den langen Flur vor dem Büro des Untersuchungsrichters. Fast alle Bänke waren besetzt. Einige der Wartenden saßen mit Handschellen zwischen zwei Polizisten, andere waren Angeklagte, die sich noch auf freiem Fuß befanden, oder Zeugen, was man an ihren gelassenen Mienen sah.

Maigret klopfte an die Tür von Richter Bouteille und trat ein. Der Richter war gerade dabei, seinem Protokollführer etwas zu diktieren.

»Ich bitte um Entschuldigung.«

»Setzen Sie sich, das hier ist nur Verwaltungskram. Haben Sie meine Haftbefehle gebraucht?«

»Nur den Durchsuchungsbefehl. Ein alter chinesischer Teppich ist aus dem Schlafzimmer des älteren der Brüder Mori verschwunden. Auf dem Bodenbelag wurden Spuren entdeckt, Blutspuren der Gruppe AB. An der Kleidung von

Marcia, die daraufhin von Doktor Bourdet untersucht wurde, ist dort, wo der Einschuß war, dieselbe Blutgruppe festgestellt worden.«

»Sie wissen, daß das als Beweis nicht ausreicht.«

»Es gibt noch einen anderen: Am Abend der Beisetzung hat Mori in der Rue Ballu übernachtet. Im übrigen sind die beiden Brüder dabei, vom ›Sardine‹ Besitz zu ergreifen.«

»Haben Sie diesen Zwerg auftreiben können? Wie war noch der Spitzname?«

»Floh. Er ist unten bei mir unter guter Bewachung. Er hat noch einmal bestätigt, daß er Monsieur Maurice kurz nach Mitternacht in das Haus am Square La Bruyère gehen sah, in dem der ältere der Moris wohnt. Eine Viertelstunde später kam Madame Marcia heraus und lief sehr schnell in die Richtung ihres Hauses. Schließlich erschien der junge Mori mit seinem Auto, als ob er telefonisch zu Hilfe gerufen worden wäre. Eine halbe Stunde später luden die beiden Brüder ein schweres Paket ins Auto.

Der Floh konnte sie nicht bis zur Avenue Junot verfolgen, weil er kein Auto besitzt. Aber es gibt keinen Zweifel, der Leichnam war in einen bunten Teppich eingewickelt.«

»Haben Sie die Absicht, die beiden zu verhaften?«

»Noch heute nachmittag. Aber ich hätte gern einen weiteren Haftbefehl, auf den Namen Madame Line Marcia.«

»Glauben Sie, daß sie ...«

»Auf jeden Fall ist sie beteiligt. Ich habe den Verdacht, daß sie ihrem Geliebten die Waffe zugesteckt hat, es könnte sogar sein, daß sie selbst geschossen hat.«

»Sie haben gehört«, wandte sich der Richter an seinen Protokollführer, »fertigen Sie den Haftbefehl aus. Ich habe den Eindruck, die sind mit allen Wassern gewaschen.«

»Das steht fest, und deshalb wäre es unklug, sie ohne endgültige Beweise vor die Geschworenen zu bringen. Sie können die besten Verteidiger von Paris bezahlen und je nach Bedarf alle möglichen falschen Zeugen beibringen.«

Als Maigret in sein Büro zurückgekommen war, tat er etwas für ihn ganz Ungewöhnliches: Er nahm seine Automatik aus der Schublade und steckte sie in seine Tasche.

Danach rief er Lucas, Janvier und Lapointe zu sich.

»Kommt rein, meine Lieben! Jetzt geht's aufs Ganze. Janvier, du begleitest mich. Nimm deinen Revolver mit. Bei diesen Leuten muß man auf alles gefaßt sein. Ihr beiden auch«, sagte er zu Lucas und Lapointe. »Ihr fahrt zur Rue du Caire. Mit ziemlicher Sicherheit trefft ihr dort den jungen Mori an, wenn nicht, versucht es im ›Hôtel des Iles‹ in der Avenue Trudaine. Wenn er dort auch nicht ist, versucht es im ›Sardine‹. Hier ist der Haftbefehl auf seinen Namen. Nehmt ein Paar Handschellen mit! Du auch, Janvier!«

Sie trennten sich im Hof, und die beiden Wagen fuhren in verschiedene Richtungen davon.

»Wohin fahren wir?«

»Zunächst zu Manuel.«

Die Concierge sagte ihnen, er sei nicht zu Hause, aber die Putzfrau sei wahrscheinlich oben.

Sie stiegen die Treppe hinauf.

Die Putzfrau war erschreckend mager, und man fragte sich, wie sie sich auf den Beinen halten konnte. Sie mußte über sechzig sein und allem Anschein nach krank. Ihr Gesicht drückte Verbitterung aus, und sie blickte ihnen feindselig entgegen.

»Sie wünschen?«

»Monsieur Manuel Mori.«

»Der ist nicht da.«

»Wann ist er weggegangen?«

»Das weiß ich nicht.«

»Er hat heute nacht nicht hier geschlafen, oder?«

»Das geht Sie nichts an!«

»Polizei.«

»Polizei oder nicht, es geht Sie nichts an, in welchem Bett ein Mann schläft.«

»Haben Sie gemerkt, daß der Teppich im Schlafzimmer verschwunden ist?«

»Na und? Wenn er mit der Zigarette ein Loch reinbrennt und ihn dann zum Ausbessern gibt, dann ist das doch wohl seine Sache?«

»Ist Ihr Chef nett zu Ihnen?«

»Ein sturer Bock!«

Da schienen ja die Richtigen aneinandergeraten zu sein.

»Was denn nun? Wollen Sie hier warten? Ich muß staubsaugen. Ich hab meine Zeit schließlich nicht gestohlen.«

Ein paar Minuten später hielt das Auto mit den beiden Männern vor Marcias Haus.

»Ist Madame Marcia oben?« fragte Maigret die Concierge.

»Ich glaube, sie ist nicht weggegangen, es sei denn durch die Gartentür, die ist immer offen.«

»Tag und Nacht?«

»Ja.«

»Sie wissen also nie genau, wer kommt und wer geht?«

»Die Gartentür wird kaum benutzt.«

»Ich hab das Gefühl, Madame Marcia ist letzte Nacht nicht allein gewesen.«

»Das Gefühl hab ich auch.«

»Haben Sie heute morgen einen Mann das Haus verlassen sehen?«

»Nein. Vielleicht ist er noch oben. Nach dem, was das Zimmermädchen gesagt hat, werden wir ja vielleicht bald einen neuen Mieter haben.«

»Auf wessen Seite steht denn das Zimmermädchen?«

»Eher auf der Seite von Monsieur Maurice.«

»Besten Dank.«

Maigret und Janvier stiegen zur ersten Etage hinauf. Maigret klingelte, und es vergingen einige Minuten, bevor ihnen geöffnet wurde.

»Zu Madame Marcia, bitte.«

»Ich weiß nicht, ob sie Sie empfangen kann, aber kommen Sie bitte herein.«

Das Zimmermädchen führte sie in den großen Salon, der wieder sein gewöhnliches Aussehen hatte.

»Wir müssen auf jeden Fall noch einmal mit einem Experten für alte Möbel hierherkommen«, sagte Maigret leise, während sie warteten.

Es war Manuel Mori, nicht Line, der im Türrahmen erschien. »Schon wieder Sie!«

»Ich hatte nach Line Marcia gefragt.«

»Sie hat keine Lust, Sie zu empfangen, und ich werde dafür sorgen, daß Sie sie nicht belästigen.«

»Trotzdem werde ich Sie aber alle beide belästigen. Ich verhafte Sie im Namen des Gesetzes.«

»Ach ja! Der berühmte Haftbefehl ...«

»Es ist diesmal ein anderer, auf den Namen Line Marcia, geborene Polin.«

»Sie erlauben sich ...«

»Ich erlaube mir, und ich rate Ihnen dringend von jedem Widerstand ab. Es könnte Sie sehr teuer zu stehen kommen.«

Manuel fuhr mit der Hand zu seiner Tasche, wo sich die Umrisse eines Revolvers abzeichneten.

»Pfoten weg, mein Kleiner!« sagte Maigret sanft.

Lines Liebhaber wurde blaß.

»Halte ihn in Schach, Janvier!«

Er suchte eine Klingel, entdeckte sie neben dem riesigen Kamin. Er klingelte. Einen Augenblick später erschien das Zimmermädchen und blieb wie vom Donner gerührt auf der Schwelle des Salons stehen.

»Holen Sie Madame Marcia! Sagen Sie ihr, sie soll Kleider für ein paar Tage, etwas Wäsche und ihre Toilettensachen einpacken.«

Kurz darauf betrat Line den Salon mit leeren Händen.

»Was hat das zu bedeuten ...« Sie stockte, als sie Janvier mit vorgehaltener Pistole dastehen sah.

»Ich habe hier einen Haftbefehl auf Ihren Namen. Ich werde Sie alle beide mitnehmen.«

»Aber mir kann man doch nichts vorwerfen!«

»Sie waren an dem Mord beteiligt. Sie haben versucht, den Verantwortlichen zu decken. Das heißt bei uns Mittäterschaft.«

»Wenn eine Frau, die einen Liebhaber hat, jedesmal riskiert…«

»Nicht alle Liebhaber benutzen den Ehemann als Schießscheibe. Holen Sie Ihre Sachen! Einen Moment! Geben Sie mir Ihre Waffe, Manuel!«

Manuel zögerte, sein Gesicht bekam einen harten Ausdruck. Maigret machte sich auf alles gefaßt und sah ihm scharf in die Augen.

Endlich streckte Manuel doch die Hand aus und gab die Waffe ab.

»Bleib bei ihm, Janvier! Ich möchte die Frau nicht gern aus den Augen lassen. Möglich, daß wir sie sonst nicht wiedersehen.«

»Ich muß mich umziehen.«

»Sie wären nicht die erste Frau, der ich zusehe, wie sie sich umzieht. Was trugen Sie denn auf dem Leib, als Sie im ›Tabarin‹ tanzten?«

Es herrschte eine gespannte, bedrohliche Atmosphäre. Maigret folgte Line durch den Salon in ein Schlafzimmer in Perlgrau und Gelb, das im Louis-XVI-Stil möbliert war. Das Bett war zerwühlt. Auf einem kleinen Tisch standen eine Flasche Whisky und zwei halbleere Gläser.

Er traute ihr zu, die Flasche zu ergreifen und sie ihm auf dem Kopf zu zerschlagen. Er goß ihr ein großes Glas Whisky ein und brachte die Flasche aus ihrer Reichweite.

»Wollen Sie nicht…?«

»Nein. Machen Sie sich fertig!«

»Wie lange werden wir verreist sein? Vielleicht sagt man besser, ich sei verreist.«

»Das hängt davon ab.«

»Wovon?«

»Von Ihnen und vom Untersuchungsrichter.«

»Was hat Sie veranlaßt, uns so plötzlich festzunehmen? Gestern war noch nicht die Rede davon.«

»Sagen wir, seit gestern haben wir verschiedene schwerwiegende Entdeckungen gemacht.«

»Die Waffe, mit der mein Mann getötet worden ist, haben Sie bestimmt nicht gefunden.«

»Sie wissen sehr genau, daß diese Waffe in der Seine liegt, ebenso wie der Teppich mit den Blutflecken.«

»In welches Gefängnis werden wir gebracht?«

»Zunächst ins Untergeschoß des Palais de Justice.«

»Kommen dort nicht die Nutten hin?«

»Gelegentlich, ja.«

»Und Sie erlauben sich ...«

Maigret wies auf das Bett.

»Sie haben das Bett hier ja noch nicht einmal kalt werden lassen.«

»Sie sind ein abscheulicher Mensch!«

»Im Augenblick, ja. Beeilen Sie sich!«

Sie stand im Handumdrehen nackt vor ihm, und sie tat es ganz bewußt.

»Ich möchte gern noch duschen. Das wird ja wohl da, wo ich hinkomme, nicht möglich sein.«

Sie hatte den schönen, geschmeidigen Körper einer Tänzerin, aber der Kommissar blieb ungerührt. Er stellte sich an die Tür des Badezimmers, das noch einen anderen Ausgang hatte.

Nach einer Viertelstunde war sie endlich soweit. Sie wählte dasselbe schwarze Kostüm und denselben weißen

Hut vom Tag vorher und stopfte etwas Wäsche und ihre Toilettensachen in ein kleines Köfferchen.

»Ich komme mit, was bleibt mir anderes übrig. Aber das wird Sie hoffentlich teuer zu stehen kommen!«

Sie gingen zu den beiden Männern in den Salon zurück.

An dem erstaunten Blick von Manuel war zu ersehen, daß er nicht verstand, warum seine Freundin sie so lange warten ließ. Wußte er auch, daß man bei ihr mit allem rechnen mußte?

»Die Handschellen, Janvier!«

»Wollen Sie mir etwa Handschellen anlegen?« fragte Manuel, weiß wie die Wand, und erhob seine Faust, aber auf einen Blick von Maigret hin ließ er sie fallen, und die Handschellen schnappten zu.

»Ich hoffe, ihr legen Sie keine an!«

»Nur, wenn es nötig wird.«

Das Zimmermädchen öffnete ihnen mit einem spöttischen Lächeln die Wohnungstür.

»Vorwärts!«

Er ließ Mori hinten ins Auto steigen und setzte sich neben ihn... Line nahm vorn neben Janvier Platz. Keiner von beiden machte Anstalten zu fliehen, was ihnen auch nicht gelungen wäre.

»Und mein Bruder?«

»Der muß schon bei der Kriminalpolizei sein, wenn man ihn rechtzeitig festnehmen konnte.«

»Haben Sie Ihre Leute in die Rue du Caire geschickt?«

»Ja.«

»Dort müßte er sein. Aber mein Bruder hat nichts damit zu tun. Ich habe ihn in dieser Nacht nicht gesehen.«

»Sie lügen.«

»Sie werden mir schon das Gegenteil beweisen müssen.«

Der Wagen fuhr in den Hof ein, und alle vier stiegen die Treppe hinauf.

»In mein Büro, Janvier.«

Das Fenster stand noch offen. Das Gewitter war jetzt ganz nah, und am Montparnasse regnete es wohl bereits.

»Setzen Sie sich! Janvier, sieh doch mal nach, ob Lucas und Lapointe zurück sind.«

Der Inspektor kam sofort wieder.

»Er ist nebenan, gut bewacht.«

»Er soll hereinkommen.«

Jo war genauso wütend wie sein Bruder.

»Ich werde Sie verklagen!«

»Bitte sehr! Sagen Sie's dem Untersuchungsrichter!«

»Wie lange wollen Sie uns hierbehalten?«

»Das hängt von den Geschworenen ab. Einer von Ihnen muß wahrscheinlich mit zwanzig Jahren oder mehr rechnen. Für Sie werden wohl auch einige Jahre herausspringen.«

»Ich habe nichts getan!«

»Ich weiß, daß Sie nicht geschossen haben, ich weiß aber auch, daß Ihr Bruder Sie mitten in der Nacht angerufen hat und Sie ihm geholfen haben, die Leiche von Marcia in Ihrem Wagen zu verstauen, und daß Sie sie in der Avenue Junot wieder ausgeladen haben.«

»Das stimmt nicht!«

»Janvier! Er soll hereinkommen.«

»Wer? Wenn es der ist, der ...«

»Jawohl! Genau der ist es. Kommen Sie, Justin! Setzen Sie sich!«

Janvier blieb zur Bewachung an der Tür stehen, Lapointe stenografierte an einer Ecke des Schreibtischs das Verhör mit.

»Das nennen Sie einen Zeugen?« zischte Manuel bösartig. »Den können Sie für hundert Franc kaufen, und er sagt alles, was Sie wollen.«

Maigret tat, als habe er nicht verstanden, und wandte sich an Line:

»Madame, würden Sie mir sagen, ob Sie sich in der Nacht von Montag auf Dienstag in einer Wohnung am Square La Bruyère befanden, die der hier anwesende Manuel Mori bewohnt?«

»Das geht Sie gar nichts an.«

»Soll ich aus Ihrem Verhalten schließen, daß Sie sich entschieden haben, auf keine meiner Fragen zu antworten?«

»Das hängt von den Fragen ab.«

Ihr Liebhaber sah sie an und runzelte die Stirn.

»Aber Sie geben zu, die Geliebte dieses Mannes zu sein?«

»Ich bin die Geliebte von jedem, der mir gefällt. Soviel ich weiß, gibt es kein Gesetz, das mir das verbietet.«

»Wo haben Sie die letzte Nacht geschlafen?«

»Bei mir zu Hause.«

»Mit wem?«

»Das ist meine Sache.«

»Wußten Sie, daß Ihr Liebhaber eine geladene Waffe in oder auf seinem Nachttisch hatte?«

Sie schwieg.

»Ich möchte gern in Ihrem eigenen Interesse bei dieser Frage bleiben. Sie ist sehr wichtig. Für Sie besonders.

Als Ihr Mann klingelte, lagen Sie im Bett, nackt, unter

der Decke. Manuel zog sich einen Morgenmantel über und ging zur Tür, aber er hatte seine Pistole nicht mitgenommen.

Ihr Mann dagegen hatte eine Waffe in der Hand. Er ist sofort ins Schlafzimmer gegangen und hat die Decke zurückgeschlagen. Was er mit Ihnen gemacht hat, weiß ich nicht, dann hat er sich zu Manuel umgewandt, der ist zum Bett gegangen, hat einen Augenblick später eine Pistole in der Hand gehabt und als erster geschossen. Das ist die erste Version. Wenn eine Ortsbesichtigung stattgefunden hat, was demnächst der Fall sein wird, werden wir sehen, ob sie sich halten läßt. Es gibt aber noch eine andere ebenso einleuchtende Erklärung: Sie wußten, wo sich die Waffe befand, Ihr Mann wollte gerade auf Ihren Liebhaber schießen, und Sie haben als erste geschossen. Was halten Sie davon?«

»Das ist ja der reinste Blödsinn! Erstens hätte ich dort sein müssen, und dann …«

Maigret hörte ihr nicht weiter zu und wandte sich an Manuel:

»Und was haben Sie dazu zu sagen?«

Manuels Gesicht hatte sich verfinstert, und er schüttelte mißbilligend den Kopf.

»Ich sage gar nichts dazu.«

»Sie widersprechen dieser Darstellung nicht?«

»Ich wiederhole: Ich sage nichts.«

»Du läßt mich also im Stich? Na, mein Lieber, das wirst du nicht lange durchhalten!«

»Du merkst doch, daß ich nichts sage!«

»Du hättest es ja bestreiten können, oder?«

»Ich werde vielleicht später vor dem Untersuchungsrichter in Anwesenheit meines Anwalts aussagen.«

»Und bis dahin soll ich wohl hier allein den Kopf hinhalten! Hören Sie, Herr Kommissar…«

Außer sich vor Wut stürzte Line an Maigrets Schreibtisch und ließ eine Tirade vom Stapel, die sie mit heftigen Gesten unterstrich. Das war nicht mehr die elegante Madame Marcia. Line hatte sich in eine wütende Furie verwandelt.

7

Natürlich war ich am Square La Bruyère. Es hat keinen Zweck, das abzustreiten, der Concierge hat mich ja gesehen, besoffen wie er war. Mit einer Flasche Cognac hätte Manuel ihn sowieso nicht für ewig kaufen können. Außerdem sind wahrscheinlich meine Fingerabdrücke überall und Reste von Puder und Creme und was weiß ich. Drei Jahre lang bin ich dort hingegangen, mindestens zweimal in der Woche. Und dieser kleine Strolch, diese infame Mißgeburt da in der Ecke, muß das beobachtet haben. Der liebe Manuel hat schon gewußt, weshalb er mir den Liebhaber vorgespielt hat! Ich war gar nicht interessant für ihn, Nachfolger von meinem Mann wollte er werden...«

Sie war nicht mehr zu halten, redete in abgehackten Sätzen.

»Als Maurice ihn kennenlernte, war er nichts weiter als ein verpfuschter Zuhälter. Maurice war der große Chef, das wußten Sie wahrscheinlich nicht, könnte ich mir denken...«

Maigret paffte an seiner Pfeife und hütete sich, diesen Redefluß zu unterbrechen. Line war wie besessen vor Wut oder vielleicht doch eher vor Angst. Immer wieder drehte sie sich zu Manuel um und warf ihm haßerfüllte Blicke zu.

Noch vor wenigen Stunden waren sie ein Liebespaar und

Komplizen gewesen. Jetzt schob einer dem anderen die Verantwortung zu.

»Janvier, nimm ihm die Handschellen ab!«

»Na, endlich! Es wäre mir ja auch schwergefallen, von hier abzuhauen, könnte ich mir denken.«

Manuel hatte seine Großspurigkeit verloren und grinste nur noch höhnisch.

Der Floh saß unbeweglich auf seinem Stuhl in der Ecke, so weit es ging von den Brüdern Mori weg, und sah Manuel, obwohl dieser zur Zeit außer Gefecht gesetzt war, noch immer mit angstvollen Augen an. Er hatte sich so vor ihm gefürchtet, ihn so lange als eine Art Übermenschen gesehen, daß er von dieser Vorstellung nicht recht loskam.

»Ich streite es ja gar nicht ab«, fuhr sie fort, »wir waren im Bett, als es klingelte ...«

»Sie hatten nicht damit gerechnet?«

Sie zögerte einen Moment.

»Nein. Wie sollte ich ahnen, daß mein Mann gerade in dieser Nacht erscheinen würde.«

»Er hat von Ihrer Beziehung nichts gewußt? Er, der über alles, was sonst im Pigalle-Viertel vor sich ging, so gut unterrichtet war?«

»Weshalb hätte er dann drei Jahre warten sollen? Wenn er Bescheid gewußt hätte, dann hatte er sehr gut Theater gespielt, so wahnsinnig eifersüchtig, wie er war.«

»Hatten Sie den Eindruck, daß Manuel mit diesem Besuch gerechnet hatte?«

Diesmal blieb sie lange stumm.

»Offen gesagt, ich weiß es nicht. Er ist aufgestanden, hat seinen Morgenmantel angezogen, dann hat er seinen Revolver aus der Nachttischschublade geholt und ihn in die Tasche gesteckt...«

»Sie lügt, Kommissar! Der Morgenmantel ist aus ganz dünner Seide. Die Waffe wäre doch durch den Stoff zu sehen gewesen! Hören Sie, ich habe gesagt, daß ich nur in Gegenwart meines Anwalts reden werde, das ist richtig, ich möchte Sie aber dringend bitten, nicht alles zu glauben, was diese Frau sagt, und es nachzuprüfen. Und etwas möchte ich hier erst mal klarstellen: Sie hat sich mir an den Hals geworfen, als ich mit Maurice bekannt wurde! Sie hat mir hundertmal gesagt, er sei total vergreist und mit ihm sei nichts mehr los. Einen alten Narren hat sie ihn genannt.«

»Im Gegenteil! *Er* hat...«

Jetzt stand auch Manuel auf.

»Bleiben Sie sitzen!«

Auf einen unbeteiligten Beobachter hätte die Szene fast lächerlich wirken müssen. Maigret saß wie eine Wachsfigur mit unbeweglichem Gesicht in seinem Sessel vor seinem Pfeifenständer und beobachtete die Reaktionen jedes einzelnen. Der Floh zitterte immer noch in seiner Ecke, als würde er unmittelbar von einer Gefahr bedroht. Der jüngere der Brüder Mori hörte einfach nur zu. Im Augenblick ging es nicht so sehr um die Sache Marcia, es war vielmehr ein unerbittlicher, schonungsloser Streit zwischen zwei Liebenden.

»›Du kannst den Tag bestimmen, an dem du die Nachfolge antrittst‹, so hat sie geredet. Sie ist ehrgeizig und geldgierig. Sie hat ganz unten angefangen. Auf der Place Pigalle ist sie auf den Strich gegangen, bevor sie im ›Tabarin‹ gearbeitet hat!«

Es war erbärmlich, und der arme Lapointe versuchte,

während er mitstenografierte, sich seine Empörung nicht anmerken zu lassen.

»Hatte sie den Plan, ihn zu töten, schon länger?« fragte Maigret in friedlichem Ton, als ob das die natürlichste Sache von der Welt sei.

»Selbstverständlich, der Gedanke ist ihr gleich in den ersten Monaten gekommen.«

»Und Sie haben ihr nicht davon abgeraten?«

»Das ist gelogen, Herr Kommissar! Er ist doch nur mein Liebhaber geworden, um meinen Mann eines Tages aus dem Weg zu räumen!«

»Noch einmal: Er hat nicht das geringste geahnt?«

»Er hat mir vertraut. Es war ja auch das erste Mal, daß ich ihn betrogen habe.«

»Sie lügt! Sie hat ja sogar mit Freddy, mit dem Barmann, geschlafen. Er kann das bezeugen.«

Wieder drehte sie sich haßerfüllt zu ihm um, als wollte sie ihm ins Gesicht spucken.

»Es wäre für uns alle einfacher, Madame, wenn Sie sich wieder auf Ihren Stuhl setzen würden.«

»Ich habe doch gemerkt, wie Sie sich die Bilder und die Möbel in der Rue Ballu angesehen haben. Sie haben schon richtig verstanden, und Sie werden sicher ein paar Expertisen machen lassen. Damit wird dann ja leider einiges ans Licht kommen. Aber das war nicht etwa der Plan von diesem Jämmerling!«

Jetzt war Manuel für sie ein Jämmerling geworden.

»Die Schlösserbande, wie man sie nannte, das war die Idee von meinem Mann. Er hat das organisiert. Er hatte sechs oder sieben Vertrauensleute überall in Frankreich. Wenn ein

Einbruch geplant war, wurden sie benachrichtigt und trafen sich an einer verabredeten Stelle. Die Brüder Mori kamen mit ihren Lastwagen und verluden alles in ihre Kisten.«

»Was geschah denn mit den Möbeln und den Wertgegenständen, wenn Maurice und Manuel sich ausreichend bedient hatten?«

»Die gingen zurück aufs Land zu gewissen Antiquitätenhändlern. Und jetzt sag bloß, das sei nicht wahr!«

»Das ist das erste Mal, daß sie nicht gelogen hat, seit wir hier sind, Kommissar. Es wäre ja sinnlos, das abzustreiten, denn die Möbel werden wohl noch begutachtet.«

»Und Sie selbst haben diese Unternehmen geleitet?«

»Vor Ort, ja. Aber die Aufträge kamen von Maurice. Er ist kein Risiko eingegangen. In seinem Restaurant spielte er den reuigen Sünder. Die höchsten Richter haben ihm die Hand gegeben!«

»Das Restaurant ging doch recht gut, nicht wahr?«

»Eine Goldgrube!«

»Und Sie haben versucht, es in Ihren Besitz zu bringen.«

»Das war ihre Idee.«

»Sind Sie da sicher?«

»Mein Wort steht gegen das ihre. Sie können daraus schließen, was Sie wollen. Ich bedaure nur, daß ich die Pistole in die Seine geworfen habe. Sie hätten ihre Fingerabdrücke darauf gefunden, nicht meine.«

»Merken Sie denn nicht, daß er lügt wie gedruckt?«

In diesem Moment, als niemand damit rechnete, wandte sich Maigret zu dem Floh, und der wurde bleich wie die Wand.

»Wann haben Sie angerufen?«

8

Kurz vor Mitternacht«, stotterte er.

»Was haben Sie ihm gesagt?«

»Die Wahrheit.«

»Welche Wahrheit?«

»Daß seine Frau bei Manuel in der Wohnung ist.«

»Wie sind Sie auf den Gedanken gekommen?« Justin wandte den Kopf ab und schmollte wie ein ertappter Schüler. »Antworten Sie!«

»Ich weiß nicht. Ich wollte mich rächen.«

»Wofür?«

»Für alles. Vor zwei Jahren wollte ich bei der Bande einsteigen. Ich wußte, wie sie arbeiten. Ich weiß so ziemlich alles, was am Pigalle und auf der Butte los ist. Ich habe Manuel Mori gesagt, er soll mich mitmachen lassen, und da hat er mir geantwortet, sie könnten so eine Mißgeburt wie mich nicht gebrauchen.«

Manuel protestierte sofort:

»Er lügt!«

Maigret zündete sich schon wieder eine Pfeife an. Die Luft war blau vom Rauch.

»Sie können auch rauchen«, sagte er.

»Ich auch?« fragte Line.

»Sie auch.«

»Ich habe aber keine Zigaretten, und von diesem Schuft nehme ich keine.«

Maigret holte ein Päckchen aus seiner Schublade und hielt es ihr hin, aber er gab ihr kein Feuer. Ihre Hände zitterten so, daß sie Schwierigkeiten mit dem Anzünden hatte und drei Streichhölzer dazu brauchte.

»Wie hört sich Ihre Wahrheit an, Manuel?«

»Er hat mir niemals solche Vorschläge gemacht. Ich kenne ihn nur, weil er sich in den Straßen vom Montmartre rumtreibt. Jeder weiß, daß er ein Spitzel ist.«

»Das ist nicht wahr!«

»Nicht alle gleichzeitig! Justin, reden Sie!«

»Ich habe angerufen, weil ich mich für das Mißtrauen von diesem Mann rächen wollte.«

»Von wo haben Sie angerufen?«

»Von einer Telefonzelle ganz in der Nähe. Ich konnte die Lichter des Restaurants von dort sehen.«

»Waren Sie sich im klaren, daß Sie damit eine Tragödie auslösen würden?«

»Nicht so eine.«

»Aber daß die Möglichkeit bestand, hat Ihnen nichts ausgemacht?«

»Nein.«

»Hätten Sie es denn auch getan, wenn es sich um jemand andern gehandelt hätte?«

Diese Frage machte ihn etwas ratlos. Er mußte überlegen.

»Das weiß ich nicht«, gestand er.

»Wollten Sie sich nicht eher dafür rächen, daß sich die Leute auf der Straße wegen Ihrer Kleinheit und Ihres Gesichts nach Ihnen umdrehten?«

»Das weiß ich nicht«, wiederholte er.

»Und jetzt achten Sie auf meine nächste Frage. Gerade eben nämlich haben Sie wahrscheinlich aus Angst vor Manuel gelogen...«

Der Zwerg wurde aufs neue von Panik ergriffen, als ob die Brüder Mori selbst hier noch übermächtig wären.

»Ich habe die Wahrheit gesagt!«

»Nein. Die Wahrheit ist, Sie wurden dafür bezahlt, daß Sie den Anruf zu einer festgesetzten Zeit vornahmen.«

»Wer hätte mich bezahlt?«

»Manuel, wer sonst?«

»So ein Unsinn!« rief Manuel. »Ich möchte wissen, weshalb ich mich von dem Ehemann meiner Geliebten in flagranti ertappen lassen sollte!«

Da entschloß sich Justin, nun doch zu reden.

»Er hat mir tausend Franc gegeben. Er hat mir gedroht, mich umzubringen, wenn ich ein Wort sagen würde. Ich habe überall meine Leute, hat er gesagt, die werden das Nötige erledigen, wenn ich es mir nicht selber vorbehalte! Es tat mir so leid um Monsieur Maurice. Ich hatte ihn gern.«

»Aber du hast trotzdem gehorcht.«

»Ich wollte mich nicht von einer Kugel durchlöchern lassen.«

»Hast du dir nicht überlegt, daß Monsieur Maurice als erster schießen könnte?«

»Von dem Augenblick an, wo dieser Mann hier...«

Er wies mit seiner Hand auf Manuel.

»Von dem Augenblick an, wo dieser Mann bestimmt hat, wie die Sache ablaufen sollte, würde sie auch so ablaufen. Das ist ein Teufel!«

Maigret konnte ein Lächeln nicht unterdrücken, und Line hatte Oberwasser bekommen.

»Sie sehen, Kommissar, ich lüge nicht. Ich hatte keine Ahnung von diesem Anruf, also konnte ich auch gar nicht mit dem Erscheinen meines Mannes rechnen, und folglich hatte ich auch gar keine Waffe.«

»Das stimmt nicht! Sie lügt wie gedruckt! Der Vorschlag mit dem Telefon kam von ihr. Ich höre sie noch sagen: ›Ganz egal, ob du ihn umbringst oder irgendwo umbringen läßt, du wirst auf jeden Fall angeklagt werden, denn die Polizei wird sehr schnell über uns Bescheid wissen. Aber angenommen, er erwischt uns in flagranti, ich kenne ihn, er kommt nicht ohne seine Waffe, er wird dich bedrohen, vielleicht auch mich, und in dem Fall wäre es Notwehr.‹«

»Das beweist aber nicht, daß Sie nicht geschossen haben.«

Sie heulte vor Wut.

»Was soll ich denn bloß machen, damit Sie mir glauben?«

»Nicht ich muß Ihnen glauben, die Geschworenen haben darüber zu entscheiden!«

»Aber ich habe noch nie im Leben eine Waffe in der Hand gehabt!«

»Das ist wieder gelogen«, unterbrach Manuel. »Ich habe gesehen, wie sie in Bandol auf Möwen geschossen hat.«

»Mit einer Pistole?«

»Mit der Pistole ihres Mannes.«

»Und hat sie getroffen?«

»Sie hat besser getroffen als ich.«

»Justin!«

»Ja, Herr Kommissar?«

»Wann und wo hat Manuel den Telefonanruf mit Ihnen verabredet?«

»In der Nacht vor dem Mord, in der Rue Pigalle. Ich hatte Blanche zum ›Canari‹ gebracht. Das tu ich jeden Tag zur gleichen Zeit.«

»Hat er Ihnen gesagt, Sie sollten gegen Mitternacht anrufen?«

»Da sehen Sie!« schrie Line auf. »Ich wußte ja nicht einmal, wo der Floh zu finden war. Und Manuel hat mir von dem Anruf nichts gesagt.«

Maigret hatte Durst. Er hätte wer weiß was dafür gegeben, wenn ihm jemand ein Bier gebracht hätte, aber dann hätte er für alle anderen auch bestellen müssen.

Das Wichtigste war erreicht. Line und Manuel, die sich jetzt gegenseitig beschuldigten, stritten den Mord an Monsieur Maurice in der Wohnung am Square La Bruyère nicht mehr ab.

Für Maigret spielte die Frage, wer von beiden der Schuldige war, keine Rolle mehr. Nicht der Schuß aus der Pistole war das Ausschlaggebende, sondern das, was sich vorher zugetragen hatte, die Vorbereitung sozusagen.

Er wandte sich an Manuel, der mit trotzigem Gesicht eine Zigarette rauchte.

»Warum haben Sie denn überhaupt Ihren Bruder gebeten, die Leiche mit Ihnen zur Avenue Junot zu bringen, wenn es sich doch um ein Eifersuchtsdrama handelte?«

»Das ist genau der Beweis dafür, daß ich nicht geschossen habe. Wenn ich geschossen hätte, dann hätte ich mich dazu bekannt, dann wäre es Notwehr gewesen. Aber weil

Line geschossen hat, hätte uns das keiner mehr geglaubt. Ich habe ihr geraten, nach Hause zu gehen, und ihr versprochen, mich um alles andere zu kümmern.«

Maigrets Blick ging zwischen den beiden hin und her. Sie verstanden es alle beide zu lügen. Mori war ein Zyniker und zu allem fähig, aber war Line aufrichtiger als er?

Aus der Ecke, in der der Floh saß, kam eine krächzende Stimme:

»Er war es!«

»Haben Sie es gesehen?«

»Ich hab es gehört.«

»Und wo waren Sie?«

»Ich bin Monsieur Maurice in die dritte Etage gefolgt und habe mich im Treppenhaus versteckt. Da hörte ich, wie die Frau schrie:

›Schieß doch endlich! Siehst du denn nicht, daß er mich umbringen will!‹ Sie hatte das letzte Wort noch nicht gesprochen, da hörte ich einen Schuß und bin schnell die Treppe wieder heruntergelaufen.«

Niemand sagte etwas. Der Floh hatte seinen riesigen Mund zu einem seltsamen Lächeln verzogen.

Manuel sprach als erster:

»Er lügt. Maurice machte keine Anstalten, auf sie zu schießen.«

»Das erfindet er«, sagte Line, »es ist überhaupt kein Wort gesprochen worden.«

Maigret stand auf und sah einem nach dem anderen ernst in die Augen.

»Hat noch jemand etwas zu sagen?«

»Nein!« knurrte Manuel.

»Ich sage Ihnen noch mal, er lügt!« brachte Line heraus.

»Janvier! Handschellen für alle drei!«

»Aber ich habe mit der Sache nichts zu tun!« protestierte Jo, der jüngere Mori.

»Haben Sie Ihrem Bruder nicht geholfen, den Leichnam wegzubringen?«

»Das ist kein Verbrechen!«

»Das nennt man Beihilfe. Leg ihnen die Handschellen an!«

»Mir auch?« kreischte Line, als ob sie kurz vor einem Nervenzusammenbruch stünde.

»Ihnen auch.«

Und zu Lapointe sagte Maigret:

»Bring sie mit Janvier zusammen in die Untersuchungshaft!«

Er war erschöpft. Er brauchte einen Tapetenwechsel. Er setzte seinen Hut auf und stieg die große Treppe hinunter. Auf dem Trottoir waren schwarze Flecken von den ersten Regentropfen zu sehen.

Zwei seiner Kollegen hatten sich in der ›Brasserie Dauphine‹ einen Pastis bestellt. Einen Augenblick geriet er in Versuchung, dann besann er sich.

»Das größte Bier, das es hier gibt!« sagte er zum Wirt.

9

Die Bank links von der Tür des Richters Bouteille war drei Monate lang fast pausenlos besetzt. In verschiedenen Städten in der Provinz waren die Komplizen der Brüder Mori – und wie sich herausstellte, von Monsieur Maurice –, die bei den Einbrüchen in die Schlösser und Güter beteiligt waren, festgenommen worden.

Sachverständige wurden beigezogen und stellten schließlich die Herkunft der Möbel und Bilder in der Rue Ballu und am Square La Bruyère fest.

Außerdem wurden bei zwielichtigen Antiquitätenhändlern überall im Lande Gegenstände gefunden, die aus den Einbrüchen der Bande stammten.

Maigret war höchstpersönlich zum Montmartre gefahren und hatte dem bescheidenen Inspektor Louis gratuliert.

»Ich habe nur meine Pflicht getan«, sagte der und wurde rot dabei.

»An dem Tag, an dem Sie Lust dazu haben, werde ich Sie in meine Abteilung aufnehmen.«

Der Witwer konnte es nicht glauben. Aber vielleicht war er auch hin- und hergerissen zwischen dem Wunsch, zu diesem großen Haus zu gehören, und seiner Verbundenheit mit der Pigalle.

Im November wurde der Fall vor den Geschworenen verhandelt. Die Schlössersache wurde abgetrennt und zu einem späteren Zeitpunkt angesetzt.

Line und Manuel hörten auch vor dem Richter nicht auf, sich gegenseitig die Verantwortung für den Mord zuzuschieben.

Das Telefongespräch mit dem Opfer bewies den Vorsatz, und darauf stand die Höchststrafe.

Dem Richter Bouteille war es trotz großer Geduld nicht gelungen, das Liebespaar zu einer eindeutigen Aussage zu bewegen. Sie waren erbitterte Feinde geworden.

Als Line vor dem Richter stand, höhnte eine Stimme von der Anklagebank:

»Sie lügt!«

»Halten Sie den Mund!«

»Ich sage Ihnen, sie lügt!«

»Und ich verlange von Ihnen, daß Sie Ihren Mund halten!«

Die gleiche Szene wiederholte sich, als Manuel befragt wurde. Die Geschworenen berieten sich lange. Sie verurteilten Manuel und Line zu je zwanzig Jahren und Jo zu fünf Jahren.

Alle drei warfen sich haßerfüllte Blicke zu, als sie den Saal verließen.

Der Floh ließ es sich auch in Zukunft nicht nehmen, Inspektor Louis mit Informationen zu versorgen.

Épalinges (Waadt), 11. Juni 1971

Georges Simenon und Kommissar Maigret

»Simenon macht süchtig – das ist eine der Ursachen seines Welterfolges.«
Frankfurter Allgemeine Zeitung

»Für mich ist Maigret ein Flickschuster für kaputte Schicksale.« *Georges Simenon*

»Manche kommen und fragen mich: Was soll ich denn von Simenon lesen? – Ich antworte: alles.«
André Gide

Zwei Maigret-Fälle in einem Band:

Maigret und die Frauen

Enthält die Romane ›Maigret und die junge Tote‹
sowie ›Maigret und die alte Dame‹
Aus dem Französischen von Raymond Regh
und Renate Nickel

Keine Angst, für den Kommissar ist Madame Maigret die Idealfrau schlechthin – andere Frauen sind für ihn nur interessant, wenn sie ihm so mörderische Rätsel aufgeben wie die hübsche Louise und die reife Valentine.

Maigret macht Ferien

Enthält die Romane ›Maigret macht Ferien‹
sowie ›Maigret in Kur‹
Deutsch von Markus Jacob und Irène Kuhn

Endlich ausspannen, freut sich Kommissar Maigret und stürzt sich von seinem Liegestuhl kopfüber in zwei seiner gefährlichsten Fälle.

Maigret an der Côte d'Azur

Enthält die Romane ›Maigret und die Keller des Majestic‹
sowie ›Maigret und der Spitzel‹
Deutsch von Linde Birk und Inge Giese

Menschen im Hotel. Menschen im Café.
Zu den besten Maigret-Romanen gehören diese zwei

Fälle, die beide von der typischen Hotel- und Café-Stimmung durchdrungen sind und vom schönen Schein der Côte d'Azur.

Maigret an der Nordsee

Enthält die Romane ›Maigret und der Fall Nahour‹
sowie ›Maigret und der Gehängte von Saint-Pholien‹
Deutsch von Sibylle Powell

Als waschechter Franzose ist Kommissar Maigret im Ausland wie ein Fisch auf dem Trockenen – besonders wenn ihm die Sprache so völlig fremd ist wie die der Holländer und der Deutschen.

Maigrets schwierigste Fälle

Enthält die Romane ›Maigret und der gelbe Hund‹
sowie ›Maigret und die Bohnenstange‹
Deutsch von Raymond Regh und Guy Montag

Maigret fischt buchstäblich im trüben, denn beide Fälle ereignen sich um Mitternacht, ohne Spuren, ohne Zeugen. Zwei Morde, bei einem muß Maigret einen Hund suchen, beim zweiten die Leiche.

Maigrets erste Fälle

Enthält die Romane ›Maigrets erste Untersuchung‹
sowie ›Maigret und Pietr der Lette‹
Deutsch von Roswitha Plancherel
und Wolfram Schäfer

Maigrets erste Untersuchung hätte – bei Mißlingen – ebensogut auch seine letzte werden können. Denn wie auch im Fall um den Betrüger Pietr der Lette nimmt der junge Maigret seine Untersuchungen sehr ernst.